남편을

기억하는

법

남편을 기억하는 법 · 1

1판 1쇄 찍음 2020년 3월 19일
1판 1쇄 펴냄 2020년 3월 26일

지은이 | 설하린
펴낸이 | 고운숙
펴낸곳 | 봄 미디어

기획 · 편집 | 김민지, 김지우
표지 디자인 | 우물

출판등록 | 2014년 08월 25일 (제387-2014-000040호)
주소 | 경기도 부천시 길주로 64, 1303(굿모닝 오피스텔)
영업부 | 070-5015-0818 편집부 | 070-5015-0817 팩스 | 032-712-2815
E-mail | bommedia@naver.com
소식창 | http://blog.naver.com/bommedia

값 9,000원

ISBN 979-11-5810-906-6 04810
       979-11-5810-905-9 04810(세트)

남편을 기억하는 법

1 설하린 장편 소설

프롤로그

실루엣

"빨리 가야 하는데……."

한적한 도로 위를 끝없이 달렸다.

불안한 마음에 액셀을 밟고 있는 하윤의 다리에 조금씩 힘이 들어갔다.

사방이 울창한 숲으로 우거진 가운데 난 인적 드문 도로. 어둑한 하늘이 음산한 분위기를 자아냈다.

하윤은 습관적으로 입술을 깨물었다. 혀에서 비릿한 맛이 감돌자 그제야 한숨을 내쉬며 입술을 뗐다.

"시간이 없어."

초조함에 속도를 조금 더 올렸다. 잘빠진 차가 매끄럽지 못한 도로 위를 세차게 내달리고 있었다.

그녀는 가로등 하나 없는 외진 산길을 홀로 달렸다. 도로 위를 비추는 것은 자동차의 헤드라이트와 솟아오른 나무들에 가려진 달빛뿐이었다.

그때였다.

별안간 오른쪽 나무 사이에서 정체를 알 수 없는 무언가가 도로로 튀어나왔다. 커다란 형체는 헤드라이트에 비춰 위협적인 그림자를 만들어 냈다. 놀란 하윤은 급하게 핸들을 꺾었지만 때는 이미 늦었다.

끼이이익, 쾅!

아찔한 굉음과 함께 강한 충격이 부서질 듯 그녀의 온몸을 에워쌌다. 온몸이 으스러질 것처럼 저려 왔다. 전신을 마비시키는 엄청난 고통에 제대로 신음조차 뱉지 못했다.

"……윽."

그녀의 잇새로 고통스러운 신음이 터져 나왔다. 온몸을 강타하는 충격으로 인해 차츰 의식이 흐릿해졌다.

"윽, 안, 안 되는데……."

인적이 드문 이런 곳에서 정신을 잃었다가는 어떻게 될지 장담할 수 없다. 어떻게 해서든 정신을 차려야만 했다.

"흐윽……!"

사방이 고요한 가운데 고통에 몸부림치는 하윤의 처절한 비명이 울렸다.

죽음의 문턱에 다다른다는 건 이런 느낌일까.

순간, 사랑했던 남편의 얼굴이 떠올랐다. 그와 함께했던 모든 시간들이 파노라마처럼 스쳐 지나갔다. 이대로 죽을 수는 없었다.

또각. 또각. 또각.

그때, 흐릿해지는 의식 속에서 누군가의 발자국 소리가 귓가를 울렸다. 하윤은 필사적으로 그 소리에 귀를 기울였다. 분명 사람의 발소리였다.

그녀가 무겁게 내려앉은 눈꺼풀을 들어 올리려 애썼다.

"……려 주세……요."

신발 소리가 점점 선명하게 들려 왔다. 하윤은 소리가 들리는 곳으로 죽을힘을 다해 손을 뻗었다.

죽음의 경계에서 제게 내밀어진 마지막 구원의 손길이라 생각하며.

"제발, 살려…… 주세요……."

삶의 마지막 순간. 온 힘을 다해 내뱉은 음성이었다. 정신이 몽롱해지는 와중에 익숙한 남자의 목소리가 귓가를 울렸다.

"……."

무어라 말하는지 알 수 없었지만 말을 마친 남자는 곧장 그녀에게서 멀어졌다. 희미해지는 발소리와 함께 미세하게 벌어진 시야 사이로 남자의 뒷모습이 보였다.

남자가 떠났다.

그리고 그녀는 그렇게 의식을 잃었다.

아무것도 기억이 나지 않았다. 내가 누구인지, 이곳은 어디인지, 그리고 자신을 내려다보고 있는 저 남자는 누구인지.

잠에서 깨어난 하윤은 멍하니 침대 위에 앉아 있었다. 그런 하윤을 뒤로한 채 세연이 조심스러운 얼굴로 서준을 향해 말했다.

"교통사고로 인한 해리성 기억 장애 같아요. 사고 당시나 그 이전에 끔찍한 기억으로부터 자기 자신을 보호하기 위한 방어기제로 뇌가 그 부분의 기억을 억압하는 거죠."

그는 제 앞에 벌어진 모든 상황을 받아들이기 힘든 얼굴이었다.

"여긴…… 어디죠? 나는, 아니 당신은 누구……."

하윤의 입술 사이로 두려움에 찬 목소리가 새어 나왔다. 그 목소리에 서준이 그녀에게로 천천히 걸어왔다.

"정말 아무것도 기억 안 나?"

시선은 여전히 하윤에게로 고정시켰다.

"난 당신 남편이고, 우린 부부야. 정말 모르겠어?"

"네? 그게 무슨……."

"지난 3개월 동안 내가 당신이 깨어나길 얼마나……!"

어깨를 붙잡은 서준은 격한 감정을 토해 냈다. 하윤은 누군지도 모르는 낯선 남자가 제게 소리치는 상황이 그저 혼란스러웠다.

어떤 대답도 하지 못한 채 멍하니 앉아 있는 하윤을 싸늘한 눈빛으로 내려다보던 서준이 시선을 돌렸다.

"더 이상 대화를 나누는 건 무의미할 것 같군."

그리고 미련 없이 몸을 돌려 발걸음을 옮겼다.

"저, 저기……!"

다급하게 그를 불렀지만 방에 울려 퍼지는 건 문이 닫히는 소리와 서준이 남기고 간 서늘한 공기뿐이었다.

서준은 서재에 틀어박혀 나오지 않았다. 여기가 어디인지, 어떤 이유로 자신이 교통사고를 당한 것인지 하윤은 수도 없이 물었지만 그는 묵묵부답이었다. 그렇게 일방적으로 대화를 거부당했다.

그랬던 그가 다시 하윤의 앞에 나타난 건 정확히 3일 후였다. 처음 만났을 때보다 한결 더 차분해진 모습이었다.

"분명히 말하지만, 이혼은 없어."

"……뭐라고요?"

당황스러움으로 물든 그녀의 얼굴이 파르르 떨렸다.

"내가 왜 그래야 하죠? 난 당신에 대해서 아무것도 기억이 나지 않는다고요!"

"당신을 잃은 것도 모자라, 당신과 이혼하면서 내가 가진 것들을 또 한 번 잃어야 할 이유는 없으니까."

여전히 단호한 목소리였다. 소리치는 하윤을 뒤로 한 서준은 탁자 위에 웨딩 앨범을 내려놓았다.

"당신 말이 맞아. 사고로 인해서 모든 기억이 다 지워져 버렸지. 그런 당신이 저택 밖을 나가는 게 과연 안전할 거라 생각하는 건가? 적어도 난 당신을 해치지는 않을 거야."

해치지 않을 거라는 말이 더욱 두려움으로 다가왔다.

"그리고 정확히 9개월 뒤에 우린 사람들 앞에 나서야 해. 남부럽지 않은 신혼부부의 모습으로. 그때까지 당신은 이 저택에서 한 발자국도 움직일 수 없어."

강압적이고 또 제멋대로였다.

"남은 9개월 동안은 이곳에서 심신 안정에만 집중해 줬으면 해."

싸늘한 목소리가 그녀의 마음에 깊은 생채기를 냈다.

"사람들의 관심을 받는 건 한 번이면 족해. 기억을 되찾을 때까진 내 아내로서의 임무를 다 해 줬으면 좋겠군."

"……."

"쇼윈도 부부, 그런 거 좋네."

서로를 사랑했던 신혼부부가 한순간에 쇼윈도 부부가 되어 버린 순간이었다.

01화

쇼윈도 부부

　사계절의 변화가 뚜렷한 대한민국. 그러나 하윤이 느낄 수 있는 계절의 변화는 이 저택의 정원이 전부였다.

　"시력이 조금 떨어지긴 했는데 미미한 정도고 다른 곳도 이상 없이 건강한 상태예요. 그렇지만 안심할 수는 없어요. 큰 사고를 겪고 나면 후유증으로 근육이나 신경들이 언제든지 다시 약해질 수 있거든요."

　개인 차트에 기록을 하던 주치의 세연이 하윤과 시선을 마주하며 말했다.

　"그러니까 환자분께서 항상 신경 써 주셔야 돼요."

　"감사해요. 선생님."

　하윤이 옅게 웃어 보였다.

　세연은 이 저택에 드나드는 사람들 중 유일하게 그녀와 오랜 대화를 나누는 사람이었다.

　정신과 의사인 만큼 하윤의 말을 노련하게 들어주었기 때문이다.

"그럼 다음 만남은 우리 상담 시간이 되겠네요. 그럼 그리는 거, 너무 좋은 취미인데 어두운 곳에서는 되도록 그리지 말아요."

"네. 명심할게요."

세연이 차트를 챙겨 몸을 일으키자 하윤도 덩달아 일어났다. 밤이 어둑한 시간인지라 세연은 서둘러 나갈 채비를 했다.

"이제 날도 따뜻해지고 봄이니까 남편분과 산책도 종종 하고 그러세요. 함께 보내는 시간이 많아질수록 기억을 찾는 데에 도움이 될 거예요."

물건을 챙기던 세연이 나지막하게 얘기했다.

"두 분, 한창 즐겨야 할 신혼이잖아요."

신혼. 단어를 곱씹던 하윤의 얼굴 위로 차가운 미소가 피어났다. 이제는 쇼윈도 부부가 되어 버린 그들에게 신혼이라는 게 의미가 있을까 싶었다.

제 어깨를 두드리며 얘기하는 세연의 모습에 하윤은 대답하지 않은 채 그저 형식적으로 고개를 끄덕였다.

그녀를 배웅한 뒤, 제 방으로 돌아온 하윤이 싸늘한 얼굴로 고개를 돌렸다.

"신혼이라⋯⋯. 재미있는 단어네."

낮은 목소리로 중얼거린 하윤은 책상 위에 놓인 작은 달력을 감정 없는 눈으로 바라보았다. 빼곡히 쓰여 있는 날짜가 아무런 의미가 없다는 걸 잘 알고 있었다. 무의식적으로 훑어 내려가던 시선이 불현듯 멈추었다.

"벌써 내일모레구나."

서준과 함께 공식 석상에 서기로 한 날이었다. 하윤은 교통 사고 이후 모든 일을 중단하고 서준의 저택에서 요양 생활을 시작했다.

사실 말이 좋아 요양이지, 감금이나 다를 것 없는 삶이었 다. 그랬던 그녀가 이틀 뒤에 세상 밖으로 모습을 드러내는 것 이다. 그래 봤자, 서준의 손아귀 안인 건 변하지 않겠지만.

시선을 돌린 창밖에선 환한 불빛이 새어 들어왔다. 커튼을 걷으니 대문으로 들어오고 있는 익숙한 외형의 고급 외제 차 한 대가 보였다.

"……오늘은 여기 오는 날이 아닌데."

하윤의 의아해하며 미간을 찌푸렸다.

"에릭."

열려 있던 커튼을 세차게 닫아 버린 하윤이 그녀의 전속 경 호원인 에릭을 불렀다. 오묘한 색깔을 지닌 그의 눈동자가 달 빛에 비춰 영롱하게 빛났다.

"부르셨습니까."

"그 사람, 오늘 오는 날이던가?"

"예정에는 없습니다만, 내일모레 공식 석상에 설 것을 대비 하여 아가씨와 함께 시간을 보내시려는 것 같습니다."

에릭의 대답에 하윤이 비소를 흘리며 입을 열었다.

"그래. 그 잘난 명성에 먹칠을 할 순 없으니 완벽하게 연기 하고 싶겠지."

입술을 잘근 깨물던 그녀가 이내 에릭과 시선을 마주했다.

"좀 씻어야겠어. 욕조에 물 좀 받아 줘."

"알겠습니다."

"아, 새로 산 입욕제도 꼭 넣어 주고."

하윤이 저택에서 일하는 메이드를 놔두고 굳이 경호원인 에릭에게 이런 일을 시키는 데에는 분명한 목적이 있었다.

에릭을 자신의 편으로 만들어야 했다. 그래야 서준이 제게 숨기는 잃어버린 기억을, 그리고 그날의 진실을 알아낼 수 있었기 때문이다.

"그만 나가 봐."

에릭은 가볍게 고개를 숙여 대답을 대신한 후 곧장 욕실로 발걸음을 옮겼다.

아래층에서 소란스러운 소리가 들려오는 것을 보니 서준이 집에 도착한 듯했다. 그가 이 저택의 주인이라는 사실은 어린 아이도 알고 있는 사실이었다.

"머리 아파……."

서준이 저택에 왔다는 사실만으로도 하윤은 머리가 지끈거리는 것만 같았다. 갑작스러운 두통에 머리를 부여잡은 그녀는 다시금 침대에 걸터앉았다.

사경을 헤매다 의식을 되찾은 후, 우울증 치료의 일환으로 시행된 명상이나 최면술을 통해 작지만 기억의 일부를 되찾을 수 있었다.

잘나가던 변호사로 활동했었고, 그 일에 얼마나 큰 열정을 가지고 있었는지 말이다.

하지만 자신을 이렇게 만든 '의문의 사고'와 서준의 존재에 대해선 무슨 일인지 아무것도 기억하지 못했다.

똑똑.

"잠깐 들어가지."

노크 소리에 하윤의 시선이 자연스레 문 쪽으로 향했다.

"……."

그녀가 아무런 대답을 하지 않았음에도 서준은 방문을 열고 들어왔다. 서준은 이렇듯 늘 제멋대로였다.

"씻으려던 참인가?"

"보다시피요."

하윤은 목욕 가운을 걸치고 있는 제 몸을 가렸다. 가까이 다가온 그에게서 옅은 알코올 냄새가 풍겨져 나왔다.

"당신. 술 마셨어요?"

하윤이 미간을 찌푸리며 얘기했다. 술에 취해 집에 오는 경우는 드물었기 때문이다.

"취할 정돈 아니야."

"술 냄새 별로 안 좋아해서요. 나 씻어야 하니까 그만 나가 줘요."

"잘됐네. 마침 나도 씻어야 하는데. 같이 씻는 것도 나쁘지 않겠군."

오늘따라 유난히 더 능구렁이처럼 굴었지만, 하윤은 눈 하나 꿈쩍하지 않았다.

"집에 남아도는 게 욕실이에요."

"욕실은 많지만 당신이 있는 욕실은 하나밖에 없지."

서준이 흥미롭다는 듯 하윤을 바라보았다. 느른한 눈빛으로 바라보던 그가 하윤의 턱을 부드럽게 움켜쥐었다.

하윤을 내려다보는 그 눈빛이 상당히 관능적이었다. 깊이를 가늠할 수 없을 만큼 깊고 어두운 그 눈빛 탓에 하윤은 더욱이 그를 꿰뚫어 볼 수가 없었다.

턱을 잡아당겨 입술을 맞추려는 서준을 피해 고개를 돌렸다. 하윤이 차갑게 대꾸했다.

"미치지 않고서야 내가 당신과 함께 씻을 이유는 없죠."

쇼윈도 부부 사이에 불필요한 스킨십은 사치였다. 그 부위가 입술이라면 더더욱 그랬다.

"사람들 앞에선 완벽하게 연기할 테니, 이럴 필요 없어요."

자신을 밀어내는 차가운 목소리에 서준이 천천히 입을 열었다.

"어련히 잘하겠지만 우릴 예의 주시하는 사람들이 한둘이 아니어서 말이야. 그래서 나도 저택에서 잠을 청하는 횟수를 늘리려고 해. 그리고……."

그녀의 눈망울을 바라보며 말을 이어 갔다.

"앞으론 당신과 침실을 함께 쓸까 하는데."

무표정한 얼굴로 그의 얘기를 듣던 하윤이 불현듯 미간을 찌푸렸다. 제 귀가 잘못된 게 아니라면 서준은 방금 제게 방을 합치자고 말하고 있는 것이었다.

"뭐라고요?"

얼토당토않은 제안에 날카로운 목소리가 새어 나갔다.

"부부 사이에 침실을 공유하는 건 당연한 거 아닌가?"

"우리가 정상적인 부부 관계는 아니잖아요."

"사람들 앞에서 완벽하게 연기하려면 이 정도 성의는 보여야 한다고 생각해."

따지듯 묻는 하윤에게 서준은 더욱 단호하게 선을 그었다. 이제껏 단 한 번도 침실을 함께 쓰자고 말한 적은 없었기에 하윤은 이 상황이 당황스러웠다.

"여긴 이 저택에서 당신의 손길을 피할 수 있는 유일한 공간이에요."

"그렇게 생각했다니 유감이군. 난 그저 좀 더 완벽한 부부로 보이고 싶을 뿐이야. 그리고……."

단호한 그 목소리에 하윤이 입술을 잘근 깨물었다.

"이미 잘 알고 있겠지만 당신에게 선택권이란 없어."

"늘 그랬듯 당신 멋대로 하겠죠. 당신은 언제나 통보식이었으니까."

싸늘하게 대꾸한 하윤은 여전히 자신을 바라보는 서준을 뒤로하고 화장대 앞으로 발걸음을 옮겼다. 더 이상 그와 말싸움을 하며 감정을 소비하고 싶지 않았다.

"분명히 말하는데, 난 싫어요."

단호하게 얘기하며 시선을 거뒀다. 머리를 묶기 위해 손을 올리자 서준의 커다란 손이 하윤의 손등 위로 조심스레 감겨왔다.

"지금 뭐 하는 거예……."

따지려 들던 하윤이 말끝을 흐리며 입을 다물었다. 그녀의 손등을 뒤집은 서준은 거울을 통해 비친 가녀린 손목을 바라보았다. 손목 안쪽엔 무수히 많은 상처들이 있었다.

서준의 시선이 상처 위로 뜨겁게 닿았다. 얼음장 같은 그의 눈빛이 이 흉터를 볼 때면 언제나 무너질 듯 흔들렸다. 흉터를 마주하는 서준의 눈빛엔 말로 형용할 수 없는 감정들이 담겨 있었다. 참 이상한 일이었다.

그의 시선을 느낀 하윤이 흉터를 가리며 입을 열었다.

"다 지난 일이에요. 지금은 하나도 기억나지 않아요."

"알아. 하지만 기억하지 못한다고 해서 마음속에 있는 상처까지 전부 사라진 건 아니잖아. 당신의 무의식은 모든 걸 기억한다고."

하윤이 아직까지도 우울증으로 고생한다는 걸 알기에 하는 말이었다.

"뜨거운 물로 씻고 푹 잠들길 바라. 오늘은 악몽 꾸지 말고."

"······."

"혹시라도 무서우면 부르고."

"그럴 일 없으니까 이제 그만 나가 줘요."

서준을 내보낸 하윤이 뒤돌아 깊은 한숨을 내쉬었다. 의식을 되찾은 이후로 지금까지 이 저택 밖으로 발을 내디뎌 본 적이 없었다. 그런 그녀가 내일모레면 서준의 아내로 세상 밖에 모습을 드러내야 했다.

기억을 잃고 더 이상 사랑하지도 않는 그의 아내가 되어 연기를 해야 한다는 뜻이었다.

그런 와중에 서준이 침실을 함께 쓰자고 제안한 건 하윤이 여전히 수면 장애에 시달리고 있었기 때문이다. 위험한 상황을 방지하도록 곁에 두려는 목적이었다.

"대체 뭐가 뭔지······."

그 속내를 알 리 없는 하윤은 인상을 찌푸린 채 중얼거리며 발걸음을 옮겼다.

"다 됐습니다."

잠시 뒤 목욕 준비를 마친 에릭이 욕실에서 나왔고 생각에 잠겨 있던 그녀가 정신을 차렸다. 욕실 안은 뿌연 김으로 가득

찬 상태였다.

"지금부턴 아무도 방에 들어오지 말라고 전해 줘."

"알겠습니다."

에릭이 밖으로 나간 뒤에야 하윤은 비로소 편한 얼굴로 욕조 안에 들어왔다. 김이 모락모락 날 정도로 뜨거운 물이 노곤한 몸과 마음속에 있는 응어리들을 하나씩 풀어 주는 것만 같았다.

"……하."

뭉친 근육들이 풀리는 듯한 느낌에 하윤은 깊은 한숨을 내쉬었다.

"응?"

그때, 욕조 한편에 놓인 작은 MP3를 발견한 하윤이 손을 뻗었다. 버튼을 눌러 보니 재생 목록에 임의로 담아 놓은 음악들이 차례로 흘러나왔다.

"센스는 있네."

시키지 않아도 사소한 배려를 보이는 에릭이 마음에 들었는지 하윤은 어깨를 으쓱이며 혼잣말을 내뱉었다.

"네가 강서준을 버리고……."

그녀의 입에서 나지막한 목소리가 이어졌다.

"내 편에 서는 날이 오게 될까?"

거품을 모아 손으로 슬며시 들어 올리던 하윤은 쓸쓸한 눈빛으로 중얼거렸다.

"안 될 건 없지."

에릭은 서준이 제게 직접 붙여 준 전속 경호원이었다. 어떤 이유로 그가 이 저택에 들어왔는지는 모르겠지만 에릭의 눈빛에서 자신이 느끼는 것과 같은 공허함을 종종 엿볼 수 있었다.

그녀는 에릭을 이용해 서준의 비밀을 알아낼 계획이었다. 세연이 이 저택 안에서 마음을 내보일 수 있는 유일한 상대였다면, 에릭은 하윤이 목표를 이루고자 이용해야 할 존재였다.

"네가 굳이 날 밀어내지 않는다면."

자신의 모든 기억을 앗아 간 그 사고에 대해서 반드시 알아내야만 했다. 제 삶을 송두리째 무너트린 그날의 진실을 말이다.

"사랑하는 여자에게 비밀을 만드는 남잔 없지."

하윤이 차갑게 미소 지었다.

"사랑 없는 부부 관계 따위도 아무런 의미 없고."

그러니 그와의 이혼을 꼭 성사시켜야만 했다.

똑똑. 자조적인 어투로 중얼거리던 하윤이 욕실 문을 두드리는 소리에 고개를 돌렸다.

"잠깐 할 말이 있는데."

곧 전남편이 될 그 남자였다. 갑작스럽게 제 방에 찾아온 서준으로 인해 하윤은 서둘러 목욕을 마쳤다.

욕실에서 나온 하윤이 가운을 여미며 고개를 들었다. 아직 옷도 갈아입지 않은 서준은 블랙 슈트를 입은 채 서 있었다.

"나한테 뭐 할 말이라도 있어요?"

자연스럽게 제 방에 들어와 있는 서준을 보니 미간이 절로 좁혀졌다.

"당신한테 줄 게 있어서."

서준이 뒤에 두었던 커다란 쇼핑백을 그녀에게 건넸다.

"내일모레 당신이 입을 드레스야."

"우리가 사람들의 관심 속에서 결혼했던 사이라고 했었죠. 당신 명성에 먹칠할 일은 없을 거라고 분명히 얘기했는데도 여전히 그날을 신경 쓰는군요."

서준이 건넨 쇼핑백을 받아 들며 받아쳤다.

"이런 건 에릭이나 최 비서님을 통해서 전달하면 될 텐데, 굳이 내 방까지 찾아올 필요도 없고."

하윤이 비꼬는 듯한 어투로 얘기했다.

"마음에 안 들면 얘기해."

"디자이너 선생님께서 직접 골라 주신 걸 텐데 마음에 안 들 리가 없겠……."

"내가 직접 고른 거야. 당신한테 잘 어울릴 것 같아서."

하윤의 말이 채 다 끝나기도 전에 단호한 목소리로 대답했다. 당황한 하윤이 단번에 미간을 좁히며 그를 쳐다보았다.

이 남자가 오늘 뭘 잘못 먹었나.

"백화점을 다 돌며 직접 골랐어. 혹시라도 마음에 안 들면 지금 얘기해."

표정 변화 하나 없이 얘기하는 서준을 보며 하윤은 당황스러웠다. 그러고는 제 손에 든 쇼핑백을 조심스럽게 열어 보았다.

"홀터넥 원피스네요."

원피스는 팔 부분이 시스루로 되어 있어 세련미와 고급스러움이 더욱 부각되었다.

"마음에 들지 않으면 바꿔 올게. 입어 봐."

"바꾸고 말고 할 필요 없어요."

"……보고 싶은데."

"뭐라고요?"

잘못 들은 건 아닌지 제 귀를 의심했다. 그러니까 지금 이 원피스를 입은 제 모습이 보고 싶다는 뜻인 건가.

"사이즈가 안 맞으면 곤란하잖아."

서준이 어깨를 으쓱이며 대답했다.

"미리 입어 봐서 나쁠 건 없지."

혹여나 이상하게 생각할까 서준은 말을 덧붙였다. 내일모레 그들이 나서게 될 자리가 얼마나 큰 의미를 지니고 있는지는 모르겠지만, 이 정도로 신경을 쓰는 걸 보면 보통 자리가 아닌 모양이었다.

"알았어요. 나도 당신한테 괜히 민폐 끼치기는 싫으니까."

깊게 한숨을 내쉰 하윤이 옷을 갈아입기 위해 드레스 룸으로 향했다.

원피스는 맞춘 것처럼 그녀의 몸에 딱 맞았다. 거짓말처럼 착 떨어지는 핏에 거울 속 자신의 모습을 보던 하윤이 입술을 잘근 깨물었다.

"……부부였으니 신체 사이즈 정도는 꿰고 있다는 건가."

차가운 웃음이 새어 나왔다. 옷매무새를 정돈한 하윤이 조심스럽게 침실로 발걸음을 옮겼다.

"다행히 사이즈는 잘 맞네요."

옷을 갈아입은 채 서준의 앞에 섰다. 자신이 직접 골라온 원피스를 입고 제 앞에 서 있는 하윤을 말없이 물끄러미 바라보았다.

"……."

아무런 대답도, 반응도 없었다. 그저 알 수 없는 표정으로 하윤을 내려다볼 뿐이었다.

"왜 그렇게 보고 서 있어요?"

그녀가 서준의 반응에 미간을 찌푸렸다. 입어 보라고 할 땐
언제고 말없이 자신을 응시할 뿐이다.

"아냐. 잘 맞으니 다행이군."

곧이어 간결한 대답과 함께 발걸음을 옮겼다.

"피곤할 텐데 얼른 자."

"알았어요."

"아, 그리고……."

문 앞에 선 그가 불현듯 몸을 돌렸다.

"원피스. 정말 잘 어울려."

덩달아 고개를 돌렸던 하윤이 다시금 그를 쳐다보았다.

"예쁘다고."

그러고는 방을 나섰다. 당황스러운 하윤은 홀로 남아 멍하
니 닫힌 문을 바라보았다.

과거의 그 언젠가처럼 그녀를 홀로 두고 나갔지만 그때와는
분명 다른 느낌이었다.

날이 밝고 저택은 또다시 분주해졌다.

오늘도 역시 해가 중천에 뜬 뒤에야 일어난 하윤은 사뿐한
걸음으로 계단을 걸어 내려왔다. 기분 좋게 일렁이는 봄바람
이 그녀의 뺨을 간질였다.

"일어나셨습니까."

1층 거실을 청소하고 있던 메이드가 그녀를 발견하고는 곧장 정중하게 인사를 했다. 가볍게 고개를 끄덕인 하윤은 물을 마시기 위해 주방 쪽으로 향했다.

능숙한 손길로 냉장고에서 병을 꺼내 머그잔에 가득 따랐다. 이상하게 목이 타는 기분이었다. 냉수를 가득 따라 마신 하윤이 뒤늦게 조용한 집 안 분위기를 알아채고는 메이드를 보며 입을 열었다.

"그이는요?"

"일이 있으셔서 아침 일찍……."

"잘됐네요. 회사에 다시 돌아갈 때가 되니 일이 바쁜 모양이에요. 집에 붙어 있는 것보다는 백배 나으니까 나한테는 듣던 중 반가운 얘기이고요."

메이드의 말이 채 끝나기도 전에 하윤이 말을 가로채며 형식적으로 미소 지었다.

이 넓은 저택에서 홀로 지내는 게 외로운 건 사실이었지만 그렇다고 해서 서준과 함께 있고 싶은 건 아니었다. 오히려 그가 집에 없다고 생각하니 마음이 한결 가벼워졌다.

"……예, 예?"

그러나 메이드는 당황한 듯 어쩔 줄을 몰라 했다.

"식사는 내 방으로 올려 줘요."

하지만 그런 메이드의 반응에 신경 쓰지 않는 하윤이다. 곧장 들고 있던 컵을 내려놓으며 제 방으로 올라가려고 하던 그 순간.

"당신이 날 그렇게 생각해 주는 줄은 몰랐는데."

낯익은 그 음성에 하윤이 당황한 듯 뻣뻣하게 굳었다. 이 상황을 어떻게 수습해야 하는지 모르겠다는 듯 메이드가 난감한 얼굴로 뒷말을 마저 이었다.

"아침 일찍, 산책을 다녀오신다고……."

하윤의 날카로운 시선이 제게 닿자 메이드가 고개를 푹 숙인 채로 뒷말을 이었다. 입술을 잘근 깨문 하윤이 조심스럽게 몸을 돌려 서준과 시선을 마주했다.

"하룻밤 지났을 뿐인데 내가 꽤 보고 싶었나 봐? 일어나자마자 나부터 찾는 걸 보면."

조깅이라도 다녀온 건지 트레이닝 복 차림으로 서 있던 서준은 하윤을 내려다보며 입꼬리를 말아 올렸다.

"고맙다고 인사라도 해야 하나."

서준의 입가에 위험한 호선이 그려졌다.

"아, 그리고 앞으론 당신도 1층에 내려와서 나와 함께 식사하도록 해."

어제부터 줄곧 이상한 소리만 늘어놓았다.

"어제도 말했듯이, 우린 이제 '진짜' 부부가 되어야 하니까."

'진짜'라는 단어에 감정이라도 실으려는 것처럼 악센트를 주어 발음하는 그의 모습이 껄끄러웠다. 이 저택에서 깨어난 이후로 줄곧 제 방에서 홀로 식사를 해 왔던 그녀였다.

"안 그런가."

서준과 부딪치고 싶지 않아서 그랬던 것도 있지만 애당초 사람을 마주하고 식사를 하는 게 유난히 불편하게 느껴졌다.

"다른 건 다 괜찮아도 식사는 싫어요."

날카로운 눈빛으로 그를 올려다보던 하윤이 차가운 목소리로 대꾸하고는 시선을 거두었다. 곧장 제 방으로 올라가려던 그녀가 몇 걸음 가지 않아 우뚝 멈춰 선 건 서준이 제 손목을 단단하게 붙잡았기 때문이었다.

"고집부리지 말고 내 말 들어."

아까와는 다르게 사뭇 진지한 서준의 목소리가 귓가를 간질였다.

"고집을 부리는 건 내가 아니라 당신이에요. 이제껏 단 한 번도 당신과 침실을 같이 쓴 적 없고, 식사도 같이 해 본 적 없어요."

하윤의 미간이 얼룩진 감정으로 일그러졌다.

"근데 갑자기 무슨 바람이 들어서 이러는 거예요?"

"앞으로 모르는 사람들과 함께할 식사 자리가 수두룩하게 많을 거야. 그때마다 이렇게 피할 건가?"

"그건 아니겠지만……."

"무슨 이유로 그렇게 식사를 거부하는지 모르겠지만 앞으론 어찌 되었건 당신이 극복해야 할 산 중에 하나야. 남들과 함께하는 자리에서 내가 언제나 당신과 있어 줄 수도 없는 노릇이고."

마치 그동안 함께 지냈던 시간들이 하윤을 위한 선택이었다는 듯 말하는 모양새가 상당히 거북했다.

그 말에 비릿한 웃음을 지어 보인 하윤이 붉은 입술을 연신 달싹이다 조심스럽게 떼었다.

"날 이곳에 가둬 둔 게, 당신이 내 옆에 있어 준 게 마치 날 위한 배려라도 되는 듯 얘기하네요."

차가운 목소리였다. 서로의 시선이 팽팽하게 맞부딪쳤다.

"내가 이 저택에서 깨어나던 날, 당신이 날 바라보던 시선이…… 얼마나 싸늘했는지 알아요? 애타게 부르던 날 버려두고 먼저 등을 보인 건 당신이에요."

그 사이에서 어쩔 줄 몰라 하며 발을 동동 구르는 건 죄 없는 메이드뿐이었다.

잠시 그녀의 얼굴을 물끄러미 내려다보던 서준이 이내 깊은 한숨을 내쉬며 몸을 돌렸다.

"씻고 올 테니 식사 준비해 줘요. 이 사람 것도 함께."

서준이 먼저 제 방으로 올라갔다. 잠옷 차림이었던 하윤 역시 곧장 제 방으로 향했다. 옷장을 열어 얄따란 카디건을 꺼내어 몸에 걸쳤다. 깊은 한숨과 함께 침대 모서리에 털썩 주저앉았다.

"차라리 모르는 사람이랑 식사를 하는 게 백 번이고 낫지."

지끈거리는 머리를 조심스럽게 눌렀다. 이 저택에서 깨어난 이후로 단 한 번도 다른 누군가와 함께 식사를 해 본 적이 없었다. 속이 울렁거려 한 술을 채 다 뜨기도 전에 구토를 하기 일쑤였기 때문이다.

하윤 역시도 그 이유를 알 수 없었다. 혼자 밥을 먹을 때면 괜찮은데, 자신이 아닌 또 다른 누군가와 함께 식사를 할 때면 영락없이 전부 다 게워 냈다.

"내가 어떻게 되든 말든 그런 건 안중에도 없겠지."

하윤이 입술을 잘근 깨물었다.

"그저 남들의 시선 때문에 날 옆에 두는 거니까."

생각에 잠겨 있던 그녀가 불현듯 차가운 목소리로 중얼거렸다.

✤   ✤   ✤

식사가 준비되었다는 메이드의 말에 몸에 걸치고 있던 카디
건을 추슬러 입고는 조심스럽게 1층 거실로 내려갔다. 느릿하
게 발걸음을 옮기던 하윤이 불현듯 몸을 멈추었다.

"이게 다 뭐예요?"

당황한 듯 그녀의 미간이 일그러졌다. 마지막으로 플레이팅
을 마친 메이드가 조심스럽게 말문을 열었다.

"전무님께서 이렇게 준비해 놓으라고 하셔서요."

"그 사람이요?"

"네."

그녀의 동공이 혼란스러운 듯 짙게 요동쳤다. 테이블 위에
정갈하게 놓인 두 개의 그릇은 하윤과 서준을 위한 것이었다.
그리고 그 사이에는 새하얀 색의 파티션이 중심을 가르고 있
었다.

"계속 그렇게 멍하니 서 있을 건가?"

때마침 샤워를 마치고 나온 서준의 목소리가 훅 치고 들어
왔다.

"가서 앉지."

제 손목을 잡고 이끄는 서준에게서 낯설지 않은 샴푸 냄새
가 짙게 풍겨져 나왔다.

"당신이 좋아하는 음식 위주로 준비하라고 했어."

하윤의 손목을 잡아끈 서준이 그녀를 자리에 앉혔다. 얼떨
결에 의자에 앉게 된 하윤은 이 상황이 떨떠름했다. 그녀가 멍

한 얼굴로 서준을 올려다보았다.

파티션을 중심에 두고 각자 자리에 그릇이 놓여 있었다. 서로의 사이를 가로막고 있는 파티션 탓에 서준의 얼굴이 보이지 않았다. 시야가 가려진 상태에서 그의 낮은 음성만이 울려 퍼질 뿐이었다.

"이렇게 하면 좀 낫지 않을까 싶었어."

서준이 나지막하게 입을 열었다.

"당신이 뭐 때문에 누군가와 식사하는 걸 거부하는지는 모르겠지만 이유를 찾지 못한다면 익숙해져야 한다고 생각해."

모든 기억을 잃고 깨어난 하윤이 가장 힘들어했던 건 '식사'였다. 처음 서준과 함께 식탁에 앉았을 때 한 숟갈을 채 다 뜨기도 전에 구역질을 하는 하윤을 보며 마음이 아팠다.

"당신을 괴롭히려는 게 아냐."

그가 단호한 목소리로 말했다.

"힘들더라도 시도해 봐."

그 말을 끝으로 정적이 흘렀다. 공식 석상에서 자신들을 두고 조금이라도 말이 새어 나갈까 두려워 이렇게까지 억지를 부린다고 생각했다.

하지만 서준의 입에서 나온 말은 의외였다. 그는 지금 그녀를 '배려'하고 있다고 말했다.

혼란스러운 머릿속이 정리가 되기도 전에 수저를 들었다. 하윤이 좋아하는 음식 위주로 준비한 테이블 위에는 양고기 스테이크가 메인 메뉴로 올라와 있었다. 이미 조각난 고깃덩어리를 집어서 먹으면 그만이었다.

고요한 가운데 접시와 수저가 부딪쳐 달그락거리는 소리만

이 은은하게 울려 퍼졌다. 그 너머에 서준이 있다는 걸 알고 있었지만 그래도 얼굴이 보이지 않으니 그나마 낫다고 생각했다.

"어쨌든 잘 먹어 볼게요."

이 말을 끝으로 또다시 정적이 감돌았다.

잠시 뜸을 들이던 하윤이 음식을 입에 대기 시작했다. 첫입을 넘겼을 땐 다른 때와 달리 무탈한 목 넘김에 안심했다.

그렇게 한 입, 두 입, 늘어나던 그 순간.

"……우, 우읍!"

잘 먹는가 싶던 하윤이 이내 입질을 보였고, 곧장 화장실로 달려갔다.

그 모습을 본 서준이 고개를 푹 떨어뜨리며 마른세수를 한 번 하고는 이내 그녀에게로 달려갔다. 너무 섣부르게 욕심을 부린 건 아닌가 후회가 됐다. 커다란 손으로 여린 그녀의 등을 두드렸다.

"괜찮아, 괜찮아."

얼마 먹지도 않은 음식물을 전부 게워 내며 떨고 있었다. 처음엔 괜찮은가 싶어 마음을 놓았더니 그게 아니었다. 한참을 게워 낸 하윤이 거친 숨을 몰아쉬었다.

"이럴 필요 없어요. 그만 나가 줘요."

서준의 앞에서 이런 모습을 보인다는 게 부끄럽게 느껴졌다. 제 등을 토닥이는 그의 손길을 차갑게 밀어내며 그녀가 힘겹게 뚜껑을 닫고 그 위에 앉았다.

"괜찮다니까요. 계속 이렇게 보고 있을 거예요?"

"아프잖아, 속."

"정말 괜찮아요."

저를 밀어내려는 그 행동에 속이 상했는지, 서준이 답답한 마음을 짓누르며 그녀를 향해 말했다.

"아픈 건 아프다고 말해도 되잖아."

도통 뭐가 문제인 건지 알 수가 없었다. 아무런 문제가 없었다고 생각했던 모든 것들이 다 뒤틀리고 엇갈리는 기분이었다.

"뭐가 그렇게 만날 괜찮은 건데."

허리를 굽혀 앉아 있는 하윤과 시선을 마주한 서준이 딱딱한 목소리로 물었다.

"아프잖아. 속 다 게워 내고, 남들 있는 데서 식사도 편하게 못 하고. 나 당신 남편이잖아. 의존하라고 있는 사람이잖아. 근데 왜 걱정도 못 하게 해."

날카로운 목소리였다. 여린 몸으로 변기를 부여잡고 떨고 있는 모습을 보니 무거운 돌이 제 속을 짓누르는 기분이 들었다. 자신이 사랑했던 여자가 이렇게 망가진 모습을 보니 너무도 속상했다.

"그렇다면요?"

"……뭐?"

날카롭게 맞받아치는 하윤의 모습에 서준이 고개를 들어 그녀를 바라보았다.

"괜찮지 않다고 말하면 뭐가 달라져요? 깨어나 보니 그랬어요. 내가 원해서 이렇게 된 게 아니라, 모든 걸 다 잃고 깨어나 보니 내 몸이 이렇게 변했다고요."

하윤이 입술을 잘근 깨물며 쏘아붙였다.

"나도 답답해요. 이런 내가 짜증 나고 싫은데 몸이 거부하는 걸 나보고 어떡……."

"내가 한국에 돌아왔을 때."

날카로운 목소리를 가르며 서준이 입을 열었다. 감정을 억누르려는 듯 그의 입술이 조심스럽게 떨려 왔다.

"당신은 이미 중환자실에 누워 있었어."

그의 짙은 눈망울이 하윤의 가슴을 간질였다.

"내 심정이 어땠을 것 같아? 당신은 중환자실에 누워 있지, 그리고 내……!"

감정이 격양된 듯 목소리 톤이 한층 올라갔다. 해서는 안 될 말이 목 끝까지 차올랐다.

이내 떨리는 마음을 진정시키려는 건지 서준이 뜨거운 목울대를 억누르며 말을 멈췄다.

"나도 그 모든 게 갑작스러웠어."

잠시 호흡을 고른 뒤 다시 말을 이어 갔다.

"출장을 떠나기 전까지만 해도 우리 사이에는 어떤 문제도 없었어. 4주 후, 한국으로 돌아오자 당신은 사고로 의식을 잃은 상태였지. 매일 밤 당신이 깨어나기를 기도했는데, 모든 기억을 잃은 당신은…… 내가 알던 민하윤과 너무나 다른 사람이었어."

기억을 잃은 채 깨어난 하윤은 제게서 너무 먼 사람이 되어 있었다.

한 번도 본 적 없던 자해 흉터, 다른 누군가와 식사를 하지 못하는 몸…….

그리고 기억 속에서 자신을 새하얗게 지워 버린 것까지.

"우리가 사랑했던 시간들이 모두 사라진 것처럼. 마치 당신은 단 한 번도 날 사랑했던 적 없었던 것처럼 날 낯설어했지."

한국으로 돌아와 서준이 마주해야 했던 현실은 너무나도 참담했다.

"그런 당신을 두고 내가 대체 뭘 어떻게 했어야 하는 건데."

사랑했던 아내의 달라진 모습은 그를 지독하게 괴롭혔다. 게다가 손목에 선명한 흉터가 자신에게서 벗어나려는 증표인 것처럼 보여 더욱 힘들었다.

"날 사랑하지 않는다고 말했었지."

그가 싸늘한 시선으로 하윤을 내려다보았다. 의식을 되찾고 깨어난 하윤은 제 앞에 있는 서준을 보며 사랑한 적이 없다고 말했다.

"아니."

꽤 단호한 목소리였다.

"당신도 날 사랑했어."

대체 어떤 이유로 그렇게 변했는지 모르겠지만, 확신했다. 서준은 그 모든 시간을 기억하고 있었으니까.

"난 알아."

"내가 당신을 진심으로 사랑했다면 이렇게 모든 걸 잊어버리진 않았겠죠."

하윤이 쓰린 속을 애써 억누르며 입을 열었다.

"새장에 갇힌 새처럼 이곳에서 지낸 지 벌써 9개월이나 지났어요. 그리고 내 머릿속엔 여전히 우리가 사랑했던 기억은 없고요."

그를 밀어내듯 더욱 차갑게 몰아붙였다. 하윤의 말을 끝으로 1층엔 서늘한 침묵이 맴돌았다. 작은 숨소리 하나 들리지 않았다. 서로를 바라보는 차가운 눈빛만이 맞닿아 있을 뿐이었다.

"약은 꼭 챙겨 먹도록 해."

차갑게 얘기한 서준이 망설임 없이 돌아섰다. 자리에 남아 있는 건 작은 알약들이 수북하게 들어 있는 통이었다.

사고 후 음식을 게워 내는 일이 잦았기에 집 안에 구비해 놓은 약들이었다.

특히 지금처럼 다른 누군가가 있는 곳에선 음식물을 조금도 삼키지 못했다. 홀로 남은 하윤은 조심스럽게 약통을 집어 들었다.

"……하아."

깊은 한숨이 절로 새어 나왔다.

찬물로 입을 헹궈낸 하윤은 곧장 부엌으로 향했다.

머그잔에 물을 한가득 담은 뒤 서준이 건네고 간 알약을 들어 입속으로 삼켰다.

"이럴 거면 대체 약은 왜 챙겨 주는 건지."

그녀가 작게 중얼거렸다. 양배추를 갈아 만든 약은 버린 속을 달래기에는 제격이었다. 제 속을 이렇게 뒤집어 놓은 장본인이 내민 알약을 먹는 상황 자체가 참 우스울 뿐이었다.

"이런 걸 병 주고 약 준다고 하는 건가."

그녀가 낮게 조소를 흘렸다.

"사랑하지 않는다, 라……."

이 집에서 처음 의식을 되찾았을 땐 혼란스러울 뿐이었다. 그리고 서준의 얼굴을 마주했을 땐 무언가가 제 심장을 억누르듯 꽉 조여 오는 느낌을 받았다.

"날 혼자 내버려 두고 대화를 거부했던 건 당신이지."

숨을 쉴 수 없을 만큼 답답하고 또 감당할 수 없을 만큼 슬픔이 밀려왔다.

처음엔 서준의 모습을 이해해 보려고 했다.

그가 출장을 다녀온 사이에 교통사고가 났다고 했다. 부부였으니 그 상황을 얼마나 받아들이기 힘들었을까 싶었다. 게다가 자신이 서준의 존재를 작은 것 하나 남겨 놓지 않고 머릿속에서 지워 버리지 않았던가.

서로를 바라보며 환하게 웃고 있는 웨딩 사진, 그리고 함께 나눴던 백년가약의 증표. 눈으로 확인할 수 있었던 그 모든 시간들을 이렇게 부정하게 되었던 건 오롯이 서준 탓이었다.

쉽게 잠들지 못했던 어느 새벽.

한참을 뒤척이던 하윤은 산책이라도 할 생각으로 방을 나섰다. 계단을 내려가던 찰나, 열린 문틈 사이로 새어 나온 흐린 불빛이 보였다.

"하윤이가 기억을 되찾지 못하게 막을 겁니다. 그리고 그게 하윤이의 세상의 전부가 될 겁니다."

기억을 되찾지 못하게 막겠다니.

"민하윤이라는 이름과 제 아내라는 사실. 그 두 개만 있으면 됩니다."

그녀가 발걸음을 멈췄다. 고요한 가운데 그의 낮은 음성이 조용히 울려 퍼졌다.

"그 외의 것들은 세상에서 사라지고 없을 테니까요. 사고 기록에 대한 처리는 확실하게 된 겁니까?"

하윤이 미간을 찌푸렸다.

"네. 두 번 다시 세상에 드러나지 않도록 확실하게 매듭지어 주세요. 하윤이가 안전할 수만 있다면 다른 것들은 상관없습니다."

불안한 예감에 꽉 쥔 손이 파르르 떨렸다. 놀란 마음이 좀처럼 진정되지 않았다.

잠시 뒤, 발걸음을 옮기는 소리가 들려 하윤은 벽 뒤로 몸을 숨겼다.

서준이 제 남편이라는 사실을 받아들이려 했던 노력이 한순간에 물거품이 된 것 같았다. 배신감에 하윤의 눈동자가 세차게 진동했다.

"하."

잇새로 분에 찬 탄식이 새어 나왔다.

"적은 가장 가까운 곳에 있다더니."

그녀가 차갑게 중얼거렸다.

"내가 너무 안일하게 생각했어. 사고에 관한 진실을 숨긴다고, 그게 전부가 아니었을 텐데."

하윤이 완벽하게 마음을 닫아 버린 건 그때부터였다. 더불어 제 사고에 관한 진실을 꼭 밝혀야겠다고 마음먹었다.

"그래 놓고 우리 관계가 이렇게 바닥을 친 게 전부 내 탓이라니."

그때를 회상하던 하윤이 씁쓸한 마음이 들어 입술을 꾹 짓눌렀다.

이따금씩 서준과 말다툼을 할 때면 온몸에 힘이 다 빠져나가는 기분이었다. 누군가와 감정을 나누는 일은 참으로 에너지가 많이 필요한 일이었다.

그게 좋은 감정이든 나쁜 감정이든.

"원하시면 식사를 다시 방으로 올려드리겠습니다."

언제 온 건지 뒤에서 에릭의 목소리가 들려왔다. 그 음성에 뒤를 돌아본 하윤이 그와 시선을 마주했다.

"제대로 드시지도 못한 채 다 게워 내신 것 같아서요."

"지금 날 동정하는 건가?"

싱크대 앞에 기대어 선 하윤이 도도한 눈빛으로 그를 올려다보았다.

"이 타이밍에 너한테 동정 받고 싶진 않은데."

이 싸움에 에릭은 아무런 잘못이 없었지만 지금은 그 누구와도 말을 섞고 싶지 않았다. 삐딱하게 새어 나가는 음성은 제 마음이 삐뚤어졌기 때문이었다.

"사람들은 보통 이런 걸 '관심'이라고 합니다."

바르게 정정한 에릭이 꼿꼿한 시선으로 하윤을 바라보았다. 제게 주는 것이 관심이라는 말에 하윤이 낮게 헛웃음을 흘렸다.

그래도 이쪽이 훨씬 나았다. 제 말 한마디에 꽁무니를 빼는 다른 경호원이나 메이드보다는 말이다.

"나한테 그렇게까지 관심이 많은 줄은 몰랐는데."

"제가 경호해야 할 분이니까요."

사적인 관심은 아니라는 듯 선을 긋는 모습이었다. 그런 에릭의 태도에 자꾸만 흥미가 느껴졌다. 어쩌면 위험할 수도 있는.

"관심은 고맙지만 내가 지금 밥 먹을 기분은 아니라서."

"그럼 치우라고 하겠습니다."

"고마워."

머그잔을 탁, 소리 나게 내려놓은 하윤이 곧장 발걸음을 옮겼다.

"아."

그러다 문득 할 말이 생각났는지 발걸음을 멈춰 섰다. 고개를 돌려 에릭을 바라보는 모습이 어쩐지 심상치 않았다.

"네 임무가 날 보호하는 거라면, 내일 한눈팔지 말고 내 곁에 꼭 붙어 있도록 해. 낯선 사람들 사이에서 언제 어떻게 변

수가 생길지 모르니까."

강조하듯 단단히 일렀다.

"내가 모르는 사람과 말을 섞을 일이 생긴다거나, 원치 않는 식사 자리가 생겼을 때를 전부 포함해서 말이야."

"걱정하지 않으셔도 됩니다. 제 임무가 아가씨를 근접 경호하는 것이니만큼 그날 제 시선은 아가씨께만 머물러 있을 겁니다. 무슨 일이 있더라도 지켜 드리겠습니다."

아가씨라는 호칭이 새삼 이질적으로 느껴졌지만 그렇게 명령한 건 하윤이었다.

'사모님'이라는 말이 너무도 낯간지러웠기 때문이다.

"그렇게 얘기하니 마음이 놓이네."

에릭의 단호한 대답이 조금은 마음에 들었는지 하윤은 작게 고개를 끄덕였다.

서준과 다툰 이후로 그녀는 곧장 방에만 있었다.

그가 회사로 출근한 뒤에야 방을 나선 하윤은 간단한 다과와 커피를 가지고 집 앞마당에 산책을 나갔다. 아침을 다 게워 낸 탓에 속이 허했기 때문이다.

하윤은 그곳에서 좋아하는 책을 읽거나 그림을 그리곤 했다. 적당한 온도의 바람이 은은하게 불어왔다. 그 살랑거리는 바람에 기분이 조금은 나아진 건지 하윤이 옅게 미소 지었다.

옆에 서 있던 에릭이 그녀에게 넌지시 물었다.

"춥진 않으십니까."

"괜찮아. 햇볕이 이렇게나 따스한걸."

커다란 파라솔 아래서 환한 빛을 받고 있는 하윤의 모습은 그야말로 아름다웠다.

그녀의 희고 고운 살결이 빛을 받아 더욱 매끄럽게 돋보였다. 그 모습을 한참 동안 말없이 감상하던 에릭이 잠시 주춤하더니 이내 입을 열었다.

"답답하진 않으십니까."

"……."

"저택 내부의 많은 사람들이 아가씨를 뭐라고 부르는 줄 아십니까?"

"뭐라고 부르는데?"

"5층의 인형이라고 부르더군요."

자신도 몰랐던 별명에 하윤이 작은 웃음을 터트렸다.

저만 보면 풀이 죽은 강아지들처럼 꽁무니를 빼던 메이드들이 뒤에서 그런 깜찍한 별명을 지었을 줄은 몰랐다. 어이가 없다는 듯 하윤이 작게 실소를 내뱉었다.

"당신 생각은 어때?"

"……글쎄요."

"살아 숨 쉬는 사람 같지 느껴지지 않다는 뜻이겠지."

순식간에 웃음기를 지운 하윤이 손에 들고 있던 붓을 내려놓으며 단호하게 말했다.

그들이 장난삼아 부르는 별명은 하윤의 인생을 정확하게 대변해 주고 있었다.

그녀는 하루하루 죽지 못해 살아갔다. 내가 누구인지, 이곳은 어디인지. 그 무엇도 알지 못한 채 그저 시간이 흘러가는 대로 살아갈 뿐이었다. 숨을 쉬고 있지만 그건 사는 게 아니었다.

"좋은 집. 좋은 차. 좋은 옷."

잠시 말을 멈춘 하윤이 조금 뒤에 다시 입을 열었다.

"부러워 보일 수도 있지만 난 자유가 없어. 내 자신이 없단 얘기지. 내 인생에 나만 빼고 다 있어. 딱 민하윤만 빼고."

그리던 그림을 중단하고 하윤이 제 자리에서 일어섰다. 오늘 아침, 제 얼굴을 보며 당신도 날 사랑했었다고 말했던 서준의 눈빛이 머릿속에 아른거렸다.

떨쳐 내고 싶었지만 좀처럼 지워지지 않아 집중이 흐트러졌다.

멍한 하윤의 눈빛에 에릭이 그녀를 빤히 쳐다보았다. 단호한 얼굴로 입을 연 하윤이 에릭에게로 천천히 다가왔다. 상당히 매혹적인 몸짓이었다. 하윤이 손을 뻗어 에릭의 흩날리는 머리칼을 부드럽게 어루만졌다.

"그 기분이 어떤 건 줄 알아? 내 인생에 내가 없는 기분."

넌 모를 거야. 깊이를 가늠할 수 없는 어둠 속에서 산다는 게 어떤 건지. 하윤은 채 못다 한 말을 목 끝에서 애써 삼켰다.

그녀의 눈에 툭 치면 당장이라도 흘러내릴 것 같은 눈물이 순식간에 차올랐다.

가라앉은 기분을 되살릴 재주는 없었기에 하윤은 그리던 그림을 정리하기 위해 돌아섰다.

하지만 일은 순식간에 일어났다. 에릭이 돌아서려는 하윤의 손목을 잡아 끌어당긴 것이다. 직접 몸에 손을 댄 것은 처음이었다.

아슬아슬한 위치에 두 남녀가 서 있었다. 에릭이 제 앞에 있는 하윤의 눈망울을 똑바로 응시했다. 이렇게 강렬한 눈빛을 준 것은 처음이었다.

"만일 제가 그 자유를 되찾아 드린다면."

"……."

"그에 합당한 대가로 제게 뭘 주실 겁니까."

이번엔 하윤이 아닌 에릭이 먼저 한 걸음 다가왔다.

"뭐?"

하윤이 미간을 찌푸리며 되물었다. 분명히 그가 자유를 되찾아 줄 테니 제게 뭘 줄 수 있느냐고 물었다.

그건 일종의 '제안'이었다.

"지금 나한테 거래를 하자는 거야?"

재미있다는 듯 하윤이 비스듬하게 고개를 젖히며 에릭을 올려다보았다.

"각자가 원하는 부분을 서로 채워 줄 수 있다면 그만큼 이해관계가 확실한 파트너는 없다고 생각합니다. 아가씨께 자유를 되찾아 드리고, 그 대가로 제가 원하는 것을 갖는 거죠."

에릭이 똑 부러지게 대답했다.

"어떻습니까."

협조적인 에릭의 모습에 하윤의 입꼬리가 관능적인 자태를 그리며 올라갔다.

"네가 뭘 원하든 난 그 이상의 것을 줄 수 있어."

하윤이 그의 귓가에 나지막하게 속삭였다. 귓속을 간질이는 숨소리가 그 어느 때보다도 은밀하게 느껴졌다.

"후회하지 않으시겠습니까."

만족스러운 에릭의 태도에 하윤이 입가에 작은 미소를 지으며 대답했다.

"물론이지."

드디어 미끼를 물었다. 에릭이 예의를 갖춰 조심스레 하윤의 손등에 입을 맞췄다.

그들의 비밀스러운 계약이 성사되었다.

02화

파편

아침부터 저택 내부가 분주하게 움직였다.

서준이 그렇게 신신당부를 했던 만큼 오늘은 중요한 날이었기 때문이다.

"다 됐어요."

메이드의 도움을 받아 준비를 마친 하윤이 계단을 통해 천천히 내려왔다.

공식적으로는 1년 만에 세간에 모습을 드러내는 자리였기 때문에 한껏 꾸민 모습이 상당히 인상적이다. 어젯밤 서준이 골라 준 원피스에 포인트가 될 목걸이를 착용했다.

서준은 좀처럼 하윤에게서 시선을 떼지 못한 채 멍하니 그녀를 바라보았다.

"왜 안 가고 서 있어요?"

제게 진득하게 닿아 있는 시선을 느낀 하윤이 입을 열었다.

"가지."

그제야 시선을 거둔 서준이 아무렇지 않게 그녀를 향해 손을 내밀었다.

그의 기다란 손가락이 그녀를 향해 뻗어 있었다.

"뭐 하자는 거예요?"

"수십 대의 카메라와 기자들이 우릴 보고 있는 자리야. 그런 자리에서 이 정도 스킨십은 불가피해. 우린 많은 사람들의 축복 속에 결혼했으니까."

축복이라는 그 단어가 낯간지럽게 느껴졌다.

"그래서 지금 나더러 당신 손을 잡으라고요?"

"어."

껄끄럽다는 듯 제게 내밀어진 손을 그저 바라보기만 하는 하윤을 대신해 서준이 그녀의 손을 감싸 안았다.

제 손가락 사이사이로 들어온 그의 손길이 이상하게 따뜻하게 느껴졌다. 살갗을 스치는 묘한 기분에 하윤이 미간을 찌푸렸다.

"……내가 드디어 미친 건가."

"뭐라고?"

"아니에요. 얼른 가요."

상석에 하윤을 앉게 한 서준은 그 옆에 자리했다. 운전석에는 서준의 비서인 현석이 올라탔고 조수석엔 에릭이 앉았다.

"평소보다 일찍 일어나서 피곤할 것 같은데."

창문 너머로 펼쳐진 풍경을 바라보고 있는 하윤을 향해 나지막하게 입을 열었다. 달리는 속도에 맞춰 한적한 길이 스쳐 지나갔다.

"조금요."

"가는 길에 조금이라도 눈 붙이지 그래."

일반인이라면 활동하기에 아무런 무리가 없는 시간이었지만 하윤에겐 조금 이른 감이 있었다.

여전히 창밖에 시선을 고정시키고 있던 하윤이 영혼 없는 목소리로 대답했다.

"알아서 할게요."

사고가 있던 날로부터 1년 만에 하는 외출이었다. 3개월은 의식을 잃은 상태였다고 해도 말이다.

곳곳에 피어난 형형색색의 꽃들이 그녀의 시선을 이끌었다. 그 모든 걸 눈에 담기엔 시간이 턱없이 모자랐다.

차갑게 대꾸하는 하윤을 바라보던 서준이 고개를 돌리며 입을 열었다.

"당신이 사경을 헤매고 회복하는 시간 동안 사람들은 우리의 행방을 두고 말들이 많았어. 이혼했다는 소문도 자자했고 어디선가 당신이 다른 남자와 있는 모습을 봤다는 사람들도 여럿 있었지."

"성에 갇힌 라푼젤처럼 당신의 저택에서 한 발자국도 못 나갔던 나를 두고 그런 소문이 나돌다니, 참 재미있는 사람들이네요."

저를 두고 뒷말을 흘리는 사람들을 생각하니 웃음이 났다. 차가운 웃음을 흘린 하윤이 창밖을 바라보던 시선을 거두며 서준과 눈을 마주했다.

"신경 쓸 거 없어. 그런 말을 하는 사람이 있더라도 한 귀로 흘리면 돼."

"걱정하지 말아요. 그렇게 마음에 둘 이야기도 아니니까."

차가운 목소리가 서준의 가슴을 헤집고 들어왔다.

어디서부터 어떻게 어긋나게 된 건지, 그의 배려는 언제나 하윤에게 독이었다.

서준은 그녀가 더 이상 자신을 사랑하지 않는다는 걸 알았지만, 그럼에도 하윤을 제 곁에 두었다.

어쩌면 욕심일지도 몰랐다. 그렇게 해서라도 그녀와 함께하고 싶었으니까. 그게 서준이 하윤을 사랑하기 위해 선택한 방식이었다.

"그래."

서준은 하고 싶은 말을 애써 삼키며 딱딱하게 대답했다.

"협조해 준다니 다행이군."

원치 않던 사고로 하루아침에 '쇼윈도 부부'가 되었다. 깨어난 하윤에게 묻고 싶은 말들이, 듣고 싶은 이야기가 너무도 많았지만 그럴 수 없었다.

자신이 사랑했던 하윤은 그 어디에도 없었으니까.

"그 팔찌."

차 안을 감싸던 서늘한 침묵을 가르고 서준이 입을 열었다.

"답답하면 빼도 돼."

왼쪽 손목에 있는 흉터를 가리기 위해 차고 있던 팔찌였다. 서준은 그 팔찌에 가려진 선명하게 도드라져 있는 흉터를 부드럽게 어루만졌다.

"사람들의 축복을 받으며 결혼했다면서요. 한창 행복해야 할 여자의 손목에 이런 흉터가 있다면 다들 우리의 결혼 생활이 빈껍데기뿐이라는 걸 알게 될 텐데요."

자조적인 목소리였다. 하윤은 그 흉터가, 자신도 기억하지 못하는 내면의 상처가 서준에게서 비롯되었다고 확신했다. 그렇지 않다면 이제 막 결혼을 한 자신이 자해를 할 리는 없으니까.

"당신은 내 손목에 왜 이런 흉터가 있는지 모르잖아요."

"……내가 비행기를 타기 전까지만 해도."

서준은 답답한 마음과 더불어 속이 타들어 가는 듯한 갈증을 느꼈다.

"그 흉터는 없었어."

"당신이 정말 날 사랑했다면, 적어도 내가 어떤 상태였는지는 알고 있었겠죠."

늘 이런 식이다. 대화는 언제나 제자리걸음이었다. 한순간에 변해 버린 상황을 감당해야 했던 서준도, 모든 기억을 잃어버린 하윤도 서로를 믿을 수 없는 건 마찬가지였다.

"크흠."

운전을 하며 두 사람의 대화를 듣고 있던 현석이 괜한 헛기침을 냈다. 목적지에 거의 다 도착했기 때문이었다.

"저는 차에서 대기하고 있겠습니다."

미러에 비친 그들의 서늘한 모습에 눈치를 보며 입을 열었다. 곧이어 목적지에 도착하고, 차에서 내리기 전 서준은 다시 한번 하윤에게 손을 내밀었다.

"명심해. 지금부터 우린 부부야."

"……."

"당신이 날 사랑하지 않는다고 해도."

덤덤하게 이르는 그 목소리가 서글프게 느껴지는 건.

……과연 착각이었을까.

샹들리에가 제 존재감을 드러내듯 화려하게 켜졌다.

순식간에 홀 안에 있는 사람들의 시선이 한곳에 집중됐다. 주인공은 언제나 마지막에 나타나는 법. 긴 다리로 저벅저벅 걸어가는 걸음걸이에는 조금의 망설임도 담겨 있지 않았다.

서준과 하윤이 팔짱을 끼고 다정하게 등장하자, 주변에 있던 사람들이 수군거리기 시작했다. 실제로 1년 만에 공식적인 자리에서 모습을 드러내는 것이니 그럴 만도 했다.

대한민국을 대표하는 기업인들이 한데 모인 자리인 만큼 곳곳엔 카메라를 든 기자들이 자리를 잡고 있었다.

오늘 이 자리에 모습을 드러낸 건 그동안 자신들을 두고 무성히 퍼져 나갔던 소문을 잠재우고, 서준이 본격적으로 경영에 복귀하겠다는 무언의 암시를 주기 위해서였다.

"플래시가 눈 아프면 얘기해도 괜찮아."

"아직은 괜찮아요."

주변 시선을 의식한 두 사람은 평소와는 달리, 서로를 다정하게 바라보며 대화를 나누었다.

서준에게 괜찮다고 말했지만, 하윤은 팔짱을 끼고 있는 손에 점점 힘이 들어가는 게 느껴졌다. 쉴 새 없이 터지는 카메라 플래시와 더불어 북적거리는 인파.

"······생각보다 사람들이 많네요."

누군가와 함께 식사를 하는 것만큼 인파 속에 자리하는 것도 상당히 거북했다. 제 팔짱을 낀 손에 힘이 들어가는 게 느껴지자 결국, 서준은 팔을 빼내어 그녀의 손을 꽉 잡았다.

"괜찮을 거야."

갑작스레 손을 잡는 서준의 모습에 놀란 듯 하윤이 그를 올려다보았다.

지켜보는 눈이 많았다. 제게 집중된 수많은 시선을 의식하며 그에게 억지로 웃어 보여야 했다.

"손잡아도 돼."

떨고 있는 하윤의 모습을 알아챘는지, 서준은 의지할 수 있도록 그녀의 손을 꽉 잡아 주었다. 그리고 아무 일도 없었다는 듯 계속해서 사람들과 인사를 나누었다.

이따금씩 이해할 수 없는 서준의 배려에 하윤은 머릿속이 복잡했다.

훤칠한 키와 잘 다져진 몸, 거기에 빼어난 외모까지. 슈트를 입기에 더할 나위 없이 좋은 조건이었다.

자신이 지닌 영향력과 가치를 잘 아는 서준은 그 점을 교묘하게 이용할 줄 아는 남자였다.

매년 300조 원의 달하는 부가 가치를 창출해 내며 대한민국 경제를 쥐락펴락하는 유현그룹 강욱진 회장의 차남이자, 차기 회장 후보로 언론의 주목을 받고 있는 인물이 바로 그였다.

"오랜만입니다."

서준이 미소를 지으며 남자에게 인사를 건넸다. 웃고 있는 것 같아도 그에게는 함부로 범접할 수 없는 위압감과 차가움이 서려 있었다. 서준보다 훨씬 높은 연배의 기업인들도 그를 어려워하는 게 느껴졌다.

"강 전무. 이게 얼마 만인가!"

"거의 1년 만에 뵙네요."

"아, 이 사람아. 가끔 얼굴도 비추고 그래. 이러다 얼굴도 까먹겠어. 그동안 어떻게 지냈는가?"

"일선에서 물러나 잠시 쉬었습니다. 뭐든지 건강해야 할 수 있는 거 아니겠습니까. 진 회장님께서는 그간 별고 없으셨는 지요."

"허허. 나야 너무 건강해서 탈이지. 요즘은 살이 너무 붙는 거 같아서 걱정이야. 그나저나 부인께서는 여전히 아름다우시 구면."

연배가 한참은 높은 진 회장이 능글맞은 눈빛으로 하윤을 보며 얘기하는 게 상당히 불쾌했다.

"사실…… 강 전무도 알다시피 이래저래 말이 많았잖아."

옆에 있는 하윤의 눈치를 보며 조심스럽게 얘기를 꺼내는 남자였다. 그 '말'이라 함은 하윤이 모습을 드러내지 않던 시 간 동안 바람을 피웠다느니, 이혼을 했다느니 하는 얘기를 의 미했다.

"높은 자리일수록 시기하는 사람들이 따르는 건 당연한 일 아니겠어요? 왕관을 쓰려면 그 무게 정돈 감수해야 할 테니까 요. 이 사람과 집에서 쉬면서 지낸 것뿐인데 그런 소문이 따르 는 것을 보면 제가 그동안 열심히 살긴 했나 봐요."

하윤이 가식적인 웃음을 지으며 서준을 대신해 대답했다. 진 회장은 호탕한 웃음을 지으며 이렇게 똑 부러지는 변호사 님을 두고 괜한 소리를 했다며 너스레를 떨었다.

"잘 지내고 있는 것 같아서 참 다행입니다. 허허."

그 웃음에 하윤 역시도 남자를 보며 작게 미소 지었다. 짧은 대화를 마친 그들이 자리를 옮기려던 그때, 불현듯 진 회장이 입을 열었다.

"아, 어머니 일은 참 유감일세. 그래도 자네가 잘 추스른 것 같아서 마음이 좀 놓이는군."

서준의 표정이 잠시 동안 굳어졌다.

어머니라. 하윤 역시도 처음 듣는 얘기였기에 의아하다는 듯 서준을 올려다보았다. 어머니에 대한 이야기를 하는 걸 들어 본 적이 없어 더욱 궁금증을 자아냈다.

진 회장의 말에 미세하게 얼굴 근육이 일그러졌지만 이내 표정을 가다듬는 서준이었다.

"걱정해 주셔서 감사합니다."

"이제 슬슬 다시 경영에 뛰어드는 건가? 강민준 사장이 많이 긴장하겠어."

"그럴 리가요. 형제는 모름지기 서로 돕고 사는 거 아니겠습니까."

"허허. 역시! 강 회장님께서 아들들 하난 잘 키워 놓으셨다니까."

"진 회장님만 할까요."

하루빨리 형제의 난이 일어나길 바라는 사람이라는 걸 알기에 서준은 웃는 낯으로 진 회장의 속을 오묘하게 긁었다.

형식적인 이야기가 조금 더 오고간 뒤에야 그들은 그 자리를 벗어날 수 있었다.

"능구렁이 같은 노인네야. 신경 쓸 거 없어."

진 회장이 시야에서 사라질 때 즈음 서준이 낮은 음성으로 얘기했다.

"알아요. 그런 거에 일일이 반응할 정도로 멍청하지도 않고."

"머리 아프거나 속이 울렁거리면 바로 얘기해."

"알았어요."

하윤이 사람들과 어울리는 일을 근본적으로 싫어한다는 걸 알기에 하는 말이었다.

그때, 무언가를 계속해서 예의 주시하던 에릭이 서준을 향해 조심스럽게 다가왔다.

무슨 영문인지 몰라 그저 그들을 바라보고 있는 하윤을 뒤로하고 조심스럽게 상황을 전달했다.

"……여기에?"

"예. 그렇습니다."

에릭의 말을 들은 서준이 미간을 찌푸렸다.

"생각보다 빨리 걸렸네."

"어떻게 할까요?"

"잡아 놔. 덫을 문 새끼를 그냥 놓아 줄 수는 없지."

싸늘한 음성으로 대답한 서준은 시계를 확인하더니, 어쩔 수 없다는 듯 하윤을 향해 입을 열었다.

"모임이 끝나면 에릭이 당신을 집으로 바래다줄 거야. 그리고 난 오늘 집에 못 들어갈지도 몰라."

다짜고짜 제 할 말만 하는 그의 모습에 신물이 난다는 듯 하윤이 입술을 잘근 깨물었다.

"당신이 집에 들어오지 않는 건 반가운 얘기지만, 적어도 어떻게 된 건지 자초지종은 설명해 줘야 하지 않겠어요?"

혹여나 누군가 들을까, 최대한 온화한 얼굴로 작게 속삭이

는 하윤이었다. 억지로 올리고 있는 입꼬리가 바르르 떨려 왔
다.

"당신의 그 일방적인 화법은 정말 9개월을 겪어도 적응이
안 되네요."

최대한 침착한 목소리로 말했지만 곳곳에서 그들을 관심 있
게 바라보던 사람들은 곧 의아한 눈초리로 두 사람에게 집중
하기 시작했다.

그 시선을 느낀 서준이 곤란하다는 듯 하윤을 내려다보았
다. 그의 낮은 음성이 단호하게 귓가에 내려앉았다.

"안 되겠네."

하윤의 허리를 다정하게 감싸 안은 서준이 관능적인 자태로
그녀에게 입을 맞췄다.

"흡……!"

많은 사람들이 있는 자리였기에 놀란 하윤이 할 수 있는 건
그저 그의 옷깃을 꽉 부여잡는 것뿐이었다.

서준의 향수 냄새가 각인이라도 된 듯 그녀의 몸을 짙게 물
들였다. 주변에서 그들을 두고 수군거리는 목소리가 들려왔
다.

"먼저 가 있어. 집에 일찍 들어갈게."

입술을 뗀 서준이 나지막하게 얘기했다. 오늘 밤 귀가 시간
은 정해져 있었다.

에릭과 단둘이 집에 들어선 하윤은 첫 사교 모임에서 갈증

을 느낀 탓에 오자마자 냉수를 벌컥 들이켰다.

의식을 되찾은 이후로 이렇게 많은 사람들 속에서 있었던 것은 처음이었다. 그러니 피로를 느끼는 게 당연했다.

"뭐? 나한테서 시선을 떼지 않겠다며?"

탁, 소리가 나게 컵을 내려놓은 하윤이 제 뒤에 서 있을 에릭을 향해 입을 열었다.

"아가씨에게 집중하고 있었습니다."

"그 말을 나더러 믿으라고? 네 보고를 받고 그 사람이 일정을 바꾸기까지 했는데."

에릭에게 화살을 돌린 것은 그 역시도 좀 전에 있었던 일에 대해서 설명해 주지 않았기 때문이다.

"그 사람이야 내게 비밀이 많으니 그렇다 쳐도 넌 나한테 그러면 안 되지."

딜을 하자고 먼저 제안했던 건 에릭이었다. 하윤은 그런 그가 제게 비밀을 만들었다는 사실이 꽤나 못마땅했다.

"회사 업무와 관련된 일입니다. 만일 아가씨와 관련된 일이었다면 제가 숨길 이유가 없지 않겠습니까."

"모르지. 네가 내 뒤통수를 치려는 건지."

"그럴 일은 절대 없을 겁니다. 저 역시도 아가씨께 원하는 게 있으니까요."

확신을 주듯 단호한 그의 대답에 조금 마음이 풀린 하윤은 그제야 시선을 거뒀다. 연회장에 있는 내내 저를 두고 숙덕거리던 사람들 탓에 머리가 지끈거렸다.

"아내도 같이 왔어."

"불륜을 저질렀다느니 이혼을 했다느니, 다 소문이었나 본데?"

"그러게. 별다른 문제는 없어 보이는데…….."

동물원에 있는 철장 속 원숭이가 된 기분이었다.

"사람들은 왜 이렇게 남 일에 관심이 많은가 몰라."

그녀가 깊은 한숨을 내쉬었다.

"안 그래?"

"신경 쓰실 거 없습니다. 남 일에 대해 떠들고 물어뜯으며 희열을 느끼는 족속들이니까요. 그저 전무님과 아가씨에 대해서 시기하는 세력일 뿐입니다."

"내가 누군가에게 시기를 받을 정도로 유명한 사람은 아니지 않았나? 그저 변호사일 뿐이었는데."

기다란 머리칼을 쓸어 넘기며 답했다. 하윤이 치료를 통해 가장 먼저 되찾았던 기억은 바로 제 '직업'이었다. 일을 하면서 자부심을 느꼈던 만큼 하윤의 삶에 있어 큰 부분이었기도 했다.

"대형 로펌에 최연소로 입사했으니 세간에 관심을 받을 만합니다."

"내 기분 맞춰 주겠다고 그런 얘기까진 안 꺼내도 돼."

고개를 돌려 에릭과 시선을 마주한 하윤이 어깨를 으쓱이며 말을 이었다.

"피곤해서 좀 자야겠으니까 아무도 올라오지 말라고 전해 줘."

"알겠습니다."

평소보다 배는 늘어난 활동량에 에너지를 너무나 많이 소비했다.

피곤이 한껏 몰려 왔다. 하지만 방이 있는 5층으로 향한 하윤은 문 앞에서 뻣뻣하게 경직될 수밖에 없었다.

"아니, 이게 다 무슨……."

제 앞에 펼쳐진 광경에 하윤의 미간이 삽시간에 일그러졌다.

"허."

황량한 사막에도 오아시스와 선인장이 있거늘, 하윤의 방엔 그 무엇도 남아 있지 않았다.

애당초 가진 물품이 몇 개 없었다지만 흔적도 없이 싹 사라져 있었다. 그야말로 허허벌판이었다.

그녀의 뒤를 따라 허겁지겁 올라온 한 메이드가 당황하며 설명을 하기 시작했다.

"전무님께서 나가시기 전에 아가씨 방 물건들을 전부 전무님 침실로 옮겨 놓으라고 하셔서요. 앞으로 아가씨와 함께 침실을 쓸 거라고……."

하윤의 따가운 눈초리가 제게 닿자 기어가는 목소리로 말끝을 흐렸다.

이전에 서준이 앞으론 침실을 함께 쓸 거라고 말한 적은 있었다지만 이렇게 갑작스럽게 방을 합치게 될 줄은 몰랐다. 깊은 한숨이 절로 나왔다.

"그래서. 나한테 말 한마디 없이 가구들을 다 뺐다는 얘기예요?"

"죄송합니다. 저는 그저 시키는 대로……."

"됐어요. 시키는 대로 했을 뿐인데, 따지고 보면 그쪽이 무슨 잘못이 있겠어요."

입술을 잘근 깨물며 머리를 쓸어 넘긴 하윤이 메이드를 똑바로 쳐다보며 말했다. 이젠 체념한 듯한 목소리였다.

"그만 내려가 봐요."

"알겠습니다."

메이드가 내려간 뒤, 다시 한번 텅 빈 제 방을 바라보던 하윤이 차가운 웃음을 흘렸다.

서준이 이렇게까지 빨리 행동에 옮기는 사람인 줄은 몰랐다. 이 상황이 어이가 없었지만 일단은 쉬고 싶었기에 그의 방으로 향했다.

조심스럽게 서준의 방문을 열었다. 낯설게만 느껴졌던 그의 공간에 제 물품들이 놓여 있는 걸 보니 기분이 묘했다.

"침대가……."

그러다 불현듯 인상을 찌푸렸다.

"하나네."

이 넓은 방에 침대는 딱 하나뿐이었다. 제 옷장이나 화장대는 전부 알맞은 위치에 놓여 있었는데, 침대만 어디다 내다 버린 건지 보이질 않았다.

어이가 없다는 듯 실소가 터져 나왔다. 그나마 다행인 건 침실을 중심에 두고 양옆에 작은 문이 나 있다는 것이었다.

한쪽엔 서준을 제외한 그 누구도 들어갈 수 없는 그의 서재가 있었고 반대쪽엔 작게 마련된 하윤의 전용 서재가 마련되어 있었다.

"부부 싸움을 피할 곳은 주겠다 이건가."

침실 옆에 제 공간을 따로 마련해 놓은 것을 보며 작게 중얼거렸다.

하윤은 침대에 기대어 멍한 얼굴로 생각에 잠겨 있었다. 평소 서준이 잠을 자는 곳이니 거부감이 들 거라고 생각했는데, 막상 누워 보니 상당히 편안한 느낌이었다.

서준에게서 나는 체향이 묻어 있는 듯 익숙한 향기가 풍겨져 나왔다.

"오늘은 분명 집에 안 들어온다고 했으니까……."

그나마 다행인 건 오늘은 서준이 저택에 들르지 않는다는 것이다.

적어도 오늘 밤은 이 말도 안 되는 상황을 피할 수 있다는 뜻 아니겠는가.

"진이 다 빠지네."

기억을 잃은 뒤로 처음으로 많은 사람들을 만난 것부터 제 방을 빼앗긴 지금 이 상황까지. 모든 게 다 머리를 아프게 했다. 한 가지 다행인 것은 에릭이 제게 먼저 호의적으로 다가왔다는 것이다.

"근데 왜 그런 선택을 했을까."

하윤이야 서준이 제게 숨기려는 그 기억이 무엇인지 알아내야 했기 때문이었지만 에릭은 그녀를 통해 얻을 게 없었다.

"그것도 내가 계산했던 것보다 이렇게나 빨리."

에릭에게 먼저 의도적으로 접근했던 것은 맞지만 너무 쉽게 원하는 걸 얻게 되니 떨떠름했다.

오히려 미끼를 문 건 그가 아니라 자신일 수도 있다는 생각이 들었다.

"아, 맞다."

그러다 불현듯 연회장에서 진 회장과 이야기를 나누었을 때 어머니가 돌아가셨다는 얘기를 했던 게 머릿속을 스쳐 지나갔다.

"그 사람의 어머니라면 내게 시어머니일 텐데……."

그런데 이상했다.

"왜 어머니가 돌아가셨다는 말을 하지 않았을까."

물론 필요에 의한 대화만 나눴기에 서준이 굳이 그런 얘길 해 줄 리는 없었다.

"꼭 어머니가 돌아가셔서 회사를 잠시 쉰 것처럼 얘기하던데."

이제껏 자신의 사고로 인해 서준이 잠시 일을 놓았다고만 생각하고 있었다. 사고가 나기 전 그와의 결혼 생활이 어쨌든 몇 개월 동안 사경을 헤맬 만큼 큰 사고였으니까.

무언가 의심쩍은 느낌이 들었다. 그러던 하윤의 눈에 문득 침실과 연결된 그의 서재 문이 눈에 들어왔다.

안 된다는 걸 알면서도 자꾸만 그쪽으로 시선이 향했다. 결국, 침실에서 나온 하윤은 조용히 서재로 향했다.

현재 시각은 오후 5시. 저녁 시간까지는 한 시간 남짓 정도 여유가 있었다. 게다가 서준은 오늘 이곳에 오지 못할 거라 말했다.

저택 내부의 메이드 중 일부는 장을 보러 간다며 외출을 했고, 남아 있는 몇 안 되는 사람들도 제각기 할 일을 하는 중이었다. 당장 하윤에게 신경을 쓰고 있는 사람은 없단 얘기였다.

그녀의 마음속에서 내적 갈등이 일었다. 깨어난 이후로 한 번도 일탈을 시도해 볼 생각은 없었지만 지금이 아니면 한참 뒤에나 기회가 올 것 같다는 생각이 들었다.

무엇보다 이 침실로 자신을 끌어들인 것은 서준 아니던가.

4층의 가장 끝 방.

하윤이 언제나 궁금해하던 장소였다.

그녀를 포함한 모든 사람들의 출입이 제외된 곳이었다. 이 집에서 눈을 뜨던 첫날, 김 집사가 신신당부했었다.

서준을 제외한 모든 사람이었으니 에릭 역시 서재에 들어갈 권한이 없었다. 하윤은 그곳에서 왠지 지난 사고에 대한 힌트를 얻을 수 있을 것만 같았다.

"인생은 지르고 보는 거지."

한 번 더 시계를 확인한 하윤이 발소리에 주의하며 조심스럽게 걸음을 옮겼다.

워낙 큰 저택이라 조용한 날엔 괜히 발소리가 더욱 크게 울리는 듯한 느낌이 들었다.

서재에 가까워질수록 그녀의 심장이 세차게 요동쳤다. 문 앞에 다다른 하윤은 조심스러운 손길로 문고리를 슬며시 돌렸다.

끼익.

잠겨 있을 줄 알았던 방문이 생각보다 쉽게 열렸다. 왠지 모를 허탈함이 온몸을 에워쌌다. 소리가 나지 않게끔 까치발을 들고 서재 안으로 들어갔다.

서재는 깔끔하고 모던한 인테리어가 돋보였다. 한눈에 봐도 서준의 취향을 알 수 있었다. 의외로 낡은 책 냄새가 아닌 기분 좋은 시원한 향기가 은은하게 퍼져 나왔다. 평소 그에게서 풍겨져 나오던 것처럼.

"……뭐? 내가 지금 뭐라는 거야."

의도치 않은 의식의 흐름에 하윤은 당황스러운 듯 미간을 찌푸렸다. 고개를 돌려 주변을 둘러보았다. 커다란 책꽂이에 다양한 종류의 서적들이 꽂혀 있었다.

"책 같은 건 안 읽게 생겼는데."

데스크엔 그가 애용하는 태블릿 PC와 정체를 알 수 없는 갖가지 파일과 서류들이 가지런히 놓여 있었다.

김 집사가 들어가지 말라고 신신당부한 것치고는 생각보다 별게 없었다. 더군다나 데스크 아래 서랍들은 전부 다 잠겨 있어 열 수가 없었다.

책꽂이 한편에는 여러 권의 앨범들이 꽂혀 있었는데, 각 앨범마다 두께가 상당했다.

궁금한 마음에 손을 뻗은 순간, 복도에서 들리는 인기척에 하윤이 당황한 듯 손길을 거두었다.

방문은 닫혀 있는 상태였지만 들려오는 발소리의 크기로 보아서는 방에서 그리 멀지 않은 곳에서 나는 소리임이 분명했다. 게다가 4층에 올 만한 사람들은 정해져 있었다.

빨리 움직여야만 했다.

어떻게 해야 할지 발을 동동 굴리고 있던 그때.

달칵, 소리와 함께 서재 방에 문이 열렸고 그 순간 누군가가 뒤에서 하윤의 입을 틀어막고 잡아당겼다. 등 뒤로 식은땀한 줄기가 흘러내렸다.

"……훗."

등골이 서늘했다. 심장이 터질 듯이 요동쳤다. 커다란 손으로 하윤의 입을 틀어막은 이는 갖은 옷이 걸려 있는 옷장 뒤로 몸을 숨겼다.

그러곤 그녀의 귓가에 나지막하게 속삭였다.

"쉿."

익숙한 향기가 코끝에 닿았다. 입이 틀어막힌 채 비좁은 공간에 몸을 감추고 있기란 결코 쉬운 일이 아니었다.

하윤은 고개를 돌려 상대를 확인할 수 없었지만 이 익숙한 향기는 분명 남자의 것이었다.

갑작스레 일어난 모든 상황에 그녀의 심장이 빠르게 뛰었다. 이 집에서 깨어났던 날부터 김 집사가 신신당부했던 일이었다. 저택 안에서 어딜 돌아다니든 터치하지 않겠지만 서재에는 절대 들어오지 말라고 말이다.

긴장으로 불안정했던 하윤의 호흡이 차츰 안정을 되찾자 남자는 비로소 입을 막고 있던 손을 내렸다. 몸을 돌려 제 입을 막은 남자와 시선을 마주한 그녀는 놀라움을 금치 못했다.

"에릭. 네가 대체 왜 여기에……."

"쉿."

미간을 한껏 찌푸린 하윤의 시선은 자연스럽게 문 쪽으로 움직였다.

문을 열고 들어온 사람은 예상했던 대로 서준이었다. 무언가 언짢은 일이 있었는지 그의 표정이 좋지 않았다. 거친 손놀림으로 넥타이를 풀어헤친 그는 데스크에 걸터앉아 골똘히 생각에 잠겼다.

눈을 감은 그의 얼굴이 하윤의 눈망울에 고스란히 담겼다.

하필이면 왜 지금일까.

분명 오늘은 집에 오지 않을 거라고 얘기했는데 말이다. 집에 온 서준이 괜스레 저를 찾지는 않을까 걱정이 됐다.

그는 같은 자세로 꽤 오랜 시간 동안 생각에 잠겨 있었다. 그럴수록 하윤은 좁은 공간에 에릭과 함께 있는 것이 상당히 불편했다. 옷가지들이 자신을 가려 주기도 했지만 그만큼 면적을 차지하기에 제대로 서 있기가 힘들었다.

'대체 무슨 생각을 저렇게 하는 거야.'

다리가 저려 오는 탓에 입술을 잘근 깨물며 속으로 중얼거렸다.

그 순간, 에릭의 손이 하윤의 허리에 감겨 왔다. 그는 손등 위로 굳건하게 자리 잡은 제 핏줄들의 존재감을 알리려는 듯 허리를 두른 손에 힘을 주었다.

갑작스런 행동에 당황한 하윤이 그를 향해 고개를 돌리던 그때였다.

"……딸꾹."

급하게 입술을 잘근 깨물었지만 이미 새어 나간 소리를 주워 담을 수는 없는 노릇이었다.

고개를 돌렸던 하윤은 자신의 생각보다 훨씬 더 가까이에 마주하고 있던 에릭과 코끝이 부딪쳤다. 자칫하면 입술이 닿을 수도 있는 상황이었다. 어둠 속에서도 그의 눈동자는 빛이 났다.

그를 처음 만났던 날, 참 예쁘다고 생각했던 그 영롱한 눈동자. 놀란 에릭이 급하게 그녀의 입을 다시 손으로 틀어막았다.

"읍."

보다 과격한 손길에 하윤이 잔뜩 인상을 썼지만 에릭은 그 사실을 알 리가 없었다.

"하. 이젠 스트레스 때문에 환청까지 다 들리는 건가."

미세한 소음에 책상에 걸터앉아 있던 서준이 자조적인 혼잣말을 내뱉었다. 그가 소리의 근원이 있는 곳으로 발걸음을 옮기려던 순간, 타이밍 좋게 서준의 휴대폰에서 진동이 울렸다.

"예. 최 비서님."

타이밍이 좋아 간신히 위기를 모면했다.

몇 시간 전. 하윤을 에릭과 함께 돌려보낸 뒤 서준이 향한 곳은 어느 낡은 창고였다. 한쪽 벽면엔 무성하게 피어난 곰팡이가 자릴 잡았고, 그 덕에 창고 안에는 퀴퀴한 냄새로 둘러싸여 있었다.

"두 번 말하는 건 딱 질색이야."

그가 손과 발이 결박된 채 발버둥 치고 있는 남자를 무심한 얼굴로 보며 말했다.

하윤과 함께 있을 때와는 180도 다른 얼굴이었다. 서준의 목소리는 단호했고 또 그만큼 날카로웠다. 남자가 아무리 눈물에 젖은 목소리로 호소를 한들 서준에겐 그저 듣기 싫은 소음일 뿐이었다.

"너에게 그 기사를 쓰라고 사주한 새끼가 누구지?"

"저, 전 진짜로 몰라요. 그, 그냥 쓰기만 하면 1억을 주겠다고……."

퍼억!

말이 미처 끝나기도 전에 서준이 남자의 얼굴에 거칠게 주먹을 내리꽂았다. 폭력과는 거리가 멀게 생긴 그였지만 이번만큼은 직접 나섰다.

다 쓰러져 가는 창고와는 어울리지 않게 서준은 잘 정돈된 슈트를 입고 있었다. 그러나 그의 행동들은 그 누구보다 잔인했다. 평소 그에게서 느껴지던 교양과 귀품 같은 것은 이미 떨쳐 버린 지 오래였다.

"뿌려."

서준의 말에 옆에 서 있던 경호원이 준비해 왔던 기름을 남자에게 콸콸 쏟아붓기 시작했다. 빨리 끝내고 싶다는 얼굴이었다.

"괜히 힘 빼지 마. 너만 손해니까."

남자는 자신에게 기름이 뿌려지자 기겁을 하고 움직이려 발버둥 쳤지만, 손과 발이 결박된 상태에서 움직이는 것은 불가능했다.

달칵.

서준의 손가락이 지포 라이터 위에서 매끄러운 곡선을 그리며 움직였다. 달칵, 소리가 날 때마다 남자가 움찔거렸다. 조금만 손가락이 미끄러진다면 제 목숨이 날아갈 수도 있는 상황이었으다.

"이거. 내가 엄청 아끼는 라이터거든?"

서준이 고개를 비스듬하게 젖히며 남자를 내려다보았다. 그 싸늘한 눈빛에 온몸이 짓눌리는 기분이었다.

"한정판이라 이젠 구하지도 못해."

라이터를 부드럽게 쓰다듬는 서준의 행동에 남자는 머리끝부터 발끝까지 오소소 소름이 끼쳤다.

"그러니까 한 번 물을 때 똑바로 대답해. 내가 보기보다 인내심이 없어서."

남자는 두려운 눈빛으로 그를 올려다보고 있었다.

"너한테 지금부터 재작년 가을에 있었던 한유연 여사의 사고에 대해서 물을 거야. 너한테 그 더러운 기사를 쓰게 한 작자가 누구인지. 말했다시피 인내심이 없으니까 한 번 물을 때 똑바로 대답해 줬으면 해."

"지, 진짜로 몰라요! 그냥 모르는 번호로 전화가 와서는 한유연 사모님은 사고사가 아니라 타살이었다고 그, 그 정도로만 기사를 써 주면 바로 계좌로 1억을 송금해 준다고……! 이슈가 될 만큼만 써 주면 되, 된다고 그래서 저, 저는 그냥……!"

눈물을 머금은 남자가 공포에 질려 계속해서 말을 더듬었다. 횡설수설하는 남자의 태도가 마음에 안 드는 건지 서준이 미간에 인상을 찌푸렸다.

"진짜 몰라?"

남자가 눈물을 머금고 필사적으로 고개를 끄덕였다.

"그럼 왜 기사를 써 놓고 안 내보냈지?"

"유현그룹이 워, 워낙 큰 기업이다 보니까 특종에 목마른 사람이라도 거, 겁이 나서요."

"쯧. 줏대 없는 새끼."

고개를 절레절레 내저은 서준은 곧이어 남자에게 가슴팍에 세찬 발길질을 가했다. 굵고 묵직한 비명이 남자에 입에서 뿜어져 나왔지만 서준은 이에 개의치 않아 했다.

"잘 들어."

단호한 눈빛이 내려앉았다.

"앞으로 한 번만 더 지난 사고에 대해서 뒤에서 입을 놀리고 다니거나 기사를 쓰려고 든다면 그땐 이 정도로 안 끝날 거야. 대한민국에선 너 같은 새끼 하나 죽는다고 아무도 관심 안 가져 줘."

"아, 알겠습니다. 며, 명심하겠습니다!"

"아. 그리고."

자리를 뜨려던 서준이 무언가 할 말이 남았는지 다시 몸을 돌렸다. 안도의 한숨을 내쉬던 남자는 다시금 자신을 바라보는 서준에 겁먹은 표정으로 그를 올려다보았다.

"내 어머니는 아주 불운한 사고로 돌아가셨어. 그 이상도 그 이하도 아니야. 내가 증언하지."

남자의 몸을 단단히 결박하는 건 밧줄이 아니라 서준의 눈빛이었다.

"그러니까 네 가벼운 주둥이는 잘 간수하는 게 좋을 거야."

서준이 손짓하자 경호원이 남자의 몸에 결박되어 있었던 밧줄을 풀어 주기 시작했다.

✛　　　❖　　　✛

통화를 마친 서준이 서재 중앙 문으로 나가는 걸 본 하윤은 안도의 한숨을 토해 내며 에릭과 시선을 마주했다.

"어떻게 여기서 나와?"

작은 목소리로 속삭였다. 마주한 시선이 팽팽하게 맞물렸다.

"화는 나중에 내셔도 늦지 않습니다."

계속해서 서준의 서재에 있을 수는 없었다. 에릭은 침착한 목소리로 하윤을 향해 일렀다.

"할 얘기가 상당히 많을 텐데."

꽤 날카로운 눈빛이었다.

"일단 그건 나중에 하자."

도도하게 뒤돌아선 하윤이 침실과 이어진 문으로 서둘러 빠져나갔다. 서준이 언제 어디서 그녀를 찾을지 몰랐기 때문이다. 자연스럽게 침실로 나온 그녀는 놀란 가슴을 쓸어내리며 문고리에 손을 댔다.

그리고 그 순간.

쿵!

하윤은 때마침 문을 열고 침실로 들어온 서준과 마주하는 바람에 그의 가슴팍에 머리를 부딪쳤다.

"여기 있었군."

당황한 하윤이 미간을 좁혔지만 이내 아무렇지 않은 듯 입을 열었다.

"오늘 집에 안 들어온다면서요?"

"분명 오늘 집에 일찍 들어가겠다고 했는데."

"그건 사람들 앞이라 그렇게 말했던 거고요."

"잘못 이해했네. 그게 진심이었어."

생각지도 못했던 진심에 당황스러운 마음이 일었다. 보는 눈이 많은 자리였기에 그렇게 얘기한 거라고 생각했다.

그렇다면 입맞춤은 과연 진심이었을까. 하윤은 궁금한 마음이 들었지만 애써 억누르며 마른침을 한 번 삼켰다.

"이렇게 일찍 올 거였으면 그냥 나랑 같이 들어오지 그랬어요."

연속된 대화에 자신이 무슨 말을 하는 건지 의식하지도 못한 채 내뱉은 하윤이다.

아무것도 모르는 듯한 그녀의 눈망울이 시야에 가득 찼다.

그런 하윤의 모습을 지그시 내려다보던 서준이 나지막한 목소리로 입을 열었다.

"집에 바래다주지 않아서 서운하다는 것처럼 들리는군."

그가 입꼬리를 반듯하게 말아 올렸다.

"마치 투정 부리는 것처럼."

뒤늦게 제가 뱉은 말을 곱씹은 하윤은 아차 싶었다. 말실수를 했다는 사실을 인지하고 나니 인상이 절로 찌푸려졌다.

"그런 거 아니니까 오해하지 마요."

"오해를 하는 건 내 자유 아닌가."

어깨를 으쓱이는 그의 모습에 하윤이 깊게 한숨을 내쉬었다. 손목에 찬 시계를 확인한 서준이 그녀와 시선을 마주하며 다시 입을 열었다.

"일이 있어서 다시 나가 봐야 돼. 그전에 할 말이 있어서 잠깐 들른 거야."

"……굳이 여기까지요?"

"어."

단호한 대답에 의아하다는 듯한 눈초리가 쏟아졌다. 외곽에 위치한 저택까지 굳이 발길을 돌릴 이유는 무엇이란 말인가.

"대체 무슨 할 말이기에 여기까지 와요."

중요한 일이라도 생긴 건가 싶은 마음이 들었다.

"오늘 고생 많았다고."

"……네?"

당황한 하윤이 서준을 올려다보며 미간을 좁혔다.

바쁜 와중에 저택에 들릴 정도라면 차라리 이런 쪽이 나았다. 오늘처럼 사람들 앞에서 뻐딱하게 굴면 곤란하다거나, 이런 식이면 안 된다는 둥 말이다. 서준이 내뱉은 말은 정반대였다.

"정말 고생 많았어. 힘들었을 텐데."

그의 잇새를 통해 나온 말은 하윤을 더더욱 당황시키기에 충분했다. 하윤이 의심스러운 눈초리로 서준을 올려다보았다. 예상하지 못했던 말이라 더욱 무섭게 느껴졌다.

"……그렇게 볼 건 없는 것 같은데."

솔직한 눈빛이었다. 제 말 속에 담긴 저의를 의심하는 듯한 눈빛. 그런 하윤의 모습에 서준은 입가에 나직한 미소를 지었다.

"당신. 혹시 어디 아픈 건 아니죠?"

"보다시피 아주 건강하고 멀쩡해."

아픈 게 아니라면 어디서 머리를 한 대 맞고 온 건 아닐까.

서준은 이런 일로 제게 고마움을 표할 사람이 아니다. 그런 그가 오늘 고생 많았다고 얘기를 하니 하윤의 입장에선 떨떠름할 수밖에 없었다.

"사고 이후로 당신이 사람 대하는 일을 꺼린다는 거 알아. 그래서 오늘 그 자리가 얼마나 불편했을지도 잘 알고 있고."

하지만 그건 서준의 진심이었다.

"누가 누군지도 모를 그 낯선 사람들로 가득한 공간에서 날 의지하며 함께해 줬잖아. 사람들의 시선이 부담스러웠을 텐데 노력해 준 거 고맙게 생각해."

"고마워할 거 없어요. 당신을 위해서 그런 건 아니니까."

낯간지러운 기분에 하윤은 차가운 목소리로 그를 밀어냈다.

"나도 날 둘러싸고 그런 말도 안 되는 소문들이 떠도는 것은 원치 않아요. 그런 소문을 없애려면 언젠가 한 번은 모습을 드러냈어야 하니까요."

여전히 차가운 하윤의 모습에 서준이 입가에 쓸쓸한 미소를 띠었다. 그녀와 제 사이에 벽은 쉽게 부서지지 않았다.

"그나저나 아직 옷을 안 갈아입었네."

서준이 불현듯 화제를 돌리며 말했다.

"오자마자 갈아입으려고 했는데 방꼬라지를 보니까 정신이 없어서요."

들으라는 듯 일부러 힘을 주어 발음했다. 멋대로 침실을 합쳐 버린 서준을 비꼬는 말투였다.

"그래서, 침실은 마음에 드나?"

오늘 집 밖을 나서기 전 남아 있는 경호원과 메이드에게 전부 옮겨 놓으라고 얘기해 놓았다. 군더더기 없이 일 처리를 해 놓은 직원들에 서준은 만족스러운 모양이었다.

"난 당신이 그렇게 일 처리가 빠른 사람인 줄은 몰랐는데 말이에요."

"마음에 들었다는 소리로 들리는군."

"내 침대는 대체 어디에 가져다 버렸어요?"

"메이드 방에 갖다 놓았지."

"내 의사도 묻지 않고요?"

"원래 부부는 한 침대에서 자는 게 정상이니까."

난데없이 정석을 운운하는 서준의 모습에 그저 헛웃음이 날 뿐이었다. 법적으로 따져 보자면 그와 혼인신고를 한 상태이니 부부가 맞았지만 그게 진짜 '부부'는 아니지 않던가. 여전히 되돌이표인 대화에 입을 다물었던 하윤이 조금 뒤 다시 말을 꺼냈다.

"그래서 오늘은 집에 와서 잘 거예요?"

제 방이 없어진 첫날이었다. 적어도 오늘은 서준 없이 혼자서 편하게 자고 싶었다.

"어느 쪽일 것 같아?"

"몰라서 물어요? 나야 당연히 혼자 있고 싶죠."

단호하게 대답하는 하윤을 보며 서준이 작게 미소를 지었다.

"그렇다면 유감이군."

"뭐라고요?"

"일이 생겨 나가 봐야 하는데, 밤엔 다시 돌아올 거야. 회사에 복귀하면 보는 눈도 많아질 텐데 잠은 집에서 꼬박꼬박 자야지."

그 말은 곧 앞으로 매일 서준과 같은 침대에서 잠을 자야 한다는 얘기였다.

하루의 시작과 끝을 그와 함께해야 한다는 것. 서로의 온기가 느껴지는 자리에서 잠들어야 한다는 것.

"그게 부부의 정석이니까."

그가 위험하게 입꼬리를 말아 올렸다. 무언가 잘못 돌아가고 있었다.

✛　　　❖　　　✛

한바탕 거친 파도가 휩쓸고 갔다. 저택 내부는 방금 전 있었던 일들이 무색할 만큼 더할 나위 없이 평온했다. 장을 보러 갔던 메이드들은 일이 있다던 서준이 다시 저택을 나선 뒤에야 돌아왔다.

"식사는 어디로…… 가져다드릴까요?"

지나가던 메이드가 하윤에게 조심스러운 목소리로 물었다. 부엌에서 맛있는 냄새가 솔솔 풍기는 걸 보니 저녁 준비가 한창인 듯했다.

"새로 마련된 서재 방에 차려 드리면 될까요?"

서준이 멋대로 방을 합치는 바람에 하윤의 방이 없어졌기 때문이다. 그런 하윤의 심기를 거스르고 싶지 않았는지 꽤 조심스러운 목소리였다.

"그럴 필요 없어요. 그냥 1층에 차려 주세요."

"예. 그렇게 하겠습니다."

곧장 대답을 한 메이드가 뒤돌아 걸음을 옮기려는 순간, 하윤은 그녀를 다시 불러 세웠다.

"아. 그리고 저녁 준비 다 되면 에릭한테 잠깐 내려오라고 전해 주겠어요?"

"……예?"

제 귀를 의심하듯 되물었다. 하윤은 식사를 할 때 누군가

곁에 있으면 종종 음식을 게워 내곤 했다. 그런 그녀가 저녁 시간에 맞춰 에릭을 호출했으니, 자신이 잘못 들은 게 아닌가 싶은 얼굴이었다.

"두 번 말하는 거 딱 질색인데."

미간을 찌푸린 하윤이 차가운 목소리로 말했다.

"아, 알겠습니다."

뒤늦게 그녀의 심기를 건드렸다는 걸 알아챈 메이드가 더 묻지 않고 곧장 대답했다.

하윤 역시 에릭을 옆에 두고 식사를 할 생각은 없었다. 그를 부른 건 서재에서의 일에 대해 해야 할 얘기가 있었기 때문이다.

침실로 들어가 편안한 옷으로 갈아입던 하윤의 시선이 불현듯 탁자에 놓인 화병에 닿았다.

"참 알 수 없는 남자야."

하윤이 나지막하게 중얼거렸다.

서준이 가져다준 꽃이었다. 사랑하는 여자를 저택에 가둬 놓고, 모든 자유를 속박하면서도 매일 장미꽃을 사다 주는 남자. 그는 대체 무슨 생각을 하고 사는 걸까.

그녀가 화병에 꽂힌 꽃 한 송이를 뽑아 들었다. 새하얀 목화였다. 평소 서준이 사 오는 흑장미와는 다른 유일한 꽃이었다.

두 달 전, 술에 잔뜩 취한 그가 모두들 잠든 새벽에 한 손엔 새하얀 목화를 들고 온 적이 있었다.

서준의 취한 모습을 처음 본 것도 낯설었지만 그가 새하얀 목화를 사 왔다는 사실 역시 놀라웠다. 그리고 하윤은 이유는 알 수 없지만 그에게 받은 목화가 마음에 들었다.

똑똑.

"아가씨. 저녁 준비 다 됐습니다."

메이드의 노크 소리에 하윤은 상념에서 벗어났다. 목화를 다시 화병에 꽂고 1층으로 향했다. 1층에 내려오자 고소한 냄새가 코끝을 자극했다.

"1층엔 아무도 내려오지 말라고 전해 줘요. 특별한 일이 있다면 내 식사가 끝난 뒤에 보면 되니까."

"알겠습니다."

올라가는 메이드를 향해 당부하듯 일렀다. 때마침, 하윤의 호출을 받고 내려온 에릭이 모습을 드러냈다. 어떤 이유로 부른 것인지 알고 있다는 듯 담담한 얼굴이다.

"부르셨습니까."

에릭은 입을 열며 그녀의 맞은편에 자리했다.

"내 식사 자리에 이렇게 마주 앉을 수 있는 사람은 강서준을 제외하고 너뿐인데. 알고 있어?"

"저한테 그런 말을 할 수 있는 것도 전무님 빼곤 아가씨뿐입니다."

"한번을 안 져 주네."

하윤이 재미있다는 듯이 입꼬리를 말아 올렸다. 서준의 서재에 허락 없이 들어와 커다란 어깨 사이로 자신을 가두던 그의 모습이 눈앞에 생생했다. 그는 확실히 겁이 없고 무모했다.

"내가 널 이 자리에 왜 불렀을 것 같아?"

"보통은 남들이 들어선 안 될 얘기를 하더군요. 이런 타이밍엔."

"맞아. 똑똑하네."

시선을 그릇에 고정시킨 채로 입을 열었다. 조각 난 스테이크로 붉은 육즙이 퍼져 나왔다. 고소한 풍미가 보는 이로 하여금 입맛을 돋게 만들었다.

에릭은 칼질을 하는 하윤의 모습을 말없이 바라보았다.

"서재. 네가 함부로 들어갈 수 없는 곳이라는 것쯤은 잘 알고 있을 텐데."

칼질을 멈춘 하윤이 의미심장한 표정으로 에릭을 바라보았다.

"이유가 있을 거라고 생각해."

"……."

"그 사람이 그렇게 당부했던 곳임에도 네가 그곳에 발을 들였다는 건 그만큼 알고 싶은 게 있다는 뜻일 테니까."

예리한 눈빛이 에릭을 향해 닿았다.

"궁금한 게 있으시면 물어보셔도 됩니다. 전 아가씨의 질문에 솔직하게 대답할 준비가 되어 있으니까요."

서로가 원하는 걸 주기만 하면 되는 관계였다. 굳이 거짓말을 할 이유는 없지 않은가.

"어쨌든 날 도와준 건 고마워. 하마터면 그 사람한테 들켰을 수도 있었는데 말이야."

"마땅히 해야 할 일을 했을 뿐입니다."

저도 모르게 딸꾹질이 나왔던 순간, 들킬지도 모른다는 불안감에 등골이 서늘했다. 방법은 잘못됐지만 에릭 덕분에 무사히 빠져나갈 수 있었던 건 사실이었다.

"그래서 고민 중이야."

하늘이 나이프를 내려놓고 몸을 돌려 에릭과 또렷하게 시선을 마주했다.

"널 칭찬해야 할지, 벌해야 할지."

"……."

"넌 전자랑 후자 중에 뭐가 더 끌려?"

에릭에게 선택권을 쥐여 줬다. 그저 그가 어떤 대답을 할지 궁금했을 뿐, 사심을 담은 질문은 아니었다.

"보통은 칭찬받는 걸 좋아하죠."

에릭의 입꼬리가 아슬아슬하게 올라갔다.

"하지만 그 주체가 당신이라면."

확실히 그는.

"전 후자가 더 끌립니다."

위험한 남자였다.

"실망시키는 법이 없어서 좋네."

그의 도발적인 대답에 하윤은 만족스러운 웃음을 지었다.

✝ ✠ ✝

밤 11시. 은은한 달빛이 저택을 비추었다. 예고했던 대로 서준은 늦은 시간, 저택으로 돌아왔다. 목욕을 마친 하윤은 화장대에 앉아 스킨을 바르던 중이었다.

서준의 시선이 당연하다는 듯 하윤에게로 향했다. 그의 시선이 느껴졌지만 하윤은 고개를 돌리지 않았다.

"아직 안 자고 있었네."

"안 그래도 이제 막 자려던 참이에요."

"식사는?"

"지금 시간이 몇 시인데. 이 시간까지 안 먹었을 리가 없잖아요."

일부러 그런 건 아니지만 그를 보자 뾰족한 목소리가 튀어나왔다.

"그래. 챙겨 먹었다니 다행이군."

조금은 피곤한 얼굴로 돌아온 서준은 갑갑했던 넥타이를 느슨하게 풀어헤쳤다.

피곤함이 한껏 묻어나는 얼굴에 하윤은 그가 어디서 뭘 하고 온 건지 궁금했지만 굳이 묻지 않았다.

"많이 피곤한가?"

오히려 서준이 그녀에게 되물었다.

"그냥 그래요."

"금방 씻고 나올 테니 조금만 기다려."

기다리라는 말에 하윤이 미간을 찌푸렸다. 저의를 알 수 없는 요구에 자동적으로 튀어나온 반응이었다. 그렇지 않아도 당장 오늘부터 서준과 같은 침대에서 잠을 청해야 한다는 사실에 머릿속이 복잡했다.

"그런 눈으로 볼 거 없어. 당신한테 할 말이 있으니까."

그 눈초리를 알아챘는지 서준이 덧붙여 얘기했다.

"그럼 지금 하면 되잖아요."

"밖에 공기가 좀 탁해서. 빨리 씻고 싶어."

되도 않는 미세먼지 핑계에 하윤이 어이가 없다는 듯 헛웃음을 흘렸다. 하지만 그가 그렇다는데 구구절절 더 얘기하고 싶지는 않았다.

"알았어요. 기다릴 테니까 씻고 와요."

그래서 마음에도 없는 말을 내뱉었다. 방을 합쳤다고 해서 그와 꼭 함께 잘 이유는 없었다.

게다가 이 저택에서 눈을 뜬 후로 지금까지 줄곧 혼자 잠을 청했기에 누군가가 옆에 있으면 잠이 쉽게 올 것 같지 않았다.

"……미치지 않고서야 내가 저 침대에서 잘 이유는 없으니까."

서준이 목욕을 마치기 전에 잠에 들어야 한다고 곱씹으며 이불 안으로 파고들었다. 이불의 보드라운 감촉이 좋았다. 바닥이 조금 딱딱하다는 것만 빼면 서준과 함께 누울 침대보다는 백배 낫다고 생각했다.

"설마 자고 있는 날 다시 침실로 옮기지는 않겠지."

조용히 눈을 감고 잠을 청했지만 생각했던 것과는 달리 좀처럼 잠이 오질 않았다. 평소보다 잠이 부족한 상태에서 전에 없던 외출을 했으니, 분명 몸이 피로한 게 당연한데도 이상하게 잠이 오지 않았다. 짜증 나는 마음에 입술을 잘근 깨문 하윤이 여전히 눈을 감은 채 깊은 한숨을 쉬었다.

"……하아."

그럴수록 정신은 더욱 또렷해질 뿐이었다.

그때 목욕을 마친 서준이 침실로 들어온 건지 문을 여는 소리가 들렸다. 큰일이라고 생각하며 더욱 세게 눈을 질끈 감았다.

"또 어딜 간 거지."

서준은 침실에 하윤의 모습이 보이지 않아 당황스러웠는지 미간을 찌푸렸다.

조심스럽게 서재 문을 열고 안으로 들어서니 바닥에 이부자리를 펴고 누워 있는 하윤의 모습이 보였다.

"벌써 잠든 건가."

터벅, 터벅. 그가 다가오는 소리가 귓가를 자극했다.

"죽어도 나랑 자기는 싫은가 보네."

그가 하윤을 내려다보며 말했다. 그리고 그 목소리에 감은 속눈썹을 파르르 떠는 하윤의 모습을 보았다. 잔뜩 긴장한 채 눈을 감고 있는 그녀를 본 서준이 소리 내지 않고 입꼬리를 말아 올렸다.

"그래도 잠은 따뜻한 곳에서 자야지."

"……."

"안 그래?"

아무리 따뜻하게 난방이 되고 있다고 해도 맨바닥에서 자는 하윤을 내버려 둘 수는 없었다.

말이 끝나기가 무섭게 이불과 함께 하윤을 번쩍 안아 올렸다. 눈을 감아 앞이 안 보이는 상태에서 제 몸이 붕, 하고 떠오르니 저도 모르게 몸을 움츠렸다.

"이런 데서 자면 감기 걸려."

다정한 목소리로 얘기한 서준은 이불 채로 안아 든 하윤을 조심스럽게 제 침대에 눕혔다.

한층 더 가까워진 그의 숨소리에 더 이상은 안 되겠다 싶었던 하윤이 슬며시 눈꺼풀을 들어 올렸다. 미세하게 벌어진 시야 사이로 들어온 건.

"……!"

벌어진 가운 사이로 보이는 다부진 근육이었다. 놀란 하윤은 누워 있는 제 위로 한껏 가까이 몸을 숙이고 있는 서준을 밀어내려 팔을 들었지만 곧장 그의 손에 의해 제지됐다.

"왜 밀어내."

당연하다는 듯 가로막았다. 제 팔 안에 가둔 하윤을 잠시 동안 말없이 내려다보았다.

내려앉은 시선엔 백 마디 말보다 강한 의미가 담겨 있었다. 할 말이 있으니 기다리라고 했는데 그새를 못 참고 도망가다니. 그럴수록 제 품 속에 가두고 싶었다.

"뭐 하는 거예요?"

"그러는 당신은."

"보면 몰라요? 자고 있었는데 당신 때문에 잠 깬 거."

당황스러운 마음에 오히려 앙칼지게 쏘아붙였다.

"당신."

그런 하윤을 내려다보던 서준이 단호한 목소리로 입을 열었다.

"연기에 소질 없어."

저를 놀리기라도 하는 듯 선을 딱 그어 얘기했다. 하윤을 가둬 두던 팔을 내리며 땅에 발을 내렸다. 자는 척을 한 그녀가 귀여웠는지 설핏 웃음 짓는다.

"오늘은 함께 방을 쓰기로 한 첫날이니 당신이 침대에서 자도록 해."

"뭐라고요?"

"당신한테 내가 져 주겠다고."

그의 입에서 나온 말은 상당히 의외였다.

"그렇지만 내 배려는 딱 오늘까지만이야."

"……."

"당신이랑 난 부부고, 내일부턴 다른 부부처럼 당신과 한 침대에서 잘 거니까."

그 말을 끝으로 서준은 뒤돌아 제 서재로 향했다. 그곳에 있는 소파에서 잠을 청할 생각인 듯했다. 서재 방문을 열려던 손길을 우뚝 멈춰 세웠다.

"잘 자. 나쁜 꿈, 꾸지 말고."

잔잔한 목소리가 침실을 울렸다.

홀로 침대에 남겨진 하윤은 놀란 눈망울로 그저 서준의 뒷 모습을 바라볼 뿐이었다.

✤   ✤   ✤

햇살이 이마를 간질이자 점차 의식이 또렷해졌다. 난생처음 서준의 침실에서 잠이 든 탓인지 오늘따라 왠지 낯선 기분이 드는 것 같았다. 일어날 시간이 다 된 것 같아 하윤이 몸을 뒤척였다.

"……흐응."

무의식적으로 몸을 돌리며 팔을 뻗으니 손끝에 무언가가 닿았다.

"난 한숨도 못 자게 만들어 놓고 잘도 자는군."

뒤이어 익숙한 음성이 귀에 꽂혔다. 여전히 눈을 감고 있던 하윤이 불현듯 그 목소리의 주인공을 깨달았다. 서준의 낮은 음성이 반쯤 잠긴 채로 갈라졌다.

"아주 곤히."

당황스러운 마음에 번쩍 눈을 뜨니, 옆에 누워 저를 내려다 보고 있는 서준이 보였다.

"뭐, 뭐예요?"

하윤이 몸을 벌떡 일으키며 입을 열었다.

분명 어제 서준은 서재 소파에서 잠을 청하지 않았던가. 그런데 어째서 그와 함께 침대에서 일어난 건지 알 수가 없었다.

당황스러운 얼굴로 그를 바라보았다. 하윤의 옆에 놓인 시계를 확인한 서준이 아무렇지 않은 듯 말했다.

"아직 당신 일어날 시간 안 됐어. 더 자."

"그러니까 이게 지금……."

무슨 상황인지 모르겠다는 듯 혼란스러운 얼굴이다.

당황한 듯 하윤의 시선이 시계로 향했다. 아침 7시였다. 평소에 12시가 다 되어서야 일어나는 하윤인데 오늘따라 무슨 일인지 이른 아침부터 눈이 떠진 것이었다.

"당신이 왜 여기 있어요?"

"여기서 잤으니까."

"네? 어제 분명 서재에서 잔다고……."

"그랬지. 근데 당신이 내 배려를 다 무시해 버렸잖아."

무슨 말인지 모르겠다는 듯 하윤이 미간을 찌푸렸다. 진지하게 말하는 걸 보니 장난은 아닌 것 같은데.

"아무것도 기억하지 못하는 걸 보니 꽤 잘 잤나 보군."

"내가요?"

"어."

서준의 얼굴에 피로가 한껏 묻어나 있었다.

커다란 손으로 얼굴을 한 번 쓸어내린 그가 한숨을 내쉬며 침대에서 내려왔다.

"난 당신 탓에 한숨도 못 잤어. 뜬눈으로 밤을 지새웠지."

하윤이 혼란스러운 얼굴로 그를 올려다보았다.

03화

덫

　어젯밤 작은 담요를 들고 서재 소파로 향할 때까지만 해도 괜찮았다. 문제는 그다음이었다. 쉽게 잠이 오지 않아 회사에 복귀하기 전 몇 가지 검토해야 할 서류들을 다시 한번 보려던 참이었다.

　가방이 옆방에 있어 조심스럽게 침실이 있는 곳으로 향하던 찰나, 새근새근 잠에 들어 있는 하윤의 모습이 눈에 들어왔다.

　"많이 피곤했나 보네."

　누운 지 얼마 안 돼서 벌써 잠든 모습이 안쓰러웠다. 이른 시간부터 나갔다 오느라 꽤 피곤했던 듯했다. 저도 모르게 그녀의 뺨 위로 손을 뻗었지만 서준은 이내 맘을 추스르며 손을 내렸다.

　"미안해."

　잠시 감정을 가라앉히려는 듯 주먹을 꽉 쥐었다. 길을 잃고 방황하는 손길이 애처롭게 느껴졌다.

"옛날처럼 당신을 따뜻하게 안아 주지 못해서."

처연한 눈빛이 하윤을 향해 내려앉았다.

"여전히 당신을 너무도 사랑하는데, 마음처럼 잘 안 돼."

복잡한 마음을 대변하는 목소리가 떨려 왔다. 괜히 잠을 깨울까 필요한 서류만 들고 다시 서재로 향하려던 찰나였다.

타악!

침대 옆을 지나가던 서준의 팔을 붙잡은 건 하윤이었다. 그 여린 손으로 팔목을 붙잡은 그녀가 작은 목소리로 웅얼거리듯 말했다.

"미안……해."

꿈을 꾸고 있는 듯했다. 어떤 꿈을 꾸고 있는 건지 몰라 영문을 알 수가 없었지만, 확실한 건 그녀가 누군가를 애타게 붙잡고 있다는 것이었다.

"당신이 붙잡을 사람이 나는 아닐 텐데."

서준의 눈망울이 슬프게 빛났다. 제 팔목을 붙잡은 그녀의 손을 부드럽게 떼어 내 이불 속으로 넣어 주었다. 그러곤 미련 없이 발걸음을 돌리려던 찰나, 그가 우뚝 멈춰 섰다.

"도저히 안 되겠군."

그녀의 목소리가 마음에 걸렸다. 결국 다시 침실로 돌아와 하윤의 옆에 조심스럽게 누웠다.

고통에 몸부림치는 듯한 얼굴이 안쓰러워 그녀를 안아 다독였다. 잠들어 있는 내내 무언가로부터 시달리는 모습이다.

"뭐가 그렇게 당신을 괴롭혔던 거야."

하윤의 얼굴을 물끄러미 바라보았다.

"왜 그런 선택을……."

차마 얘기하지 못하고 말끝을 흐린 서준이 남은 말을 삼키며 목울대를 짓눌렀다.

변했다고만 생각했던 하윤이 이렇게 무의식 속에서 힘들어하는 모습을 보니 다시 한번 머릿속이 복잡해졌다. 단 한순간도 자신을 사랑한 적 없다던 그녀의 이면엔 여전히 그가 사랑했던 하윤의 모습이 남아 있었다.

"내가 당신을 옆에 두는 게."

그가 낮은 목소리로 얘기했다.

"부디 당신에게 고통이 아니길 바라."

진심 어린 목소리였다. 그렇게 복잡한 머릿속을 정리하며 하윤의 옆에서 뜬눈으로 밤을 지새웠고, 정신을 차렸을 땐 벌써 해가 뜨기 시작한 뒤였다.

"내가 당신의 배려를 무시했다니 그게 무슨 말이에요?"

하윤이 여전히 놀란 얼굴로 되물었다.

"아냐. 괜히 나 때문에 잠에서 깬 것 같아 미안하네."

그러나 돌아오는 건 대답이 아닌 일방적인 대화였다.

"조용히 준비하고 나갈 테니, 당신은 좀 더 자."

무거운 몸을 일으킨 서준은 곧장 출근 준비를 하기 위해 욕실로 향했다. 그 뒷모습을 바라보던 하윤이 작게 혼잣말을 내뱉었다.

"그래. 사람이 하루아침에 달라질 리가 없는데."

정확한 답을 주지 않는 서준의 화법에 이미 질릴 대로 질려 버렸다. 언제나 제멋대로 행동하고 일방적으로 통보하던 그가 어젯밤 잠시나마 달라 보였던 건 온전히 제 착각이었다.

"……내가 잠시 미쳤었나 봐."

하윤이 입술을 잘근 깨물었다. 제대로 식사를 하지 못하는 제게 낯선 배려를 건네고, 사람들 틈에서 긴장한 제 손을 잡아 주고, 또 편히 자라며 침실을 내어 준 그의 모습에 잠시 착각 을 했다. 어쩌면 그와의 관계가 달라질 수 있지 않을까, 하고.

"우린 이미 끝난 사이인데."

차갑게 중얼거린 하윤이 곧장 침실을 나섰다.

✛　✛　✛

서준은 넥타이를 두 번이나 고쳐 맨 뒤에 저택을 나섰다. 차에 올라타니 운전석에 타고 있던 현석이 미러로 그의 얼굴 을 확인하고는 입을 열었다.

"오늘따라 피곤해 보이십니다."

"생각을 좀 정리하다 보니 벌써 아침이더라고요."

"비 온 뒤에 땅이 굳는다는 말이 있지 않습니까. 모든 게 다 괜찮아질 겁니다."

서준보다 10년은 더 산 현석이 의젓한 목소리로 그를 위로 했다. 그 말에 옅게 미소 지은 서준이 고개를 끄덕여 보였다.

약 1년 만에 복귀한 본사는 그의 이야기로 분위기가 어수선 했다. 서준의 뒤를 따르는 직원들 역시 전에 없던 활기를 띠고 있었다. 그의 부재로 인해 알게 모르게 기죽어 있던 그들에게 믿는 구석이 생겼다는 뜻이었다.

굳이 직원들을 동반해서 본사로 출근을 한 것은 '그'에게 자신이 돌아왔음을 알리기 위해서였다. 일종의 경고인 셈이 다.

"저기, 강서준 전무 아니야?"

"맞네. 대박."

"이제 다시 경영에 합류하겠다는 건가? 대박."

"그런가 봐."

로비에서 그를 본 직원들의 수군거림에 로비 끝 계단에서 걸어 내려오던 지원의 시선이 자연스레 서준에게로 향했다.

"……강서준?"

지원이 서준에게 시선을 고정시킨 채로 중얼거렸다. 한 발자국 움직일 때마다 깔끔하게 정돈된 단발머리가 예쁘게 흔들렸다.

그녀가 귀신에 홀린 듯 서준의 모습을 응시했다. 두 번 다시 못 볼 거라 생각했던 사람이 바로 제 앞에 서 있으니 놀라는 게 당연했다. 다급한 마음에 서준에게로 가려 했으나, 옆에 동행하던 비서가 그녀를 붙잡았다.

"바로 이동하셔야 합니다."

"알았어요."

지금 출발해도 시간이 빠듯한 건 사실이다. 그러나 1년 만에 본 서준에게서 쉽게 눈을 떼지 못했다. 잠시 뒤, 지원은 아쉬움을 뒤로하고 발걸음을 옮겼다.

딩동.

엘리베이터가 1층에 도착했음을 알리는 소리가 경쾌하게 울려 퍼졌다. 현석을 제외한 나머지 직원들은 엘리베이터에 타지 않고 그 앞에서 정중하게 고개를 숙였다.

"기분이 어떠십니까."

"재밌어요. 이런 기분을 느껴 보는 것도 참 오랜만이고."

"전무님 눈빛에서 알 수 있습니다. 자신 있다는 걸요."

현석이 옅게 미소 지었다.

"20년 전, 전무님을 처음 보았던 날이 생각나네요. 그때 그 꼬마의 눈빛에서 다른 이와 비교할 수 없는 자신감과 잠재력을 보았지요."

서준이 몸을 돌려 그와 시선을 마주했다.

"절 믿으십니까?"

"그러니 제가 지금 이 자리에 있을 수 있는 거겠죠."

단호한 현석의 대답에 서준이 작게 미소를 지었다. 자신을 온전히 믿어 주는 누군가가 있다는 것은 상당히 기분 좋은 일이었다.

―9층입니다.

도착을 알리는 엘리베이터 소리가 울리고 서준은 '그'가 있는 곳으로 발걸음을 옮겼다. 문 앞에 서 있던 비서가 무작정 길을 가로막았다.

"지금은 들어가실 수 없습니다."

"손님을 이렇게 문전박대하면 안 되는 거 아닙니까."

"전무님께서 여길 왜……."

손님이 서준이라는 사실에 꽤 당황한 듯했다.

"비키세요. 볼 일이 있어서 온 거니까."

비서를 가볍게 무시한 그가 조금의 망설임도 없이 활짝 문을 열었다. 막무가내인 그의 행동에 비서는 다소 당황한 듯했다.

사무실엔 민준과 처음 보는 여자가 뒤엉켜 있었다. 자신만의 시간을 방해받은 민준의 표정이 한껏 일그러졌다. 그에 비해 문을 활짝 연 서준은 덤덤한 얼굴이었다.

"안녕."

참으로 허무맹랑한 인사였다.

"팔자가 좋아 보이네."

두 맹수의 시선이 허공에서 강렬하게 얽혔다. 세상에서 가장 사이 나쁜 원수가 한곳에서 만났다.

"강서준……?"

불쾌한 듯 얼굴을 일그러뜨린 민준은 자신을 찾아온 손님이 서준이라는 사실에 꽤나 놀란 듯했다.

"아. 내가 중요한 순간을 방해한 건가?"

서준은 전혀 개의치 않아 했다. 마치 이러한 상황이 익숙하다는 것처럼. 오히려 흥미롭다는 듯 여자와 민준을 번갈아 보며 비아냥거렸다. 갑작스런 그의 등장에 당황한 여자는 서둘러 옷매무새를 가다듬었다.

"잠깐 나가 있어."

서늘한 기운이 감도는 가운데 두 남자의 눈치를 살피던 여자는 고개를 숙여 인사 후 도망치듯 그곳을 빠져나갔다. 여자가 나가자, 서준은 고급스러운 가죽 소파에 편히 몸을 기대며 자리를 잡았다.

"회사 분위기가 어수선하던데 형을 보니 그 이유를 알 것 같군."

저를 도발하는 서준의 말에 민준이 미간을 찌푸리며 그와 시선을 마주했다.

"여자 데리고 일하는 것도 여전하고 말이야."

"네가 민하윤한테 목매는 것보다야 낫지."

"그렇게 이름 부를 사이는 아니지 않나?"

"용건이 뭐야?"

누가 봐도 형제라는 걸 알 수 있었다. 눈, 코, 입. 전부 다 빼다 박은 것처럼 둘은 닮은 외형을 소유하고 있었다. 하지만 서준의 눈빛이 민준보다 조금 더 날카로웠다. 어렸을 때부터 그랬다. 그리고 강 회장은 그런 서준의 눈빛을 특히 마음에 들어 했다.

"형제끼리 꼭 용건이 있어야 보나."

"어. 너랑 나는 그래야 돼."

"너무 경계하는 거 아닌가? 동생 서운하게."

서준이 차가운 웃음을 흘렸다.

"시간이 남아도는 모양이지? 제수씨 숨기기도 바쁠 텐데 말이야."

계속해서 하윤을 언급하는 민준으로 인해 감정이 요동쳤다. 서준은 애써 감정을 숨긴 채 입을 열었다.

"우리 '부부'에 그렇게 관심이 많은 줄은 미처 몰랐는데."

그는 부러 '부부'라는 단어에 힘을 주었다.

"제수씨한테 가서 전해. 내가 아주 많이 보고 싶어 한다고."

민준의 입에서 하윤의 이름이 나올 때마다 서준은 사지가 뒤틀릴 듯 깊은 곳에서부터 짜증이 치밀었다. 금방이라도 험한 말이 나올 것 같았다. 민준은 단 한 번도 서준을 이겨 본 적이 없었다.

그는 동생인 데다가 서자인 서준에게 늘 밀리는 삶을 살아왔고, 심지어 아버지인 욱진 역시 서준을 더 예뻐하며 유현그룹 후계자로 교육시키길 원했다.

그런 민준에게 '하윤'이란 서준을 이길 수 있는 유일한 무기였다. 서준의 약점인 셈이다. 여자 하나 때문에 온 가족을 저버리고 간 서준 덕에 민준은 그간 못 받았던 아버지의 관심을 뒤늦게나마 받아 볼 수 있었기 때문이다.

서준이 인상을 찌푸린 채로 민준에게 말했다.

"없는 시간 내서 온 거야. 나 이제 회사 복귀하는데, 괜히 등신같이 넋 놓고 있다가 질질 짜지 말라고. 그 모습 보는 내가 다 안타까울 것 같아서."

"가족까지 등지고 선택한 여자한테 버림받은 너보단 낫겠지."

"……."

"안 그래?"

계속된 민준의 도발에 서준의 주먹 쥔 손에 더욱 힘이 들어갔다. 참아야 했다. 이럴 때일수록 감정을 드러내서는 안 된다. 그랬다가는 결국 민준이 원하는 대로 그에게 말리는 꼴밖에 되지 않으니.

"글쎄."

"넌 지금 네가 이긴 것 같지?"

가까스로 대답하곤 곧장 방을 나서려던 서준이 이내 민준에 의해 발걸음을 멈췄다. 그 목소리에 서준의 눈빛이 순식간에 싸늘해졌다.

"그만하지."

"사정이야 어떻든 간에 결과적으로 하윤이도 네 옆에 있고 회사에 복귀하면 내 자리를 치고 올라가는 건 금방일 테니까."

민준이 탁자에 놓여 있던 볼펜을 손가락 사이로 빙그르,

굴린다.

"근데 넌 이미 졌어."

입꼬리를 말아 올리는 자태가 상당히 위험해 보인다.

"너한텐 결국 아무것도 남지 않을 거니까. 죽은 네 엄마도, 그리고 하윤이도."

아래로 떨구고 있던 손이 강하게 말려들어 갔다. 감정을 억누르기 위해 주먹을 꽉 쥔다.

"……갈게."

그 말을 끝으로 밖으로 나온 서준의 입가가 파르르 떨렸다.

유현그룹의 회장실은 가장 꼭대기 층에 위치했다. 회장실 앞에 서니 조금은 긴장된 듯 서준이 옷매무새를 다듬었다. 몇 번 호흡을 가다듬은 그가 문을 열고 들어섰다.

"아버지."

서준의 방문을 예상했다는 듯 욱진은 근엄한 자태로 소파에 앉아 있었다.

"그래. 앉아라."

딱딱한 목소리로 서준을 향해 말했다. 그를 바라보는 시선이 예전 같지 않았다. 그토록 애지중지하던 서준이 제 말을 거역하고 집을 떠났으니 그럴 만도 했다.

"그 기자를 만났다면서."

"예. 충분히 경고했으니, 기사를 쓰는 일은 없을 겁니다."

"이미 죽은 네 엄마를 사람들 입에 계속해서 오르내리게 하는 것 또한 못할 짓이다. 그 일에 대한 기사가 나가서는 절대로 안 돼."

"저도 잘 알고 있습니다."

서준의 대답에 고개를 끄덕인 욱진이 잠시 침묵하다 어두운 얼굴로 입을 열었다.

"결국 1년을 미루는구나."

"말씀드렸을 텐데요. 하윤이랑 이혼하는 일은 없을 거라고."

하지만 단호하게 대답하는 서준이다. 어렸을 때부터 단 한 순간도 자신을 실망시켰던 적이 없던 서준이기에 욱진은 이 상황이 더욱 답답하게만 느껴졌다.

"조용히 이혼하지 않은 지금 이 순간을 평생토록 후회하게 될 거다."

"어떤 후회를 하게 되더라도 전부 감당할 수 있습니다."

"못난 놈."

의지를 굽히지 않는 서준의 모습에 욱진이 결국 얼굴을 붉히고야 말았다.

"더 이상 보기 싫으니 이만 나가 봐."

"회사 일에 관해선 실망하시는 일 없도록 하겠습니다."

깊게 고개를 숙여 인사한 서준이 문을 닫으며 방을 나섰다. 어쩌면 민준의 말대로 제 곁엔 그 누구도 남지 않을 수도 있었다.

착잡한 마음을 안고서 집무실로 돌아온 그가 서랍 속에 빼곡하게 담겨 있는 하윤의 사진을 꺼냈다. 처음 만났던 순간부터, 백년가약을 맺던 그날까지. 단 한순간도 아름답지 않은 적이 없던 그녀였다.

"당신이 아프지 않게 끝까지 지켜 줄게."

사진을 어루만지던 서준이 나지막하게 중얼거렸다. 아름다웠던 연인과의 과거를 회상하던 그의 입가에 어느덧 슬픈 미소가 번졌다.

서준이 하윤과 처음 만났을 때 그녀는 국내 최대 규모를 자랑하는 유앤미 로펌 소속의 잘 나가는 변호사였다. 버건디 색의 깔끔한 세미 정장을 입은 모습이 눈부시게 아름다웠다.

"……하니까 잘 진행될 겁니다. 그럼 내일모레 법원에서 뵙죠."

"법원 말고 영화관은 어때요?"

"네?"

"법원 분위기 너무 딱딱하지 않나? 이왕이면 분위기 좋은 곳에서 봤으면 하는데."

"지금 나 꼬시려고 하는 말이에요?"

"어떻게 들리는데요?"

"그쪽이랑 데이트하자는 말로 들려요."

변호사와 의뢰인의 관계였다. 돌려 말하는 법이 없었던 하윤은 서준을 바라보며 저를 꼬시는 거냐고 물었다. 당돌한 그녀의 물음에 서준이 살포시 웃음을 터트렸다.

"맞다면, 나랑 해 줄 겁니까? 데이트."

"의뢰인과는 사적인 만남을 갖지 않는다는 게 제 신조예요."

당찬 목소리였다.

"하지만 상대가 그쪽이라면 뭐, 나쁘지 않을 것 같네요."

하윤이 눈을 예쁘게 휘어 보이며 웃었다.

그렇게 두 사람의 연애가 시작되었다. 서준과 하윤 모두 워낙 바빴던 터라 녹초가 된 상태로 만나기 일쑤였다. 하윤은 이미 한차례 최연소 입사로 국내 언론의 주목을 받았고, 그만큼 일거리도 상당했다.

"아. 피곤해."

남은 업무를 마친 서준이 시계를 보니 어느덧 밤 10시를 훌쩍 넘기고 있었다. 본격적으로 경영에 뛰어든 이래 단 한 번도 제대로 자 본 적이 없었다.

"이럴 땐 몸이 두 개였으면 싶네."

어렸을 땐 그저 아버지의 회사를 물려받아 순탄하게 살아가면 될 거라고 생각했지만, 현실은 그리 호락호락하지 않았다. 호시탐탐 회사를 노리는 사람들이 곳곳에 있었고, 서자인 제게 손가락질하는 이사진들 역시 존재했다. 그들에게 지고 싶지 않아 오기로 버텨 온 게 벌써 5년이었다. 스스로가 대견하다고 느꼈다.

서준이 피곤한 몸을 이끌고 향한 곳은 유앤미 로펌이었다.

"왜 전화를 안 받지."

그녀의 퇴근 시간에 맞춰 도착했음에도 어쩐 일인지 하윤은 전화를 받지 않았다.

"아직도 일이 안 끝난 건가."

잠시 기다리던 서준은 결국 그녀의 사무실로 향했다. 상당한 두께를 자랑하는 온갖 서류들이 난잡하게 널브러져 있다. 사무실 내에 직원들이 얼마나 바쁘게 움직이는지 한눈에 봐도 알 수 있었다. 그 서류들 사이로 한 여자가 옅은 숨을 내쉬며 곤히 잠들어 있었다.

예뻤다. 말로 형용할 수 없을 만큼 아름다웠다. 감은 눈 위로 유려한 곡선을 그리며 뻗어 있는 속눈썹과 곧게 선 콧대가 서준의 시선을 확 사로잡았다. 하윤은 지난밤 과로로 피곤했는지 퇴근을 하기도 전에 사무실에서 깜빡 잠이 들었던 것이다.

그녀의 앞에 의자를 가져다 앉은 서준은 그렇게 한참 동안이나 말없이 그녀의 잠든 모습을 감상했다. 시간이 늦었으니 깨울 법도 한데, 그는 그저 하윤이 일어날 때까지 잠자코 기다렸다. 솔직히 말하자면 그녀의 잠든 모습을 가만히 보고 있는 게 좋았다.

"……흐음."

얼마나 시간이 흘렀을까. 하윤이 몸을 뒤척이며 잠에서 깨어났다.

"일어났어요?"
"어, 언제 왔어요?"

일어나자마자 제 앞에 있는 서준의 얼굴에 그녀가 적잖이 놀란 듯했다. 시계를 보니 벌써 11시가 넘어 있었다.

"설마 나 깰 때까지 기다린 거예요?"
"아마 그럴 걸요?"

그가 입가에 호선을 그리며 다정하게 대답했다.

"왔으면 깨우지 그랬어요."
"곤히 자는 모습이 너무 예뻐서 그랬어요. 사무실에서 그렇게 세상모르고 잠든 거 보면 많이 피곤했나 봐요. 어제 잠 못 잤어요?"
"잠을 좀 설쳤어요."

폭신한 슬리퍼를 신고 있던 그녀는 대답과 함께 구두로 갈아 신었다. 하윤은 아직 잠에서 덜 깬 비몽사몽했는지 한 걸음 내딛음과 동시에 비틀거렸다. 그 모습을 본 서준이 귀엽다는 듯 웃었다.

"아직도 졸려요?"

"조금요. 아, 웃지 마요."

"구두 신으면 발 아프고 불편하지 않아요?"

"발은 아프죠."

"운동화가 낫지 않나."

"그래도 각선미를 포기할 수가 없어서요. 그쪽도 알잖아요? 내가 한 미모 하는 거."

한없이 진지한 얼굴로 대답하는 하윤의 모습에 서준은 입가에서 미소를 떠나보낼 줄을 몰랐다. 진지한 얼굴로 뻔뻔한 말을 내뱉는 그녀의 모습이 엉뚱하면서도 사랑스러웠다. 하윤의 가방을 대신 들어 준 서준은 곧장 엘리베이터 앞으로 걸음을 옮겼다.

"이런 거 안 신어도 충분히 예뻐요."

"이런 걸 안 신으면 남자가 안 꼬일걸요. 봐요. 지금 그쪽이 나 데리러 왔잖아요."

"그거 혹시 나 꼬시려고 하는 말입니까?"

"설마요. 그럴 땐 이런 말 안 하죠."

"그럼 뭐라고 하는데요?"

엘리베이터에서 '1층입니다' 라는 알림이 울렸지만 개의치 않아 했다. 오른쪽 코너에 기대어 있던 서준에게 다가간 그녀가 뇌쇄적인 몸짓을 보였다. 서준의 숨소리가 들릴 만큼 가까이 다가간 하윤은 그의 귓가에 교태 섞인 목소리로 속삭였다.

"우리 집에서 라면 먹고 갈래요? 이런 거?"

하윤을 바라보는 서준의 눈에선 금방이라도 꿀이 떨어질 듯 애정이 가득 묻어났다.

"갑시다. 라면 먹으러."

결국 그녀의 승리였다. 그렇게 소중했던 시간들은 어느덧 서준의 가슴속에만 남아 있었다. 지금 제 곁에 있는 하윤은 그 시간들을 기억하지 못했으니까 말이다.

"어디서부터 어긋난 걸까."

행복하게만 보였던 당신의 얼굴 뒤에 어떤 고통이 있었던 걸까.

깊게 한숨을 내쉰 서준이 사진들을 서랍 속에 넣으며 시선을 거뒀다. 1년 남짓한 시간 동안 일에서 손을 뗐다가 다시 돌아오니 마주한 현실이 꽤나 착잡했다.

저를 바라보는 욱진의 눈빛이 여전히 싸늘했기 때문이다. 그런 그를 이해하면서도 제 아버지기에 가슴이 아팠다.

"……모든 건 내가 한 선택이니까."

가족들의 만류에도 불구하고 하윤을 선택한 건 제 의지였다. 처음 그녀를 데리고 저택으로 들어왔을 때부터 이미 모든 걸 감당할 준비가 돼 있어야 했다.

"난 당신만 있으면 돼."

나지막하게 중얼거린 서준이 상념을 떨치기 위해 서류에 시선을 고정시켰다.

　똑똑. 그때, 따뜻한 국화차를 가지고 온 현석이 노크를 한 뒤 조심스럽게 안으로 들어섰다. 차를 내오라고 시킨 적이 없었기에 서준이 의아한 듯 그를 바라보았다.

　"생각이 복잡하실 것 같아서 준비했습니다. 심신 안정에 이만한 게 없으니까요."

　어깨를 으쓱이며 소파 앞 테이블에 찻잔을 내려놓는다.

　"이젠 저보다 저를 더 잘 아시는 것 같네요."

　"제가 전무님과 함께한 세월을 무시할 순 없죠."

　"그런 것 같네요."

　옅게 미소 지은 서준이 서류를 내려놓으며 소파에 자리했다. 향긋한 국화차 냄새가 집무실 안을 가득 채우니 기분이 한결 나아지는 것 같았다.

　"회장님께선 여전하십니까?"

　차를 한 모금 들이킨 서준이 긍정의 의미로 작게 고개를 끄덕인다.

　"애초에 하윤이와 저택으로 들어갔을 때부터 예상했던 일입니다. 당연히 제가 감수해야 할 부분이라고 생각해요. 아버지께서 절 내치시는 것도 당연하고요."

　말은 그렇게 하면서도 얼굴 위론 쓸쓸함이 가득했다.

　"아가씨께서는 여전히 식사를 잘 못하십니까."

　"시간이 지나면 괜찮아질 거라고 생각했는데, 쉽지가 않네요. 그래도 조금씩 노력해 보고 있어요."

　"하루빨리 괜찮아지셔야 할 텐데요."

저택에서 하윤과 첫 식사를 하던 날, 한 입도 채 넘기지 못하고 전부 다 게워 내는 하윤을 보며 얼마나 놀랐는지 모른다. 단 한 번도 그런 모습을 본 적이 없었기 때문이다.

"세연 씨 말에 의하면 사고 전 식사를 하는 것과 관련된 어떤 트라우마가 있었을 거라고 하는데, 제가 알던 하윤이는 그런 모습을 보인 적이 없었거든요."

자신이 알고 있던 모든 게 사라지고 없어진 기분이었다.

"기억을 잃었으니 오히려 본능적인 부분은 더 먼저 나타날 거라고 했죠. 그런데 하윤이는 단 한 번도 절 사랑하지 않은 것 같다고 말하더군요."

착잡한 얼굴로 서준이 대답했다.

"병실에 누워 있는 하윤이를 간호하면서 왼쪽 손목에 나 있는 흉터를 볼 때마다 제가 얼마나 무심한 남편이었는지 깨달았어요."

자신이 행복했던 만큼, 그녀도 당연히 행복하리라 여겼다.

"많은 사람들이 보는 앞에서 어떠한 순간에도 하윤이를 사랑하겠다고 약속했는데, 지나고 보니 그저 일이 바빠 신경 쓰지 못했던 부분이 너무나 많은 것 같네요."

하윤을 사랑했기에 그 마음만큼 제가 좋은 남편이라고 생각했다. 이제 와 보니 그건 제 착각이었다. 그 모습을 말없이 바라보던 현석이 침묵을 가르며 조심스럽게 입을 열었다.

"그렇지만 두 분의 결혼 생활이 전부 다 거짓되었다고 말할 순 없을 겁니다."

서준을 위로하듯 짐짓 단호한 말투였다.

"결혼식장에서 아가씨는 어느 때보다 환하게 웃고 있었으니까요."

버진 로드를 걷던 하윤은 그 누구보다 밝고, 아름답게 빛났다. 현석의 말에 서준은 아무런 대답도 할 수 없었다. 기억을 찾지 못한 채 이따금씩 악몽에 시달리는 하윤을 보면서 이런 생각을 했다. 이혼을 해 주지 않은 채 그녀를 제 곁에 두는 게 과연 옳은 선택이었을까, 하는.

서준에게 있어 가장 어려운 과제였다. 아무리 능력 있는 그라 할지라도 '사랑'에 있어서는 남들과 별반 다를 게 없었다. 삶의 매 순간이 선택의 연속이었지만 서준은 단 한 번도 후회해 본 적이 없다. 자신이 한 선택에 늘 책임질 수 있도록 능력을 키워 왔고 그랬기에 제 선택을 후회해 본 적이 없었다.

"솔직히 잘 모르겠어요. 제 선택이 과연 옳은 건지."

"세상에 정답은 없습니다. 선택을 하고, 그 선택에 따른 최선을 다할 뿐이지요."

현석이 그를 위로하듯 따뜻한 목소리로 대답했다.

"전무님께선 잘 해내실 겁니다."

토닥거리는 현석의 뒤로 서준의 쓸쓸한 미소가 비쳤다.

새벽 3시. 하윤은 초저녁에 잠에 든 탓에 어정쩡한 시각에 잠에서 깨고 말았다. 사방이 어둑했다. 조심스럽게 몸을 일으킨 그녀가 본능적으로 옆자리를 향해 팔을 뻗었다. 손끝에 닿는 건 그저 부드러운 감촉의 이불뿐이었다.

"······아직 안 들어온 건가."

나지막한 목소리로 중얼거렸다.

"언제는 앞으로 매일 들어온다더니, 순 제멋대로지."

불만 섞인 목소리였다. 불현듯 오늘 아침 피곤한 얼굴로 저를 내려다보고 있던 그의 얼굴이 떠올랐다. 무슨 이유에서인지 지난밤 잠을 설친 모습이었다.

"피곤했을 텐데."

대체 무엇 때문에 잠을 설쳤던 것일까.

"괜히 신경 쓰이게."

그러다 문득 제가 서준을 걱정하고 있다는 생각에 하윤은 고개를 절레절레 내저었다.

"나도 모르겠다. 뭐가 뭔지."

생각이 깊어져 결국 잠에 드는 것을 포기하고는 한숨을 쉬며 침대에서 내려왔다. 잠시 산책이라도 할 생각이었다.

계단으로 내려가는데 4층 끝 방 문틈에서 새어 나오는 인기척이 그녀의 시선을 이끌었다.

"뭐야. 집에 있었던 거야?"

서재 방에 살짝 열린 문틈 사이로 은은한 불빛이 새어 나왔다. 무슨 이유에서인지 안 된다는 걸 알면서도 홀린 듯 그곳으로 발걸음이 향했다. 게다가 한 번 들어갔다 온 후로는 그리 두려운 게 없었다.

"……오늘도 서재에서 자려는 건가."

열린 문틈 사이로 들어가자, 모던한 디자인의 기다란 소파 옆으로 주황빛 조명이 켜져 있었다.

탁자 위에 놓인 양주병에서 알싸한 알코올 향이 풍겨 코끝을 찔렀다. 어쩐 일인지 양주병과 함께 있어야 할 술잔은 보이질 않았다. 인기척을 낸 사람 역시 마찬가지였다.

그때였다. 만지작거리던 양주병을 제자리에 내려놓곤 나가려는 하윤을 뒤에서 누군가가 끌어안았다. 그녀의 어깨에 힘없이 기대어지는 얼굴. 서준이었다. 그에게서 알싸한 향기가 났다. 온몸의 신경이 곤두서는 느낌이었다.

"왜 안 자고 있어."

반쯤 잠긴 그의 목소리가 조용한 서재에 울렸다.

"어, 언제 들어왔어요?"

놀란 하윤이 당황한 목소리를 애써 감추며 물었다.

"한 시간 전쯤에. 당신 곤히 잠들었기에 안 깨웠어."

의아한 얼굴을 하고 있는 하윤을 향해 말했다. 평소와 같이 단호한 목소리였지만 취기가 오른 탓인지 느릿하게 발음을 굴렸다. 그 모습을 보던 하윤이 조심스럽게 물었다.

"술…… 마셨어요?"

"조금."

"확실해요?"

"응."

대답은 또 고분고분했다. 조금이 아닌 것 같다는 말이 목구멍까지 차올랐지만 하윤은 애써 참았다. 하윤은 서준의 손에 든 술잔을 빼앗아 테이블 위에 내려놓았다. 그러고는 몸을 돌려 그의 눈을 똑바로 응시한다.

"술도 잘 못 마시는 것 같던데. 왜 자꾸 마셔요?"

"……복장이 좀 야하네."

서준이 살짝 꼬인 발음으로 말했다. 그러곤 그녀의 어깨에서 반쯤 흘러내린 슬립을 제대로 올려 입혀 주었다. 어깨 끈

위에 놓인 손가락이 관능적으로 움직였다. 술에 취한 그의 모습은 평소와 조금 달랐다. 딱딱하고 냉소적인 평소 모습과는 달리, 알코올이 들어간 서준은 보다 부드러웠다.

아, 많이 취했구나. 이 남자.

"적당히 마셔요. 괜히 속 버리지 말고."

취한 서준을 뒤로하고 하윤이 나가려 하는 순간. 서준이 그녀의 손목을 잡아끌었지만 취기로 인해 몸을 비틀거렸다. 하윤이 급히 그의 팔을 붙잡았다.

"어, 어⋯⋯!"

그러나 발이 꼬인 탓인지 하윤의 몸마저 기울었다. 당황한 듯 하윤의 동공이 확장됐다. 결국 둘 다 균형을 잃은 채로 한데 뒤엉켜 소파 위로 엎어졌다. 서준의 위로 쓰러진 하윤은 질끈 감았던 눈을 천천히 떴다. 코앞에서 서로를 마주했다. 묘한 기류가 그들을 에워쌌다.

"⋯⋯."

서준이 천천히 시선을 아래로 내렸다. 그녀의 붉은 입술이 제 눈동자 안에 가득 담겼다. 조금 더 가까이 고개를 숙인다. 입술이 닿을 듯 말 듯 아찔한 숨소리가 귓가를 자극했다.

무언가에 홀린 듯, 하윤 역시 그에게 맞춰 지그시 눈을 감았다. 알싸한 알코올 향이 나는 숨결이 입술 위로 닿는 순간, 하윤은 전신이 빠르게 달아오르는 것을 느꼈다. 심장 한가운데가 아릿하게 뜨거워졌다. 말로 형용할 수 없는 그런 기분이 들었다.

잠시 뒤, 서준은 그녀의 입술에서 고개를 뗐다. 입술만 잠깐 닿았다 뗐을 뿐인데도 그의 행동 하나하나가 조심스러워 보였다. 하지만 목소리는 누구보다 단호했다.

"들어올 땐 마음대로 왔어도 나갈 땐 아니야."

"……."

"이 서재엔 들어오지 말라고 당부했을 텐데."

"문이 열려 있기에 들어온 것뿐이에요."

"지나친 호기심은 위험을 부르는 법이지."

누워 있는 하윤을 바라보는 눈빛이 상당히 위험했다. 알코올에 취한 몸은 곳곳의 감각을 더욱 극대화시켰다. 사고 회로는 마취가 된 듯 느릿하게 움직였지만, 오감은 지나치게 예민해져 있었다. 서준이 커다란 손으로 하윤의 얼굴을 감싸 쥐었다.

"싫으면 얘기해."

"싫다면요?"

"그럼 안 할 거야."

한껏 진지해진 그의 얼굴이 하윤의 눈망울에 한가득 담겼다.

"그렇게 고분고분하게 나오니까 또 궁금해지네."

그녀가 서준의 눈을 응시하며 말했다. 그리고 자신의 품으로 당겨 입을 맞추었다. 아주 천천히 조심스럽게 그의 숨결을 음미했다. 궁금했다. 이 남자와의 키스는 무슨 기분일지. 가벼웠던 입맞춤이 점점 농익어 갔다. 점점 올라오는 뜨거운 열기에 서준의 입술 사이를 자극했다.

그때를 놓칠 새라 하윤이 그의 입술 안을 탐했다. 서준의 손길이 저도 모르게 그녀의 슬립 안쪽을 파고들었다. 그토록 이성적이던 그도 사랑하는 여자 앞에선 그저 감정적일 수밖에 없었다. 서준의 손이 본능을 따라 움직이려고 하자, 하윤은 그를 제지했다. 자연스럽게 맞닿았던 입술 역시 떨어졌다.

"이 이상은 안 돼요."

열기 가득한 숨소리가 방 안 가득 울려 퍼졌다. 단호한 하윤의 모습에 그가 재미있다는 듯 미소 짓는다.

"이게 처음이자 마지막이 될 거예요. 우리가 하는 키스는."

서준을 조련하기라도 하는 듯 요염한 자태로 제 입술을 내어 줄 땐 언제고 다신 없을 기회라며 그를 안달 나게 했다. 일어선 하윤은 뒤도 안 돌아보고 방을 나섰다. 도도하게 걸어 나가는 그녀의 뒷모습에서 옛 기억들이 피어올랐다.

"너랑 나는."

우리는 있잖아.

"참 행복했었는데."

말로 표현할 수 없을 만큼.

뜨거웠던 공기가 한순간에 차게 식었다. 방 안을 울리는 건 그의 서글픈 목소리뿐이었다.

✝   ✤   ✝

그림을 그리고 있는 하윤의 얼굴이 멍했다. 초점이 없는 눈망울엔 어젯밤 입맞춤에 대해 골똘히 생각 중인 한 여자가 담겨 있었다. 서준의 향기가 짙게 물들었던 제 입술을 잘근 깨물었다.

"요즘 통 잠을 못 자서 몸에 무리가 왔던 건가……."

하윤이 작은 목소리로 중얼거렸다.

"그것도 아니라면."

그녀가 깊게 한숨을 내쉬었다.

"대체 왜 그런 기분이 들었던 거지."

단 한 번도 서준과 입을 맞춘 적 없던 하윤이 어젯밤 그의 서재에서 키스를 했던 것은 그저 호기심에서 비롯된 행동이었다. 한때나마 자신이 사랑했던 남자와의 입맞춤은 과연 어떤 기분일지 말이다.

"진짜 알다가도 모르겠네."

그 위험한 호기심은 더욱 그녀의 머릿속을 더욱 복잡하게 만들었다. 차라리 가슴이 떨렸더라면 모를까, 이상하게 마음이 아려 왔다. 누군가가 제 심장을 꽉 쥐고 조여 오는 느낌이었다.

"나도 모르겠다."

깊게 한숨을 내쉰 하윤이 애써 서준에 대한 생각을 떨쳐 내며 연필을 손에 들었다. 새벽부터 내리는 보슬비로 인해 오늘은 정원에 나가지 않고 실내에서 그림을 그리는 중이었다. 실내에도 정원처럼 잘 꾸며진 테라스들이 존재했다.

비가 오는 건 싫었지만 잔잔한 빗소리를 듣는 건 꽤나 로맨틱한 일이었다. 게다가 근래 에릭과 자신에 대한 이야기가 메이드들 사이에서 쉴 새 없이 오르내렸기에 마음을 안정시킬 무언가가 필요했다.

안 듣는 척, 신경 쓰지 않는 척해도 자신의 이야기가 남의 입에 오르내린다는 건 그다지 달갑지 않았다. 그가 하윤의 전속 경호원이니 붙어 경호하는 게 당연한 일이었지만 저택 내부 메이드들에겐 그저 가십거리일 뿐이었다.

초점 없는 눈동자와 달리 손놀림은 여전히 유려했다. 정신을 차렸을 땐 이미 연필로 그린 스케치가 완성된 상태였다.

"……뭐야."

새하얀 스케치북에 보란 듯이 서준의 얼굴이 그려져 있었다.

"내가 드디어 미쳐 가는 건가."

저도 모르게 서준의 얼굴을 그렸다는 사실이 불쾌하다는 듯 그녀가 한껏 인상을 찌푸렸다.

"내가 그 사람의 얼굴을 대체 왜."

하윤은 스케치북을 부욱, 찢어내 손으로 구겨 옆에 놓인 쓰레기통에 가차 없이 버렸다. 멀리서 커피를 가져오고 있던 에릭이 그녀의 행동을 보곤 나지막하게 물었다.

"그림이 영 마음에 안 드시나 봅니다."

"아냐. 쓸데없는 걸 그려서. 오늘 일정 좀 알려 줘."

"오후에 주치의가 방문할 예정입니다. 저녁에 잡혀 있었던 요가 수업은 강사의 개인 사정으로 취소되었습니다."

"아쉽다. 몸이 뻐근했는데."

"제가 대신 해 드릴 수도 있습니다."

"내 요가 수업을?"

"정확히 말하자면 뻐근한 몸을 풀어 줄 마사지를 뜻하죠."

"유혹이야, 그거?"

에릭이 관능적인 눈빛으로 하윤에게 '마사지'를 해 주겠다고 말했다. 그 목소리엔 망설임이 없었다.

"요즘 메이드들 사이에서 우리에 대한 얘기가 많이 오르내리던데. 알고 있어?"

"저택 안에서 나는 소문이니 금방 듣게 됩니다."

"어떻게 생각해? 내가 널 꼬신 여우래. 아니, 요물이랬나?"

하윤이 시큰둥한 얼굴로 커피를 한 모금 들이켰다. 사실 여우든 요물이든 그리 중요하지 않았기에 아무럼 상관없었다. 그저 에릭의 반응이 궁금했을 뿐이었다.

"듣기 불쾌하시다면 김 집사님을 통해⋯⋯."

"아니. 그렇게까지 할 필욘 없어. 넌 어떻게 생각해?"

"예?"

"내가 널 꼬신 요물이라잖아. 어떻게 생각하냐고."

"글쎄요."

그가 애매하게 대답했다. 자신의 마음을 숨기기 위해 두루뭉술한 말을 할 때 '글쎄' 혹은 '몰라요'만큼 적절한 단어가 또 어디 있을까.

에릭에게 먼저 접근했던 건 하윤이었지만 그에게선 항상 위험한 기운이 풍겨져 나왔다. 그는 호락호락한 사람이 아니었다. 생각했던 것보다 훨씬 더 제 속내를 능숙하게 감추는, 위험한 남자였다. 그 덫에 빠지면 안 됐다.

"하지만."

에릭이 하윤과 시선을 마주했다.

"제가 아가씨의 경호원이 아니었더라면, 아가씨에게 사적인 관심을 보였을 겁니다."

손등에 입을 맞추며 그가 말했다. 하윤 역시 이에 질 생각은 없었다.

"손 내밀어 봐."

하윤의 말에 에릭이 무릎을 꿇은 상태로 정중하게 손을 내밀었다. '경호원'이라는 직업이 상상가지 않을 만큼 고운 손이었다.

"그쪽 말고."

하지만 하윤이 원하는 것은 오른손이 아니었다. 에릭의 왼손 약지엔 반지가 하나 껴 있었다. 제법 화려한 디자인에 일할 때 불편함을 느낄 만한 크기임에도 불구하고 에릭은 그것을 늘 끼고 다녔다.

"이건 누가 준 반지야?"

하윤은 처음부터 그 반지를 주시하고 있었다. 그에게 있어 보통 의미를 가진 물건이 아닐 거란 확신이 들었다. 어쩌면 서준의 서재를 찾았던 것 역시 이 반지와도 연관이 있는 게 아닐까, 하는 근거 없는 추측을 해 보았다.

"버젓이 한 손에 반지를 낀 채 내게 사적인 관심 운운하는 건 좀 그렇지 않나?"

하윤이 그의 손에 끼워져 있던 반지를 천천히 빼내며 일침을 가했다. 그녀의 시선이 집요하게 들러붙었다.

"나랑 있을 땐 그 반지 끼지 마."

일종의 경고였다.

"그게 내가 너한테 내리는 벌이야."

자신이 그의 위에 있다는 것을 확실하게 인식시켜야 했다. 하윤은 과거의 기억을 되찾기 위해 에릭의 도움이 필요했다. 하지만 그게 에릭에게 먼저 굽히고 들어갈 거란 뜻은 아니다.

"그 반지 끼고 다니는 거 거슬려."

그를 길들여 제 사람으로 만들겠다는 뜻이었지.

"그래도 내 자존심이 있지. 안 그래?"

그녀의 웃는 얼굴에서 싸늘함이 느껴졌다.

"그게 당신이 내리는 벌이라면."

"……."

"얼마든지 받을 수 있습니다. 다만."

그가 하윤이 앉아 있던 의자의 밑 부분을 순식간에 잡아끌었다. 훤칠한 에릭의 키가 압도적으로 하윤을 에워쌌다. 그는 허리를 숙여 의자 손잡이를 잡은 채로 하윤을 내려다보았다.

에릭이 하윤의 목덜미 부근으로 손을 뻗었다. 하윤은 피부 위로 느껴지는 차가운 감촉에 몸을 움찔했다. 순식간에 그녀의 목에 붉은 루비가 아름답게 빛나는 목걸이가 채워져 있었다. 눈부시게 아름다웠다.

"이건 제 반지를 뺀 대가입니다."

반지를 빼게 만든 대가로 목걸이라는 족쇄를 채우다니.

"재밌네."

제 목덜미를 어루만지던 하윤이 나지막하게 중얼거렸다. 그의 말 한마디, 행동 하나하나가 자신을 시험하는 것 같다는 생각이 들었다. 에릭이 의미심장한 눈빛으로 그녀를 바라보았다. 그리고 하윤 역시 그 눈빛을 피하지 않았다.

오후가 되어도 빗방울은 좀처럼 그칠 기미가 없었다. 예정된 시간보다 30분 정도 늦게 도착한 세연은 서둘러 상담을 시작했다.

"금방 비가 그친다더니 생각보다 오래 내리는 것 같네요."

"그러게요. 종일 흐린 거 같아요."

창문을 두드리는 빗줄기를 흘깃 본 하윤이 세연과 시선을 마주했다.

"날도 궂은데 먼 길 오시느라 고생 많으셨죠."

"아니에요. 그래도 비 오는 날 집에서 빗소리 듣는 건 참 매력적인 일인 거 같아요. 안 그래요?"

"잔잔한 빗소리는 듣기 좋죠."

세연의 말에 맞장구를 치며 하윤이 작게 미소 지었다.

똑똑. 때마침, 문을 두드린 메이드가 조심스럽게 트레이를 들고 안으로 들어섰다. 두 개의 찻잔이 테이블 위에 놓여졌다.

"고마워요. 잘 마실게요."

세연이 찻잔을 들어 보이며 인사를 건넸다. 메이드가 방을 나선 뒤에야 상담이 시작되었다.

상담 시간에는 그 누구도 방에 함께 있을 수 없었다. 에릭은 물론 서준조차도 들어올 수 없었고, 상담 내용 역시 세연과 하윤 외에 다른 사람은 알 수 없었다.

"전보다 얼굴이 한결 좋아 보여요. 사실 마음의 병이라는 게 약물보다는 자기 의지가 중요하거든요. 약물은 어디까지나 부수적인 도움을 줄 뿐이고, 그 사람의 근본적인 상처를 치유하는 게 제일 중요해요. 다행히 회복 속도가 빠른 편이고요."

"가끔 잠이 안 올 때 빼면 불안증도 많이 사라진 것 같아요."

"반가운 소식이네요. 그림을 그리거나 음악을 듣는 것도 전부 치료의 일환이에요. 다행히 좋아하시는 취미라고 하니까 더 상승 효과가 나는 것 같아요."

세연은 자신의 근본적인 상처를 치유하는 게 중요하다고 했다. 하지만 하윤은 과거에 대한 기억이 없으니 그 근본적인 '상처'에 대해서 알 도리가 없었다. 그러니까 그걸 기억해 내는 게 그녀의 가장 큰 과제였다.

"사실 속마음을 털어놓고 얘기할 친구 같은 사람이 있으면 되게 좋거든요. 그런 분은 없으세요? 마음이 가는 사람이요."

"……친구요?"

생소한 단어에 하윤이 저도 모르게 미간을 찌푸렸다.

"친구라는 단어가 낯간지럽게 느껴질 수도 있겠지만 속에 있는 이야기를 털어놓는 것과 묵히고 있는 것은 정말 확연하게 다르거든요."

친구 같은 건 생각해 본 적도, 또 만들어 볼 생각도 없었다. 그래서 더 그 단어가 몸서리치게 낯설었다.

"사람은 사회적인 동물이잖아요. 혼자인 것과 함께할 누군가가 있다는 건 정말 큰 차이거든요."

친구란 서로에 대한 정보를 공유하고 감정을 나누고 그렇게 신뢰를 쌓아야 형성될 수 있는 관계가 아닌가. 자신에 대해 알지도 못하는 그녀에게 친구란 그저 사치일 뿐이었다. 그런데 '친구'라는 말에 에릭의 얼굴이 떠오르는 것은 무슨 이유에서일까.

"그런 친구가 있다면 좋겠지만, 선생님도 아시다시피 제가여기서 친한 사람이 하나도 없잖아요. 친해질 기회도 딱히 없었고요."

"하윤 씨가 마음의 문을 닫고 있었던 건 아니고요?"

마음의 문이라. 애초에 마음의 문을 닫게 된 건 저택에서 일하는 모든 사람들이 강서준의 사람이었기 때문이었다. 자신과 온전한 감정을 공유하는 게 아닌 서준에게 고용되어 일을 하는 사람들 말이다.

"여기 있는 사람들은 모두 원치 않게 이곳에 온 사람들일 텐데요."

쓸쓸한 목소리였다.

"그런 생각을 조금만 깨 보는 건 어떠세요?"

"……네?"

"그들 역시 하윤 씨에게 먼저 다가가기가 어려울 거예요. 엄연히 따지자면 자신들의 고용주나 마찬가지니까요."

모르겠다는 듯 하윤이 침묵한다.

"내원 환자 중 하윤 씨 같은 분들 많아요. 그분들은 일상적인 대화를 나누거나 서로를 상담해 주곤 하는데 그게 생각보다 효과가 굉장히 좋더라고요. 하윤 씨도 그럴 수 있다면 참 좋을 텐데요."

"앞으로 노력해 볼게요. 치료에 좋다고 하니까."

"그런 마음가짐만으로도 큰 도움이 될 거예요. 이건 남은 약인데 굳이 복용하지 않아도 돼요. 정말 만일을 위한 약들이니 웬만하면 안 먹는 방향으로 해 두세요."

"알겠습니다."

세연은 약 봉투와 함께 심신 안정에 좋은 아로마 향초 몇 개를 건넸다. 상담이 끝나자 돌아갈 채비를 하는 세연을 바라보던 하윤은 문득 그녀를 어디선가 본 적 있는 듯한 묘한 기시감을 느꼈다.

"저기요, 선생님."

잠시 망설임 끝에 하윤이 입을 열었다.

"네?"

"혹시…… 이전에, 그러니까 제가 기억을 잃기 전에 저와 만난 적이 있으세요? 갑자기 어디서 본 적이 있는 것처럼 익숙한 느낌이 들어서요."

하윤의 말에 세연이 웃으며 익숙하다는 듯 어깨를 으쓱였다.

"결혼식 때도 봤었고, 또 오가며 많이 마주쳤을 거예요."

"개인적으로 만난 적은 없고요?"

"그런 소리 종종 들어요. 제가 흔하게 생긴 얼굴인가 봐요."

"아……, 아니구나. 죄송해요."

"아니에요. 워낙 익숙한 일이라 아무렇지도 않아요. 이건 심신 안정에 좋은 향초예요. 목욕할 때나 잠자기 전에 켜 두면 머리가 맑아질 거예요."

"감사합니다."

짐을 모두 챙긴 세연을 배웅하기 위해 하윤 역시 일어났다. 밖에서 대기 중이던 에릭은 세연을 보곤 가볍게 고개 숙여 인사를 했다.

"그럼 다음에 또 봬요."

"조심히 들어가세요."

비가 오고 있어 저택 밖까지 배웅해 주지는 못했다. 책상 한구석에 수북하게 쌓인 약들을 보니 한숨이 나왔지만 굳이 복용할 필요는 없다기에 한쪽으로 치워 버렸다. 문 밖에서 하윤을 지켜보고 있던 에릭이 어느 샌가 들어와 그녀에게 말을 건넸다.

"상담은 잘 하셨습니까."

"응."

뭐든지 에릭이 처음이었다. 하윤에게 먼저 말을 건네고, 또 그녀의 생각을 궁금해하고 하루를 묻는 사람은. 그녀가 물끄러미 에릭의 얼굴을 바라보았다.

"왜 그렇게 쳐다보십니까."

그 시선을 느낀 에릭이 조심스럽게 입을 열었다. 하윤은 그제야 빤히 바라보고 있던 시선을 거두었다.

"나더러 친구를 좀 만들어 보래."

"마음 털어놓을 사람이 한 명쯤 있어서 나쁠 건 없죠."

"그래. 그거야."

"그래서 친구를 할 만한 사람은 좀 생각해 보셨습니까."

"너도 알잖아. 이곳 사람들이 나 불편해하는 거."

"모셔야 할 분이니 불편하게 느끼는 건 어느 정도 당연한 겁니다."

세연이 했던 말과 똑같았다. 그의 말을 수긍한다는 듯 고개를 끄덕이던 하윤이 에릭과 시선을 또렷하게 마주했다.

"근데 나 친구 없게 생겼어?"

단순한 호기심이었다. 남들의 눈엔 자신의 모습이 어떻게 비춰지는지 알고 싶었다. 곧장 대답하지 않고 물끄러미 하윤을 바라보는 에릭에게 다시 한번 되물었다.

"응?"

"굳이 따져 본다면 많은 쪽보단 없는 쪽에 가까운 것 같습니다."

에릭의 대답에 하윤이 미간을 찌푸렸다.

"뭐 이리 대답이 솔직해?"

"원래 미인 옆엔 속물이 들끓는 법이죠. 늘 조심하셔야 합니다."

"그거. 그쪽이 속물이라는 간접 고백이야?"

"아가씨가 미인이라는 간접 고백입니다."

"허."

이 능구렁이. 종잡을 수가 없었다.

04화

중력

　복귀한 서준을 맞이하기 위해 잘 닦아 놓은 명패가 번지르르하게 빛났다.

　책상엔 유현그룹에서 진행 중인 프로젝트 관련 서류들이 놓여 있었다. 그 외에 서준의 결재가 필요하거나 그가 파악해야 할 각종 업무를 정리한 서류들 역시 산더미였다.

　1년 만에 복귀하는 만큼 누구보다 빠르게 성과를 내야 했다. 다음 주주 총회까지 비교적 여유가 있었다. 1년이 넘는 공백이 어떻게 보면 크게 느껴질 수도 있지만 서준에겐 그 시간을 만회하고도 남을 만큼의 능력이 있었다.

　어릴 때부터 그랬다. 주변의 기대를 한 몸에 받으면서도 부담감에 못 이겨 실망을 안기거나 부족한 실적을 낸 적은 단 한 번도 없었다. 감히 천재란 수식어가 그의 뒤를 따라다닐 만했다.

　"이건 뭡니까?"

지난 1년간의 업무 보고서를 검토하던 서준이 어느 한 부분에서 인상을 찌푸리며 현석에게 물었다.

그의 날카로운 질문에 현석이 잠시 뜸을 들인 후 입을 열었다.

"……말씀드리기 송구스럽지만, 본사에 마케팅 팀장으로 있던 지철우라는 친구가 출시를 앞둔 휴대폰 도안을 **빼돌려** 강민준 사장님 측에 넘긴 것으로 알고 있습니다. 저희 쪽에서 미리 관리를 잘했어야 하는 건데, 면목이 없습니다. 전무님."

"괜찮습니다. 어차피 이젠 그쪽에 손댈 일도 없을 텐데요."

"예?"

현석이 놀란 얼굴로 서준에게 되물었다.

"무슨 말씀이신지……."

무난하게 흘러갈 것만 같았던 복귀도 영 순탄치 않았다. 본래 유현전자의 전무로 부임해 있던 서준은 유현그룹 계열사인 힐튼호텔의 대표 이사로 발령이 난 상태였다.

"저 힐튼호텔 대표 이사로 발령 났습니다. 아직 정식 공고는 안 떴지만 곧 발표할 거예요."

서준의 말에 현석이 잠시 침묵했다. 사장이 되었다고 한들, 갑작스레 호텔 계열로 발령을 내린 것은 엄연한 경계의 표시였다.

그것도 유현그룹 내에서 가장 규모가 작고 영향력이 작은 힐튼호텔이라니.

"어쩌겠어요. 다 아버지 지시인데."

"그래도 이건 좀 너무하다고 생각되지 않습니까?"

"괜찮습니다. 아버지 입장에선 제게 실망하신 게 당연할 테니까."

현석이 깊은 한숨을 내쉬었다. 서준은 이미 체념한 듯 자신의 집무실에 있던 물건들을 대충 정리하기 시작했다. 이제 이곳과도 이별이었다.

"바로 아가씨를 뵈러 갈 예정이십니까?"

"그러려고요. 하윤이가 천둥 치는 걸 워낙 싫어하거든요. 마침 오늘 상담일이니 일찌감치 들어가 얘기도 좀 할 겸 해서요."

"그래도 두 분이 제법 가까워지셨나 봅니다."

"예전보다는 많이 가까워진 것 같은데 아직은 잘 모르겠습니다."

여전히 그녀와 제 사이에는 보이지 않는 벽이 있었다.

대화의 부재로 인해 생긴 벽이었지만 하윤이 과거를 기억하지 못하길 바라는 서준의 입장에선 차라리 그게 나았다.

그래도 어젯밤 술기운을 빌려 했던 키스로 인해 조금은 가까워졌단 생각이 들었다.

"어쨌든 먼저 가 보겠습니다."

서준이 겉옷을 챙겨 일어났다.

저녁이 되니 빗줄기가 더욱 거세졌다.

낮에 내리던 부슬비와 다르게 어두컴컴한 하늘에서 굵은 빗줄기가 연신 쏟아지니 온 세상이 음침해 보였다. 마치 하늘이 크게 노하는 것처럼.

하윤의 서재 방 창문은 굳게 닫혀 있었다. 비 자체를 싫어하는 건 아니었지만 천둥소리는 딱 질색이었다. 방해받는 것 같다는 느낌에 온 신경이 다 예민해졌다.

"아, 짜증 나."

결국 읽던 책을 덮은 하윤은 침실로 향하기 위해 발걸음을 돌렸다.

똑똑.

때마침 서재 방문을 두드리는 노크 소리가 들렸다.

에릭인가? 이 시간에 자신을 방해할 사람은 에릭밖에 없었다. 하윤은 곧장 방문을 열어 주었다.

"무슨 일……."

예상과 달리, 문 앞에 서 있는 것은 서준이었다. 당황한 하윤이 말끝을 흐렸다.

"언제 왔어요?"

"좀 전에."

"좀 전이 아닌 것 같은데?"

"오자마자 옷 갈아입은 거야."

커튼을 모두 치고 있던 터라 서준의 차가 들어온 것조차 몰랐다.

앞으론 매일같이 저택에서 잠을 청할 거라던 말이 진심인 듯 그는 약속을 지키고 있었다. 서준은 슈트가 아닌 집에서 입는 평상복 차림이었다.

"오늘은 왜 이렇게 일찍 왔어요?"

"요란한 날씨를 좋아하는 편은 아니라서."

서준이 하윤을 물끄러미 응시했다.

"그리고 여긴 내 저택이야. 몇 시에 들어오든 그건 내 맘이란 얘기지."

서준의 말대로 그의 저택인 건 사실이니, 딱히 대꾸할 생각은 없었다. 침대 머리맡에 놓인 향초를 본 서준이 그녀에게 물었다.

"병원에서 준 건가?"

"머리 맑아지라고 몇 개 주고 가셨어요."

"좋네."

그러다 하윤의 목에 보란 듯이 걸려 있는 목걸이를 본 서준의 얼굴이 급격하게 일그러졌다.

"그거."

인상을 쓴 얼굴이 새삼 날카롭게 느껴진다.

"뭐야?"

딱딱한 말투에서 그의 불쾌함이 고스란히 느껴졌다.

그렇다고 기가 죽을 하윤이 아니었다. 게다가 기죽을 이유도 없었다. 잘못한 것도 아닌데.

"선물 받았어요."

"누구한테?"

"에릭이요."

서준의 얼굴이 더더욱 굳어졌다. 그가 손을 뻗어 하윤의 목에 걸린 붉은 루비를 살폈다.

"……잘 어울리네."

애써 화를 참는 듯한 말투였지만 하윤은 전혀 개의치 않았다.

"알고 있어요. 나도."

"에릭이랑 부쩍 친해졌나 봐? 선물까지 주고받는 걸 보면."

"주치의가 친구를 만드는 게 치료에 큰 도움이 될 거라고 하더라고요. 그래서 좁지만 이 저택 안에서라도 친구를 만들어 보려고 노력하는 중이에요."

"그래서 좋은 친구 같아, 에릭은?"

"글쎄요."

고개를 갸웃거린 하윤이 서준을 향해 관능적인 미소를 지어 보였다. 그 미소 안엔 서준을 향한 도발이 담겨 있었다.

"친구만 하기엔."

그녀가 조심스럽게 입을 열었다.

"너무 섹시한 남자라."

서준의 얼굴이 삽시간에 굳어졌다. 이번에도 그녀의 승리였다.

"허."

그녀의 당돌한 말에 서준이 어이없다는 듯 짧은 탄식을 내뱉었다.

열이 받으면서도 한편으론 그녀가 의아하게 느껴지기도 했다. 보란 듯이 질투를 유발하는 여자의 심리는 뭘까.

"우리가 부부라는 사실을 잊은 건 아니겠지. 내 저택에 살면서 다른 남자가 준 목걸이를 끼는 저의가 궁금하군."

책상 모서리에 걸터앉은 서준이 팔짱을 낀 채로 그녀를 내려다보았다.

"그게 싫으면 나와 이혼하면 되잖아요."

"뭐?"

"안 그래요? 이혼이라는 간단한 방법이 있는데."

하윤이 단호한 얼굴로 서준을 응시하며 대답했다.

애당초 이 저택에서 살게 된 데에는 그녀의 의지가 조금도 들어가 있지 않았다.

모두 서준이 결정하고 멋대로 벌인 일들 아니던가. 그런 와중에 고작 선물 받은 목걸이 하나까지 눈치를 볼 필요는 없었다.

"아주 못하는 말이 없네."

너무도 쉽게 '이혼'을 입에 담는 하윤의 모습에 서준이 미간을 찌푸렸다.

"원래 변호사는 말을 잘해야 하는 법이거든요."

"어련하시겠어."

다분히 비꼬는 의도가 담겨 있었다.

그녀가 되찾은 얼마 안 되는 기억 중 하나가 바로 직업이었다. '변호사'라는 직업에 상당한 자부심을 가지고 일했었던 하윤은 능력 있는 변호사로 명성이 자자했다.

하윤과 연애할 적에 다투기라도 할 때면 서준은 단 한 번도 그녀를 말싸움으로 이겨 본 적이 없었다.

변호사라는 직업 특성상 말을 유려하게 하는 게 당연했지만, 서준은 싸울 때만큼은 그 점을 굉장히 싫어했다.

"언제는 말 잘하는 여자가 섹시하다면서요?"

그녀가 퉁명스럽게 대꾸했다.

하윤이 언젠가 그에게 '왜 자신을 사랑했었냐'고 물었을 때 서준이 장난스럽게 했던 말이었다. 말 잘하는 여자가 세상에서 제일 섹시하다고 말이다.

"싸울 때 말고."

"그럼 언제요."

"침대에서 말 잘하는 여자가 섹시하지."

하윤이 어이없다는 듯 고개를 절레절레 저었다.

"그냥 잘하는 여자도 섹시하고."

책상 모서리에 걸터앉아 있던 서준이 능글맞은 얼굴로 하윤을 내려다보며 말했다.

주어의 중요성이 절실하게 느껴지는 순간이었다. 가끔 그가 이런 농담을 던질 때면 누굴 닮아 저렇게 능글맞을까 싶기도 했다.

"지금 나랑 시답잖은 농담하자고 온 거예요?"

"그건 아니지."

"그럼 뭔데요."

"당신은 천둥 치는 날엔 무섭다고 잠을 잘 못 자서 일찍 침대에 누웠어. 밤새 뒤척이는 수고를 군이 해야 할 필요는 없잖아. 내가 해 줄 수 있는 최소한의 배려이니, 거절은 말고."

요란한 천둥소리가 거슬리는 것은 사실이었다. 그래서 평소보다 일찍 잠에 들려고 책을 접었던 것도 사실이고. 정확하게 제 모습을 간파하고 있는 모습에 하윤이 의아하다는 듯 서준을 바라보다 말했다.

"그럼 내가 잠들 때까지 절대 먼저 잠들지 말아요."

확인하고 싶은 게 있는 듯 그와 시선을 마주하더니 곧장 침실로 향하는 그녀였다.

이불을 덮자 포근함과 함께 기분 좋은 향기가 몸을 감싸 안았다.

새하얀 이불과 베개는 그녀가 이 저택에서 마음에 들어 하는 몇 안 되는 것 중 하나였다.

"당신 잠드는 거 확인하면 서재로 갈 거야. 아직 할 일이 좀 남아서."

할 일이 남아 있음에도 자신이 일찍 잠자리에 든다는 것을 기억하고 집까지 온 서준이 이상하게 낯설었다.

제 손목에 나 있던 흉터에 대해선 아무것도 모르던 남자가 이런 사소한 습관은 어떻게 기억하고 있는 것일까.

정말 사랑하는 사이였던 걸까.

"밖에서 우르르 쾅쾅 난리도 아닌데 어떻게 바로 잠들어요?"

묘한 기분에 괜히 차갑게 말을 내뱉었다.

"빨리 잘 수 있게 재밌는 얘기라도 해 주든가."

상당히 투덜거리는 말투였다. 터무니없는 요구에 서준은 자장가라도 불러야 하나 싶었다.

잠시 고민하는 듯 입을 다물고 있던 그가 조심스럽게 이야기를 꺼냈다.

"옛날에."

침대에서 듣는 그의 목소리는 자장가만큼이나 담백하고 간지러웠다. 만약 비 오는 날 밤 잠이 오지 않아 라디오를 켜고 잔다면 이런 기분이 아닐까 싶었다.

"……예쁜 여자가 한 명 있었어."

이야기가 시작되었지만, 하윤의 귀에 그의 말은 하나도 들어오지 않았다. 그가 들려주는 시시콜콜한 이야기나 듣자고 꺼낸 말은 아니었으니까.

그의 목소리를 배경 음악 삼아 하윤은 생각에 잠겼다.

서준이 표현에 솔직하지 못한 사람이라는 건 하윤 역시 알고 있는 사실이었다.

그는 항상 마음과는 다른 말을 내뱉었다. 자신에게 모진 목소리로 화를 낼 때에도 속으론 얼마나 가슴 아파했는지, 돌아서서 얼마나 큰 후회를 했는지 알고 있었다.

그럼에도 온전히 믿을 수 없었던 건 그가 먼저 솔직하지 못했기 때문이다.

아무리 중요한 이유가 있었다고 한들, 모든 기억을 잃은 아내에게 그 정도 배려는 해 줬어야 했다. 아무런 기억이 없는 제게, 본인은 모든 걸 숨기면서 무조건적인 신뢰와 믿음만을 강요했던 서준의 행위는 참으로 이기적이었다.

그렇기 때문에 그에게 쉽게 먼저 다가갈 수 없었다.

서준의 눈에 비친 아픔을 봤으면서도 그를 모른 척하고 밀어냈던 이유였다.

생각이 깊어질수록 점점 잠이 쏟아졌다.

어느새 하윤은 서준의 목소리에 점점 녹아들고 있었다. 살짝 잠이 들었을 때, 그녀가 무어라 웅얼거렸다.

"……그러니까."

"응?"

서준은 알아듣지 못하게 혼잣말을 웅얼거리는 하윤의 모습에서 그녀가 잠들기 시작했다는 것을 알 수 있었다.

잠꼬대일까. 그녀를 쳐다보던 그가 이내 부드러운 손길로 머리칼을 어루만지기 시작했다. 평소에 보이던 냉소적인 눈빛은 온데간데없었다. 한없이 다정하고 따뜻했다.

"으음……. 넌 친구로도 별로야."

이 말을 끝으로 하윤은 완전히 잠들었다.

이건 뭐, 취중 진담도 아니고 수면 진담인가? 잠결에서까지 자신더러 별로라고 말하는 하윤의 모습에 서준은 실없이 웃음이 났다.

그래도 이 정도면 서로의 거리가 많이 좁혀졌다고 생각했다. 마음의 벽은 그렇게 조금씩 허물어 가고 있었다.

"당신이 모든 걸 알게 되는 날이 오더라도."

그녀가 잠든 걸 확인한 서준이 의미심장한 얼굴로 속삭였다.

"그래도 떠나지 마."

처절한 애원이 묻어났다.

✛   ⸙   ✛

눈을 뜬 하윤이 자연스럽게 시선을 옆으로 돌렸다. 두 눈을 감은 서준이 새근거리며 잠들어 있었다.

"……진짜."

그 얼굴을 보며 그녀가 나지막하게 중얼거렸다.

"잘 잤네."

하윤이 복잡한 얼굴로 고개를 갸웃거렸다. 새벽이면 꼭 한두 번씩 깨기 일쑤였는데 그가 옆에 있어서인지 단 한 번도 깨지 않고 푹 잠들었다. 머리가 아프지도 않았고, 전에 없던 개운함마저 느껴졌다.

"알다가도 모르겠네."

불편할 거라고 생각했다. 형식적으로만 부부 사이인 서준과 제가 한 침대에서 잔다는 건 불편한 게 당연했으니 말이다.

하지만 며칠 전 서재에서 잔다고 했던 그가 제 옆에서 잠이 들었을 때, 깨지 않고 푹 잤던 자신을 보며 의아하게 느꼈었다.

"오늘도…… 역시 7시 반이고."

시계를 확인한 하윤이 미간을 찌푸리며 서준의 얼굴을 바라보았다. 평소엔 12시가 넘어야 눈이 떠지는 그녀가 그때도 지금도, 이상하게 서준과 함께 잠이 들면 이른 시간에 자연스럽게 눈이 떠졌다.

"우린 대체 어떻게 사랑했던 걸까."

그녀의 복잡한 심정을 대변하듯 갈라진 목소리가 새어 나왔다. 깊게 한숨을 내쉰 하윤이 침대에서 내려왔다. 목이 마른 탓에 곧장 부엌으로 향했다.

아침부터 분주하게 움직이고 있는 메이드들이 벌써 일어난 하윤을 보며 당황한 듯 인사를 건넸다.

"해가 서쪽에서 뜨려나 봐요. 이 시간에 눈이 다 떠지는 걸 보면."

메이드의 표정을 읽은 하윤이 나긋하게 입을 열었다. 출근 시간에 맞춰 아침 식사를 준비해 놓았을 줄 알았건만 식탁은 텅 비어 있었다.

"그이는 아침을 안 먹나 봐요?"

아무렇지 않게 옆에 있던 메이드를 향해 물었다. 그러다 불현듯, 제가 서준에 대한 무언가를 궁금해했다는 사실에 불쾌했는지 미간을 찌푸리는 그녀였다.

"아니. 아침을 먹든 안 먹든 그건 내 알 바가 아니지."

자문자답하는 하윤의 모습에 메이드가 당황한 듯 눈을 동그랗게 떴다.

"아니에요. 가서 일 봐요."

"알겠습니다."

그제야 할 일을 하는 메이드였다. 컵에 따라놓은 남은 물을 벌컥 들이켠 하윤이 곧장 어딘가로 걸음을 옮겼다.

그녀의 방이 사라진 탓에 마음 편하게 갈 수 있는 곳이 없었다. 침실엔 서준이 있을 거라는 것을 알기에 제 서재에 따로 나 있는 문을 향해 발걸음을 옮기는 그녀였다.

그러나 문고리를 돌리던 손길이 이내 우뚝 멈춰 섰다.

"슬슬 일어나야 할 텐데."

어젯밤 제 옆에서 자신이 잠들기를 기다리던 서준이 아직 할 일이 남았다고 말했던 것을 기억했다.

그의 성격에 남은 일을 끝내지 않고 잠에 들었을 리는 없으니, 몇 시에 잤을지 모르는 일이었다.

"웃겨. 그 사람이 늦잠을 자든 말든 그게 나랑 무슨 상관이라고."

또 한 번 하윤이 인상을 일그러뜨렸다. 저도 모르게 서준을 걱정하는 말을 내뱉은 제 모습이 마음에 안 드는 듯했다.

다시 한번 문고리로 손을 뻗은 하윤이 이내 몸을 돌리며 머리를 쓸어 넘겼다.

"하, 정말 신경 쓰이게 하네."

짜증 섞인 목소리와 함께 침실로 향하는 그녀였다.

발걸음을 옮긴 하윤이 조심스럽게 침실로 들어섰다. 여전히 고요한 가운데 그녀의 발소리만이 침실에 울려 퍼졌다.

침대에 앉아 평온한 얼굴로 잠이 든 서준을 지그시 바라보았다. 매일 보던 얼굴인데 이상하게 묘한 느낌이 들었다.

"……이 사람이 이렇게 생겼었나."

손을 뻗어 그의 뺨을 쓰다듬었다. 부드러운 감촉이 손끝에 감겼다.

기다란 속눈썹 아래로 날카롭게 조각된 듯한 콧대가 유려하게 뻗어 있었다. 저도 모르게 뺨에 머물던 손길이 콧대를 쓸고 아래로 내려갔다.

그리고 그 순간.

"어, 엄마야!"

제 팔을 확 잡아 끌어당긴 서준 탓에 하윤의 잇새로 비명 소리가 터져 나왔다. 놀란 가슴을 미처 추스르기도 전에 서준이 입을 열었다.

"아침부터 뭘 하는 거지."

반쯤 잠긴 낮은 음성이 귓가를 자극했다.

"아, 아니 당신이 일어날 기미가 안 보여서 혹시나 회사에 늦을……."

"지금 내가 지각할까 봐 걱정하는 건가?"

당황스러운 마음에 횡설수설하는 하윤을 바라보며 말했다. 서준의 깊은 눈동자가 제게 닿자, 그가 낯설게 느껴졌던 마음이 더욱 요동쳤다.

그의 위에 엎어지듯 올라탄 하윤이 야릇한 자세에 이도 저도 못 하고 있었다. 게다가 한쪽 손목은 서준에게 붙잡혀 있는 상태가 아니던가.

"어제 집중이 잘 안 돼서 남은 일을 끝내는데 조금 오래 걸렸어. 소리를 내면 당신이 깰까 봐 걱정했는데, 다행히 곤히 자고 있더군."

피곤함이 옅게 묻어나는 목소리를 듣고 있자니 기분이 이상했다.

서준은 이제껏 제게 무언가를 설명하듯 자세하게 얘기해 준 적이 없었다. 묻지도 않았는데 어제 있었던 일에 대해 상세히 얘기해 주는 그의 모습이 낯설게 느껴졌다.

"그랬……군요."

묘한 기분에 말끝을 흐리며 대답했다.

"당신이 날 깨워 주려고 했다니 믿기지 않지만, 이러니까 꼭."

서준이 붙잡고 있던 그녀의 손목을 엄지로 부드럽게 문질렀다.

"진짜 부부가 된 것 같네."

그의 목소리에 웃음기가 어려 있었다.

하윤의 컨디션은 최상이었다. 간만에 상쾌하게 일어난 그녀는 서준이 출근한 뒤, 이른 시간부터 산책을 하는 중이었다. 지난밤 굵은 비가 쏟아진 덕인지 하늘이 맑았다. 대기 속 먼지들까지 전부 다 떠내려간 느낌이다.

5월에 접어드니 곳곳에서 봄의 향기가 물씬 풍겼다. 정원에 심어진 여러 꽃들이 만개한 채 저마다 매력을 뽐내고 있었다.

서준의 손길이 짙게 닿았던 제 손목을 멍하니 어루만지던 하윤은 이내 고개를 내저으며 발걸음을 멈췄다.

"이제 네가 반지도 빼고 다니니까 나는 더 확실하게 널 꼬신 요물이 될 수 있겠다. 적어도 양다리 걸치려다가 차였다는 소리는 안 들을 수 있겠어."

하윤이 별안간 몸을 돌려 에릭과 시선을 마주했다. 허전해진 에릭의 왼손 약지를 보며 그녀가 말했다.

"아가씨는 목걸이를 착용하셨고요."

"우리가 손을 잡았단 증표인데, 굳이 뺄 이유는 없잖아."

아무것도 모르는 메이드들은 자신과 에릭의 관계를 의심할지언정 둘 사이의 계약에 대해선 알 리가 없을 테니.

"이제 뇌물도 받았으니 확실하게 해 두자."

"어떤 걸 말씀이십니까?"

"네가 내 목에 이런 족쇄를 채웠다고 해서 날 온전히 믿는 건 아니잖아? 그러니까 서로 믿을 수 있는 걸 내어야지. 이를테면 정보 같은."

그에게 굳이 돌려 말하고 싶지 않았다. 시간만 낭비하게 될 뿐, 결과적으로 득이 될 게 없었다. 하루라도 빨리 원하는 걸 얻어 내야만 했다.

"원하는 정보에 대한 질문을 주시면 그에 맞는 대답을 드리겠습니다. 최선을 다해."

"먼저 너에 대해 알려 줘."

에릭은 뜻밖에 대답에 놀란 눈치였다.

당연히 서준에 대한 정보를 궁금해하거나, 아니면 기억하지 못하고 있는 과거에 대해 알려 달라고 할 줄 알았기 때문이다.

"왜 그런 표정이야?"

모든 예상을 깨고 그녀가 물은 건 에릭에 대한 정보였다.

"어째서 저에 대해 물으십니까. 아가씨에 대한 게 가장 궁금하실 텐데요. 그도 아니라면 전무님에 대한 정보라던가."

"그렇지. 내가 가장 알고 싶은 건 나와 강서준이긴 하지."

하윤이 걸음을 멈추고 에릭과 시선을 마주했다.

"근데 우린 공평해야 하잖아. 넌 강서준 밑에서 쭉 일해 왔으니 당연히 나에 대해 알 게 분명한데. 정작 난 너에 대해 아는 게 하나도 없잖아?"

세연이 말했던 '친구'를 만들어 보려는 시도였다. 에릭과 그저 정보를 교환하고 원하는 걸 주고받는 비즈니스적인 관계로 남기 싫다는 나름의 표현이었다.

솔직하진 못했지만, 그게 그녀가 내비치는 최소한의 진심이었다. 그 마음을 알 리 없는 에릭은 그저 하윤을 의아한 눈으로 쳐다볼 뿐이었다.

잠시 뒤, 그가 긍정의 의미로 고개를 끄덕였다.

"……전 고아였습니다."

그리고 계속해서 말을 이어 갔다.

"부모님은 제가 두 살이 되던 해에 '희망의 집'이라는 보육원에 절 버렸고, 유년 시절의 모든 추억은 그곳에서 쌓았죠. 나쁘진 않았어요. 늘 따듯하던 원장님이 계셨고 가족처럼 함께 자란 친구들이 있었으니까요."

하윤은 별다른 반응 없이 잠자코 그의 이야기를 들었다.

"한편으로는 친부모를 찾고 싶다는 생각도 했습니다. 그들에게도 사정이 있었을 거라고, 언젠가는 절 다시 찾으러 올 거라고 믿었습니다."

"그래. 모두들…… 그런 믿음을 가지고 살아가지."

하윤의 눈망울이 슬프게 빛났다. 자신이 서준에게 그런 믿음을 가졌었기 때문이다.

이 사람이 언젠간 나를 어둠 속에서 구원해 주겠지, 날 사랑한 사람이니까.

하나, 그것은 헛된 믿음일 뿐이다. 사람들은 그런 헛된 믿음을 통해 상처를 받고 또 다른 어둠과 불신을 얻게 된다. 그런 믿음은 눈에 보이지 않는 헛된 망상에 불과했다.

"그러나 그들은 절 찾지 않았습니다. 대신."

에릭이 말을 끊으며 잠시 입술을 달싹였다.

"그 빈자리를 채워 줄 누군가를 만났죠. 저에게는 구원과도 같았습니다."

"구원이라……. 감히 그렇게 표현할 정도면 어떤 사람이었던 거지?"

"그건 저도 모릅니다. 그냥 오가며 얼굴만 본 정도니까."

누군가에게 자신의 상처를 드러내기가 쉽지 않음에도 불구하고, 에릭은 상당히 담담한 어조로 말을 이어 나가고 있었다.

멀리서 이따금씩 그들을 곁눈질로 흘끗흘끗 쳐다보는 메이드들은 에릭과 하윤이 이런 얘기를 나누고 있을 줄은 꿈에도 모를 것이다.

"계속해서 절 지원해 줬습니다. 그 덕에 더 이를 악물고 버틸 수 있었죠. 그리고 지금 이 자리까지 왔고 아가씨를 만나게 된 겁니다."

유현그룹 경호원이라면 감히 성공했다고 자부할 수 있었다. 웬만한 직장인보다 높은 연봉과 탄탄한 복지까지. 꿈의 직장이라고 해도 과언이 아니었다. 하지만 그녀의 생각은 달랐다.

"구원? 그런 건 세상에 없어."

하윤이 단호하게 얘기했다.

"어떻게 아냐고? 그딴 게 정말 존재한다면 날 이렇게 내버려 두진 않았겠지."

슬픔보다는 원망에 가까운 눈빛이었다. 한순간에 모든 기억을 잃고 스스로조차 믿을 수 없게 되어 버린 삶. 신이 존재한다면 저를 이렇게 가엾게 두진 않았으리라.

"그리고 너도."

하윤이 또렷한 눈망울로 에릭을 응시했다.

"그 자리에 앉았다고 한들, 네 눈에 비치는 증오심은 어떻게 설명할 거지?"

그녀의 새하얀 손이 에릭의 뺨을 부드럽게 쓰다듬었다. 며칠 전 서준의 서재에 몰래 들어왔다가 마주친 그를 본 순간 알 수 있었다. 옷장 뒤에 숨어서 서준을 바라보던 눈빛이 평소와는 다르다는 걸.

"네가 그날 서재에서 뭘 하고 있었는지 묻지 않은 건 어찌 됐든 날 도와줬기 때문이야."

하윤이 날카로운 눈빛으로 에릭을 응시했다. 적의 적은 동지가 아니던가.

"아직도 종종 악몽을 꿔. 누군가가 내 앞에서 피를 흘리며 처절하게 죽어 가는 그런 꿈. 누구인진 모르겠지만 나를 향해 피로 물든 손을 뻗고 있었어."

그 꿈을 꿀 때마다 얼마나 고통스러운지 모른다. 아무리 허상이고 꿈이라고 한들 제 몸에 고스란히 느껴지는 괴로움과 고통은 말로 설명할 수가 없었다.

"아직은 그게 누구인지 모르지만 곧 알게 되겠지. 서서히 기억이 돌아오고 있으니까."

"왜 전무님께 말씀드리지 않으셨습니까."

"내가 기억을 되찾고 있다는 걸 그 사람에게 말해야 할 의무가 있나?"

잠든 하윤을 두고 그녀가 기억을 되찾지 못하게끔 막겠다던 남자였다. 그런 그에게 솔직하게 모든 걸 다 얘기할 순 없었다.

"그 사람은 내가 기억을 잃은 채 살아가길 바라고 있어."

"그럼 모든 기억을 되찾아도 끝까지 밝히지 않을 생각이십니까."

"그럴 생각이야. 그래서 그 기억을 너와 공유하려는 거지. 그 사람의 손아귀에서 벗어나려면 네 도움이 꼭 필요하거든."

하윤이 고개를 비스듬하게 젖히며 입을 열었다.

"내 자유를 찾아 주겠다고 먼저 제안한 건 너였어. 에릭."

침묵으로 일관하며 하윤을 빤히 바라보는 에릭에게 그녀가 일침을 가했다. 처음부터 서준을 배반할 자신이 없었다면 입 밖으로 그런 얘길 꺼내어선 안 됐다.

"그 사람을 배신할 자신이 없니?"

"전무님을 배신할 자신이 없는 게 아니라, 그에 대한 대가로 아가씨께 감당하지 못할 것을 요구하게 될지도 모릅니다."

"글쎄. 네가 뭘 원하는지 궁금해지네."

하윤이 도도한 자태로 팔짱을 끼곤 에릭을 올려다보았다. 정장을 입고 있었지만 그의 다부진 몸과 떡 벌어진 어깨는 숨겨지지 않았다.

피부는 그을린 자국 없이 고왔지만 왼쪽 볼엔 깊이 파인 상처가 선명하게 남아 있었다.

"왜 날 돕기로 했는지, 내가 맞춰 볼까?"

예리한 시선으로 그를 훑던 하윤이 말했다.

"복수."

간결하고 명확한 단어였다. 보잘것없는 두 음절의 단어일 뿐이지만 그 안에 담긴 힘은 실로 대단했다.

사람에 대한 증오심과 혐오감, 그리고 복수를 결심하게 만든 당사자에 대한 그리움 등.

"그 반지는 네게 복수심을 불러일으키게 만든 사람이 준 건가? 아니면, 그 사람이 네가 좀 전에 얘기했던 그 구원이거나."

에릭의 반응을 확인하려는 듯 시선을 고정시켰다.

"이름을 모른다는 건 거짓말일 테고."

하윤의 눈매가 더욱 날카로워졌다. 정확하게 저를 꿰뚫어보는 하윤에 할 말을 잃은 그가 잠시 침묵하다 입을 열었다.

"맞습니다. 복수를 원해요."

"누구를 겨냥한 복수인지는 다음에 얘기하자고."

"……"

"자꾸만 쥐새끼가 달라붙어서 말이야."

하윤의 말에 에릭의 시선이 저택의 1층 창문 쪽으로 돌아갔다. 창문 커튼 사이에서 그들의 모습을 훔쳐보고 있던 메이드가 에릭과 눈이 마주치자 화들짝 놀라며 커튼 뒤로 숨었다.

다음부턴 보다 은밀한 곳에서 이야길 나눠야겠다고 다짐한 하윤은 깊은 한숨을 내뱉었다.

✝ ♣ ✝

다음 날, 평소와 다를 게 없는 평범한 분위기였지만 무슨 이유인지 서준은 발길을 뗄 생각을 안 했다. 회사에 나갈 시간이 다 되었음에도 집에서 여유를 부리고 있었다.

궁금한 마음이 일었다. 왜 이 시간에도 출근하지 않고 있는 건지.

하지만 군이 직접 묻고 싶진 않아 입을 굳게 다물었다.

"할 말 있으면 해."

"네?"

"아까부터 신경 쓰여."

그러나 붙어 있는 입술과는 달리 하윤의 시선은 서준에게로 고정되어 있었다.

좀처럼 떨어질 줄을 모르는 집요한 시선에 서준이 결국은 고개를 들었다.

"말없이 빤히 바라보지만 말고. 그렇게 쳐다보면 내가 관심을 둘 수밖에 없잖아."

"내, 내가 언제 봤다고 그래요?"

민망한 마음에 까칠한 목소리가 튀어 나왔다.

"아까부터 계속 보고 있었잖아."

"당신이 아니라 창밖을 보고 있었던 거예요."

"내 쪽에 창문이 있는 줄은 몰랐는데 말이야."

하윤은 아차 싶은 마음에 입술을 잘근 깨물었다. 어차피 이렇게 된 거 왜 회사에 나가지 않고 여기에서 여유를 부리냐는 질문쯤은 해도 될 것 같다는 생각이 들었다.

"여기서 이러고 있어도 괜찮아요?"

"뭘 말이지."

"회사에 나가 봐야 하지 않겠난 얘기예요."

그제야 본심이 새어 나왔다. 하윤의 눈빛을 보니 자신이 이 시간에 집에 있는 게 상당히 거슬리는 듯했다.

"내가 출근하지 않아서 꽤 아쉬운 모양이군."

"그걸 알아주다니 고맙네요."

하윤이 어깨를 으쓱이며 능청을 떨었다.

"안타깝지만 오늘은 집에서 일을 볼 예정이야."

줄곧 서준의 출근만을 기다려 온 그녀의 기대가 무색하게, 서준은 오늘 외출 계획이 없었다. 며칠 동안 과로를 한 탓인지 컨디션이 좋지 않았다.

"몸이 무거워. 감기 기운도 있는 것 같고."

"……어디 아파요?"

그제야 서준의 목소리가 평소와는 사뭇 다른 게 느껴졌다. 그 작은 변화를 자각했다는 걸 깨닫고 나니 돌연 하윤의 미간이 구겨졌다. 언제부터 이 남자한테 이렇게까지 관심을 두고 있었던 건가.

"요즘 너무 무리했나 봐."

"아프지 않는 것도 다 자기 관리의 일환이죠."

부러 뾰족한 말을 내뱉었다. 어딘가 불편했는지 서준이 제 목을 쓸어내리면 대답했다. 침을 삼킬 때마다 불꽃을 삼키듯 목구멍이 후끈거렸다.

"당신 말이 맞아. 건강하다고 너무 자만했어."

어깨를 으쓱이며 대답한 서준이 설핏 웃음을 지었다.

"왜 웃어요?"

"그냥. 그렇게 말하니까 당신이 날 걱정해 주는 것 같아서."

걱정이라. 낯설게 느껴지는 단어였다.

단 한 번도 서준을 걱정해 본 적은 없었다. 단지 매일 얼굴을 보며 지냈던 남자가 평소와는 다르게 출근을 하지 않으니 조금 궁금할 뿐이었다. 그래야만 했다. 그 이상의 관심은 존재해선 안 되니까.

"걱정이 아니라 핀잔이에요. 당신도 나 아플 때 종종 그랬잖아요."

그 마음을 인정하고 싶지가 않아 하윤은 선을 긋는 듯 단호하게 말했다.

"내가 당신한테 대체 어떻게 했었는지 궁금하네."

"함부로 다치거나 아프지 말라고 그랬잖아요. 마치 내 몸이 당신 소유인 것처럼 바라보면서."

"내 소유라……."

서준이 그녀의 말을 곱씹으며 중얼거렸다. '소유'라는 단어가 적절한지 의구심이 들었다.

당시 하윤은 교통사고를 겪은 환자였고 작은 일에도 주의를 해야 했기 때문이다. 그래서 하윤이 아프거나 다칠 때면 조금 감정적으로 반응하곤 했었다.

"내 사람."

"……뭐라고요?"

"내 사람이라고 생각해서 그랬던 거야."

서준이 여전히 갈라지는 목소리로 표현을 정정했다. 많은 이들이 보는 앞에서 그녀를 지켜 주겠다고 약속했으니, 그게 당연한 도리라고 생각했다.

"당신은 인정하고 싶지 않아 했지만 어쨌든 우린 부부였고, 결혼을 한 사이잖아. 당신이 다치거나 아픈 걸 그냥 볼 수는 없으니까."

하윤을 제 품에 두고 돌보면서 저도 모르게 강압적인 목소리를 냈던 적이 많았다.

"근데 이제 와 보니 표현의 방식이 조금 잘못됐었던 것 같군."

힘 빠진 목소리로 얘기하던 서준이 별안간 몸을 일으켰다. 그가 시선을 하윤에게로 맞추며 천천히 말을 이었다.

"어쨌든 오늘은 집에 있을 거야."

"알았어요. 근데 조금 있으면 요가 강사가 올 시간이에요."

"오늘?"

서준의 시선이 자연스럽게 거실 탁자 위 달력으로 돌아갔다. 하윤은 취미 활동 중에 하나로 요가를 배우고 있었다. 다만, 오늘은 수업이 있는 날이 아니었다.

"저번에 개인 사정이 있다고 수업을 미뤘었거든요."

고개를 갸웃거리는 서준을 본 하윤이 먼저 입을 열었다.

"그러니까 여기 있지 말고 방으로 들어가든가 해요."

그 당돌한 목소리에 서준이 낮게 웃음을 터트렸다. 집주인을 이렇게 문전박대할 수 있는 건 아마 그녀밖에 없을 것이다.

"아니면 정원에 나가 있는 것도 나쁘지 않고."

하윤이 기다란 손가락을 뻗어 바깥을 가리켰다. 몸을 일으킨 서준이 그녀에게 한 발자국 다가섰다.

커다란 그림자가 제 몸 위로 드리우니 그녀가 살짝 긴장한 듯 몸을 움찔했다. 제 몸짓에 따라 하윤의 시선이 천천히 위로 올라왔다. 고개를 들어 눈망울을 마주하는 그 모습이 귀엽게 느껴졌다.

"싫어."

서준이 길게 뻗어 있는 하윤의 손가락을 조심스럽게 쥐었다.

"오늘 밤에 날씨가 엄청 춥대. 나 감기잖아."

완연한 봄인데, 추위라니. 하윤이 미간을 찌푸렸지만 서준은 이에 아랑곳하지 않았다. 잡고 있던 그녀의 손을 천천히 아래로 떨어뜨렸다.

"요가 수업은 보통 거실에서 하는 건가."

알고 있는 사실이었지만 서준이 모르는 척 구태여 하윤을 향해 물었다.

"그럼요. 집에만 있기 답답해서 시작한 건데 굳이 방에서 할 이유는 없으니까요."

"잘됐네. 잘 부탁한다는 말도 제대로 못 했는데."

"그러니까 지금 뭐 강사님께 인사라도 하겠다는 거예요?"

"왜. 안 돼?"

서준의 눈매가 당연하다는 듯 유려하게 휘었다.

"뭐 하러 그래요."

세연이야 하윤의 주치의였기에 외부인임에도 서준과 그녀의 속사정을 잘 알고 있었지만, 요가 강사는 아니었다. 굳이 그가 인사를 할 이유도 없을뿐더러, 저택 밖에서만으로도 충분한 연기를 굳이 이곳에서 자처할 필요도 없었다. 피곤한 건 딱 질색이었다.

"보고 싶어서 그래."

서준의 손길이 하윤의 위로 닿았다. 감기 기운으로 느른한 눈빛이 그녀에게 진득하게 내려앉았다.

"당신 요가 하는 거."

그가 자꾸만 더 깊이 들어왔다.

해맑은 미소를 지으며 집 안으로 들어선 요가 강사는 서준을 보고 조금 놀란 눈치였다. 수업을 하는 동안 한 번도 그가 집에 있었던 적 없었기 때문이다.

"어머. 오늘은 집에 계셨네요."

동그랗게 뜬 눈이 그녀의 마음을 대변했다. 하윤과 서준이 맞잡고 있는 손으로 시선이 스르륵, 내려갔다.

"하윤 씨 수업 시작한 후로 처음 뵙는 것 같아요."

"일이 바빠 인사 한 번 제대로 못 드렸습니다."

강사를 향해 악수를 청하는 모습이 상당히 능숙해 보였다. 사람을 대하는 일이 몸에 밴 듯 자연스러웠다. 조금 전, 하윤과 대화를 나누던 모습과는 또 다른 느낌이었다.

"진즉에 잘 부탁드린다고 인사를 드렸어야 하는 건데요."

"어우, 그런 말이 어디 있어요. 오늘은 어쩐 일로 집에 계세요?"

"컨디션이 난조해서 집에서 일을 보던 참이었습니다. 괜히 제가 수업에 방해가 되는 건 아닌가 모르겠습니다."

서준의 시선이 하윤에게 닿았다. 그녀를 의식하는 듯한 얼굴이다.

"아뇨! 전혀요."

그러나 하윤의 마음을 알 리 없는 강사는 밝은 미소와 함께 손뼉을 부딪쳐 소리를 냈다.

지나치게 해맑은 그 모습에 할 말을 잃은 듯 하윤이 한숨을 내쉬었다.

"안 그래도 이번에 새로 기획 중인 '커플 요가 프로그램'이 있거든요. 정식으로 클래스 오픈하기 전인데 벌써부터 문의가 많아요. 이렇게 된 거, 오늘 함께해 보시면 좋을 것 같은데요?"

"……커플 요가 프로그램이요?"

낯간지러운 단어에 하윤이 미간을 구겼다.

"네. 커플 요가 프로그램이요."

확인 사살을 하듯 그 단어를 한 번 더 발음했다. 당황스러운 건 서준도 마찬가지였다.

그가 생각했던 전개엔 '함께' 요가를 하는 것은 없었기 때문이다. 그저 하윤이 요가를 하는 모습을 두 눈으로 보고 싶었을 뿐이다.

"요즘 데이트 코스로도 인기가 정말 좋거든요."

그녀는 입가에 선한 미소를 덧그리며 요가 매트를 깔았다. 평소에도 늘 보던 매트인데 그 순간만큼은 낯설게 느껴졌다.

"아무래도 몇몇 자세들은 서로 밀착할 수밖에 없다 보니 진한 스킨십이 생기기도 하고요. 이색 데이트로 즐기기에도 좋고, 요즘은 또 남녀 가릴 것 없이 관리하는 시대니까요."

일회성 데이트 코스로 방문하는 사람들도 여럿 있었고 부부끼리 함께 와 학원을 등록하는 경우도 적지 않았다.

"음. 그런데 남성분들 같은 경우에는 요가를 처음 접하는 경우가 많으니까 동작을 제대로 따라오지 못하시더라고요. 그래서 초보자들도 쉽게 즐길 수 있는 무난한 동작들로 다시 기획하고 있는 중이었어요. 시간이 괜찮으시면 부부끼리 같이 해 보시는 것도 좋을 것 같은데……."

생긋 웃는 얼굴로 말꼬리를 뭉갰다. 바쁜 사람에게 괜히 무리한 요구를 하는 게 아닐까 싶었기 때문이다. 유현그룹의 전무가 얼마나 바쁜 사람인지 정도는 알고 있었으니까.

"잘됐네요."

의외로 서준의 대답은 긍정이었다. 예상했던 것과는 다른 대답에 하윤은 당황한 듯 미간을 찌푸렸다. 그는 부러 하윤을 자극하듯 시선을 고정시키며 말을 이어 갔다.

"요즘은 남자들도 관리를 늦추지 말아야 하는 시대잖아요. 감기 기운이 약하게 도져서 몸이 찌뿌둥했는데 스트레칭하면 피로도 풀리고 좋을 것 같습니다."

"당신, 바쁘잖아요. 그리고 요가랑은 거리가 먼 사람이기도 하고……."

"이 기회에 한 번쯤 해 보는 것도 나쁘지 않을 것 같아."

무슨 바람이 들어 이러는 건지 알 수가 없었다. 감기 기운이 미약하게 있다더니, 두통이 극심해서 사리 분별이 안 되는 건가.

"몸이 좀 무겁기도 하고."

"괜히 무리하지 말아요. 아프면 쉬어야죠."

집에서마저 연기를 해야 하는 것도 모자라 커플 요가라니. 그것만은 막고 싶었던 하윤은 애써 그를 위하는 척 서둘러 말을 덧붙였다.

"자세를 바르게 하면서 몸속에 있는 나쁜 기운을 빼내면 회복에 도움이 될 거예요."

"네? 그냥 방에서 좀 쉬면 될 텐데, 뭐 그렇게까지……."

"그리고 이왕이면 다양한 동작을 하는 데 있어서 함께할 파트너가 있으면 좋죠. 남편만큼 좋은 파트너도 없을 거고요."

강사는 더없이 해맑은 미소를 지어 보였다. 절대 거절할 수 없는 그런 웃음이었다.

"함께해 주실 거죠?"

그녀가 쐐기를 박듯 서준을 향해 물었다. 그는 어깨를 으쓱이며 하윤을 향해 시선을 고정시켰다.

"그럼요. 아내를 위해서라면 뭘 못 하겠어요."

서준이 사악하게 입꼬리를 말아 올렸다.

"커플 운동에서 가장 중요한 건 파트너와의 호흡이에요."

그녀는 아까와는 사뭇 다른 진지한 얼굴로 입을 열었다. 그 앞에 마주 보고 있는 두 명의 수강생은 어색한 모습으로 매트 위에 자리했다.

"그러니까 쉽게 얘기하자면 쿵짝이 잘 맞아야 운동 효과를 극대화할 수 있다는 얘기죠."

난생처음 요가를 접해 보는 서준은 영 어색한 얼굴이었다.

"자. 서로를 마주 보고 앉아 볼게요."

다소 어색한 기운이 감도는 가운데 하윤과 서준은 시선을 마주하며 앉았다. 이 상황이 낯간지러운 건지 하윤은 곧장 시선을 옆으로 돌렸다.

"다리를 쭉 펴서 발바닥을 맞댄 상태로 손을 잡아당겨 줄 거예요. 이때 중요한 건 숨을 크게 내쉬면서 등, 어깨, 그리고 골반을 늘리고 이완해 주는 느낌으로 천천히 내려오셔야 한다는 겁니다."

알아듣기는 하는 건지 서준이 고개를 끄덕였다. 무릎을 펴고 발바닥을 맞대며 다리를 뻗었다. 맞닿은 살갗이 이상하게 간지러운 느낌이었다. 뒤이어 그가 하윤을 향해 당연하다는 듯 손을 내밀었다.

"뭐예요?"

"손."

어서 달라는 듯 재촉한다.

"얼른."

어르는 모양새가 꼭 강아지를 다루는 듯했다. 미간을 찌푸린 하윤이 천천히 그를 향해 손을 내밀었다. 서준은 그녀의 손을 부럽게 쥐었다. 맞닿은 손길이 따듯했다.

"자. 그럼 하윤 씨부터 해 볼게요."

강사의 지시에 따라 하윤이 호흡을 내뱉으며 쭉 내려왔다. 그녀의 손을 잡고 제 쪽으로 당기는 서준의 얼굴에는 장난기가 한껏 서려 있었다.

"그냥 이대로 있으면 안 되나."

제게 한껏 가까이 밀착되어 있는 하윤을 향해 나지막하게 속삭였다. 귓가가 열기로 인해 간지러웠다.

"처음 해 봤는데 상당히 좋은 운동인 것 같아."

하윤은 당황스러운 마음에 얼굴을 붉혔다.

"앞으로도 종종 당신이랑 요가 해야겠어."

"자꾸 집중하고 있는데, 방해하지 말아요."

곧장 몸을 일으킨 하윤이 날카로운 시선으로 서준을 바라보았다.

그의 입가에 걸린 웃음이 그녀에겐 조롱으로 다가왔다. 실없는 장난이나 치려고 함께하겠다고 한 건가.

"자. 이번엔 반대로 서준 씨가 쭉 내려가 볼게요."

서준의 차례가 되니 그의 손을 잡은 하윤의 손에 힘이 들어갔다. 저의를 알 수 없는 그녀의 눈빛이 순간 반짝였다.

"서두르지 마시고 천천히……."

우득!

"윽."

서준이 낮게 탄식을 내뱉었다. 미간이 잔뜩 구겨졌다.

"당신. 괜찮아요? 그렇게 서둘러서 내려오면 근육에 무리 갈 텐데."

하윤이 아무것도 모르는 척 서준을 향해 걱정 어린 목소리로 말했다.

그의 가느다란 눈초리가 그녀에게 향했다. 분명 의도적으로 손을 잡아당긴 건 그녀였다. 그걸 알기에 서준은 이 상황이 흥미롭게 느껴졌다.

"아무래도 제가 욕심이 과했나 봅니다."

하윤에게 향했던 시선을 거두며 강사를 향해 입을 열었다.

"허리가 아작 난 건 아니겠죠."

일부러 특정 단어에 힘을 주어 발음했다. 하윤을 다분히 의식한 행동이다.

"우드득 소리 나던데."

"이 정도 동작으로 그럴 일은 없겠지만 항상 조심하셔야 돼
요. 안 쓰던 근육들을 풀게 되면 무리가 갈 수 있거든요."

"명심하겠습니다."

"자. 그럼 다시 한번 해 볼게요."

아슬아슬한 요가 수업은 계속됐다. 요가라는 운동 특성상
서로가 몸을 맞대는 동작들이 많았다. 하윤은 스킨십이 늘어
날수록 묘한 기분이 들었다.

"……후우."

하윤이 숨을 고르게 내쉬며 고개를 돌렸다. 묘한 기분을 떨
쳐 내기 위함이다.

반면 서준은 그녀와 살갗이 맞닿는 게 아무렇지 않은지 평
소와 다를 것 없는 태평한 얼굴이었다. 저만 그를 의식하는 것
같아 기분이 꿍했다.

"어때요? 이제 좀 할 만한 거 같아요?"

"굉장히 효과적인 운동이네요. 몸도 가벼워지는 거 같고."

"그렇죠. 하고 나면 육체도, 정신도 맑아지는 운동이에요."

서준이 요가에 대해서 긍정적인 반응을 보이자 강사가 기쁜
듯 해맑게 웃었다.

"이번엔 조금 난이도를 올려 볼게요. 바로 이 공중 T자 자
세예요."

다음 동작은 서준이 하윤을 들어 올려야 하는 자세였다.

설명을 듣고 난 뒤, 하윤의 안색은 급격히 어두워졌다. 서
준이 발끝으로 하윤의 골반을 들어 비행기를 태우는 듯한 자

세웠다.

"그러니까 서로를 향한 신뢰가 중요하다고 볼 수 있죠. 남편분에게 온전히 무게를 싣고 몸을 올곧게 뻗어야 하거든요."

잠자코 설명을 듣던 하윤이 고개를 갸웃거리며 입을 열었다.

"믿음이 안 가면요?"

"……네?"

당황한 듯 요가 강사가 눈을 동그랗게 떠 보였다.

"날 안 믿으면 누굴 믿어."

미간을 구긴 서준이 하윤을 향해 말했다. 곁눈질로 그를 흘긋 바라본 하윤은 어깨를 으쓱이며 곧장 시선을 거뒀다. 못 믿는 게 당연하다는 눈치였다.

"사랑과 믿음이 꼭 비례하는 건 아니잖아요? 이 사람은 요가가 처음이기도 하고요."

"허."

당당한 목소리에 서준의 입술이 탄식과 함께 벌어졌다. 어째 한 방 먹은 기분이다.

"에이, 걱정하지 마세요. 다치는 일은 없을 거예요."

서준의 헛웃음을 뒤로하고 강사는 모범적인 자세를 선보였다. 하윤이 서준에게 몸을 지탱한 채로 날아갈 듯 선을 곧게 뻗는 게 관건이었다. 서준은 그 얘기가 마치 하윤의 운명이 제 손에 달렸다는 것처럼 들렸다.

"그런 얼굴 안 해도 돼."

그가 울상인 하윤을 지그시 바라보며 말했다.

"당신을 다치게 하진 않을 거니까."

걱정하지 말라는 말이었지만 하윤에겐 서준이 자신을 다그치는 것처럼 들렸다.

그녀가 호흡을 깊게 가다듬었다.

"알았어요."

누워 있는 서준에게로 조심스럽게 다가섰다.

"서준 씨가 다리를 들어 올리면 하윤 씨가 그 앞에 손을 잡고 기대어 서 주시면 돼요."

"네."

하윤이 고분고분하게 그녀를 향해 고개를 끄덕였다.

서준이 또 한 번 제게 손을 내밀었다. 좀 전과는 사뭇 다른 느낌이다. 믿고 의지하라는 듯 손을 건넸다.

하지만 그 손을 잡으면 왠지 그에게서 헤어 나올 수 없게 될 것 같다는 느낌이 들었다. 기분이 묘했다.

"손을 잡으신 다음엔 준비를 하시면 돼요. 서준 씨가 하윤 씨의 팔을 강하게 잡고 지탱하면서 다리를 천천히 올려 하윤 씨를 공중으로 들어 올리세요. 이때, 두 분의 호흡이 중요한데 하윤 씨가 정확한 타이밍에 맞춰서 몸을 곧게 쭉 뻗어야 하거든요."

설명을 듣기는 하는 건지 하윤은 여전히 멍한 얼굴로 머뭇거렸다. 결국 서준이 팔을 뻗어 그녀의 손을 잡아당겼다.

"잡으라니까, 이렇게."

따뜻한 체온이 그녀를 향해 닿았다. 그녀의 손가락 사이사이로 제 것을 끼워 넣었다. 서준의 체온이 제 살갗 깊숙이 파고들자 하윤이 몸을 파르르 떨었다. 그 모습을 본 서준이 낮게 웃었다.

"자. 그럼 준비하시고 서로 호흡 맞춰서 정확한 타이밍에 올라가시면 돼요."

강사의 말에 고개를 끄덕인 하윤이 자세를 가다듬었다. 서준에게 조금 더 가까이 몸을 기댄 하윤이 그에게 조금 더 세게 체중을 실었다.

"셋 셀 테니까 위로 올라와."

"알았어요."

하나, 둘, 셋. 서준에게 모든 걸 의지한 채로 바닥을 딛고 있던 발을 뗐다.

골반을 받치고 있던 서준의 다리가 일자로 펴지기가 무섭게 하윤이 허공으로 날아오르듯 몸을 쫙 뻗었다.

그녀의 몸이 유려한 곡선을 이루며 한 마리의 백조처럼 날아올랐다.

"자, 이제 균형을 몸에 익숙하게 맞춥니다. 그리고 난 뒤에 천천히 호흡을 내뱉으면서 한쪽 팔을 떼 보세요."

"후우……."

심호흡을 한 하윤이 한쪽 손을 서준에게서 천천히 떨어뜨렸다. 몸의 균형이 올바르게 유지되고 있는 덕에 안정적으로 자세를 잡을 수 있었다.

"익숙해졌다 싶을 때 즈음 다른 한쪽 손도 놓으신 뒤에 양손을 뒤로 쭉 뻗어 주세요. 그 상태로 호흡을 열 번 반복하시면 됩니다."

남은 손을 떼기 위해 호흡을 고르고 있을 그때, 강사의 휴대폰 벨소리가 울렸다.

"아, 죄송해요. 잠깐 전화 좀 받고 올게요."

강사는 곧장 가방 속에 있는 휴대폰을 찾기 위해 발걸음을 옮겼다. 호흡을 가다듬은 하윤은 남은 한 손마저 조심스럽게 떼어 등 뒤로 곧게 뻗었다. 그녀의 몸이 아름다운 활처럼 곧게 휘었다.

"당신, 지금 오데트 같아."

서준의 목소리에 수평을 유지하고 있던 하윤의 시선이 흔들린다.

"백조의 호수에 나오는 여인."

그의 낮은 음성이 제 몸을 조종하는 듯했다. 한번 시선이 요동치자 하윤은 저도 모르게 고개를 아래로 떨어뜨렸다. 서준과 시선이 맞닿자, 집중이 흐트러졌다.

"……어어!"

집중이 흐트러지자 균형을 잡고 있던 제 몸에 힘이 빠졌다. 놀란 하윤이 미끄러지며 짧은 탄식을 내뱉었다. 곧 바닥에 떨어진다는 생각에 두 눈을 질끈 감았다.

"……!"

하지만 예상외로 충격은 없었다.

"눈 떠도 돼."

코앞에 서준의 눈동자가 보였다. 시선을 아래로 훑으니 닿을 듯 말 듯한 거리에 있는 그의 입술이 달싹였다.

"말했잖아. 당신을 다치게 하는 일은 없을 거라고."

중심을 잃고 미끄러진 하윤은 그의 품에 정확하게 안착했다.

"아쉽네. 이 순간을 우리 둘만 즐기는 게 아니라서."

이 상황이 재밌는 듯 서준의 입꼬리가 또 한 번 관능적으로 휘었다.

"종종 내가 파트너 할게."

위험한 목소리였다.

"요가 할 때 당신, 너무 예뻐."

아무래도 그 덫에 걸린 듯하다.

05화

파고들다

　오랜만에 요가 수업을 받은 게 무색하게 하윤의 얼굴에 피로가 가득했다. 간밤에 잠을 설쳤기 때문이다.

　"요가 할 때 당신, 너무 예뻐."

　밤새 그 위험한 음성이 제 머릿속을 헤집고 다닌 탓이다. 복잡한 심정을 대변하듯 한숨이 새어 나왔다.
　"차 좀 타다 드릴까요?"
　하윤의 준비를 돕던 메이드가 그녀의 안색을 보고는 조심스레 물었다.
　"괜찮아요. 제가 직접 타 마실게요. 메이크업은 다 된 거죠?"
　"네."
　"고마워요."

서준의 힐튼호텔 취임식이 있는 날이었기에 하윤 역시 아내로서 참석해야 하는 자리였다. 이른 시간부터 준비가 한창이었다.

"한 달 스케줄을 미리 정리해서 알려 주면 얼마나 좋아."

그의 아내로 함께하는 두 번째 외출이었다. 하윤은 오늘 아침에 통보하듯 얘기한 서준 탓에 기분이 좋지 않았다.

"어제까지만 해도 말 한마디 없더니."

모든 게 그를 위주로 돌아가고 있다는 생각이 들었기 때문이었다. 준비를 마친 그녀가 잠시 목을 축이기 위해 1층으로 향했다. 계단을 내려오던 찰나에 서준과 마주쳤다.

"왜 벌써 내려와."

아직 시간이 안 됐기에 의아하다는 듯한 얼굴이다.

"차 좀 마시려고요."

"메이드한테 부탁하지 그랬어."

"됐어요. 뭐 별일이라고."

"당신. 무슨 일 있었어?"

유난히 어두운 하윤의 안색을 본 서준이 예리한 눈초리로 물었다. 오늘따라 유난히 까칠했다.

제 안색을 살피는 서준의 모습을 잠시 말없이 바라보았다.

"안색이 안 좋아. 어디 아파?"

그 음성마저 쓸데없이 다정하게 들렸다. 하윤이 입술을 잘근 깨물었다. 흔들리는 마음을 가다듬고 그와 똑바로 시선을 마주했다.

"좋을 리가 없죠. 당신 때문에."

"내가 뭘."

"당신이 배려 없는 사람이라는 건 알고 있었지만, 이건 아니지 않나요? 적어도 하루 전엔 얘길 해 줬어야죠. 이렇게 당일 아침에 통보하는 사람이 어디 있어요? 난 당신이 움직이라는 대로 움직이는 인형이 아니에요."

하윤이 제 감정을 서준에게 다다, 쏘아붙였다. 그를 향한 감정이 조금씩 달라지고 있다는 사실을 인정하고 싶지 않아 더욱 예민하게 반응했다.

"이런 식으로 통보하는 거. 불쾌하다고요."

날카로운 목소리에도 서준은 대답이 없었다. 알 수 없는 묘한 시선으로 하윤을 바라볼 뿐이다.

"듣고 있어요?"

그녀가 불만 가득한 얼굴은 한 채 물었다.

"요즘 들어 나한테 자주 화내는 것 같아."

말없이 그녀를 바라보던 서준이 조금 뒤에야 입을 열었다.

"그래서요. 뭐, 불만 있어요?"

"아니. 좋아서 그렇지."

서준이 능글맞은 얼굴로 그녀에게 한 발자국 더 가까이 다가갔다. 그는 사람이 화를 내거나 투덜거리는 것도 전부 다 상대에게 애정이 있어야 하는 거라고 생각했다.

그런데 지금까지 무관심으로 일관했던 하윤의 태도에 변화가 생긴 것이다. 자신의 행동에 화를 내기도 하고 가끔은 귀엽게 투정도 부렸다.

저택에서 지내는 시간이 길어질수록 그녀 또한 굳게 닫혔던 마음의 문을 조금씩 열고 있다는 뜻이었다. 분노든 원망이든 감정을 표현한다는 것은 그들 사이에선 상당한 발전이었다.

그걸 누구보다 더 잘 알고 있는 서준이기에 기분이 좋았다.

화를 내는 자신이 좋다는 서준의 말에 하윤이 인상을 찌푸렸다.

"혹시 변태예요?"

어이없다는 듯 하윤이 그에게 물었다.

"뭐?"

"그런 거 있잖아요. 욕먹으면서 희열을 느끼는."

"……내가?"

저더러 욕먹으면서 희열을 느끼는 변태라고 칭한 것은 하윤이 처음이었다. 한 번도 들어 본 적 없는 말이기에 어이없다는 듯 그녀를 쳐다보았다.

"아님 말고."

그를 약 올리기라도 하려는 듯 어깨를 으쓱여 보인 하윤이 자신의 방으로 올라가기 위해 계단 쪽으로 향했다.

그 순간 계단에 발을 올린 하윤을 서준이 뒤에서 잡아당겼고 그 탓에 발을 잘못 디딘 그녀가 미끄러지듯 그에게 안겼다. 넘어지긴 싫었는지 서준의 소매를 꼭 붙잡고 있는 그녀였다.

"당신이 어떻게 알아."

"……네?"

"내가 변태인지, 아닌지."

서준의 입꼬리가 묘한 곡선을 그리며 올라갔다. 오늘따라 유독 촉촉해 보이는 그의 눈가가 섹시하게 빛났다.

"확인해 볼래?"

아무래도 자꾸만 그에게 말리는 것 같다는 생각이 들었다. 짓궂은 그의 말에 하윤의 얼굴이 순식간에 붉게 물들었다.

복도엔 서준과 하윤, 둘뿐이었다. 서로를 마주 보고 있는 시선이 진득하게 얽혔다. 심장 소리가 요동치듯 쿵쿵 귓가에 울렸지만 애써 무시한 하윤은 그의 어깨를 밀쳐 내곤 바로 섰다.

그의 행동 하나하나에 설렘을 느끼는 스스로가 너무나도 싫었다. 저도 모르게 그의 일상을 궁금해하고, 그의 안부를 걱정하는 그 모든 변화들이 무섭게만 느껴졌다.

애초에 다정한 부부인 척 연기를 하자고 제안한 건 서준 아니었던가. 그에게 마음을 내어 주는 순간 결국 상처 받게 되는 것은 자신이다. 요즘 들어 더욱 능글맞게 구는 서준의 태도에 마음이 더욱 복잡했다. 어제만 해도 그랬다.

"요즘 정말 왜 그래요?"

일부로 차오르는 감정을 억누르고 차갑게 되물었다.

"뭘?"

"옛날엔 있는 듯 없는 듯 지냈잖아요. 요즘은 왜 이렇게 내 관심 받고 싶어 안달 난 사람처럼 그러냐고요."

"맞아. 관심 받고 싶은 거."

"사람 가지고 노는 것도 아니고, 나랑 뭐 하자는 거예요?"

서준이 대답하지 않은 채 침묵했다.

"내가 우스워요?"

"룰을 깬 건 당신이잖아."

"……뭐라고요?"

서준의 얼굴이 한순간에 차가워졌다. 좀 전까지 얼굴에 묻어나던 장난기는 온데간데없었다. 그가 말한 '룰'이란 게 무엇이었는지 기억을 못 하는 건 아니었다. 이 저택에서 처음 눈을 떴던 날 서준이 자신에게 당부하듯 일렀던 얘기였다.

"우린 부부였다. 네가 기억을 못 한다고 한들, 그건 변함이 없는 사실이니 우릴 바라보는 사람들에겐 다정한 부부로 보였으면 한다. 그게 당신이 기억을 잃었다는 걸 남들에게 알리지 않는 가장 좋은 방법이니 협조해 달라고. 내가 그러지 않았던가?"

서준의 말을 들은 하윤의 눈이 서글프게 빛났다. 알고 있는 사실이었지만 다시 한번 들으면서까지 곱씹고 싶지는 않았던 것이다.

"알겠다고 한 건 당신이야. 그럼 지켰어야지."

그가 단호한 목소리로 말을 이어 갔다.

"저택에서 일하는 직원들이 온종일 너랑 에릭에 대한 이야길 떠들고 다녀. 날 먼저 자극한 건 당신이었어. 이런 결말을 원하지 않았다면 깨질 말았어야지."

그 모습이 한없이 이기적이라고 생각했다.

"잊지 마. 난 당신이 내게서 벗어나는 걸 원하지 않는다는 사실을."

서준의 날카로운 눈동자가 하윤을 옴짝달싹 못 하게 만들었다.

"그럴수록 내 소유욕만 더 커진다는 걸 명심해. 그러니까 날 자극하지 마."

"당신은 정말…… 제정신 아니에요."

"그렇게 보였다면 유감이군."

자신이 직접 겪는 일이 아니니 쉽게 말할 수 있는 거라 생각했다. 그런 서준이 미웠다. 하루아침에 모든 기억을 잃고 깨어난 제게 안정감을 주기는커녕 남들 앞에서 형식적인 부부로 연기해 줄 것을 부탁한 그가 미웠다.

그 누구도 믿을 수 없었던 하윤이 원했던 건 따스한 말 한 마디, 믿고 마음을 놓을 수 있는 작은 행동 하나였다. 큰 걸 바랐던 게 아니었다.

"……그러니까."

화를 참으려는 듯 하윤의 입가가 파르르 떨려 왔다.

"날 사랑하진 않지만 내가 당신의 손아귀에서 벗어나는 건 싫다?"

그녀가 비릿한 미소를 지어 보였다. 떨리는 입매가 씁쓸해 보였다.

"사랑하지 않는다고 한 적은 없는 것 같은데."

"애초에 날 혼자 둔 게 누군데, 이제 와서 그런 식으로 책임을 회피해요? 날 사랑했다면서, 그래서 평생을 함께하기로 약속했다면서 아무것도 알려 주지 않은 채 방치한 건 당신이잖아요!"

그동안 서준에게 느꼈던 서운함과 원망스러움이 떨리는 목소리에 한가득 묻어 나왔다.

"지금 내 말이 틀렸어요?"

하윤은 한껏 고조된 감정을 주체하지 못했다. 폭발하듯 감정들이 흘러나왔다. 서준의 앞에서 눈물을 흘리고 싶진 않았다.

넓은 복도에서 말다툼을 하는 두 사람의 모습에 아래층에 있던 직원들의 수군거림이 들려왔다. 서준과 하윤의 불같은 성격을 알기에 다들 어쩔 줄 몰라 하며 발을 동동 구르고 있었다.

"……."

뒤늦게 서준이 그녀를 달래려는 듯 손을 뻗었지만 이미 상할 대로 상해 버린 기분에 하윤은 그의 손을 매몰차게 뿌리쳤다.

"내가 당신을 사랑하지 않는 게 아니라, 당신이 애초에 날 사랑하지 않았던 거겠죠."

해선 안 될 말을 뱉었다는 듯 서준의 얼굴이 일그러졌다. 차갑게 돌아선 하윤이 그대로 계단 난간 쪽으로 향했다. 하지만 자신을 잡아당기는 거센 힘에 의해 다시금 그와 마주했다. 그녀의 눈동자엔 냉기만이 남아 있을 뿐이었다.

애써 시선을 피하려는 하윤의 고개를 손으로 돌려 자신의 눈동자와 마주하게 하는 서준이었다.

"나 봐."

그는 단호했다. 바람에 의해 흔들리는 하윤의 원피스 치맛자락이 마음을 알려 주기라도 하듯 가냘프게 흩날렸다.

서준을 올려다보고 있는 그녀의 눈가에선 똑, 하고 맑은 눈물이 흘러내렸다. 그녀의 눈물에 서준의 눈동자가 잠시 흔들렸지만 이내 평정심을 되찾았다.

"그때나 지금이나 변함없이 널 사랑해."

"……."

"우리 관계가 망가졌던 건 네 탓이야."

목소리에 차가움이 한껏 서려 있었다.

"내가 널 사랑하지 않는다고?"

감정이 격양된 듯 목소리가 낮게 떨렸다.

"넌 몰라. 내가 당신을 끝까지 사랑하기 위해 어떻게 살아왔는지."

하윤의 얼굴을 쥐고 있던 손이 힘없이 스르륵 빠져나갔다. 살기가 느껴질 만큼 차가웠던 서준의 눈에 순간 일렁이는 눈물을 보았다.

서준이 뒤돌아서 자신의 서재 방으로 향했다.

쾅! 굳게 닫힌 방문이 그들의 관계를 대변했다.

복도에 덩그러니 남게 된 하윤은 온몸에 힘이 풀리며 털썩 주저앉았다.

"진짜 왜 이러는 거야……."

이유를 알 수 없는 슬픔에 가슴이 아려 왔다.

서준의 취임식을 앞두고 호텔은 이미 많은 사람들로 붐볐다. 그가 힐튼호텔의 대표 이사로 발령 났다는 소식에 유현그룹 내에선 그에 대한 이야기로 또 한 번 떠들썩했다. 게다가 서준과 함께 일했던 주요 인물들까지 대대적인 인사이동을 겪었으니 말들이 나올 만했다.

새로운 이사의 취임과 함께 호텔의 주가는 무서운 속도로 상승세를 보였다. 1년의 공백 기간에도 불구하고 서준의 영향력이 상당하다는 뜻이었다.

서준은 수많은 사람들이 모인 자리에서 앞으로의 사업 운영 계획과 자신의 포부를 당차게 밝혔다. 그의 이야기에 청중들은 이따금씩 고개를 끄덕이며 관심을 보였지만, 하윤의 귓가에 그런 얘기들이 들어올 리가 없었다.

"우리 관계가 망가졌던 건 네 탓이야."

서준의 목소리가 다시 한번 가슴속을 헤집었다. 어제부터 세상이 온통 그로 가득했다.

"넌 몰라. 내가 당신을 끝까지 사랑하기 위해 어떻게 살아왔는지."

그의 싸늘한 목소리가 아직까지도 귓가에 남아 있었다.

서준의 발표가 끝나자 커다란 박수 소리가 터져 나왔다. 멍하니 생각에 잠겨 있던 하윤이 뒤늦게 정신을 차리곤 사람들을 따라 박수를 쳤다.

연설이 끝나고 연회장 곳곳을 돌아다니며 인사를 하던 서준이 하윤을 찾아 곧장 다가왔다.

"……컨디션은 좀 어때."

그가 낮은 음성으로 물었다. 여전히 그들 사이에서는 냉기가 흐르고 있었다.

"아직까지는 괜찮아요."

복잡한 마음을 애써 감추며 대답했다.

"조금이라도 힘들면 바로 얘기해."

"알았어요."

그때, 반대편에서 서준을 응시하고 있던 지원이 그 모습을 발견하고는 곧장 그들에게 다가왔다. 평소보다 한층 더 밝은 목소리였다.

"힐튼호텔 이사로 새 출발한 소감이 어때?"

갑작스러운 지원의 등장에 하윤은 당황스러웠지만, 애써 티를 내지 않고 침착함을 유지했다. 서준과 제 사이로 지원이 의도적으로 비집고 들어왔기 때문이다.

"글쎄."

짧게 대답한 서준이 한순간에 소외된 하윤의 손목을 붙잡아 제 옆으로 가까이 끌어당겼다.

"근데 네가 그렇게 서 있으면 내 아내가 불편할 거라는 생각은 못 하는 건가."

지원이 일부러 그랬다는 걸 알기에 서준이 콕 집어 말했다. 단호한 그의 태도에 지원이 당황한 듯 헛웃음을 흘렸다.

"하, 아직도 신혼 같은가 봐?"

"신혼이지. 여전히 처음 만났던 날처럼 설레니까."

"허."

하윤의 손목을 붙잡고 있던 서준이 부드럽게 손을 내려 그녀의 손을 감싸듯 잡았다. 살갗을 물들이는 온기에 하윤의 시선이 천천히 마주 잡은 손으로 향했다.

"그래. 뭐, 한창 좋을 때긴 하지. 그래 봤자 어차피 다 한순간 아니야? 세상에 영원한 게 어디 있다고."

지원이 부러 웃는 낯으로 하윤과 시선을 마주하며 얘기했다. 그 시선을 느낀 서준이 붙잡은 하윤의 손을 더욱 단단히 쥐며 입을 열었다.

"글쎄. 세상에 영원한 건 없다고들 하지만, 이 사람과 함께라면 가능할 것 같은데."

그 말이 진심이 아니라는 걸 알기에 하윤이 입술을 잘근 깨물었다. 안 그래도 복잡한 마음에 서준이 불을 지피는 것만 같았다.

"흐음. 하윤 씨는 아닌가 본데?"

묘하게 어두운 그녀의 낯빛을 눈치챈 지원이 이를 놓칠세라 콕 집어 이야기했다.

"그럴 리가요. 저도 그렇게 생각하는 걸요."

애써 미소 지으며 가까스로 대답했다. 적당히 올라간 입가가 바르르 떨려 왔다. 답답함에 속이 뒤틀리는 기분이었다.

"오랜만이라 할 말이 많을 텐데 편히 나눠요. 난 잠깐 화장실 좀 다녀올게요."

하윤이 서준과 시선을 마주하며 잠시 실례를 구했다.

"알았어. 다녀와."

불안한 듯 그의 눈빛이 하윤에게서 떨어질 줄 몰랐다.

연회장을 빠져나온 하윤은 조급하게 발걸음을 옮겼다. 복도 끝에 위치한 화장실은 찾는 이들이 많아 피하고 싶었다.

식은땀이 흐르는 것을 느끼며 아래층으로 내려온 하윤은 서둘러 화장실을 찾았다.

"우, 우읍!"

참았던 속을 게워 내자 비로소 긴장이 풀리는 듯했다. 두세 번 정도 더 반복한 하윤이 거친 호흡을 내쉬며 변기 커버를 닫고 물을 내렸다.

"……하아."

깊은 한숨이 새어 나왔다.

"뭘 먹은 것도 아닌데 왜 이러는 거지."

이상하게 가슴이 답답했다. 저택에서 깨어난 이후로 서준과 다퉜던 적은 수도 없이 많았다. 그런데 이상하게 오늘은 그 어떤 것에도 집중할 수 없을 정도로 마음이 심란했다. 누군가 툭, 치면 금방이라도 무너져 내릴 것 같은 기분이었다.

세면대에서 입을 깨끗하게 헹군 하윤이 거울을 보며 표정을 가다듬었다. 이곳은 집이 아니었기에 사적인 감정까지 전부 다 드러낼 수는 없었다. 오랜 시간 자리를 비우면 이상하게 보일 거란 생각에 곧장 화장실을 나섰다.

빠른 속도로 발걸음을 옮기던 그때.

"아……!"

굽이 삐끗하면서 발목을 접질린 듯했다. 찌릿한 통증에 잇새로 옅은 신음이 터져 나왔다.

"진짜 왜 이러는 거야, 오늘."

눈물이 차오르는 걸 겨우 참으며 눈에 힘을 주었다. 접질린 다리로 천천히 걸음을 옮겨 복도에 놓인 작은 의자에 기대어 앉았다. 구두를 벗어 보니 굽 끝이 살짝 부러져 있었다.

"……처량한 게 꼭 내 꼴 같네."

차오른 눈물이 금방이라도 흘러내릴 것만 같아 고개를 숙였다. 누군가 지나가기라도 할까 차마 고개를 들 수가 없었다. 감정을 추스르려 억지로 입술을 깨물었다.

"왜 혼자 여기서 이러고 있어."

그때, 익숙한 음성이 가슴속을 간질였다. 그 목소리에 하윤이 슬며시 고개를 들었다.

서준이었다.

"당신이 여기서 이러고 있으면 내가 뭐가 돼."

속상한 마음을 대변하듯 목소리 끝이 갈라져 떨려 왔다.

부어오른 발목, 손에 들린 구두, 그리고 투명한 피부와 대조될 만큼 붉게 충혈된 눈.

"이리 와."

애처로운 눈빛으로 하윤을 바라보았다.

"울더라도 내 품에서 울어."

그가 천천히 그녀에게로 다가왔다. 떨리는 그녀의 어깨를 강하게 감싸 안았다. 하윤은 주변을 의식해 그 손길을 애써 밀어내며 말했다.

"누가 보기라도 하면 어쩌려……."

"봐도 상관없어."

서준은 어림도 없다는 듯 단호하게 말했다.

"날 아내에게 그 정도도 못 해 주는 무능력한 남편으로 만들지 마."

힘으로 서준을 이기는 건 무리였다. 결국 하윤은 뜻하지 않게 그의 품에 안겨 울게 되었다. 조금 진정된 후에야 서준의 얼굴을 바로 볼 수 있었다.

그가 한쪽 무릎을 꿇은 채로 앉았다. 허리를 굽혀 제 발을 부드럽게 감싸 쥐는 서준을 내려다보던 하윤의 눈망울이 세차게 흔들렸다.

부어오른 발목을 조심스럽게 손에 쥔 서준이 상태를 확인했다. 제 손안에 다 들어올 만큼 가느다란 발목이었다.

"심하게 접질린 것 같지는 않아 다행이군. 이 정도면 찜질 후 좀 쉬면 금방 괜찮아질 거야."

다친 부위를 엄지손가락으로 살짝 문지르며 얘기했다. 사실 접질린 다리는 치료를 받고 쉬면 그만이었다. 서준의 시선이 오랫동안 닿아 있는 건 눈물로 그득했던 그녀의 눈동자였다.

"왜."

그가 낮은 음성으로 입을 열었다.

"왜 울고 있던 거지."

그러고는 그녀에게 조심스럽게 손을 뻗었다. 아직 눈물 자
국이 묻어 있는 하윤의 뺨을 부드럽게 쓸어내리자 그녀가 몸
을 움츠리며 시선을 회피했다.

"그냥…… 답답해서 그랬어요."

조금은 진정이 된 건지 차분한 목소리로 대답했다.

"누군지도 모르는 낯선 사람들 앞에서 아무렇지 않은 척 당
신의 팔짱을 끼고 연기를 해야 한다는 것도 그렇고, 난데없이
구두 굽이 부러진 것도 그렇고. 내 뜻대로 되는 게 하나도 없
어서, 답답해서 그랬어요."

소란을 피우고 싶지는 않았다. 입술을 꾹 짓누른 하윤이 최
대한 조용하게 제 마음을 털어놓았다.

서준은 조용히 그녀의 말을 경청했다. 사실 그는 잠시 화장
실을 다녀오겠다던 하윤의 어두웠던 표정이 마음에 걸려 이곳
까지 따라온 것이다.

"당신."

하윤이 대답 없이 시선을 마주했다.

"힘들면 얘기하라고 했을 텐데."

"신경 쓸 거 없어요. 잠깐 답답했을 뿐이니까."

여전히 제게 선을 긋는 하윤을 바라보던 서준이 깊게 한숨
을 내쉬었다. 하윤의 컨디션이 좋지 않은 게 저 때문인 것 같
아 마음에 걸렸다.

"아침에 당신한테 큰 소리 낸 건 미안해."

"……네?"

"당신 말이 틀린 것도 아닌데 말이야."

먼저 사과를 건네는 서준의 모습에 당황한 듯 하윤이 미간을 찌푸렸다.

처음 보는 그의 모습이 낯설게만 느껴졌다.

"미안해. 어리석게도 당신에게 늘 통보하듯 일방적으로 말해 왔다는 걸 너무 뒤늦게 깨달았어."

하윤의 커다란 눈이 천천히 그의 얼굴을 훑고 지나갔다.

"우리가 이렇게 된 건 당신 탓도, 내 탓도, 그 누구의 탓도 아니야. 그저 운이 나빠서 상황이 그랬던 것뿐이지."

게다가 모든 걸 감당하리라 마음먹고 하윤을 제 저택으로 들인 건 서준이었다.

"처음부터 당신에겐 아무런 선택권이 없었잖아. 답답하고 힘들 텐데 괜히 소리쳐서 미안해."

진심 어린 목소리가 하윤의 귓가를 자극했다. 그 음성에 잠시 동안 말없이 서준을 빤히 바라보았다.

자신을 바라보는 그 눈빛이 여느 때와는 다르게 느껴졌다. 하윤이 무언가에 홀린 듯 조심스럽게 입을 열었다.

"먹은 게 없는데 속을 다 게워 냈어요."

"……뭐라고?"

갑작스러운 말에 서준이 당황한 듯했지만 그런 그의 반응은 신경 쓸 겨를도 없이 천천히 제 얘기를 입 밖으로 꺼내는 하윤이었다.

"내가 저택에서 깨어난 후로 몸이 이상하다는 걸 처음 느꼈던 건 당신과 함께했던 식사 자리에서였어요. 처음엔 음식이 몸에 맞지 않아 그런 거라고 생각했지만 그건 음식과는 무관한 문제였죠. 식사를 하는 자리에서 누군가가 내 옆에 있는 것 자체를 못 견뎠으니까요."

어떤 음식을 먹더라도 그랬다. 식은땀이 흐르고 속이 울렁거렸다. 그리고 혼자 있을 땐 언제 그랬냐는 듯 아무런 이상도 없었다.

"오늘, 그 여자를 처음 본 순간부터 그랬어요."

이상하게 서준에게 모든 걸 이야기하고 싶다는 생각이 들었다.

그가 처음으로 제게 진심 어린 사과를 건네서였을까. 어쩌면 지금까지 서로가 계속해서 어긋났던 건 대화의 부재 탓이 아닐까 생각했다.

"내가 남들과 식사 자리에 앉게 되면 느꼈던 딱 그 상태처럼 말이에요. 결국 화장실에 와서 모든 걸 다 게워 냈어요."

나오는 건 위액뿐이니 더욱이 속이 쓰렸다.

서준에게 제 얘길 이렇게 자세히 한 건 처음이었다. 이전에 서준이 하윤을 향해 소리쳤던 것처럼 그녀는 단 한 번도 서준에게 의지를 하거나 힘든 걸 이야기해 본 적이 없었다. 처음부터 마음의 문을 닫았기 때문이었다.

"당신의 기억을 대신해 줄 건 본능밖에 없어. 만일 그랬다면 당신의 몸이 이렇게 변하게 된 것과 지원이 관련이 있을지도 모르겠군."

서준은 하윤이 지금 '자신의 이야기'를 하고 있다는 걸 알아채지 못했다.

그의 머릿속엔 하윤에 대한 걱정, 그리고 그녀의 몸이 변하

게 된 이유와 지원이 어떤 관계가 있는 것인지에 대한 의문뿐
이었다.

"지금은 속이 좀 괜찮은 건가."

서준의 목소리에 하윤이 그의 옷깃을 꽉 쥐었다.

"아뇨. 나 지금……."

그녀가 단호한 눈빛으로 서준을 바라보았다.

"많이 아파요."

처음이었다. 그에게 제 마음을 솔직하게 털어놓은 것은.

✠　　✤　　✠

서준과 하윤 모두 어딜 간 건지 보이질 않았다. 몇 년 만에
마주한 하윤은 여전히 도도했고 여전히 재수 없었다. 적어도
지원에게는.

"대체 둘 다 어딜 간 거야."

입술을 잘근 깨물며 중얼거리던 지원이 손에 들고 있던 와
인 잔을 조심스럽게 굴렸다.

기분이 좋지 않은 탓에 저도 모르게 손에 힘이 들어갔다.
그러다 기어코 잔에 담겨 있던 와인을 손에 흘리고 말았다.

"아!"

손에 묻은 붉은 와인을 보니 더욱 짜증이 솟구쳤다.

"이게 뭐야. 찝찝하게."

결국 잔을 내려놓고 발걸음을 옮겼다. 대리석으로 된 복도
위로 구두 굽 소리가 크게 울려 퍼졌다. 걸을 때마다 또각거리
는 마찰음이 귀에 콕콕 박혔다.

화장실에 가까워질수록 정체를 알 수 없는 여자들의 말소리가 지원의 귓가에 들렸다.

어디를 가나 남 일에 대해 왈가왈부하길 좋아하고 뒷말을 떠들어 대는 사람들은 있기 마련이다. 더군다나 이렇게 많은 사람들이 오가는 곳에서 그런 얘기를 지껄인다는 건 그만큼 조심성이 없다는 뜻이다.

"기자들 사이에선 암암리에 다 알고 있다던데?"

"한유연 여사의 죽음이 단순한 사고사가 아니었다고?"

"그렇다니까."

"말도 안 돼. 그럼 유현그룹에서 넋 놓고 보고 있진 않았겠지."

"으이구! 바보야. 내부에서 숨길 게 있으니까 빨리 수사 종결하고 사고사로 마무리 지은 거지. 듣기론 강서준 전무, 아 아니다. 이제는 대표 이사지. 아무튼 그 사람 아내도 연관이 있는 모양이야. 사고 직전에 다니던 로펌을 그만뒀대."

"어머머? 진짜 뭐 있는 거 아냐?"

"그런 것 같다니까. 수상한 점이 한두 가지가 아니라고."

조용히 손만 씻고 나가려던 지원은 그들의 대화에 귀를 기울였다.

다른 곳도 아닌 서준의 취임식 자리에서 저런 얘기를 떠든다는 건 보통 용기가 아니었다.

하윤과 서준, 그리고 돌아가신 한유연 여사.

그 셋의 연관성이 무엇일까 생각했다.

하윤이 근무하던 로펌을 그만두고 소리 소문 없이 종적을 감췄다는 것은 자신도 알고 있는 사실이었다. 만약 저들의 말이 어느 정도 사실이라면 적어도 하윤의 행방을 서준은 알고 있다는 것 아닌가.

"방금 그 말. 그거 사실이에요?"

"꺄아악!"

갑작스레 불쑥 얼굴을 내민 지원을 보고 깜짝 놀란 여자들이 날카로운 비명을 질렀다.

"그런 정보는 대체 어디서 얻는 거죠? 내가 아는 신문사들은 그런 정보라고는 코빼기도 모르고 있던데."

"서, 설마 엿듣고 있었어요?"

말을 옮기던 여자가 겁먹은 듯 눈을 동그랗게 떠 보였다.

"엿들은 건 아니고 그냥 들리기에 굳이 귀를 막지는 않았어요. 대단하잖아요. 강서준 이사 취임식 날, 이런 얘기를 당당하게 떠들 수 있다는 게. 소리 소문 없이 모가지 날아가는 건 한순간일 텐데요."

"……."

"되게 몰상식하고 교양 없어 보이는 거 알죠?"

지원이 날카로운 눈매로 그들에게 일침을 가했다. 여자들은 그녀가 YM그룹 윤철우 회장의 하나뿐인 외동딸이라는 것을 알기에 무어라 대꾸하지 못하고 잠자코 있었다.

부는 곧 권력이다.

윤철우 회장이 딸에게 귀가 닳도록 했던 말이다. 모든 권력은 부에서부터 시작된다던 그 말은 지금 이 상황과 딱 적절하게 들어맞았다.

지원의 말에 기죽은 듯 찍소리도 못 하고 있었으니 말이다.

"그런 더러운 소릴 입에 올릴 거면 적어도 이 호텔 밖에서 해야지. 여기가 어디라고.”

앙칼진 그녀의 눈초리가 그들에게 매섭게 닿았다. 밀려드는 불쾌함에 지원은 그녀들을 무시하고는 마저 손을 씻었다. 평소보다 두 배는 깨끗이 씻었지만 여전히 인상을 찌푸린 채로 손을 닦았다.

“영 찝찝함이 가시질 않네.”

지원은 화장실을 나오며 여자들이 나누던 이야기에 대해 곱씹었다.

“민하윤이 로펌을 그만뒀던 건 개인 사정이라고 생각했는데. 그 이후로 종적을 감췄던 건 당연히 강서준과 함께 시간을 보냈던 거라고 예상했었고.”

서준에겐 어머니였고, 하윤에겐 시어머니이지 않던가. 어쨌든 가족의 죽음 앞에 회복할 시간이 필요했을 것이다.

“근데 대체 왜 저런 말이 나도는 거지.”

믿을 가치도 없는 한낱 찌라시일 뿐이었지만 마음에 걸리는 구석이 있었다.

바로 유현그룹의 행보였다. 구체적인 수사는커녕, 유현그룹에서는 한유연 여사의 사고에 대한 수사를 서둘러 종결시킬 것을 요청했다.

“……진짜 뭐가 있는 건가.”

의심쩍다는 눈빛으로 지원이 중얼거렸다. 하지만 내부에서 숨길 일이 있을 리가 없었다.

유연과 욱진은 재계에서도 소문난 잉꼬부부였고 민준 역시 새엄마인 유연과 최소한 대외적으로는 무탈하게 지내 왔기 때문이다.

"그래. 말이 될 리가 없지."

고개를 절레절레 내저은 지원이 잡생각을 떨쳐 내며 다시
연회장 안으로 들어섰다.

✛　　　✤　　　✛

하윤은 서준과 병원에 들러 검사를 받은 후 곧장 저택으로
돌아왔다.

붓기를 빼는 용도로 덧대고 있던 찜질팩을 가져간 서준이
곧장 새것으로 바꿔 왔다. 침실 안에 조금은 어색한 기운이 맴
돌았다.

"금방 괜찮아질 거야."

새하얀 발목 위로 찜질팩이 올려졌다.

"고마워요. 당신도 바쁠 텐데."

시선을 마주하지 않은 채 하윤이 조심스러운 목소리로 제
마음을 전했다. 서준은 취임식이 끝나는 대로 스케줄이 있어
다시 나가야 했다.

"나 혼자 할 수 있어요. 에릭이나 다른 사람을 시켜도 되
고."

바쁜 그가 괜한 고생을 하는 것 같아 저도 모르게 튀어나온
말이었다.

그러나 그 목소리에 하윤의 발목을 부드럽게 마사지하던 그
의 손길이 움직임을 멈췄다.

"에릭의 이름을 부르는 게 아주 자연스러워졌네."

그가 고개를 들어 하윤과 시선을 마주했다.

"당신이 날 보호하라고 붙여 놓은 사람이니까요. 그런 사람을 내가 어려워할 이유도 없고."

틀린 말은 아니었기에 하윤은 단호한 목소리로 말했다. 전속 경호원인 에릭에게 목욕물을 받으라는 둥 차를 내오라는 둥 메이드가 하거나 자신이 해도 될 일들을 수도 없이 지시한 건 사실이다.

다만, 그 모든 것들은 제 잃어버린 기억과 그날의 진실을 알아내기 위한 수단이었다.

"그렇다면 다행이군."

그가 다리 밑에 기다란 베개를 놓으며 대답했다.

"그리고 부탁하고 싶은 게 있는데……."

"응. 얘기해."

조심스럽게 입을 여는 하윤의 모습에 편히 얘기하라는 듯 시선을 마주했다.

그녀가 제게 무언가를 부탁하는 일은 좀처럼 없었기에 내심 궁금한 눈치다.

"오늘 만났던 그 지원 씨, 다시 한번 만나 보고 싶어요."

"지원이?"

"네."

그리고 단호한 얼굴로 덧붙였다.

"당신 없이, 단둘이요."

하윤이 몸의 변화에 민감하게 반응하는 것은 어쩌면 당연했다. 하지만 그녀의 상태를 알기에 서준은 쉽게 부탁을 들어줄 수가 없었다.

"안 그래도 만나서 이것저것 물어보려던 참이야. 그렇지만

나 없이 둘이서 보는 건 안 돼."

단호한 서준의 태도에 하윤이 못마땅하다는 듯 되물었다.

"왜 안 된다는 거죠?"

"사람들은 당신한테 어떤 일이 있었는지 몰라. 교통사고로 당신이 아무것도 기억하지 못하는 상태가 됐다는 걸 모른다고."

"사람들에게 알려지면 안 될 이유라도 있어요?"

서준이 입술을 달싹였다. 기억을 잃은 하윤을 이용해 협박을 해 오는 배후도 있을 테고, 그녀가 아무것도 기억을 하지 못하니 언제 어디서 위험한 인물을 맞닥뜨릴지도 모르는 일이었다.

가장 중요한 건 하윤이 교통사고로 인해 1년 동안 모습을 드러내지 않았다는 사실이 세상에 드러나게 되었을 때 생기는 문제였다.

'사고'에 관한 진실이 그녀의 귀에 들어갈 수 있기 때문이었다.

"난 적이 많은 사람이야. 날 협박하기 위해서 당신을 이용하는 사람들이 생길 테고, 그 말은 당신이 언제 어디서 위험에 노출될지 모른단 얘기지."

"정말 그게 전부예요?"

"당신이 다치는 걸 보기 싫다는 것만으로 이유는 충분한 것 같은데."

한숨을 내뱉는 그의 얼굴 위로 감정이 고스란히 드러났다.

"그 호기심이 위험을 불러올 수도 있어. 그걸 알면서도 허락해 줄 수는 더더욱 없고."

"이게 단순한 호기심은 아니잖……."

"그러니까 옆에 있겠다는 거야. 당신이 알 권리를 막겠다는 게 아니라, 적어도 위험한 상황은 모면할 수 있게 그 자리에 함께 있겠다는 뜻이라고."

서준이 진득하게 시선을 마주하며 덧붙였다.

"당신이 더 이상 날 사랑하지 않는다는 거. 잘 알아."

강조하듯 발음에 힘을 주어 얘기했다.

"그렇다고 해서 당신에 대한 내 감정까지 왜곡하진 말아 줬으면 좋겠어."

지금까지 서준과 이렇게 많은 대화를 나누어 본 적이 있었던가.

"난 여전히 당신을 사랑해."

차분한 음성이 그녀의 심장을 간질였다.

"그런 내가 당신을 괴롭게 할 이유는 그 어디에도 없다고."

사랑이라는 단어가 머릿속에 각인된 듯 아른거렸다.

"내가 출장 가기 전 마지막으로 봤던 당신 모습을 다신 볼 수 없다는 거 알아. 더는 그때로 돌아갈 수 없겠지."

목울대가 뜨겁게 진동했다. 잘 다녀오라며 환하게 지어 보이던 미소를 다시는 볼 수 없다는 사실이 그를 서글프게 만들었다.

"하지만 적어도 당신이 날 적대시하지는 않았으면 좋겠어."

"……."

"나를 조금만 믿어 주길 바라. 부탁할게."

서준의 깊은 눈망울이 그녀에게 닿았다.

어쩌면 모든 걸 잃어버린 하윤에게 처음부터 너무 많은 걸 바랐을지도 모른다는 생각이 들었다.

하윤이 기억을 되찾지 못하고 서준 또한 그녀가 과거를 되찾지 않길 바란다면 처음부터 다시 시작했어야 했다.

"우리, 처음부터 다시 시작하자."

그의 목소리에 하윤의 눈동자가 세차게 요동쳤다.

✛   ♣   ✛

고래 싸움에 새우 등 터진다는 말은 아마 자신들을 보고 하는 말이 아닐까 싶었다.

서준과 하윤이 아침에 크게 언쟁을 한 뒤로 저택의 분위기는 살얼음판이나 마찬가지였다. 메이드들과 경호원들은 하윤의 눈치를 보기에 바빴다.

"……내가 잡아먹는 것도 아닌데."

그런 모습을 보며 하윤이 거슬린다는 듯 투덜거렸다. 물론 예외는 있었다.

"넌 어떻게 내 눈치를 보는 법이 없어?"

"눈치를 봐야 할 이유가 없으니까요."

"다른 사람들은 내 주위에 얼씬도 안 하려고 하던데. 너처럼 이렇게 내 서재에 불쑥 들어오지도 않고."

서준의 지시가 있었는지 외출을 했던 에릭은 그들이 싸우던 현장을 직접 목격하지 못했다.

"왜 다투셨는지 궁금합니다."

"아침에 날 보는 그 사람의 눈에서 살기를 느꼈거든."

애초에 날 사랑하지 않았던 건 당신이라 말했을 때 서준이 보였던 그 차가운 눈빛 말이다.

"근데 이상하게도 그 모습에 가슴이 아프더라. 이유가 뭐라고 생각해?"

덤덤한 목소리로 말을 덧붙였다. 저택으로 돌아왔을 때 서준이 다시금 제게 그 감정을 설명해 주었기 때문은 아니었다. 애초에 오늘 아침 그가 차가운 눈빛으로 등을 돌렸을 때부터 그랬다. 그 눈빛에 가슴 한구석이 아파 왔다.

"전무님을 사랑하십니까?"

사뭇 진지한 얼굴로 에릭이 물었다.

서준이 제게 각인시키듯 얘기했던 '사랑'이란 단어를 에릭의 입에서 다시 한번 듣게 되자 하윤은 저도 모르게 헛웃음이 났다.

"뭐 잘못 먹었니?"

"기억은 못 해도 본능은 남아 있을 수도 있죠."

"그런 본능이 내게 남아 있었다면 그와 입을 맞췄을 때 이미 사랑에 빠졌겠지."

에릭의 얼굴에 묘한 변화가 일었다. 그녀가 서준과 입을 맞췄다는 사실에 짐짓 놀란 듯했다.

"왜 그런 눈으로 봐?"

회녹색의 오묘한 눈동자가 하윤을 움직이지 못하게 꽉 옭아맸다.

"사람들은 본래 제 감정을 알아차리는 일에 더딘 법이죠."

"글쎄. 네가 그랬던 건 아니고?"

자신에게 조언을 하는 말투에 하윤이 흥미롭다는 듯 에릭을 쳐다보았다.

입매가 유려한 곡선을 그리며 올라갔다. 에릭의 입에서 나올 다음 대답이 더욱 궁금해졌다.

"저번에 네가 말했던 그 사람 말이야. 네 손가락에 있던 반지의 주인."

"⋯⋯글쎄요."

하윤의 말에 돌아오는 그의 대답은 짧고도 간결했다. 뜨뜻미지근한 반응에 하윤은 못마땅하다는 듯 그를 바라보았다. 조금만 더 구체적인 대답을 요구하면 그는 항상 '글쎄요'와 같은 표현으로 상황을 피하곤 했다.

"앞으로 나랑 있을 때, 그 단어는 사용 금지야."

똑똑. 때마침 차를 내온 메이드가 조심스럽게 서재 안으로 들어섰다. 찻잔이 두 개인 것을 본 에릭이 의아하다는 얼굴로 하윤을 바라보았다.

"내가 네 것까지 내오라고 했어. 종일 가만히 있으려니 영 심심해서 말이야."

심하게 접질린 건 아니었지만 어쨌든 완벽한 회복을 위해선 움직임을 최소화하는 게 좋았기 때문이다.

"너도 들어. 오늘은 네가 내 말 상대니까."

조심스럽게 찻잔을 들어 한 모금 들이켰다. 깊고 따뜻한 향이 온몸에 퍼져 나갔다.

그런 하윤의 모습을 지그시 바라보던 에릭이 조심스럽게 입을 열었다.

"평소와는 조금 달라 보이십니다."

"⋯⋯내가?"

말에 담긴 저의를 모르겠다는 듯 하윤이 되물었다.

"뭐랄까. 전무님과 사랑싸움이라도 한 얼굴이랄까요."

저들과 어울리지 않는 단어에 하윤이 조소를 내비쳤다. 그리고 조금 뒤에 입을 열었다.

"그 사람이 조금씩 변하기 시작한 것 같아."

어쩌면 오늘 그와 나눴던 대화가 이 저택에서 깨어난 이후로 나눴던 그 어떤 대화보다 유의미했다고 볼 수 있었다.

"처음으로 날 이해해 준다고 얘기했어. 단 한 번도 그런 적이 없었는데…… 처음부터 다시 시작하자고 하더라. 자길 믿어 달라고."

에릭은 그저 묵묵히 하윤의 이야기를 듣고 있을 뿐이었다.

"어쩌면 내가 필요 이상으로 그 사람한테 적대감을 느꼈던 건 아닐까 싶기도 해."

그가 제게 사고에 관한 진실을 숨기려고 하는 건 분명했지만 어쩌면 그럴 수밖에 없는 이유가 있는 건 아닐까, 하는 궁금증이 생겼다.

"넌 어떻게 생각해?"

불현듯 질문의 화살을 에릭에게로 돌렸다.

"그 사람을 믿어도 되는 걸까, 내가."

에릭이 의미심장한 얼굴로 하윤을 빤히 바라보았다.

서준은 1년이 넘는 공백기를 만회하기 위해 바쁜 시간들을 보내고 있었다. 그러나 다친 하윤을 집에 두고 온 게 영 마음에 걸렸다.

"도통 집중이 안 되는군."

깊게 한숨을 내쉰 서준이 들고 있던 서류를 내려놓았다. 몸을 뒤로 젖히니 의자가 자동으로 그의 몸에 맞게 각도를 낮췄다. 그러고는 잠시 눈을 감고 생각에 잠겼다.

"몸은 좀 괜찮아졌으려나 모르겠네."

—띠띠띠.

때마침 옆에 두었던 태블릿 PC에서 알람이 울렸다. 혼잣말을 내뱉던 그가 시선을 옆으로 돌렸다.

기다란 손가락으로 몇 번 화면을 넘기니 작게 분할된 화면이 빼곡하게 눈에 들어왔다. 하윤의 모습이 담긴 화면이었다.

"자꾸."

불현듯 서준이 미간을 찌푸린다.

"……선을 넘는군."

그가 낮은 음성으로 입을 열었다. 그의 시선에 들어온 건 그녀의 서재에서 다정하게 차를 마시며 이야기를 나누고 있는 하윤과 에릭의 모습이었다.

"필요 이상으로 가까워지는 건 안 된다고 말했을 텐데."

에릭의 행동이 거슬리는 듯 차가운 눈빛으로 계속해서 태블릿 PC에 시선을 고정했다.

처음부터 집 안에 CCTV를 설치한 건 아니었다.

하윤이 의식을 되찾고 나서 한 달 정도 지났을 때였을까, 그녀가 수면 상태에서 자해를 시도한 적이 있었다. 물론 그녀는 그날 밤 있었던 일을 기억하지 못했다.

수면 상태에서 일어난 일이었기 때문이다.

"수면 보행중의 일환인 거 같아요. 쉬운 말로는 몽유병이라고도 하죠. 거기에 심리적인 이유가 더해졌을 겁니다. 아마 기억을 잃기 전 겪었던 특별한 사건이 이유가 되어 보인 행동이 아닐까 싶은데……."

세연이 어두운 얼굴을 하고 있는 서준에게 조심스럽게 꺼낸 말이다. 수면 장애는 심리적인 불안감이나 스트레스를 제거하는 게 가장 중요하다고 덧붙이는 것도 잊지 않았다.

"일단 위험이 될 만한 물건들은 전부 치워 주세요. 창과 문도 다 잠그는 게 좋습니다. 아시겠지만 하윤 씨는 아직 많이 불안정한 상태입니다. 의식이 있는 동안에도 위험 행동을 벌일 수가 있어요."

그때 이후로 저택 곳곳에 CCTV가 설치되었다. 불안정한 상태인 하윤을 혼자 내버려 둘 수는 없었기 때문이다.
"……지나친 호기심은 위험을 불러온다고 말했을 텐데."
그의 차가운 눈빛이 화면에서 떨어질 줄 몰랐다. 하윤은 조심스럽게 서준의 서재 방문을 열고 있었다.
당부했던 게 무색해질 정도로 아무렇지 않게 제 서재로 향하는 그녀였다. 하윤은 사뿐한 발걸음으로 방 곳곳을 누볐다.
"내가 당신을 위해서 뭘 어떻게 했어야 하는 걸까."
하윤이 사고에 관한 진실을 알고 싶어 하는 건 어쩌면 당연한 일이었지만, 자신을 좀처럼 믿어 주지 못하는 모습에 서준은 마음이 착잡했다.

그의 서재에서 이것저것 살피던 하윤은 불현듯 어느 책장 위에서 손을 멈추었다.

그녀가 손을 뻗은 건 그동안 두 사람이 함께했던 시간들을 고스란히 담은 사진첩이었다.

조심스럽게 손을 뻗어 사진첩을 꺼내 한 장 한 장 넘겨보았다. 연애 시절부터 찬란했던 결혼식까지. 그 모든 순간들이 담겨 있었다.

"내가 당신을 볼 때 이런 표정이었구나."

사진을 보던 하윤이 잔잔한 목소리로 입을 열었다.

"이렇게 행복했었는데."

눈에 각인시키듯 천천히 사진을 넘겼다. 사진을 넘길수록 복잡한 심정이 들어 좀처럼 쉽게 눈을 뗄 수가 없었다. 한참이나 사진첩을 보던 하윤이 그중 사진 한 장을 꺼내 제 손에 쥐었다.

"한 장 정도는 괜찮겠지."

웨딩드레스를 입은 그녀가 서준을 보며 어느 때보다 환하게 웃고 있는 사진이었다. 조심스럽게 주머니에 넣은 하윤은 그렇게 방을 나섰다.

그리고 태블릿 화면 위에 아른거리는 하윤의 모습을 바라보던 서준이 부드럽게 그 얼굴을 쓰다듬었다.

"당신은 참."

그가 옅게 미소 지었다.

"알다가도 모를 여자야."

✠　　✣　　✠

"에릭."

서준이 귀가할 시간이 되자, 하윤은 자연스럽게 그를 찾았다.

"부르셨습니까."

"그 사람. 오늘 집에 들어온대?"

"네. 특별한 일이 없는 이상 그러실 것 같습니다."

서준이 저택에 들르는 날이면 머리가 지끈거린다며 싫어했던 하윤은 어느덧 그의 방문에도 고개를 끄덕거릴 뿐이었다. 그녀의 얼굴에 드러난 묘한 변화를 알아챈 에릭이 예리한 눈빛으로 그녀를 바라보았다.

"알았어. 이제 가서 쉬어."

"알겠습니다."

에릭을 방에서 내보낸 하윤이 조심스럽게 몸을 일으켰다. 온종일 그림만 그렸더니 몸이 뻐근했다. 아무리 접질린 발목을 위해서 움직임을 최소화해야 한다지만 너무 지겨웠다.

"그래. 다리가 부러진 것도 아닌데, 뭐."

결국 몸을 일으켜 방을 나섰다. 걸을 때마다 발목에 미세한 통증이 느껴졌지만 걷는 데에 지장이 있을 정도는 아니었다.

천천히 계단을 올라 원래 제 방이 있던 곳으로 향했다. 지금은 물건들이 다 사라져 휑했지만 5층 테라스에 서서 내려다보던 경치가 꽤 볼만했기 때문이다.

"아가씨, 필요한 게 있으시면 저희를 부르시지 그러셨어요."

하윤이 다친 다리로 돌아다니는 걸 본 한 메이드가 당황하며 그녀를 부축했다.

"멀리 산책을 나가는 것도 아닌데 이 정도는 괜찮아요. 가서 일 봐요."

"정말 괜찮으시겠어요? 이사님께서 완전히 나을 때까진 절대 움직이지 못하게 하라고……."

"그 사람한텐 내가 잘 얘기할 테니 걱정 말아요."

"혹시라도 도움이 필요하시면 바로 호출해 주세요."

"알았어요."

제 팔을 잡는 메이드의 손길을 밀어냈다. 더 이상 손을 댔다간 하윤의 심기를 건드리게 될 것 같아 메이드는 어쩔 수 없이 걸음을 옮겼다.

5층에 올라온 하윤은 테라스에 편히 앉아 저택 정원을 내려다보았다.

"살기 정말 좋은 집인데."

바람에 흔들리는 나뭇가지를 보던 하윤이 조용히 입을 열었다. 얼마 지나지 않아 입구로 서준의 세단이 들어오는 게 보였다.

며칠 전까지만 해도 창문을 통해 그의 차가 들어오는 걸 볼 때면 인상부터 찌푸리곤 했었다.

"참 알다가도 모를 일이지."

서준이 반가운 건 아니었지만 그래도 이제 싫지만은 않다는 생각이 들었다.

바람을 쐬던 그녀가 테라스 문을 닫고 다시 방 안으로 들어왔다. 저택에 오자마자 자신을 찾는 게 일상이니 곧장 내려가려고 했다.

그런데 방을 나서려던 하윤의 시선을 사로잡는 게 있었으니, 휑한 방 한가운데 걸려 있는 벽시계였다.

"다른 건 다 옮겼는데 이 시계는 그대로 여기에 뒀네."

중세의 향기가 물씬 나는 앤티크한 디자인의 벽시계였다. 조심스럽게 벽시계에 손을 뻗은 하윤이 문득 아래쪽에 있는 작은 틈으로 시선을 돌렸다.

"이게…… 뭐지?"

시계추 윗부분에 작은 구멍이 나 있었다. 정확히 말하자면 구멍 안에 반짝이는 무언가가 들어 있었다.

"설마……."

시계를 향해 손을 뻗었다. 조금 더 가까이서 확인을 하고 싶었기 때문이다.

그때였다.

"여기서 뭐 하고 있는 거지?"

때마침 집에 들어온 서준이 하윤을 찾아 5층에 올라왔다. 제 키보다 높은 곳에 위치한 시계를 떼어 내기 위해 손을 뻗었던 그녀가 목소리에 놀라 그만 시계를 놓치고 말았다.

와장창!

하윤의 손에서 미끄러진 벽시계는 그대로 바닥에 떨어져 깨지고 말았다.

"괜찮아?"

놀란 서준이 곧장 그녀에게로 뛰어왔다. 깨진 유리 조각들이 바닥 곳곳에 흩어졌다. 잘못 발을 디뎠다간 날카로운 유리에 베일 수 있는 상황이었다.

"움직이지 말고 그대로 있어. 내가 잡아 줄게."

가까이 다가온 서준이 하윤이 다치지 않게 그녀의 손을 잡았다.

곧장 그를 뿌리친 하윤이 손을 뻗은 건 깨진 시계 속에서 분리되어 나온 카메라 렌즈였다. 유리 조각들을 의식할 틈도 없이 렌즈를 손에 꽉 쥐었다.

"당신, 지금 뭐 하는……!"

얼마나 세게 쥐었는지 곁에 붙어 있던 유리 조각에 꽉 짓눌려 손에서 피가 새어 나왔다. 그 모습을 보던 서준이 미간을 찌푸리며 곧장 그녀의 팔목을 낚아챘다.

"……이게."

하윤에게 제 손이 다친 것쯤은 중요하지 않았다. 서준과 마주한 시선이 사방으로 짙게 요동쳤다.

"하."

흔들리는 눈망울 사이로 헛웃음이 흘러나왔다.

"이게…… 당신이 그토록 말하던 사랑이에요?"

악에 받친 목소리가 새어 나왔다. 서준에게 붙잡힌 손이 배신감으로 인해 파르르 떨렸다.

"이거 놔요!"

그의 시선을 외면하며 하윤이 팔을 빼내려 힘을 주었다. 손바닥에 박힌 유리 파편을 빼내려는 서준의 손길을 매몰차게 쳐냈다.

"오해야."

하지만 서준은 이렇게 하윤을 놓아줄 생각이 없는지 단호한 힘으로 그녀를 붙잡았다.

오해라는 말이 이리도 자신을 비참하게 만들 줄은 몰랐다. 근 1년 동안 매일같이 지냈던 곳에서 감시 카메라가 발견됐다는 사실이 이렇게나 명백한데, 이걸 두고 오해라고 하면 믿을 사람이 있을까.

"당신이 믿지 않을 거라는 거 아는데, 오해야."

그가 단호한 목소리로 얘기했다.

"설명할 수 있어."

"대체 당신 장난에 얼마나 더 놀아나야 속이 시원하겠어요? 내가 잠시 뭐에 홀렸었나 봐. 당신이 이런 사람이라는 거 진작 알고 있었는데, 이런 사람을 두고 뭘 믿어 보겠다고⋯⋯!"

말을 채 끝맺지 못하고 시선을 회피했다. 하윤의 목소리 끝에 울먹임이 묻어났다. 계속해서 서준과 시선을 마주하고 있다간 애써 참고 있는 감정이 터져 버릴 것 같았다.

"사랑한다는 이유로 이렇게 가둬 놓고 감시하는 남자를⋯⋯ 내가 어떻게 받아들여야 하는 건데요?"

소리치던 하윤이 분노와 배신감으로 몸을 떨었다.

"나 봐."

서준이 그녀에게 담담하게 이르듯 입을 열었다.

"민하윤, 나 보라고."

그가 싸늘한 목소리와 함께 하윤의 턱을 잡아 고개를 돌렸다. 강제로 시선을 마주하게 된 하윤이 원망스러운 눈빛으로 그를 올려다보았다.

"전부 다 설명할 수 있어. 그러니까, 일단 이것부터 빼내고 소독하고 얘기해."

귀를 닫아 버린 하윤을 설득하기 위해 단호한 목소리로 일렀다.

이미 카메라 렌즈를 봐 버린 하윤에겐 그 어떤 말도 들어오지 않았다. 손바닥 깊게 박힌 파편이 움직이면서 상처를 더욱 벌어지게 만들었다.

그 모습을 바라보던 서준이 착잡한 마음에 떨리는 목울대를 진정시키려 마른침을 삼켰다.

"······원망은 나중에 듣도록 하지."

서준은 그녀를 번쩍 안아 들어 구급함이 있는 거실로 향했다. 하윤을 소파 아래에 조심스레 기대어 앉혔다. 새하얀 피부를 뒤덮은 붉은 핏자국이 서준의 가슴을 아프게 만들었다.

"소독해야 하는데 좀 따가울 수도 있어."

"상관없어요."

당장 손이 아픈 것보다 이 상황에서 서준에게 치료를 받고 있다는 게 더 마음에 안 들었다.

"너무 아프다 싶으면 얘기해."

대답은 없었다. 하윤은 고개를 돌린 채 거실 창 너머에 있는 분수대를 바라보았다.

고요한 침묵이 감도는 가운데 구급함이 달그락거리는 소리만이 울려 퍼졌다. 서준은 핀셋으로 그녀의 손에 박힌 작은 유리 파편들을 빼낸 뒤, 소독약을 상처 부위에 조심스럽게 발랐다.

"언제부터였어요?"

여전히 시선을 창밖에 고정한 하윤이 한결 차분해진 목소리로 입을 열었다. 초점 없는 눈으로 어둑한 바깥을 바라보고 있었다.

"솔직하게 말해 줘요."

"어떤 걸 얘기하는 거지."

"언제부터 날 지켜보고 있었냐고요."

서준을 향해 한껏 소리치고 난 터라 몸에 힘이 없었다. 작은 목소리로 그를 향해 이야기했다.

제게서 고개를 돌린 하윤을 바라보던 서준이 이내 면봉에 약을 묻혀 그녀의 상처 부위에 발랐다. 상처 부위가 벌어지지 않도록 밴드를 붙이는 것도 잊지 않았다.

"당신이 겪었던 스트레스가 몽유병으로 나타난다는 걸 알게 됐을 때부터. 당신이 의식하지 못하는 수면 상태에서 자해를 시도했었어."

치료를 마친 서준이 그녀의 손을 부드럽게 감싸 안았다.

"어쩔 방도가 없었어. 언제 어떻게 위험한 상황이 발생할지 모르는 상태였으니까. 주치의와 의논해 본 결과 위험한 물건들을 전부 치우고 당신을 지켜보는 게 최선이었어. 흉터의 근본적인 원인을 알지 못했으니까."

하윤 역시도 제 손목이 선명하게 그어져 있는 그 흉터가 어떤 이유로 생겨났는지 알지 못했다. 그랬기에 서준과의 결혼 생활이 불행했던 거라고 생각했다.

"모든 파일은 10시간 단위마다 자동으로 삭제되도록 설정되어 있어. 그리고 당신 방에 있던 그 카메라는 특정 시간에만 작동하지. 당신이 잠에 들었을 때."

최소한의 범위 내에서 그녀를 보호해야 했기 때문이다.

"카메라 안에 든 감지기가 이상 행동을 감지하면 내 태블릿으로 알람을 보내 주는 방식이야. 나 역시도 매 순간 태블릿을 붙들고 있을 순 없는 노릇이라 직원들을 고용한 거고."

"그랬군요."

"당신의 사생활을 침해하려던 게 아니야."

"……."

"나 역시도 당신을 존중해. 하지만 불안정한 상태인 당신을 그냥 둘 수는 없었어."

서준의 낮은 목소리에서 여러 감정이 한껏 묻어났다. 하윤에 대한 미안함, 걱정, 그리고 이렇게밖에 할 수 없는 스스로에 대한 원망까지. 그 복잡한 마음들이 섞여 그녀에게 고스란히 전달됐다.

"당신 몰래 감시 카메라를 설치한 건 백 번이고 내가 잘못했어. 내가 당신이었어도 충분히 마음 상했을 거야."

서준의 시선이 그녀를 옭아매듯 에워쌌다. 한바탕 휘몰아치고 간 폭풍 탓에 거실은 아주 고요했다. 그녀가 다친 모습을 보니 가슴이 아팠다.

"근데 그렇다고 해서 이렇게 무모한 행동은 하지 않았으면 해. 결국 다치는 건 당신이야. 차라리 나를 욕하고 나를 때려."

강조하듯 단호한 음성으로 일렀다.

"당신한테 다쳐도 된다고 얘기한 적 없어."

앞으로 원만한 관계가 될 때까지 그들이 극복해야 할 것들은 수도 없이 많았다. 서로 오해하고 부딪치고 어긋나고. 그럴 때마다 이렇게 몸을 상하게 할 순 없었다.

"그럼 하나부터 열까지 전부 다 알고 있었겠네요."

하윤이 제 팔 위로 파묻듯이 기대고 있던 고개를 들었다. 서준에게로 시선을 고정했다.

"이 저택에서 에릭과 손을 잡은 것도, 그리고 당신이 들어가지 말라 당부했던 서재에 멋대로 들어가는 것도, 그리고⋯⋯."

하윤이 입술을 잘근 깨물었다.

"내가 우리의 웨딩 사진을 가지고 간 것도요."

말없이 그의 눈망울을 응시했다. 처음 카메라 렌즈를 발견했을 땐 그저 배신감으로 온몸이 다 떨려왔는데 조금 진정하고 나니 생각이 더욱 복잡해졌다.

"모든 걸 알고 있었으면서 왜 나한텐 아무 얘기도 안 했어요?"

"그게 당신이 버티고 있을 수 있는 이유였으니까."

서준이 덤덤한 목소리로 입을 열었다.

"그렇게 해서라도 당신이 이 저택에서 숨을 쉴 수 있다면 괜찮다고 생각했어."

그가 하윤에게 해 줄 수 있는 거라곤 그게 전부였다. 한 발자국 떨어진 곳에서 지켜보는 것뿐.

"당신이 나와 함께했던 시간을 기억하려고 애쓴다는 뜻이기도 했고."

고요한 적막이 감돌았다. 어두운 거실 한 가운데에 오직 둘만이 서로를 바라보고 있었다.

"다 알면서 모르는 척하는 동안 내가 얼마나 우스웠을까 싶었는데."

"믿기지 않겠지만 단 한 번도 그런 생각해 본 적 없어."

"알아요. 당신이 어떨 때 진심이고 어떨 때 거짓인 건지 그 정도는 구분할 줄 알게 됐으니까."

아무리 대화를 단절한 채 쇼윈도 부부처럼 지냈다고 해도 자그마치 9개월이었다. 그 시간 동안 자연스럽게 알게 된 서로를 부정하진 못 했다.

"그래서 지금 당신이 하는 말이 진심이라는 것도, 누구보다 잘 알아요."

하윤은 그래서 더욱 마음이 복잡하다는 말을 혀끝에서 삼키며 입을 다물었다. 그녀가 피로 물들었던 제 손바닥을 내려다보았다. 알 수 없는 기분이 온몸을 에워쌌다.

"치료는 다 된 거예요?"

"어."

"그만 자야겠어요. 하도 소리를 질렀더니 피곤해요."

하지만 대답이 없었다.

이대로 하윤을 보낸다면 또 찜찜한 오해를 남긴 채 엇갈리는 꼴이 아니던가. 쉽게 그녀의 손을 놔줄 수가 없었는지 서준은 잠시 망설였다.

"안 잘 거예요?"

"나도 자야지."

잡은 제 손목을 놔달라는 듯 그곳을 바라보았다.

"미안해."

그 시선을 느낀 서준이 뒤늦게 잡고 있던 하윤의 손목을 스르륵 놓아주었다.

"서재에서 잘 테니까 신경 쓰지 않아도 돼."

서준 역시도 몸을 일으켰다.

"피곤할 텐데 얼른 들어가서 자."

오늘 하루가 하윤에게 얼마나 고된 하루였을지 알고 있었
다.

"당신."

불현듯 몸을 돌린 하윤이 그를 불렀다. 많은 의미가 담긴
시선이 그에게로 향했다. 그리고 그녀의 입에서 예상치도 못
한 말이 흘러나왔다.

"그냥 내 옆에서 자요."

발걸음을 옮기려던 서준이 우뚝 멈춰 섰다. 당황한 듯 그의
눈동자가 흔들렸다.

✛　　　✜　　　✛

처음으로 한 침대에 나란히 누웠다. 깨어났을 때 함께였던
적은 있어도 이렇게 잠들기 전부터 같이 누워 있는 건 처음이
었다.

어둠 속에서 서준이 나지막하게 입을 열었다.

"당신이 내 얼굴도 보기 싫다고 할 줄 알았는데."

"언젠 보기 좋아서 같이 있었던 것도 아니잖아요."

하윤이 차가운 목소리로 대답했지만 서준에게 그런 건 중요
하지 않았다. 그녀가 저를 밀어내지 않은 것만으로도 고마울
따름이었다.

"바로 약 발랐으니 흉터 생길 일은 없을 거야."

"상관없어요. 흉터 좀 생기면 어떻다고."

"전엔 작은 상처에도 흉터라도 생길까 봐 전전긍긍했는데."

"시간이 지났잖아요. 나도 그동안 많이 변했고."

좀처럼 잠이 오지 않는 탓에 여전히 눈을 뜨고 있는 상태였다. 블라인드 사이로 은은한 달빛이 조금씩 들어오고 있었다. 계속해서 몸을 뒤척였다. 서준에게서 등을 돌린 하윤이 제 손목에 있는 흉터를 조심스럽게 문질렀다.

이 흉터의 원인은 대체 뭐였을까.

모든 기억을 잃은 자신이 수면 상태에서까지 괴로워했던 일은 대체 무엇이었을까.

생각이 깊어질수록 더더욱 잠이 들기 어려웠다. 그러다 불현듯 반대쪽으로 몸을 돌렸다. 제 옆에 서준이 누워 있다는 것을 잠시 망각한 탓이다.

"뒤척이는 걸 보니 잠이 안 오나 봐."

순간, 제 쪽으로 몸을 돌려 자신을 내려다보고 있던 서준과 콧대를 부딪쳤다.

종이 한 장 들어갈 정도로 가까운 거리에서 시선을 마주했다. 서로의 숨소리가 고스란히 느껴졌다.

"머릿속이 이렇게 복잡한데 잠이 올 리가 없죠."

"오늘 종일 피곤했잖아. 잠은 푹 자야지."

"그러는 당신은 왜 안 자고 있어요?"

"당신 잠드는 거 눈으로 확인하면 자려고 했어."

"내가 또 수면 상태에서 자해 시도라도 할까 봐 그래요?"

잠시 침묵이 감돌았다. 하윤이 처음 무의식 상태에서 자해를 시도했을 때 얼마나 가슴이 아팠는지 모른다.

대체 어떤 고통이기에 아직까지 남아 있는지. 모든 기억을 잃어버린 그녀를 아직도 괴롭히는 고통이 원망스러웠다.

"그냥 걱정되는 마음에서 당신이 편히 잠들길 바라는 거야."

조금 더 가까이 얼굴을 마주했다. 그러나 하윤은 시선을 피하지 않았다. 달빛에 은은하게 비치는 서준의 얼굴을 가만히 바라보았다.

"무슨 생각을 그렇게 하는 건지 물어봐도 되는 건가."

시선을 피하지 않은 채 커다란 눈망울로 저를 올려다보는 하윤의 모습을 지그시 바라보았다.

"그냥 내가 어떤 걸 알아야 하고 어떤 걸 정리해야 하는 건지. 그런 것들이요."

"대답해 줄 수 있는 선에서 얘기해 줄게. 내 대답이 생각을 정리하는 데 도움이 된다면 말이야."

조심스럽게 팔을 들어 그녀의 머리칼을 쓰다듬었다. 그 손길에 척추에서부터 신경이 곤두섰다.

"별거 아니에요."

"괜찮으니까 얘기해 봐."

망설이는 하윤을 달래듯 나지막하게 말했다. 지금 서로에게 가장 필요한 건 대화라고 생각했다.

"난 당신의 어떤 이야기라도 듣고 싶으니까."

그 목소리에 하윤은 입술을 달싹였다. 잠시 망설이던 그녀가 조심스럽게 입을 열었다.

"그냥 뭐랄까……. 사진 속에 담긴 내가 너무도 행복해 보였어요."

새하얀 드레스를 입고 누구보다 환하게 웃고 있던 제 모습을 똑똑히 보았다.

의심할 여지가 없는 미소였다. 행복으로 가득 찬 그런 미소.

"이곳에서 날 감시하고 있었던 당신이…… 너무도 무섭게 느껴지지만 사랑하는 여자가 의식도 없는 상태에서 자해를 하려는 모습을 본 사람이 그 상황에서 어떤 선택을 할 수 있을까 싶기도 하고요."

그래서 생각이 복잡했다. 출구를 알 수 없는 기나긴 미로에 서준과 함께 단둘이 갇힌 기분이었다.

그 안에서 의지할 사람이라곤 서준 하나뿐이지만 가장 경계해야 할 사람 역시도 서준 아니던가.

조금 가까워질 것 같으면 또다시 멀어지고, 그렇게 아슬아슬한 거리를 유지했다.

"그래서 혼란스러워요. 이 길이 맞는 건지, 당신과 어디까지 가야 하는 건지."

"나도 그런 기분이었어."

하윤의 목소리를 듣던 서준이 그녀의 머리를 쓰다듬던 손길을 멈추며 입을 열었다.

"한국에 돌아왔을 때 내게 닥친 현실들이 전부 다 낯설었어."

그의 손이 부드럽게 아래로 미끄러졌다. 새하얀 그녀의 어깨를 스쳐 지나가 팔목에서 멈추었다.

"우리가 함께했던 결혼 생활이 결코 거짓은 아니었는데, 당신 손목에 선명하게 남은 흉터 또한 진실이었지. 출장을 가기 전까진 모든 시간을 함께했는데, 깨어난 당신은 다른 누군가와 식사조차 할 수 없을 만큼 거부감을 느끼고 있었고."

어떤 게 진실인지 알 수가 없었다.

마치, 오랜 시간 꿈속에서 헤매다 이제야 깨어난 것 같은 느낌이 들었다.

그 모든 시간이 거짓된 순간들이었다고, 신이 자신을 향해 그렇게 소리치는 것 같은 기분이 들었다.

"당신이 했던 모든 선택이 내겐 거짓처럼 느껴졌어."

그리고 조금도 몰랐던 당신과 내 어머니의 관계.

"그 모든 게 비극이었어."

서준의 눈망울이 족쇄처럼 하윤을 옭아맸다. 흉터가 짙은 그녀의 손목을 부드럽게 문지르던 그가 조심스럽게 손을 얼굴로 가져갔다.

하윤의 눈망울 속으로 빨려 들어갈 것처럼 짙게 바라보던 서준이 불현듯 시선을 아래로 천천히 훑고 내려갔다. 그 시선은 그녀의 붉은 입술에서 멈추었다.

"내가 그 어둠 속에서 버틸 수 있었던 건."

서준이 천천히 다가왔다.

"당신을 사랑한다는 확신."

반쯤 숨소리에 잠긴 목소리로 얘기했다.

"그 하나였어."

새하얀 뺨에 닿았던 손이 아래로 내려가 턱을 감싸 안았다. 서준은 그녀의 붉은 입술 위로 제 입술을 맞대었다.

뜨거운 체온이 입술을 통해 고스란히 느껴졌다. 허락을 맡을 겨를도 없었다. 그의 타액이 속절없이 제 입술 사이로 들어왔다. 열기를 품은 숨소리가 귓가를 자극했다.

짙은 입맞춤이 강렬하게 휘몰아치고 간 뒤, 입술을 뗀 서준이 애정 어린 시선으로 그녀를 바라보았다. 제 눈망울에 그녀를 각인시키듯 시선을 떼지 않았다.

"오늘 우리는 넘어야 할 수많은 산 중 하나를 넘었어."

키스는 끝났지만 하윤은 여전히 숨을 쉴 수 없었다. 그의 깊은 눈빛에 호흡이 멈출 것 같은 기분이었다. 진정되지 않은 호흡을 간신히 내뱉으며 그를 올려다보았다.

"카메라 렌즈가 바닥에 떨어져 산산조각이 났을 때, 우리 사이에 존재했던 장벽 하나도 허물어진 거니까. 당신의 손에 상처를 남겼지만 동시에 나한테로 한 걸음 더 가까이 와줬다고 생각해."

단호한 목소리에서 진심이 묻어났다.

"그러니까 그 흉터는 내가 꼭 아물게 해 줄게."

그녀의 손을 부드럽게 어루만졌다.

"믿어 줘."

내가 다가갈 거니까. 당신이 놀라지 않도록, 아주 천천히.

06화

비밀

　어젯밤 일을 회상하던 서준이 묘한 얼굴로 서류를 내려놓았다. 허락을 구하지 않았던 키스에도 입술을 피하지 않았다.

　그 순간 하윤은 무슨 생각이었을까. 어떤 생각으로 제 입맞춤에 응했던 걸까.

　"무슨 생각을 그렇게 골똘히 하나."

　불현듯 귓가를 울리는 목소리에 고개를 들어 보니, 어느샌가 집무실에 발을 들이고 있는 민준이 보였다.

　"나도 엄청난 순간을 방해한 건가? 내가 들어오는 소리도 못 들을 정도로 생각해야 할 문제라면."

　"……여긴 어쩐 일이야."

　서준의 미간이 단번에 일그러졌다. 예고도 없이 찾아온 불청객에 불쾌함이 가득 차올랐다.

　민준이 직접 사 온 커피를 서준의 책상 위로 내려놓았다. 독을 타지 않으면 다행이었다. 그들 사이에 이런 소소한 배려는 사치였다.

"그렇게까지 고마운 얼굴 할 건 없어. 네 애정에 나도 보답하는 것뿐이니까. 지나가던 길에 들렀어."

"내가 일에 손을 대니까 좀 불안한가 보지. 이렇게 직접 찾아오기까지 하고."

"글쎄. 견제하기에 힐튼호텔은 좀 그렇지 않나?"

비아냥거리는 걸 보니 일이 어떻게 되고 있는 건지 적잖이 궁금했던 모양이다.

똑똑. 신경전을 벌이고 있을 때 즈음, 현석이 문을 열고 들어왔다. 민준이 이곳에 있는 걸 본 현석이 당황한 듯 눈을 굴렸다.

"죄송합니다. 말씀 나누고 계신 줄 모르고……."

"아니에요. 지금 나가려던 참이었으니까."

들어오라는 듯 민준이 어깨를 으쓱였다.

"다음에 또 올게. 커피에 허튼짓은 안 했으니 잘 마시고."

가볍게 손을 흔들어 보인 민준은 그렇게 집무실을 나섰다. 그가 나간 뒤, 현석은 결재를 받아야 할 서류를 조심스럽게 내려놓으며 서준의 눈치를 보았다.

"사장님께서 이곳에 직접 찾아오실 줄은 몰랐는데 말입니다."

"내 신경을 긁기 위해서는 뭔들 못 하겠습니까."

"아, 저택에 설치되어 있던 CCTV를 모두 철거하라 지시하셨다고요."

현석이 의아하다는 얼굴로 서준을 향해 입을 열었다. 그 CCTV는 감시용이 아닌 최소한의 안전장치라는 걸 알기에 하

226

는 얘기였다.

"외람된 말씀이긴 하지만 회장님께서 언제든지 찾아올 수 있습니다. 게다가 아가씨께서 또 언제 돌발 행동을 보이실지 모르고요."

"하윤이가 CCTV를 발견했어요. 어제 그 문제로 한차례 크게 다퉜습니다."

"아가씨께서는…… 괜찮으십니까?"

당황한 듯 조심스레 물었다. 걱정되는 것들이 한두 가지가 아니었다. 현석이 근심 가득한 얼굴로 서준을 바라보았다.

"하윤이가 렌즈 파편을 손으로 집으면서 상처가 조금 났어요. 생각했던 것보다는 많이 침착하더군요."

"오해가 깊지 않았다면 다행입니다만…… 전부 철거하기엔 아직 조금 이른 감이 있지 않겠습니까."

"어차피 침실을 합친 이상 수면 장애로 일어나는 위험 행동은 막을 수 있을 겁니다. 게다가 하윤이가 알게 된 이상 계속해서 카메라를 놔두는 것도 못 할 짓이고요."

자신이 조금만 더 신경 쓰면 될 일이라고 생각했다. 하윤에게 모든 진실을 털어놓을 순 없었지만 이렇게 된 이상 그녀에게 더 이상의 비밀을 만들고 싶지는 않았다.

"그런데 확실한 건 조금씩 변하고 있다는 겁니다."

"아가씨께서요?"

"네."

서준이 조심스럽게 하윤의 변화에 관해서 이야기했다.

"감정 표현이 많이 늘었어요. 좋든 싫든, 무관심보단 나으니까요."

"긍정적인 변화네요."

"게다가 오늘 아침엔 회사에 잘 다녀오라며 넥타이를 반듯하게 고쳐 매주더군요. 단 한 번도 그런 적이 없었는데 말이에요."

저를 보며 웃거나 살갑게 대한 건 아니었다. 여전히 차가웠지만 도도한 얼굴로 제 넥타이를 고쳐 매주던 손길은 어쩐지 따뜻하게 느껴졌다.

"그래서 어쩌면 어젯밤 있었던 일이 저희 관계에 반환점이 될 수도 있겠다는 생각이 들었습니다."

"아가씨께서도 점점 이사님께 마음을 열고 계시는 것 같습니다."

"그랬으면 좋겠는데."

"제가 말씀드렸지 않았습니까. 결혼식장에서 그 누구보다 행복하게 웃고 계셨다고요."

현석이 나지막하게 미소를 지었다. 조금은 돌아왔지만 이제라도 제자리를 찾아가는 것 같아 조금은 마음이 놓이는 모양이었다.

그때 현석의 주머니 속에서 그의 휴대폰이 진동했다.

"잠시만요."

서준에게 양해를 구하곤 곧장 전화를 받는 그였다.

"뭐라고?"

하지만 전화를 받은 지 채 몇 초도 되지 않아 현석이 미간을 찌푸렸다. 다급하게 전화를 끊은 그가 놀란 얼굴로 서준을 향해 입을 열었다.

"아, 아가씨께서……."

서준의 미간이 덩달아 좁혀졌다.

"떨어지셨답니다."

심장이 쿵, 내려앉는 기분이었다.

서준의 동공이 세차게 흔들렸다. 세상이 정지된 화면처럼 회색빛으로 물들어 갔고 귓가엔 고요한 정적만이 흐를 뿐이었다. 저택으로 향하는 내내 마음이 좀처럼 진정되질 않았다.

"이러려고 그랬던 거였나."

두 눈을 굳게 감은 서준이 한껏 인상을 썼다. 초조한 마음으로 마른세수를 하는 그였다. 어젯밤 제 입술을 피하지 않고 오늘 아침 넥타이를 고쳐 매주었던 그녀의 모습이 머릿속을 스쳐 지나갔다. 초조한 마음이 그를 괴롭혔다.

"최대한 빨리 가 주세요."

하윤이 다친 후 곧장 의료진들이 저택에 도착했다고 한다.

"오늘 아침까지만 해도 괜찮았는데 대체 왜……."

자조적인 목소리로 말했다. 조각 같은 얼굴 위로 어둠이 한껏 드리웠다. 병원에 직접 가기엔 보는 눈이 많았기에 그녀가 아프거나 몸에 이상이 생겼을 때는 늘 의료진을 저택으로 호출하곤 했다. 그게 서준이 스스로가 지닌 권력을 가장 잘 이용하는 방법이었다.

"다행히 바닥에 바로 부딪히지는 않아서 골절이 덜하다고 합니다. 뒤쪽 정원으로 떨어지셔서 아마 나무에 한 번 부딪힌 후 떨어진 것 같습니다."

다행이라는 말은 귓가에 들어오지 않았다. 모든 게 제 탓인 것만 같았다. 또 한 번 밀려오는 죄책감에 서준이 고개를 푹 떨어뜨렸다.

"괜찮으실 겁니다."

어쭙잖은 위로는 독이 된다. 현석의 말은 하나도 귀에 들어오지 않았다. 그저 얼른 도착해서 하윤의 상태를 직접 두 눈으로 확인하고 싶은 마음뿐이었다.

저택에 도착한 그들은 서둘러 움직였다. 그녀는 2층 구석쪽에 있는 의무실 용도로 사용하고 있는 방에 있었다.

"이쪽입니다."

현석이 빠른 걸음으로 서준을 안내했다. 막상 문 앞에 도착하니 심장이 더욱 요동치듯 빠르게 움직이기 시작했다. 문을 열려는 손에 힘이 들어가질 않았다. 머뭇거리는 서준을 본 현석이 그를 대신해 문을 열어 주었다.

침대 위엔 하윤이 눈을 감은 채로 누워 있었다. 함께 있던 세연과 그녀가 데려온 외과 전문의가 서준을 보곤 정중하게 인사를 했다. 그들의 인사가 눈에 들어올 리 없는 서준은 하윤이 누워 있는 침대로 성큼성큼 걸어갔다. 그의 걸음에서 그녀를 향한 걱정과 초조함이 여실히 드러났다. 눈을 감은 채 누워 있는 하윤을 본 서준이 더욱 흥분했다.

"설마 의식을 잃은 겁니까?"

"네? 아뇨, 그건 아니……."

"직원이 몇 명인데 대체 이 지경이 될 때까지 뭐 하고 있었던 겁니까?"

감정이 고조된 듯 상당히 흥분한 말투였다. 서준이 난리를 치자 눈을 감고 있던 하윤의 미간이 살짝 찌푸려졌다. 그녀는 의식을 잃고 잠들어 있던 것이 아니었다. 단순히 쉬고 싶어서 눈을 감고 있던 것뿐인데 서준이 이 난리를 치니 창피했는지, 저도 모르게 인상을 썼다.

"갑작스럽게 연락을 받고 많이 놀라셨나 봐요."

흥분한 서준의 모습에 세연이 작게 웃어 보였다.

"뭘 주우려다 발을 헛디뎠다고 해요. 다행히 정원에서 대기 중이던 경호원들이 하윤 씨를 받아내서 가벼운 다리 골절 정도고요. 너무 걱정하지 않으셔도 됩니다. 조금 쉬면 금방 나을 거예요."

세연이 자초지종을 설명하자 하윤의 볼이 붉게 물들었다. 입술을 잘근 깨문 하윤은 민망함에 괜히 서준을 째려보며 조용히 속삭였다.

"그러니까 제발 요란 떨지 말고 조용히 있어요. 안 그래도 지금 창피해 죽겠으니까."

"발을 헛디뎠다고?"

민망한 건 서준도 마찬가지였다. 듣고도 못 믿겠는지 서준이 눈을 깜빡이며 다시 되물었다.

아, 이 남자는 아주 그냥 확인 사살을 하는구나.

"하윤 씨는 금방 호전될 거예요. 오히려 이쪽 분이 더 많이 다치셨어요."

세연의 말에 그의 시선이 맞은편 창가 쪽으로 향했다. 그곳엔 한쪽 팔에 붕대를 감은 에릭이 벽면에 기대어 서 있었다.

"하윤 씨를 맨몸으로 받아내셨어요. 아무리 숙련된 경호원이라고 해도 떨어지는 성인 여성을 받아내는 건 쉬운 일이 아닙니다. 몸에 무리가 갈 수밖에 없고요. 팔과 허리에 부상을 입었는데 회복 기간이 얼마나 걸릴지는 좀 더 지켜봐야 할 것 같네요."

뒤늦게 안도의 한숨이 새어 나왔다. 한쪽 팔에 붕대를 감고 있는 에릭이 서준을 향해 팔을 들어 보였다. 그래도 제가 맡고 있는 임무는 톡톡히 해내는 그가 있어 다행이라는 생각이 들었다.

"널 하윤이 옆에 붙여 두길 잘한 것 같군."

"아닙니다. 마땅히 제가 해야 할 일을 한 것뿐입니다."

"자칫하면 심하게 다쳤을 수도 있었어. 오늘 일은 수고했어."

서준이 안도의 한숨을 내쉬며 에릭을 향해 얘기했다.

"그럼 편하게 말씀 나누세요."

에릭의 말에 세연을 선두로 나머지 사람들은 서준이 하윤과 편하게 얘기를 나눌 수 있도록 곧장 자리를 비켜 주었다. 방 안에 서준과 단둘이 남게 되자 민망한 마음이 더욱 커진 하윤은 아예 고개를 돌려 버렸다. 조금은 어색했다. 어젯밤 입맞춤 탓에 감정이 묘해졌으니 말이다.

"왜 고개를 돌려."

그가 침대로 다가와 그녀의 옆에 자리를 잡고 앉았다. 하윤의 팔을 잡아당겨 상체를 일으킨 서준은 이곳저곳 살피기 시작했다.

"어린애도 아니고, 발을 왜 헛디뎌?"

"나도 모르게 다리에 힘이 풀렸나 봐요."

"그러니까 조심했어야지."

하윤을 나무라는 말투가 굉장히 딱딱했다.

"충분히 부끄러우니까 그만 해요."

혹시라도 그녀가 잘못된 생각을 한 게 아닐까 걱정되는 마음에서 나온 말이었지만, 표현에 서투른 탓에 다른 이가 보았을 땐 그저 화를 내는 것과 다를 바 없어 보였다.

"다른 곳은 괜찮고?"

"보다시피요. 다리도 심하게 다친 건 아니에요."

어젯밤 키스 때문일까. 마주 보고 앉은 그들의 모습에선 묘한 분위기가 묻어났다. 그러나 서로에 대한 감정이 차갑지만은 않았다.

"함부로 다쳐도 된다고 말한 적 없는 것 같은데."

"실수였어요. 두 번 다신 이런 소란 만들 일 없을 거고."

"내가 여기까지 어떤 마음으로 왔는지, 당신은 몰라."

서준이 달싹이는 목울대를 애써 진정시켰다. 바로 어제 CCTV 사건으로 하윤이 한차례 다치지 않았던가. 그녀가 저를 밀어내다 못해 이런 선택을 한 줄 알고 얼마나 심장이 철렁했는지 모른다.

"당신이 이렇게라도 내게서 벗어나려 하는 줄 알았어."

"당신 때문에 내 스스로를 다치게 할 만큼 난 멍청하지 않아요."

하윤이 또렷한 눈으로 그를 올려다보았다.

"집으로 오는 내내 머릿속이 아찔했어. 어젯밤 당신에게 날 믿어 달라고 했던 게 화근이었을까, 별생각을 다 했다고."

"……미안해요."

"많이 걱정했어."

침묵하는 그녀의 뒤로 서준의 진심이 묻어났다.

"혹시라도 당신이 잘못됐을까 봐."

여전히 말투는 차갑고 까칠했지만 걱정했다는 그의 말은 진심이었다. 그의 태도에 또 한 번 혼란을 느꼈다.

"만약 그랬다면 주저하지 않고 당신을 따라갔을 거야."

도통 무슨 생각을 하고 사는 건지 알 수 없는 남자였다. 그에게 무어라 대답할지 몰라 하윤은 여전히 묵묵부답이었다. 생각이 복잡한 모양이었다.

"푹 쉬어."

"……참 이상해요."

하윤이 그 말을 끝으로 미련 없이 몸을 일으킨 서준을 붙잡았다. 날카로운 눈빛으로 서준을 올려다보았다. 주어가 없는 문장에, 그가 하윤을 다시 한번 쳐다보았다.

"발이 미끄러져 아찔했던 그 순간에 이상하게도 당신 얼굴이 스쳐 지나가더군요."

서준의 손목을 붙잡은 채로 그와 시선을 마주했다. 하윤의 목소리에 몸이 결박된 듯 빳빳하게 굳었다. 그 자리에서 한 발자국도 움직일 수가 없었다.

"날 사랑하는 마음, 그거 하나로 버렸다고 했죠?"

하윤이 작은 손으로 서준의 팔을 잡아 제 쪽으로 끌어당겼다. 조심스러운 손길로 그의 넥타이를 느슨하게 풀었다.

"그럼 증명해 봐요."

서준이 짙은 눈빛으로 그녀를 바라보았다.

"우리가 사랑했던 사이였다는 거."

느슨해진 넥타이를 부드러운 손길로 잡아당겼다. 하윤의 시선이 그의 눈동자 속에서 벗어날 줄을 몰랐다.

"나한테 이미 과거가 되어 버린 웨딩 사진 같은 거 말고. 진짜 내 본능을 일깨워 보라고요."

"······."

"어젯밤 당신과 입을 맞춘 이후로 머리가 복잡해서 아무것도 못 할 지경이니까."

답을 요구하듯 간절한 눈빛으로 그를 바라보았다. 때론 그렇다. 백 마디 말보다 한 번의 몸짓이 더 효과적일 때가 있다.

"후회하지 마."

단호하게 얘기한 서준이 부드러운 손길로 그녀를 눕혔다.

제 셔츠 단추를 빠르게 풀어 내려갔다. 그의 셔츠가 침대 바닥으로 떨어지기가 무섭게 서로의 입술이 맞물렸다. 서준의 손이 자유를 갈망하듯 하윤의 옷깃 속으로 파고들었다. 차가운 그녀의 체온을 따뜻하게 물들여 갔다.

"잘 봐."

단호한 목소리로 그녀를 옭아맸다. 이 순간을 그녀의 머릿속에 단단히 기억시키려는 듯 짙은 눈빛으로 바라보았다.

"우린 이렇게 사랑했어."

그의 낮은 음성이 온몸을 간질이듯 울려 퍼졌다. 제 손길을, 제 흔적을 그녀의 몸 곳곳에 각인시키듯 새겨 두었다. 새하얀 피부에 붉은 자국들이 피어올랐다. 새하얀 도화지에 색이 물들 듯 아름다운 그림의 향연이었다. 침대 위에 놓인 이불이 물길을 타고 움직이듯 부드럽게 흔들렸다. 그의 다부진 상체가 하윤의 위에서 일정하게 움직였다.

"당신은 움직이지 않아도 돼."

부상자에겐 지나치게 가혹한 움직임이었다.

"내가 알아서 할 테니까."

심장이 터질 듯 요동쳤다. 그리고 그 움직임은 멈추지 않았다.

✛　✤　✛

방 안엔 아직까지도 뜨거운 열기가 가득했다. 아픈 몸으로 무리한 탓에 하윤은 금방 잠이 들었다. 서준은 제 품에서 곤히 잠든 그녀를 지그시 내려다보았다.

"어젯밤 잠이라도 설친 건가."

그는 몸을 뒤척이며 제 품에 더욱 깊게 파고드는 하윤에게서 눈을 떼지 못했다.

"곤히 잘 자네."

서준의 시선이 천천히 그녀를 훑고 지나갔다. 새하얀 살결에 붉은 자국이 옅게 나 있었다. 제 것이라고 선명하게 각인시켜 놓은 듯한 자국을 손가락으로 부드럽게 쓰다듬었다.

"······당신의 몸은 모든 걸 기억하고 있겠지."

잠든 하윤을 부드러운 손길로 토닥이며 속삭였다. 하윤을 바라보는 얼굴에서 수많은 감정들이 한데 뒤섞여 드러났다.

"그래. 당신이 어떤 사람이든."

서준이 조심스럽게 몸을 일으켰다.

"내가 당신을 사랑하는 건 변함없어."

마음을 다잡듯 그렇게 중얼거렸다. 잠든 하윤을 두고 조심스럽게 침대에서 내려왔다. 열기로 끈적이는 몸을 씻어 내고 싶었다. 욕실로 향하기 전 거울 앞에 서 제 몸을 바라보았다. 하윤의 숨결과 손길이 짙게 묻어 있는 상태였다.

잠시 거울 앞에 선 제 모습을 바라보던 그가 샤워를 하기 위해 발걸음을 옮겼다. 빠르게 샤워를 마친 서준은 스킨을 바르기 전 진동하는 휴대폰을 들었다.

"예, 최 비서님."

─해외 바이어들이 지금 공항에 도착했답니다. 바로 호텔로 오셔야 할 것 같은데요.

"안 그래도 지금 출발하려던 참이었어요."

─바로 차 대기시키도록 하겠습니다.

하윤이 다쳤다는 소식을 듣고 곧장 저택으로 달려온 터라 선약이 있다는 것도 까마득하게 잊고 있었다.

"네. 그렇게 해 주세요. 각별히 주의해서 모시는 거 잊지 마시고요."

─알겠습니다.

전화를 끊은 서준이 곧장 나갈 채비를 했다. 여전히 잠에 든 하윤에게 다가와 흐트러진 이불을 잘 덮어 주었다. 바닥에 떨어진 하윤의 옷가지들도 조심스럽게 들어 잘 개어 두었다. 그녀의 몸엔 커다란 서준의 셔츠 한 장만이 걸쳐져 있을 뿐이었다. 부드러운 손길로 그녀의 뺨을 쓰다듬었다.

"푹 쉬고 있어."

나지막하게 얘기한 서준이 조심스럽게 문을 닫고 방을 나왔다. 저택을 나서기 전 서준이 에릭을 불러 세웠다.

"부르셨습니까."

"앞에서 대기하고 있다가 하윤이가 뭐 불편하다고 하면 직접 들어가지 말고 다른 메이드 들여보내도록 해."

"알겠습니다."

서준의 단호한 눈초리가 그에게 닿았다.

"요즘 들어 네가 부쩍 가까워진 것 같아서."

필요 이상으로 다가가는 건 경계해야 했다. 게다가 지금은 하윤이 온전한 옷차림으로 있는 것도 아니지 않던가.

"다시 한번 얘기하지만 네 임무는 하윤이가 어떤 위험한 일이나 돌발 상황에 처했을 때 최선을 다해서 보호하는 거야. 더 정확하게 얘기하자면 목숨을 걸 각오로 말이지."

이 저택에서 일하는 직원들에게 가는 급여는 상상을 초월할 정도였다. 하윤과 함께 이 저택에 묶여서 오도 가도 못 하는 그들에게 괜히 그런 액수를 지불하는 게 아니었다.

"하윤이의 안전을 책임지라는 거야. 사사로운 일들에 간섭하라는 게 아니라."

"명심하도록 하겠습니다."

"그래. 알아듣는 거 같아서 다행이군."

곧장 발걸음을 돌리려던 서준이 다시금 몸을 돌려 에릭과 시선을 마주했다. 그를 마중하려던 에릭 역시도 덩달아 발걸음을 멈추었다.

"그 순간에 하윤이를 받아낸 건 정말 잘했어. 네가 아니었다면 얼마나 다쳤을지 모르는 노릇이니까 말이야."

묵직한 음성으로 얘기했다. 서준의 경계 어린 칭찬에 에릭이 정중하게 고개 숙여 대답을 대신했다. 부쩍 가까워진 건 에릭과 하윤뿐만 아니라 서준과도 마찬가지였다. 서준과 하윤 사이에 오가는 대화라고는 냉기 어린 말뿐이었다. 그마저도 아니면 침묵이 전부였다.

"……"

그 변화를 눈치챈 에릭이 의미심장한 눈빛으로 서준을 바라보았다.

✚　　　✤　　　✚

새하얗게 물든 세상은 고요했다. 곳곳에 핀 꽃과는 어울리지 않게 세찬 바람이 불어왔다. 길가에도 사람 한 명 보이질 않았다. 차들이 빽빽하게 줄을 지어 있어야 할 도로에조차 개미 한 마리조차 보이지 않았다.

세상에 혼자 남겨진 기분이다.

이건 꿈일까? 현실일까?

끼이이익, 쾅!

고요한 가운데 순간 아찔한 굉음이 울렸다. 머리가 아찔했다. 새하얀 도화지에 오점을 남기듯 새빨간 피가 바닥을 적셨다.

정신을 혼미하게 만들 정도로 강렬한 냄새가 코를 자극했다. 그 물감이 만든 그림의 끝엔 생사를 오가는 가여운 여자가 쓰러져 있었다.

"사, 살려 줘……."

여자가 가빠지는 숨을 헐떡이며 생의 끈을 놓치지 않으려 애써 정신을 부여잡았다.

"제발 사, 살려 줘……."

제 앞에서 죽어 가던 여자가 손을 뻗어 살려달라고 애원했음에도 이상하게 몸이 움직여지지 않았다. 그 여자를 살려내고 싶었지만 몸이 말을 듣질 않았다. 한 여자의 죽음의 문턱을 방관하는 것 같다는 느낌이 들었다. 그것은 제 의지가 아니었다.

순간 여자의 눈빛이 바뀌더니 벌떡 일어나 고통스럽게 목을 조르기 시작했다.

"으읏……!"

여자의 눈빛에서 소름 끼칠 정도의 살기가 드러났다. 굉장한 힘이었다.

"커, 컥!"

숨통이 막히며 시야가 흐려졌다.

그렇게 의식을 잃었다.

"괜찮으십니까."

"하아……!"

하윤이 침대에서 튕겨나듯 벌떡 일어났다. 눈을 뜨자마자 불길한 예감에 사방을 이리저리 둘러보았다.

모든 게 그대로였다. 서준과 함께 누워 있던 침대도, 자신이 입고 있던 그의 셔츠도 말이다.

아, 꿈이었구나. 이건 꿈이구나. 뒤늦게 모든 상황을 파악하고는 가쁜 숨을 내쉬었다. 온몸이 식은땀으로 흠뻑 젖어 있었고 제 옆엔 걱정스러운 얼굴로 자신을 바라보는 에릭이 앉아 있었다.

"죄송합니다. 이사님께서 절대 들어가지 말라 당부하셨지만 위급한 상황인 것 같아 급하게 들어왔습니다."

문밖에서 대기하던 그는 문 너머로 들리는 고통에 찬 신음에 하윤이 악몽을 꾸고 있다는 걸 직감적으로 알아차렸다. 충분히 메이드를 불러올 수 있었지만 서준의 명령을 어기고 직접 방으로 들어선 건 하윤의 이야기를 들을 수 있는 좋은 기회라고 판단되었기 때문이다. 그녀의 모든 걸 알아야 했으니까 말이다.

"악몽을 꾸신 것 같은데 괜찮으십니까."

"……괜찮아."

"식은땀을 많이 흘리셨습니다. 이걸로 닦으세요."

손수건을 꺼내 그녀에게 건넸다. 에릭이 건네준 손수건으로 이마를 톡톡 두드렸다. 놀란 탓인지 피부에서 열기가 느껴졌다.

"그 사람은?"

좀처럼 진정되지 않는 불안한 마음을 억누르며 서준을 찾았다. 요즘 들어 서준의 행방을 묻는 일이 잦아진 하윤을 보며 에릭이 작게 고개를 갸웃거렸다.

"이사님께선 급한 일정이 있으셔서 한 시간 전쯤 호텔로 출발하셨습니다."

"그랬구나."

하윤의 눈망울이 초점 없이 멍했다. 꿈이라고 하기엔 목이 졸렸을 때의 고통이 너무나도 생생했다. 아직도 새빨간 멍울이 남아 있을 것만 같아 떨리는 손으로 목덜미를 더듬었다. 그녀를 지켜보던 에릭이 조심스럽게 물었다.

"어떤 악몽을 꾸신 건지 여쭤봐도 되겠습니까."

"나도 모르겠어. 그냥 누군가가…… 나를 죽이려고 했어."

"아가씨를요?"

"응. 너무 생생해서 아직까지도 눈에 훤한 것 같아."

하윤의 커다란 눈이 혼란스러운 마음으로 일렁였다. 현실과 분간이 되지 않을 정도로 생생한 꿈이었다.

"대체 왜 그런 꿈을 꾼 거지."

에릭은 이불을 꼭 쥐고 있는 하윤을 지그시 내려다보았다. 여린 체구가 두려움에 부들부들 떨고 있었다. 당장이라도 부서질 것만 같은 가녀린 몸이었다.

"요즘 들어 생각이 복잡한 날이 많지 않으셨습니까. 상념이 많아져 꿈에서까지 시달리는 듯합니다."

"내가 너무 예민하게 생각하는 거겠지."

"단순히 스트레스로 인한 악몽일 겁니다. 너무 걱정하지 마세요."

그는 아무 일도 없을 거라며, 괜찮다는 듯 그녀를 달랬다. 하윤이 느끼고 있는 두려움의 근원이 무엇인지는 몰랐지만 그게 뭐가 됐더라도 그녀를 구원해 주고 싶었다.

30분쯤 지났을까. 하윤은 조금씩 안정을 되찾았다.

"이제 좀 괜찮으십니까."

그가 따뜻한 차를 한 잔 내오며 물었다. 손에 머그잔을 쥔 채 작게 고개를 끄덕인 하윤은 따뜻한 온도에 몸을 녹였다.

"응. 그 사람한텐 보고하지 마. 내가 이런 악몽을 꾼다는 거."

서준이 알게 되는 걸 원치 않았다. 하윤이 과거의 일을 떠올리는 걸 원하지 않는 데다가 더는 그를 걱정시키고 싶지 않다는 생각이 들었기 때문이다. 아직까지 마음 한구석이 불안감으로 떨리고 있었다. 뜨거운 차를 한 모금 들이킨 하윤은 안정을 찾기 위해 호흡을 가다듬었다.

"너한테 약점이 잡힌 기분이네."

"악몽에 시달리는 일은 누구에게나 있을 수 있는 일입니다. 저 역시도 그렇고요."

"네가 꿨던 악몽 중에 가장 고통스러웠던 건 뭔데?"

그녀가 머그잔을 어루만지며 시선을 맞춘다. 피하지 않고 눈을 마주했다. 에릭이 조심스레 입을 열었다.

"사랑하는 사람이 제 앞에서 죽어 가는 꿈을 꾼 적이 있었습니다."

하윤의 속마음을 떠보기 위해 그가 먼저 이야기를 던졌다. 곧장 그녀의 반응을 살피듯 예의 주시했다.

"눈앞에 두고도 구해 주지 못한다는 게 미치도록 고통스럽더군요."

"반지의 주인을 얘기하는 건가."

"……."

"사랑하는 사람이 눈앞에서 죽는 일이라……."

나지막하게 읊조렸다. 한 모금 더 차를 마신 하윤이 조명 스탠드가 놓인 침대 옆 작은 탁자에 컵을 올려놓았다. 그러고는 몸에 걸친 서준의 셔츠를 조심스럽게 만져 보았다. 이내 하윤이 덤덤한 목소리로 간결하게 말했다.

"……그 사람이랑 잤어."

그녀의 말에 오히려 반응을 보이는 것은 에릭 쪽이었다. 하윤이 서준에게 품고 있던 적대감이 사라졌다는 뜻이니까 말이다.

"묘한 기분이었어. 멀게만 느껴졌던 그 사람이 나를 너무 잘 아는 것 같다는 생각이 들었거든."

모든 사람들 앞에서 맹세를 한 '부부'였다. 뜨거웠던 신혼 생활을 보냈다는 걸 증명하기라도 하듯 그는 하윤이 어떤 부위에 반응하는지 잘 알고 있었다.

"답을 알고 싶었거든."

"어떤 답을 말씀하시는 겁니까."

그녀가 내려놓은 머그잔을 조심스럽게 만지작거렸다.

"왜 그 사람과의 입맞춤이 자꾸만 눈에 아른거리는 건지, 날 감시했다는 걸 알면서도 자꾸만 그 사람의 입장을 이해하려는 마음이 드는 건 대체 무슨 이유에서인지."

그렇게 머릿속을 헤집고 다니던 복잡한 생각들은 그의 손길이 닿자 언제 그랬냐는 듯 단번에 사라졌다. 너무나도 익숙하고 아늑했던 그의 품에서 상념을 지워 갔다.

"궁금해."

하윤이 다시 한번 에릭과 또렷하게 시선을 마주했다.

"그저 내 몸이 그 사람을 원하는 걸까, 아니면 마음이 원하는 걸까."

"이미 아가씨께선 그 해답을 알고 계신 것 같습니다."

"왜 그렇게 생각해?"

"꿈에서 깼을 때 이사님의 존재부터 물으셨으니까요."

어느 순간 서준의 존재가 제 안에 자연스레 스며들고 있었다. 하윤 역시도 그 사실을 잘 알고 있었다. 어젯밤 그 감정을 확인받듯, 제 몸 구석구석에 도장을 남겼다.

"그 사람과 다시 잘해 볼 거야."

그게 어떤 결말을 가져오든 상관없었다. 그저 이끌리는 대로 행동할 생각이었다.

"하지만 그건 내가 기억을 되찾는 일과는 별개지. 그러니까 넌……."

하윤이 에릭을 지그시 바라보았다.

"끝까지 내 편에 있어."

강조하듯 입술을 달싹였다.

"네가 생각했던 것보다 내가 나쁜 사람이라고 해도."

"걱정하지 않으셔도 됩니다."

"좋아."

확고한 목소리로 얘기했다. 그녀의 말을 들은 그의 얼굴 위로 의미 모를 미소가 번져 갔다.

✙　　　✛　　　✙

마음 같아선 하윤의 곁에 종일 머물고 싶었지만 예정된 일정이 있어 어쩔 수 없이 저택을 나온 서준이었다.

호텔 로비에 도착하자, 먼저 자리를 잡고 있던 해외 바이어들의 모습이 보였다. 이미 이전에 미팅을 통해 안면을 익힌 이들이었다.

[사정이 생겨 조금 늦었습니다. 한국에 와서 제 호텔을 찾아 주시다니, 정말 영광일 따름입니다.]

서준은 번듯한 미소와 유창한 영어로 먼 곳에서 온 손님들을 맞이했다.

[한국에 온 김에 잠깐이라도 뵙고 싶었습니다. 또 유현그룹

과 여러 번 인연을 맺으면서 강 이사님에 대한 신뢰는 증명된 거나 다름없지 않습니까. 그래서 힐튼호텔에 꼭 한 번 묵고 싶었습니다.]

[그렇게 말씀해 주시니 몸 둘 바를 모르겠네요.]

[강 이사님께서 새로 시작한 호텔 사업은 어떨지 궁금하기도 하고 말입니다.]

넉살 좋은 웃음이 서로에게 오갔다.

단순히 힐튼호텔을 방문하는 것으로 끝나는 게 아니다. 그들이 이곳을 방문함으로써 호텔의 이미지가 달라지는 것이다. 그러니 각별히 모셔야 할 중요한 손님이었다.

[이번에 미슐랭 3스타 출신 수석 셰프를 새로 영입했습니다. 저희 호텔까지 귀한 발걸음 해 주셨으니 최고급 요리부터 해서 마사지, 스파, 피트니스, 골프까지 어느 것 하나 빠지지 않도록 최상의 서비스를 제공하겠습니다.]

정중하게 고개를 숙여 인사한 서준은 직접 그들을 객실로 안내했다. 잠시 뒤, 그들과의 짧은 만남이 끝나고 서준은 하윤을 보러 가기 위해 서둘러 걸음을 옮겼다.

"강서준."

하지만 또 다른 누군가가 그의 발목을 잡았다.

서준의 인상이 절로 찌푸려졌다. 달갑지 않은 상대의 목소리가 들려온 탓이다.

"여기까지 웬일이야? 연락도 없이."

"웬일이긴. 호텔에 무슨 일로 왔겠어?"

지원이었다. 오늘따라 무슨 이유에서인지 익숙한 얼굴들이 연이어 힐튼호텔을 방문했다.

"당연히 하룻밤 묵으러 온 거지."

"그래. 그럼 잘 쉬다 가."

"뭐야. 무슨 고객 응대가 이래? 이렇게 불친절해도 돼?"

"보다시피 좀 바쁜 몸이라."

"허."

바쁜 건 피차일반이었다. 내일 아침 일찍부터 스케줄 때문에 해외에 나가야 했고, 당장 호텔에 올라가서 처리해야 할 서류들만 산더미다.

"누가 보면 나는 엄청 한가한 줄 알겠어?"

"그러니까 가서 쉬라는 거잖아."

"잠깐만."

지원은 또 한 번 자신을 그냥 지나치려 하는 서준의 팔을 급히 붙잡았다. 비참한 마음이 들었지만 모든 관계가 그렇듯 더 좋아하는 쪽이 맞춰 줄 수밖에 없었다.

"하윤 씨 말이야."

다급한 마음에 서준의 관심을 끌 만한 얘기를 던져 버렸다. 예상대로 하윤의 이름에 서준이 고개를 돌려 지원과 시선을 마주했다. 훤칠한 키로 자신을 내려다보자 지원은 자신도 모르게 움츠러들었다.

"여기서 얘기해도 괜찮겠어? 좀 그럴 텐데."

지원의 입가가 그를 조롱하듯 휘어졌다.

"듣자 하니까 소문이 흉흉하던데? 돌아가신 사모님과 하윤 씨가 관……."

서준이 그녀의 손목을 잡아끌었다. 무언의 암시가 담겨 있는 눈빛이 그녀에게로 내려앉았다. 그 단호한 눈빛에 홀린 듯 지원이 입을 다물었다.

서준이 손목을 들어 시간을 확인했다. 잠깐 얘기를 나눌 시간 정도는 있었다. 하윤을 보고 싶은 마음에 발걸음을 재촉한 건 사실이지만 그렇게까지 서두를 필요는 없었다.

"남은 얘기는 올라가서 하도록 하지."

"……그래. 이제야 말이 좀 통하는 것 같네."

지원은 저를 내려다보는 서준의 날카로운 눈빛에 잠시 주춤했지만, 이내 어깨를 으쓱이며 대답했다. 로비엔 사람들이 많았다. 그만큼 보는 눈과 듣는 귀가 많다는 뜻이었다.

서준과 단둘이 있을 기회에 지원이 회심의 미소를 지어 보였다. 그녀가 묵고 있는 방은 가장 꼭대기 층에 있는 스위트룸이었다. 서울 시내가 한눈에 보여 특히 밤에 보는 뷰가 환상적이었다. 차 키와 겉옷을 내려 둔 서준이 소파에 몸을 기대었다.

"시간 없으니까 빨리 얘기해. 대체 어디서 뭘 듣고 와서 이러는 건지."

여전히 까칠한 서준을 보며 지원이 조심스럽게 입을 열었다.

"취임식이 있던 날, 힐튼호텔 화장실에서 흥미로운 이야기를 들었어. 한 여사님 사고에 하윤 씨가 관련이 있다고 말이야."

"……뭐?"

"자세한 것까지는 얘기하지 않더라고. 한 여사님 사고와 관련해서 미심쩍은 부분이 많은데 그 일에 하윤 씨가 엮여 있는 것 같다고 말했어."

서준이 미간을 한껏 찌푸렸다. 사고 이후 하윤의 행방을 빌미로 이런저런 말들이 나도는 듯했다.

"그런 소문 돌기 시작하면 퍼지는 거 순식간이야. 그 자체로 불명예스러운 거고. 너도 잘 알 텐데."

"누군가가 쥐새끼처럼 뒤에서 쓸데없는 말을 흘리고 다니는 모양이군."

애써 표정을 가다듬으며 대답했다. 세상에 영원한 비밀은 없다지만 서준은 그걸 가능하게 할 권력을 지닌 사람이었다.

"신경 쓸 거 없어. 너도 알겠지만 근거 없는 루머일 뿐이니까."

서준이 단호하게 선을 그으며 대답했다.

"용건 끝난 거면 이만 가 보지."

어두운 얼굴로 몸을 일으킨 서준은 망설임 없이 걸음을 옮겼다. 그러던 중 불현듯 무언가가 생각났는지 문 앞에서 우뚝 멈춰 섰다.

"혹시."

그가 몸을 돌려 지원과 시선을 마주했다.

"1년 전, 하윤이를 따로 만난 적 있나? 난 해외 출장으로 잠시 출국한 상태였을 거야."

"그때 일을 어떻게 기억……, 아."

제 할 말만 하고 가려는 서준의 모습에 짜증스러운 표정을 짓던 지원이 순간, 하윤과의 만남이 떠올랐는지 말을 멈췄다.

"혹시 그날을 말하는 건가? 되게 아파 보이던데."

지원의 말에 서준이 미간을 찌푸렸다.

　　　✦　　　✦　　　✦

　하윤의 회복 속도는 상당히 빨랐다. 그도 그럴 것이, 방에
붙어 옴짝달싹 안 하고 회복에만 전념하니 좋아질 수밖에 없
었다.

　가뜩이나 종일 집에만 있어 답답한데, 다리까지 다쳐 움직
이는 것조차 쉽지 않았다. 하윤은 지루함에 미쳐 버릴 것만 같
았다. 할 수 있는 거라곤 그림 그리는 일밖엔 없었다. 이제는
손목 부근이 뻐근하기까지 했다.

　"……후."

　가볍게 손목을 돌리던 그녀가 찌릿한 느낌에 인상을 찌푸렸
다. 서준은 저택에 있었음에도 뭘 하는 건지 도통 서재에서 나
올 생각을 하질 않았다. 어떤 중요한 일을 하는 건지, 문은 굳
게 잠겨 있었다. 에릭의 말에 의하면 그가 중요한 일을 할 땐
절대 건드리면 안 된다고 했다.

　캔버스를 정리하고 있을 때, 문밖에서 노크 소리가 들려 왔
다.

　똑똑.

　"들어와."

　문을 열고 한 메이드가 쭈뼛쭈뼛 들어왔다.

　"무슨 일이죠?"

　"아니. 저 그게……."

　"안 잡아먹으니까, 편하게 얘기하세요."

　"에릭이 아가씨 필요한 거 미리미리 갖다 드리라고 해서요.
혹시 뭐 필요한 거나 불편한 거 있으시면 말씀해 주세요."

"에릭은 어디 나갔어요?"

"좀 전에 일이 있어서 나갔어요."

"그렇구나."

에릭까지 외부로 나갔다는 사실에 더욱 우울해진 하윤이 어두운 표정으로 어지럽혀진 책상을 마저 정리했다.

"필요한 거 있으면 그때 부를 테니 그만 나가 봐요."

"알겠습니다."

정중히 인사한 메이드는 곧장 방을 나섰다. 방에 혼자 남겨진 하윤은 생각에 잠겼다.

혼자 있을 때면 기억하지 않으려고 해도 자꾸만 악몽에 대한 기억들이 떠올랐다. 그 끔찍했던 순간을 잊기 위해 그림을 그려 보았지만 이젠 그마저도 큰 소용이 없는 듯했다.

"죽어 가던 여자는 대체 누구였을까……."

생각할수록 속이 더욱 답답했다. 서준에게 직접 묻고 싶다는 생각에 하윤이 불편한 다리를 이끌고 방을 나서 복도로 나왔다. 의사의 말대로라면 몸을 움직여 이동할 땐 휠체어를 사용해야 했다. 하지만 타 본 적이 없어 사용에 미숙할뿐더러 앉아만 있는 게 워낙 답답했다.

아래층에 오니 불이 켜져 있는 서준의 서재가 시선을 끌었다. 제게 마음을 얻을 기회를 달라고 얘기할 땐 언제고 방에 처박혀서 얼굴도 안 보이는 그가 야속했다. 언제부턴가 자연스럽게 서준의 행동을 의식하고 있었다.

"말만 번지르르하지, 항상."

다분히 비꼬는 투가 담겨 있었다. 저택에 왔음에도 일에만 열중하는 그가 마음에 들지 않았기 때문이다. 애써 무시하고 1

층으로 내려가려던 하윤이 서재 옆 구석에 놓인 여러 개의 화병을 발견했다. 이전까진 없었던 것이기 때문이다.

"참, 꽃을 좋아한단 말이지."

그녀의 방만 해도 알 수 있었다. 저택으로 귀가할 때마다 매일같이 사 오던 꽃, 그리고 그의 방 앞에 놓인 작은 단상에도 여러 개의 화병들이 전시되어 있었다. 그것들을 향해 몸을 돌렸다. 화병에는 하윤의 방에 있는 것과 같은 목화를 비롯하여 다양한 꽃들이 예쁘게 꽂혀 있었다.

향을 맡으려는 듯 손으로 화병을 들어 제게 가까이 가져왔다. 화려하지 않지만 진하고 싱그러운 식물의 향이 났다. 화병을 제자리에 내려놓곤 서재 앞에서 한참을 서성거렸다. 단순히 노크를 하면 될 일인데 뭐가 그렇게 어려운 건지 손을 들었다가도 몇 번이고 내려놓으며 멈칫했다.

"그깟 노크가 뭐라고."

망설이는 자신의 모습이 한심해 혼잣말이 튀어나왔다. 그리고 그 순간, 문을 열고 서준이 복도로 나왔다.

"어, 엄마야!"

그의 가슴팍에 머리를 부딪칠 뻔한 하윤이 반사적으로 몸을 뒤로 움츠렸고 그 반동에 의해 다친 다리가 균형을 잃었다. 서준이 휘청거리는 그녀의 허리를 한쪽 팔로 단단히 잡아 준 것은 순식간이었다.

"왜 도둑고양이처럼 여기서 이러고 있어."

돌아오는 건 도둑고양이 취급이었다.

"그냥 좀…… 물어볼 게 있어서요."

"그럼 들어오지 그랬어."

"당신이 서재엔 못 들어오게 했잖아요. 메이드도 신신당부했던 거고."

그의 팔을 잡고 몸을 바로 세운 하윤이 당차게 대답했다.

"궁금한 게 뭔지는 모르겠지만 일단 안으로 들어가지."

"여기서 얘기할래요."

"당신, 그 손 놓으면 곧 넘어질 거 같은데."

한쪽 다리에만 의지하며 서 있는 건 상당히 어려운 일이었다. 게다가 복도에 마주 보고 서서 이렇게 대화를 하는 것도 우스운 일이다. 불편한 자세로 서 있는 하윤을 본 서준이 한숨을 내쉬고는 무릎을 굽혀 그녀에게 등을 보인 채 앉았다.

"업혀."

"혼자 갈 수 있어요."

"빨리 나아서 돌아다니고 싶으면 내 말 들어."

"이 정돈 괜찮다니까요."

팽팽한 신경전이 오고 갔다. 자존심 때문에 죽어도 그의 등에 업히긴 싫었는지 하윤이 미간을 찌푸렸다. 결국 한숨을 내쉰 서준은 그녀를 양손으로 번쩍 안아 들었다.

"말은 더럽게 안 듣지."

"뭐, 뭐예요. 이거 안 놔요?"

안겨 있는 하윤이 내려달라는 듯 다리를 파닥거렸다. 당황한 듯 그녀의 미간이 일그러졌다.

"가만히 있어. 안 그래도 무거우니까."

일을 보러 올라온 몇몇 메이드들이 하윤과 서준을 보고선 숙덕거렸다. 민망함에 볼이 붉어진 하윤은 입술을 잘근 깨물었다. 서준은 그녀를 안은 채 침실로 이동했다.

"내가 당신과 잤다고 해서 모든 걸 허락한 거라고 착각하지 말아요."

"말하지 않았나? 부부 사이에 스킨십은 필수적인 요소라고. 그리고 스킨십에 후진은 없다고 생각하는데."

하윤이 놀리듯 대답하는 서준의 어깨를 팍, 밀어냈다. 긴장한 듯 자신을 올려다보는 그녀를 보며 그가 나지막하게 웃었다.

"아······."

뒤늦게 어깨를 밀친 손목에서 통증이 밀려왔다.

"손목, 왜 그래."

"종일 그림만 그렸더니 손목에 무리가 갔나 봐요."

서준이 못마땅하다는 얼굴로 하윤에게 말했다.

"손."

"······네?"

제게 손을 달라는 모습을 보니 그와 함께 요가를 했던 순간이 떠올랐다.

"손 달라고."

"내가 개예요? 손 달라고 하면 내밀게?"

"자꾸 고집부리지."

그녀의 손목을 강제로 잡아챈 서준이 유려한 손놀림으로 부드럽게 마사지하기 시작했다. 뭉친 근육을 조심스럽게 풀어나갔다.

"물어보고 싶은 게 뭔지 말해 봐."

찡그린 얼굴로 앉아 있는 하윤의 옆에 그가 자리했다. 묻고 싶은 건 따로 있었지만, 하윤은 서준의 얼굴을 본 순간 저도 모르게 질문을 바꾸었다.

"서재에서 종일 뭐 하는 거예요? 나오지도 않고."

그의 얼굴에 피곤함이 한껏 서려 있었기 때문이다. 지원에게 이야기를 들은 서준은 그녀가 하윤을 만났던 날, 하윤의 동선을 알아내기 위해 골머리를 앓는 중이었다. 분명 하윤이 아파 보인다고 말했다. 창백한 얼굴로 어딘가 가던 중이었고 자신과 대화가 채 끝나기도 전에 급하게 자리를 떴다고 했다.

"내가 서재에만 있어서 서운하다는 것처럼 들리네."

"그렇게 들었다면 당신이 잘못 들은 거예요."

훅, 치고 들어오는 서준에게 단호하게 선을 그었다. 이젠 그것마저도 귀여웠다. 그가 하윤을 바라보며 나긋하게 웃었다.

"그동안 쉬었더니 할 일이 많네."

"종일 일했어요?"

"응. 이 바닥이 그래. 잠시 주춤하는 새에 누가 언제 어디서 치고 올라올지 모르는 자리야. 복귀한 직후라 바쁜 게 당연하지."

하지만 차마 하윤에게 솔직하게 얘기할 순 없었다. 서준이 자리를 비웠던 그 3주, 그 시간 동안 그녀의 손목엔 전에 없던 흉터가 생겼다. 그 끔찍한 흉터가 어떤 이유로 생긴 것인지 알아내야만 했다.

"당신이 궁금하다는 게 내 안부였나?"

그가 입꼬리를 말아 올리며 되물었다. 휘어진 입매가 매력적이었다. 저도 모르게 그 모습을 멍하니 보던 하윤이 정신을 차리곤 서준을 향해 입을 열었다.

"혹시 내 주변에 갑자기 다쳤다거나 안 좋은 일을 겪은 사람 있어요? 나보다 나이가 많아 보이던 여자인데……."

하윤이 조심스럽게 물었다.

"뭐?"

그 질문에 서준의 얼굴이 싸늘하게 굳어 갔다. 마주한 시선 속에서 잠깐 동안 침묵이 그들을 에워쌌다.

"갑자기 그런 건 왜 묻는 거지."

"그냥…… 알고 싶어서요."

하윤이 조심스럽게 말을 덧붙였다. 자신이 종종 꾸던 그 꿈이 제 기억의 일부라면 서준은 솔직한 대답을 해 주지 않을 거라고 판단했기 때문이다.

"한 명 있었지."

서준이 천천히 몸을 일으키며 입을 열었다. 침대 맞은편에 있는 피조물에 몸을 걸쳐 기대앉았다. 마주 보고 앉아 있는 그들의 거리가 멀지도, 가깝지도 않은 적당한 거리였다.

"내 어머니."

서준이 천천히 대답했다.

"아무도 예상하지 못했던 일이었지."

문득 서준과 처음 공식 석상에 나섰던 날, 연회장에서 서준을 향해 그의 어머니에 대한 이야기를 꺼냈던 진 회장의 모습이 떠올랐다. 교통사고로 세상을 떴다는 그의 어머니에 대해서 떠들던 모습을 말이다.

"……그렇군요."

서준의 대답에 하윤이 그의 얼굴을 살피며 조심스럽게 대답했다.

"혹시 그때가 내가 사고를 겪었던…… 그 시기인가요?"

하윤이 흘리듯 무심하게 툭 말을 던졌다.

"비슷한 시점이었지. 왜 고통은 한 번에 몰아서 온다고 하잖아."

예상했던 질문이라는 듯 서준이 침착한 얼굴로 하윤을 바라보며 대답했다. 단호한 시선이 그녀에게 내려앉았다. 서준과 시선을 마주하자 하윤의 심장이 쿵, 하고 내려앉았다.

머릿속이 멍했다. 불길한 예감이 온몸을 휘감았다.

"어머니까지 돌아가셨으면…… 정말 힘들었겠네요."

"단언컨대, 내 인생에서 가장 힘든 시기였지. 무엇과도 비교할 수 없을 정도로."

담담한 척 말하려고 애쓰고 있지만 하윤의 이미 머릿속엔 여러 생각들로 가득 차 있었다. 정확히 얘기하자면 이것저것 계산을 하는 중이었다. 가장 힘들어했던 시기를 곱씹는 서준의 목소리 역시 조금씩 떨리고 있었다.

"두 번 다시 그때로 돌아가라고 하면 못 버틸 것 같아."

한순간에 가장 사랑했던 사람을 두 명이나 잃었다. 누구라도 쉬이 견디기 힘든 만큼 고통스러운 일이었을 것이다.

"나한텐 너무나 힘든 일이었어. 어머니가 돌아가신 것도, 당신이 사고를 겪은 것도."

하지만 그를 가장 힘들게 했던 건 따로 있었다.

"하루하루가……."

잠시 그녀를 내려다보는 서준의 눈빛이 흔들렸다. 그 안에 말로 형용할 수 없는 감정들이 가득히 들어섰다.

"지옥이었어."

공허한 목소리를 힘겹게 내뱉었다. 제 어머니의 죽음을 초래한 사람이 바로 자신의 아내였다는 것, 자신이 그렇게도 사랑했던 두 여자가 같은 사고를 당했다는 것.

변하지 않는 그 사실.

하윤을 바라보는 눈빛에서 종종 애증이 느껴졌던 이유, 그건 바로 이 때문이었다.

07화

기억의 잔상

　변하지 않는 그 사실이 서준을 죽음보다 못한 불구덩이로 몰아넣었다.

　사정을 모르는 남들이 볼 땐 그가 친모의 죽음으로 1년씩이나 방황을 했다고 생각할 테지만 서준이기에 가능한 일이었다. 만일 다른 사람이 이런 일을 겪었다면 두 번 다시 제대로 재기할 수 없었을지도 모른다.

　서준은 침대 맞은편에 있던 단상에 걸터앉아 하윤을 바라보았다. 진중한 눈빛 속에 그의 마음이 고스란히 담겨 있었다. 제 안에 숨겨진 이야기를 털어놓는 것은 이번이 처음이었다.

　"갑자기 그런 걸 묻는 이유가 뭐지."

　"그냥요."

　미적지근한 하윤의 대답에 그가 인상을 찌푸렸다.

　"내 눈 보고 얘기해."

　서준이 단호한 얼굴로 하윤에게 말했다. 다그치거나 재촉하진 않았지만 그 어두운 눈망울에 이끌려 저도 모르게 대답을 하는 그녀였다.

"……자꾸 누군가가 나를 죽이려는 악몽을 꿔요. 반복적으로 그 꿈을 꾸는데, 날이 갈수록 꿈이 선명해지는 것 같다는 착각이 일어요."

"누가 당신을 죽이려 한다고?"

"예전엔 안 그랬는데 요즘 들어서 자주 그런 꿈을 꿔요."

구체적인 언급은 피한 채 뭉뚱그려 대답했다. 꿈속에서 자신을 죽이려던 여자가 서준의 친모라는 보장은 없었다. 지나치게 생생했지만 아무런 의미 없는 꿈일 가능성이 훨씬 컸다.

"아직도 그 사람의 살기가 생생하게 느껴져요."

"신경 쓰지 마. 사고 후유증 같은 거야."

서준의 대답은 너무나도 단호했으며, 짧고 간결했다. 그의 태도에 하윤은 더욱 마음이 무거워졌다.

"사고 후유증이요?"

평소대로라면 걱정이 가득한 목소리로 하윤에게 괜찮은지 물었을 텐데. 그의 반응이 여느 때와는 달리 어색하게만 느껴졌다.

"5개월 동안이나 의식 불명 상태로 있었어. 의식을 찾았더라도 당연히 멀쩡할 리 없고, 그런 꿈을 꾸는 것도 후유증의 일종이지. 사고 당시 당신이 느꼈을 공포심 같은 거."

하지만 서준의 대답엔 조금의 망설임이나 고민 같은 게 보이질 않았다. 그의 말도 일리가 있었다. 단순한 가벼운 사고도 아니었고 치명적인 결함을 준 막대한 사고였다.

정말 하윤의 안에 내재된 공포가 만들어 낸 허상일 수도 있었다. 그러나 뭐가 됐든 자신의 상처를 너무도 쉽게 치부해 버리는 듯한 서준의 태도에 서운한 건 사실이었다.

"그렇다면 아직도 난 그 죽음의 늪에서 빠져나오질 못한 거네요."

하윤의 말에 서준이 걸터앉았던 단상에서 일어나 그녀에게로 천천히 다가왔다. 그러고는 허리를 숙여 그녀를 내려다보았다. 그녀의 숨결을 조금 더 가까이서 느낄 수 있도록 손가락으로 부드럽게 그녀의 턱을 움켜쥐어 들어 올렸다. 저를 올려다보는 그 눈빛에 두려움이 서려 있었다.

"그래서 도와주겠다는 거야."

가까이 다가온 서준이 하윤의 어깨를 부드럽게 감싸 쥐었다.

"당신이 그 늪에서 빠져나올 수 있도록."

침실 안에 정적이 맴돌았다. 그가 얘기하는 '구원'은 새로운 시작을 뜻했다. 과거의 있었던 일에 대한 조각들을 되찾는 것이 아닌 지금 이 상황에서 있는 그대로 새롭게 시작할 것을 의미했다. 지난 일은 모두 잊은 채 말이다.

그러니 하윤과 서준은 서로 원하는 게 달랐다. 서준을 올려다보던 하윤이 자신의 턱을 감싸 쥐고 있는 그의 손을 조심스럽게 붙잡았다.

"왜 모든 상처와 짐을 당신 혼자서 짊어지려는 건지 모르겠어요."

"그게 내 선택이었으니까."

"내게도 알 권리를 줘요. 내가 당신이 짊어진 고통의 일부를 느끼게 해 줄 권리를 달라고요."

서준의 손길이 그녀의 손아귀에서 힘없이 스르륵 빠져나갔다. 고통의 일부. 그건 감히 누구와 나눌 수 있는 게 아니었다. 그가 바라는 것은 하윤이 제 곁에서 떠나지 않는 것이니, 그녀에게 모든 진실을 말해 줄 수는 없었다.

"우리의 결말이 해피 엔딩이길 바란다고 했지."

"……."

"기억을 찾지 않는 편이 더 행복할 수도 있어, 하윤아."

서준이 이름을 불러줄 때면 이상하게 가슴 한구석이 아려 왔다. 하지만 지금은 그가 부르는 제 이름 석 자에 깊이를 알 수 없는 공포심이 휘몰아쳤다.

오늘따라 서준이 유난히 더 낯설게 느껴졌다. 돌아선 그의 뒷모습을 보던 하윤의 눈동자가 세차게 흔들렸다. 제 생각이 현실이 되지 않기만을 바랐다.

✛　　　✛　　　✛

자신의 서재 방으로 돌아온 하윤이 생각에 잠긴 듯 입술을 잘근 깨물었다. 팔짱을 낀 채로 의자를 젖히고 앉은 그녀가 날카로운 눈빛으로 허공을 응시했다.

"같은 시기의 두 사고, 한 가지 접점……. 그리고 진실을 숨기려는 남편."

하윤이 차가운 목소리로 중얼거렸다. 서준은 함부로 그녀가 집 밖을 나서지 못하게 했다. 기억을 잃은 하윤에게 어떤 위험이 닥칠지 모른다는 이유로 곳곳에 CCTV를 설치해 모든 행동을 감시하던 남자였다.

"만일 그게 분리된 두 사고가 아니라, 한 사고였다면……."

그녀가 나직이 중얼거렸다.

"그렇다면 모든 게 딱딱 맞아떨어지지."

그녀가 차가운 얼굴로 감았던 눈을 떴다. 만약 제 사고를 낸 진범이 서준의 친모인 유연이라면, 그동안 서준이 보였던 모든 행동을 설명할 수 있었다. 모든 진실을 알게 되면 하윤이 제 곁을 떠날 것이라는 걸 알고 있을 테니까 말이다.

서준의 사랑엔 집착이 있었다. 어떠한 상황에서도 하윤을 놓아주지 않고 제 곁에 두겠다는 강한 열망. 그건 일반적인 사랑으로 정의할 수 없는, 더욱 깊은 감정이었다.

"아, 머리 아파."

지끈거리는 머리를 손가락으로 지그시 눌렀다. 때마침 외출을 마치고 돌아온 에릭이 그녀의 서재 방문을 두드렸다.

"접니다. 들어가도 되겠습니까."

"응. 들어와."

몸을 일으키려던 하윤이 불편한 다리에 다시 한숨을 내쉬며 의자에 앉았다.

"가까이 와. 보다시피 내가 몸이 불편해서."

좀 더 가까이 다가온 에릭이 그녀의 말을 기다리듯 조용히 서 있었다.

"에릭."

평소와는 다른 얼굴로 그의 이름을 불렀다.

"내가 지금 당장 이 저택에서 벗어나고 싶다면."

하윤의 시선이 에릭을 시험하듯 빤히 응시했다.

"넌 네 목숨을 걸고 날 도울 준비가 돼 있니?"

"전 언제나 아가씨 뒤에 서 있을 겁니다."

그런 질문이 무의미하다는 듯 에릭은 무표정한 얼굴로 대답했다. 에릭이 묘한 눈빛으로 하윤을 바라보았다.

"아가씨의 선택이 그러하다면 당연히 최선을 다해 도울 거고요."

확신을 주기 위해 단호한 목소리로 그녀에게 말했다. 그 확고한 대답에 하윤이 고개를 끄덕이며 입을 열었다.

"부탁할 게 있어."

"말씀하세요."

"강서준 친모의 죽음에 대해 좀 알고 싶어."

"아마 제대로 된 정보는 거의 남아 있지 않을 겁니다. 유현 그룹에서 서둘러 수사를 종결시켰고 겉보기식의 수사 내용만 조작되어 남겼을 테니까요."

"종결시켜? 왜?"

"기자들 사이에서 가족에 대한 얘기들이 떠도는 게 싫었을 겁니다. 높은 위치에 있는 만큼 주위에서 어떻게 해서든 약점을 잡으려고 달려드는 사람들이 많았거든요."

"그렇구나."

하윤이 착잡한 얼굴로 머리를 쓸어 넘겼다. 대한민국에서 세 손가락 안에 드는 기업인데 그 정도 조치를 취하지 않았을 리는 없었다. 서준의 말대로 몰랐으면 더 좋았을 걸, 괜히 알고 나니 더욱 답답한 마음이 들었다.

"하아."

"무슨 일이라도 있으신 겁니까."

"그냥 생각이 좀 복잡하네."

만일 서준의 어머니가 고의적으로 자신을 죽음의 문턱으로 밀어 넣은 거라면.

그걸 알고 서준이 자신을 이곳에 감금하고 이을 묵인하기 위해 기억을 되찾지 못하게 하는 거라면.

그의 얼굴을 더 이상 볼 수가 없지 않던가.

"참 재미있어."

하윤이 입술을 잘근 깨물었다.

"처음엔 그 사람이 날 이렇게 두는 게 이유가 있어서라고 생각했어. 적어도 날 사랑한다 말하던 모습만큼은 거짓돼 보이지 않았거든."

하지만 오늘 서준과 얘기를 나눴던 일로 그녀의 마음속에 조그맣게 자리 잡고 있었던 의심은 결국 확신으로 번져 버렸다.

"그런데 무언가를 새롭게 알아갈수록 내 본능이 자꾸만 그를 밀어내려 하네."

복잡한 심정으로 낮게 한숨을 내쉬었다.

"최대한 빠른 시일 내에 사고와 관련된 모든 정보를 내게 가져와. 그 사람이 절대로 이 사실을 눈치채선 안 돼."

그녀가 은밀하면서도 단호한 목소리로 경고하듯 에릭에게 일렀다. 그만 나가 보라 손짓한 하윤이 의자에 기대어 제 머리를 부드럽게 쓸어 넘겼다.

이 아슬아슬한 비밀의 끝에 조금씩 다가가고 있었다.

그날 밤, 목욕을 마친 서준이 가운을 입은 채로 1층으로 향했다. 하윤에게 줄 차를 타기 위해서였다. 어찌 됐든 악몽에 시달리는 하윤을 그냥 내버려 둘 수는 없었다.

사고에 관한 기억을 떠올리는 것과 별개로 그녀가 괴로워하는 걸 보고 싶지 않았다. 심신 안정에 좋은 성분이 듬뿍 들어간 허브차를 든 채로 침실로 향했다. 서준이 사뿐한 손길로 침대에 기대어 있는 하윤에게 작은 머그잔을 내밀었다.

"약이라 생각하고 쭉 들이켜."

"이게 뭔데요?"

"당신을 푹 잠들게 해 줄 거야. 악몽 같은 거 꾸지 않고."

정체를 알 수 없는 악몽에 시달린다고 했던 하윤이다. 그 악몽이 의미하는 게 무엇인지는 알지만 어떠한 답을 줄 수는 없었기에 서준이 해 줄 수 있는 건 고작 이런 게 전부였다.

"고마워요."

꺼림칙한 기분을 뒤로하며 서준이 건넨 차를 단번에 들이켰다. 혀끝을 감도는 미미한 쓴맛에 하윤이 미간을 좁혔지만 이내 반듯하게 펴며 서준을 바라보았다.

"맛은 좀 없을 거야."

"약으로 먹는 건데요, 뭐."

"아까 서재에서 에릭이랑 한동안 얘기를 나누는 것 같던데."

잠시 입술을 달싹이던 서준이 하윤을 빤히 응시하며 입을 열었다.

"무슨 얘기 했는지 물어도 되나."

"그냥 고맙다는 얘길 한 거예요."

"뭘 말이지."

단호한 물음이었다.

"어쨌든 에릭이 날 받아 줬으니까요. 고맙단 인사를 제대로 못 했거든요."

"그런 인사는 내가 하는 것만으로도 충분해."

"직접 해야죠. 신세를 진 건 당신이 아니라 나니까."

여전히 둘 사이에는 말로 설명할 수 없는 벽이 있었다. 누구 하나 먼저 자신들의 의심을 입 밖으로 꺼내는 사람이 없었다. 서준은 자신이 출장을 갔던 기간 동안의 하윤의 행방을 묻지 않았고, 하윤 역시도 자신이 품고 있는 사고에 관한 의심을 그에게 묻지 않았다.

잠시 맴돌던 침묵을 가르며 하윤이 입을 열었다.

"당신은 언제까지 바쁠 예정이에요?"

묘한 얼굴로 서준에게 질문을 던졌다.

"당분간은 아마 계속 바쁠 거 같아. 오랜만에 복귀인 데다가 당신이 알고 있을지는 모르겠지만 내가 원래 있던 부서에서 쫓겨났거든."

"쫓겨나요?"

"응."

무언가 변화가 있다는 것은 알고 있었다. 저택 내부의 직원들이 서준을 부르는 호칭이 바뀌었기 때문이다. 영문을 알 리 없는 하윤이 미간을 찌푸렸다.

"능력이 부족하면 그 자리에서 물러나야 하는 건 당연해."

하윤을 선택한 대가를 하나하나 치르고 있는 중이라는 걸 그녀는 알고 있을까. 잠시 그녀를 지그시 내려다보았다.

"잠시만 기다려."

"왜요?"

대답 없이 발걸음을 옮긴 서준이 다시 돌아왔을 때, 그의 손에 들린 건 마사지 오일이었다.

"아로마 향 오일이야. 뭉친 근육 풀어 주면서 마사지 받으면 다친 다리 회복에도 좋을 거야."

조심스럽게 그녀의 다리를 제 무릎 위에 올려놓았다.

"아로마 향이니 푹 잠드는 데에도 좋을 거고."

"그러지 않아도 괜찮아요."

거절하려 그의 손길을 밀어냈지만 남자의 힘을 감당할 수는 없었다.

"내가 해 주고 싶어서 그래."

"당신이 마사지해 주면 금방 잠들 것 같아서 그래요."

몸이 상당히 노곤한 상태였다. 솔직한 하윤의 대답에 서준이 나지막하게 웃어 보였다.

"잠 오면 잠들어도 돼."

"요즘 바쁘다면서 안 피곤하겠어요?"

"당신 마사지해 줄 기력쯤은 있어."

"괜찮은데……."

그의 고집을 꺾을 순 없다는 걸 알기에 말끝을 흐렸다. 등을 기댄 하윤이 가만히 마사지를 받기 시작했다. 다리를 접질린 지 얼마 안 돼서 또 다친 터라 근육을 충분히 풀어 줘야 했다. 서준은 애정 어린 손길로 하윤의 다리를 마사지했다. 제 살갗에 그의 손길이 닿자 순간적으로 몸을 움찔했다.

"힘 빼도 돼."

그녀가 잔뜩 긴장한 걸 느꼈는지 그가 나지막하게 말했다. 하윤이 이내 힘을 풀며 편하게 앉았다.

"요즘 당신 몸이 멀쩡할 날이 없는 것 같아."

"그러게요. 나도 왜 자꾸 다치는 건지, 알다가도 모르겠네요."

허심탄회한 목소리에 서준이 잔잔한 미소를 지었다. 그가 부드러운 손길로 그녀의 살결을 문질렀다. 따뜻한 체온이 제 손길에 감겨 왔다.

"당신이 악몽 꾼다는 사실, 나한테 얘기해 줘서 고마워. 앞으로도 그렇게 힘든 거 있으면 털어놨으면 좋겠어."

시간이 지날수록 노곤해지는 몸은 어쩔 수 없는 노릇이었다. 하윤이 한껏 나른해진 눈빛으로 서준을 바라보았다.

"뭐 별거라고요."

"나한텐 전부야."

"앞으로도 얘기할게요."

그의 손길에 근육이 풀어질수록 몸에 힘이 빠져나갔다. 하윤은 눈꺼풀이 점점 느릿하게 감겨 왔다. 불편하게 허리를 세우고 있는 하윤을 본 서준이 조심스럽게 입을 열었다.

"졸리면 편하게 기대도 돼."

"아니에요. 어떻게 그래……."

일부러 '요' 자를 빼먹은 건지, 아니면 잠결에 말끝을 흐리는 건지 하윤은 느릿한 발음으로 대답했다. 점점 몸이 노곤해지고 무거워진 눈꺼풀과 함께 그녀의 머리가 아래로 떨어졌다. 그 모습을 본 서준은 한 손으로 그녀의 고개를 당겨 제 어깨에 기대게 했다.

"편하게 자라니까."

슬며시 손을 뻗어 옆에 놓인 전등을 껐다. 방 안에 칠흑 같은 어둠이 드리웠다. 서준은 하윤이 완벽하게 잠들 때까지 옆에서 그녀의 어깨를 토닥였다.

그렇게 한 세 시간쯤 지났을까.

"흐응."

잠들었던 하윤이 침대 위에서 몸을 뒤척였다. 언제부터 잠든 건지 기억도 나지 않았다.

"……지금이 대체 몇 시야."

시계를 보기 위해 눈을 가늘게 떴다. 하지만 칠흑 같은 어둠이 가득한 방 안에선 시계가 제대로 보이질 않았다. 그리고 그 순간.

"흐아!"

무언가에 놀란 하윤이 눈을 동그랗게 떴다.

"아, 놀라라……."

하윤이 놀란 가슴을 쓸어내리며 중얼거렸다. 잠에서 깬 몸을 뒤척이기가 무섭게 서준의 몸이 제게로 쓰러지듯 안겼기 때문이다.

"잠들었으면 깨우지, 왜 당신까지 불편하게……."

그의 어깨에 기댄 하윤과 그녀에게 기댄 서준이었다. 두 사람은 서로의 몸에 머리를 맞댄 채로 잠이 들었다. 제 허벅지에 떨어진 서준의 상체를 들어 침대에 편히 눕힌 하윤은 잠든 그의 얼굴을 빤히 바라보았다. 유난히 짙고 긴 속눈썹과 곧게 뻗은 콧대. 그리고 적당한 두께에 붉은 입술까지. 한동안 그에게서 눈을 떼지 못하던 그녀가 정신을 차리고 혼잣말을 중얼거렸다.

"귀찮아도 씻어야 하니까."

그렇게 말하며 무거운 몸을 일으켰다. 서준의 손길에 노곤해진 몸을 못 견디고 깜빡 잠들고 말았다. 피곤했지만 오일을 바른 채 이대로 자기엔 영 찝찝했다.

같은 종류의 입욕제를 두 개씩이나 챙겨 든 하윤은 무거운 다리를 이끌고 욕실로 향했다. 파우더 룸까지 터벅터벅 걸음을 옮긴 뒤 거울 앞에 서서 머리를 높게 올려 동그랗게 말아 묶었다. 긴 머리칼이 물에 닿는 걸 원치 않았다. 높게 묶은 머리 아래로 주먹만 한 얼굴이 거울에 비쳤다. 이내 뜨거운 물이 가득 담긴 욕조 안에 입욕제를 풀어 넣었다. 푸르른 거품들이 제각기 좋은 향기를 뿜내며 사방으로 흩어졌다.

욕실 조명을 가장 낮은 밝기로 켜 두었다. 뜨거운 물에 뭉쳤던 근육들이 풀리는 듯한 기분을 느끼던 하윤은 그대로 눈을 감았다. 머릿속은 서준으로 가득했다.

서준과 나. 그리고 그의 어머니이자 제 시어머니였을 한유연 여사.

복잡하고 혼란스러웠다. 그래도 다행인 건 아직까진 멋대로 커져 버린 제 마음을 혼자서 정리할 수 있을 정도라는 것이었다. 정말 꿈에 나왔던 여자가 유연이며, 자신의 사고와도 관련이 있는 게 사실이라면 그땐 미련 없이 모든 것을 정리하고 이 저택을, 서준의 곁을 떠나야 할 것이다. 아니, 떠나면 그만이었다. 그러니 마음이 여기서 더 자라나지 않도록 그와 깊게 엮이면 안 됐다.

"……그래. 딱 이 정도 거리가 적당한 거지."

나긋한 목소리로 중얼거렸다.

"더도 말고. 딱 이 정도만."

높은 수온의 물로 인해 온몸의 근육과 더불어 경직된 마음마저 풀리는 듯했다. 이대로 잠들어도 좋을 것 같았다. 몸을 일으켜 다시 침대까지 갈 힘이 남아 있지 않았다.

잠에 취하려던 그때, 애써 흐릿해져 가는 의식을 붙잡으며 하윤이 슬며시 눈꺼풀을 들어 올렸다. 눈꺼풀 위에 돌이라도 얹어 놓은 듯 무거웠다.

"······꿈인가."

반쯤 들어 올린 시야 사이로 서준의 얼굴이 희미하게 보였다.

"헛것이 다 보이고."

"······."

"아니면 내가 벌써 죽을 때가 다 된 건가."

"꿈은 아닐걸."

이어서 들리는 낮은 음성에 그녀가 조심스럽게 팔을 뻗어 그의 볼 부근으로 손을 가져갔다. 들어 올린 팔에서 거품들이 스르륵, 살결을 타고 물속으로 떨어졌다.

"진짜 당신이네."

그의 볼을 한 번 찔러 본 하윤은 뒤늦게 이게 꿈이 아닌 현실이라는 걸 깨달았다. 밖으로 곧게 뻗은 그녀의 팔이 혹시라도 추울까 다시 욕조 안으로 넣어 주던 서준이 무릎을 굽히고 그녀와 눈높이를 맞췄다.

"왜 안 놀라."

그의 시선이 아래로 떨어졌다. 하윤의 몸을 가리고 있는 진한 거품들이 일렁이는 물에 흩어질 듯 아슬아슬하게 춤을 췄다.

"……나 때문에 깼어요?"

"그러는 당신은."

"잠들면 깨웠어야죠. 오일 바른 채로 씻지도 못 했는데."

하윤이 느릿하게 얘기했다. 그 목소리를 듣는 서준에겐 기시감이 일었다. 사무실에서 잠든 하윤을 하염없이 기다렸던 과거의 어느 날이 떠올랐다.

"근데 아직 잠이 덜 깼나 봐……. 기분이 몽롱해요."

"그래 보이네."

하윤은 몸을 비스듬하게 기댄 채 서준을 올려다보고 있었다. 가늘게 뜬 눈 사이로 그녀의 피곤함이 내비쳤다. 무거운 눈꺼풀에 더해 온몸이 축 늘어졌다.

"말 안 했던가. 내가 생각보다 잠귀가 밝다고 말이야."

서준이 그런 그녀의 눈가를 마사지하듯 부드럽게 눌렀다. 그 손길을 느끼던 하윤이 조심스럽게 입술을 뗐다.

"나 또 궁금한 게 생겼어요."

"요즘 나에 대해서 궁금한 게 많은가 보군."

"물어봐도 돼요?"

"그럼. 뭐든지."

서준이 욕조 안에 손을 넣어 물을 일렁이며 대답했다. 적당히 식어 딱 적절한 온도였다. 물 사이를 가르는 서준의 손목을 부드럽게 붙잡았다.

"당신이 나한테 우리 사이에 이혼은 없다고 했을 때, 왜 그래야 하냐며 소리치는 날 보고 무슨 기분이 들었는지 알고 싶어요."

예상하지 못 했던 질문이었다. 그 역시도 지금의 저처럼 생각이 복잡했는지 알고 싶었다. 하윤은 좀처럼 좁혀지지 않는 서로의 거리가 답답할 따름이었다. 그래서 그냥 잠기운을 빌어 묻고 싶었다.

"매 순간 당신이 상처 받지 않길 바랐어. 그래서 이혼해 줄 수 없다고 판단했고, 내가 한 선택에 후회는 없다고 믿었지."

솔직하게 얘기하자면 그건 그저 후회하지 않으려 애를 쓴 거였다.

"하지만 시간이 지날수록 자신이 없어지더군. 내가 당신을 곁에 붙잡고 있는 게 당신을 더 괴롭게 하는 것 같아서 말이야."

그렇게 대답한 서준은 더는 그 문제에 대해서 생각하고 싶지 않았는지 고개를 들며 화제를 돌렸다.

"언제까지 있을 생각이지?"

하윤 역시도 더 묻지 않고 그의 말에 대답했다.

"곧 나갈 거예요."

그녀가 느릿한 목소리로 얘기했다.

"씻겨 줄까?"

대답하지 않은 채 노곤한 몸을 그의 팔에 기댔다. 아무것도 하기 싫다는 의미였다. 세면대에서 오일과 클렌징폼을 가져온 서준은 익숙한 손놀림으로 그녀의 얼굴을 마사지하기 시작했다.

옛 추억들이 새록새록 하게 피어올랐다. 일에 찌든 하윤이 녹초가 된 상태로 집에 오면 씻을 기운이 없는 그녀를 안아 들어 일일이 씻겨 주곤 했다. 처음엔 화장을 어떻게 지워야 하는 건지 몰라 쩔쩔맸었던 그가 이젠 능숙하게 알아서 순서에 맞게 클렌징을 했다.

"왜 이렇게 능숙해요?"

"종종 지금처럼 당신 화장을 지워 줬으니까."

"……고마워요."

그의 손길을 담담하게 받아들이던 하윤이 나지막하게 얘기했다. 서준은 미온수로 조심스레 그녀의 얼굴에 묻은 거품들을 씻어 냈다.

"이만 나가 있을게. 마저 씻고 나와."

"알았어요."

서준이 나간 뒤 하윤은 몸에 서린 거품을 말끔히 씻었다. 그녀는 샤워 타월을 몸에 두른 채 욕실을 나왔다. 침대를 정돈하던 서준이 그녀를 보고는 고개를 들었다.

"다리는 좀 어때?"

"많이 풀어진 것 같아요. 당신이 마사지해 준 덕분에."

"그래도 아직은 조심해야 할 것 같아."

"왜…… 그렇게 봐요?"

저를 지그시 내려다보는 서준을 의아한 눈초리로 바라보았다. 하윤에게로 가까이 다가온 그가 순간 그녀를 번쩍 안아 들었다.

"완벽하게 나을 때까지는 마음껏 이용해."

그가 작게 미소 지었다.

"당신은 그래도 돼."

하윤은 대답 대신 그에게로 고개를 기댔다. 그녀의 몸이 힘없이 축 늘어지는 걸 본 서준이 조심스럽게 물었다.

"어디 아파?"

"그냥 좀 피곤한 거예요."

침대에 그녀를 앉힌 서준은 옷장에서 슬립을 꺼내와 하윤에게 건네주었다. 잠시 헛기침을 한 그가 뒤로 돌아 있자, 하윤이 금방이라도 잠이 들 것 같은 얼굴로 슬립을 갈아입었다.

"이제 다 입었어요."

다시 몸을 돌린 서준이 살짝 상기된 듯한 그녀의 이마에 손을 갖다 대었다. 맞닿은 살결에서 미열이 느껴졌다.

"열이 좀 있는데."

"뜨거운 물에 오래 있다 나와서 그래요."

"내일 일어났는데 아프기라도 하면 어쩌려고."

"괜찮아요. 그럴 일 없을 거예요."

대답은 그렇게 하면서도 하윤 역시 내심 제 몸이 아픈 건 아닐까 잠시 생각했다. 지금처럼 온몸이 축 늘어지고 힘이 없던 적은 아플 때밖에 없었기 때문이었다. 단순히 잠이 덜 깨 피곤한 것과는 느낌이 달랐다.

"아프지 마."

서준이 이불을 끌어 올려 그녀의 목 끝까지 덮어 주었다. 손끝 하나, 발끝 하나 이불 밖으로 빠져나오지 않았는지 꼼꼼히 살폈다.

"왜 그렇게 빤히 바라보고 있어요."

"당신 잠드는 거 보려고."

"내일 출근해야 하잖아요. 안 그래도 시간 늦었는데 얼른 누워요."

"걱정하지 마. 괜찮아."

새벽 2시였다. 서준의 눈이 빨갛게 충혈되어 있었다. 매일 매일 새벽 늦은 시간까지 일하는 서준이었다. 힐튼호텔로 발령받은 탓에 웬만한 성인 남성의 체력으로는 버티기 힘들 양의 업무들이 쏟아졌다. 하윤 역시 서준이 매일같이 일에 시달린다는 걸 알고 있었다. 그는 언제나 바쁜 사람이었으니까.

"얼른 자. 괜찮으니까."

서준이 이불을 덮은 그녀의 가슴께를 토닥거렸다. 그 손길이 주는 안락함이 좋았다.

비밀이 많은 남자는 위험하다는 걸 알고 있었다. 그의 곁에 있으면 결국 상처 받는 건 자신이 될 거란 것을 알면서도 이미 피어난 마음은 제멋대로 움직였다.

눈을 감은 하윤은 많은 생각 속에 서서히 잠이 들었다. 곁을 머무는 온기로 춥지 않은 새벽이었다.

✛   ✛   ✛

다음 날, 서준이 걱정했던 대로 하윤은 심한 감기몸살을 앓았다. 메이드가 두고 간 따뜻한 물을 마시던 하윤이 잠시 자조적인 웃음을 내뱉었다.

"설마, 기운이 빠졌던 게 몸살 때문일 거라곤 생각도 못 했어요."

그녀가 제 몸 상태를 체크하러 온 세연이게 말했다. 동시에 서준을 떠올렸다. 그가 제게 품은 마음이 얼마나 깊은지 새삼 궁금했다. 대체 그 무게가 어느 정도이기에 하윤, 자신보다 그녀의 몸을 더 잘 알 수 있는 걸까. 입가에 씁쓸한 미소가 감돌았다.

"아이러니하게도 많은 사람들이 정작 본인의 몸 상태에 무감한 편이에요. 참 슬픈 현실이죠."

"……죄송해요. 저 때문에 번거롭게 자꾸 왔다 갔다 하시게 됐네요."

유현병원에서 근무하는 세연이 바쁘다는 것쯤이야 잘 알고 있었다. 하지만 하윤의 주치의인 만큼 그녀의 건강에 이상이 생겼을 때는 모든 스케줄을 미뤄 놓고서라도 저택으로 와야 했다.

오늘도 마찬가지였다. 하윤에게 놓을 수액을 챙겨 들고 이곳에 온 터였다.

"주치의인 제가 당연히 할 도리인걸요. 다리는 거의 다 나아서 곧 가벼운 걷기나 움직임 정도는 큰 무리 없이 할 수 있겠어요. 근데 하필이면 이럴 때 감기몸살이 와서 어떡해요."

"그러게요. 몸이 성한 날이 없는 것 같아요."

"그렇지 않아도 아내 사랑이 각별한 분인데, 이사님이 걱정 많으시겠어요."

세연이 링거 바늘을 하윤의 손등에 꽂으며 옅은 미소와 함께 얘기했다. 주삿바늘이 그녀의 살갗을 뚫고 들어가자 공중에 매단 링거병을 통해 수액이 거침없이 들어왔다. 휴식과 약만으로도 충분히 회복할 수 있었지만 아픈 데 시간을 낭비하고 싶지 않았던 하윤은 단기간에 나을 수 있는 링거를 선택했다.

"그 사람이야 워낙 바쁘니까요."

"에이, 그래도 하윤 씨 일이라면 앞뒤 안 가리고 바로 달려오잖아요. 정말 사랑꾼이세요."

사랑꾼이라. 그가 제 일이라면 무작정 달려오는 건 사실이었다. 그러나 풀리지 않는 사고에 관한 진실 탓에 '사랑꾼'이라는 단어에 이질감이 느껴졌다. 남들의 눈에는 세연이 얘기했던 것처럼 더할 나위 없이 사이좋은 부부로 보이겠지.

"기억엔 좀 진전이 있는 것 같아요?"

두서없이 놓인 짐들을 정리하며 세연이 넌지시 물었다.

"글쎄요. 하던 일이나 직업에 대한 건 조금씩 기억나기도 하는데, 뭔가 정작 중요한 건 놓치고 있는 느낌이에요. 마음 한구석이 영 찜찜해요. 안개 속에 갇힌 것처럼."

하윤이 어깨를 으쓱이며 대답했다.

"꾸준히 치료를 병행하다 보면 언젠간 원래 생활로 돌아갈 수 있을 거예요. 사실 더 큰 충격을 받거나 머리에 물리적인 충격이 가해지면 그로 인해 오히려 기억이 돌아오는 경우도 있거든요. 근데 그건 현실적으로 불가능하니까 최대한 심리 치료 쪽에 몰두해야 해요."

"……네."

"그렇다고 너무 낙담하지 마세요. 희망적인 마음을 가지고 있어야 일도 희망적인 방향으로 풀리는 법이니까요."

잔뜩 힘이 빠진 그녀의 모습을 위로라도 하는 듯 세연이 환하게 웃으며 하윤에게 말했다.

그 순간, 불현듯 옛 기억의 한 장면이 주마등처럼 머릿속에 스쳐 지나갔다.

"너무 낙담하지 마세요."

"……."

"희망적인 마음을 가지고 있어야 일도 희망적인 방향으로 풀리는 법이니까요."

세연의 아름다운 목소리가 머릿속에 메아리처럼 울렸다. 비릿한 미소와 함께 자신을 바라보고 있던 그녀의 모습이 아주 잠깐 떠올랐다가 연기처럼 사라졌다.

"윽……!"

기억의 파편이 주는 통증에 하윤이 몸부림쳤다. 갑작스레 밀려오는 두통에 고통스러워하며 그녀가 인상을 찌푸린 채 제 머리를 감쌌다.

"하윤 씨, 괜찮아요?"

"아……."

"그냥 누워 있어요, 어지럼증이 올 수도 있거든요."

세연이 놀란 표정으로 서둘러 하윤을 침대에 눕혔다. 손등에 꽂은 링거에선 계속해서 수액이 들어오고 있었다. 순간, 거침없이 제 몸속으로 수액이 침투하는 모습에 알 수 없는 두려움이 엄습했다.

"당분간은 정말 절대적인 휴식이 필요할 것 같아요."

"……."

"알겠죠?"

재차 확인하듯 또박또박 발음했다. 하윤이 대답 없이 고개를 끄덕였다. 가방을 챙긴 세연이 저택을 나서려 몸을 일으켰다.

"저, 선생님……."

조심스럽게 세연을 향해 입을 열었다.

"그때, 제가 기억을 잃기 전에 마주쳤던 적 없다고 했었죠?"

"왜요. 또 어디서 본 것처럼 낯익어요?"

세연이 작게 웃으며 물었다.

"아뇨. 그냥 알게 된 지 얼마 안 됐는데도 편안하고 기댈 수 있는 사람처럼 느껴져서요."

"저 이래 봬도 본업이 정신과 의사예요. 마음의 병을 앓고 있는 분들을 치료하려면 가장 먼저 그들의 신뢰를 얻어야 해요. 서로 간에 신뢰가 쌓여야 마음속에 있는 병도 털어놓을 수 있는 거니까."

세연이 프로다운 모습으로 대답했다.

"역시 실력 있는 의사는 다른가 봐요."

"소명을 갖고 임하는 직업이니 열심히 하는 것뿐이죠, 뭐."

"이제 바쁘신 분 안 귀찮게 제 몸 제가 잘 챙길게요."

"하윤 씨도 저한텐 소중한 환자예요. 물론 안 아프면 더 좋겠지만."

남은 수액을 확인한 세연이 짐을 챙겨 들었다. 아픈 몸이니 마중 나올 생각은 말고 절대적인 안정을 취하는 데에만 집중하라고 신신당부했다.

세연이 방을 나선 후, 멍하니 그녀가 남기고 간 빈자리의 여운을 바라보았다.

"자꾸 뭔가를 잊고 있는 것 같은 기분이 드네."

넋이 나간 듯 멍한 얼굴이었다.

✝   ✤   ✝

저녁이 되어서야 돌아온 서준이 가장 먼저 찾는 것은 역시
나 하윤이었다. 그녀는 그의 일상 중에서 절반 이상을 차지하
는 존재였다.

"아플 일 없을 거라더니."

나무라는 듯하지만 한없이 다정한 목소리였다.

"괜찮은 거야?"

"단순한 감기예요. 링거까지 맞았으니 내일이면 괜찮아질
거예요."

조금은 단호한 목소리로 대답했다. 지금 이 정도의 거리를,
이 관계를 유지해야 했다. 그래야만 잃어버렸던 기억을 되찾
고 났을 때 어떤 현실을 마주하더라도 서준을 밀어낼 수 있었
기 때문이다. 물론 그게 쉽지는 않겠지만.

"항상 말은 잘하지."

그가 깊은 한숨을 내쉬었다. 지난밤 미열이 있었을 때 바로
알아차려야 했다. 이 여자는 대체 무슨 생각을 하고 살기에 자
신의 몸을 남보다도 모르는 걸까.

"집에만 있으니까 많이 답답하지 않나?"

"아무래도 그렇죠. 이 넓은 저택에 혼자 있는 것도 그렇고
요."

"어디 놀러 가고 싶은 곳은 없고?"

침대 위에 아예 자리를 잡고 앉은 서준이 그녀에게 물었다.
그의 목소리에 하윤은 넓고 푸른 바다를 떠올렸다.

철썩이는 파도와 하늘 위를 자유롭게 날아다니는 갈매기. 햇볕을 받아 반짝이는 모래사장.

그런 한 폭의 그림 같은 바다가 보고 싶었다. 지금까지 하윤은 서준과 함께 공식 석상에 서는 것 외에는 저택 밖으론 한 발자국도 나설 수 없었다. 그런 그녀에게 여행은 사치라는 걸 알았기에 애써 별다른 반응 없이 무심하게 대꾸했다.

"딱히 생각해 본 적은 없어요."

"다 정리되면 놀러 가자."

"뭘…… 하자고요?"

놀란 듯 눈을 동그랗게 뜨며 되물었다. 해 달라는 건 모든 다 해 줘도 제 허락 없이 저택 밖을 나서는 일은 절대 안 된다고 말했었던 서준인데, 그랬던 그가 대체 무슨 꿍꿍이가 있어 제게 이런 말을 하는 것일까.

"상황이 정리되고 나면, 그때 온전히 세상 밖으로 나갈 수 있게 해 줄게. 그때까지 조금만 기다려 줘."

"갑자기 왜 그래요?"

"그냥."

서준이 하윤의 시선을 피하며 대답했다. 가슴이 뻥 뚫린 듯 쓸쓸한 마음이 들었다. 그가 말하는 '정리'라는 게 한유연 여사와 제 사고에 관한 기록을 정리한다는 게 아닐까 싶어 불안한 마음이 들었기 때문이다.

서준에겐 어머니인 유연과 아내인 자신 모두 잃고 싶지 않은 존재일 테니.

"어쩌면 우리가 행복할 수 있는 시간을 낭비하고 있는 건 아닐까 싶어서."

그들은 서로 다른 이유를 생각했다.

"가끔 그런 생각을 해. 내가 만약 4주 동안 출장을 가지 않았더라면 우리가 어쩌면 조금은 다른 현실에 있지 않을까, 하는."

하윤은 서준이 제게 숨기고 있는 사고의 진실을, 서준은 그녀가 기억하지 못하는 흉터의 진실을 말이다. 더 이상 그에게 어떤 이유도 묻고 싶지 않아 하윤은 굳게 입을 닫았다. 침대 맞은편에 위치한 책상 위에 걸터앉은 서준이 그녀에게서 시선을 돌렸다.

"이 저택은…… 내가 당신에게 주는 선물이었어."

저택이 완공되던 날, 하윤에게 이 집을 깜짝 선물로 보여 줄 생각에 얼마나 설레고 들떴는지 모른다. 아직도 그때의 기억이 선명했다. 하윤이 원했던 구조와 인테리어로 지어진 저택이었다. 옛 기억에 저도 모르게 미소 짓던 서준의 시선이 바닥 구석에 떨어져 있던 종잇장에 닿았다.

"저건 뭐지?"

안에 무언가가 적혀 있는 건지 누군가가 한 번 왕창 구겨 놓은 모양새였다. 서준이 허리를 굽혀 구겨진 채 나뒹굴던 종잇장을 집어 들었다. 잔뜩 구겨진 종이를 조심스러운 손길로 펴 보니 예상외의 것이 그려져 있었다. 바로 서준의 얼굴이었다.

"이거 혹시 나야?"

"뭐가 당신이…… 헉!"

서준이 손에 들고 있던 구겨진 종잇장을 본 하윤의 얼굴이 삽시간에 굳어졌다. 이전에 비 오던 날 테라스에서 그린 그림이었다. 저도 모르게 서준의 얼굴을 그렸단 사실이 불쾌해 마구 구겨서 쓰레기통에 처박았지만 메이드가 쓰레기통을 정리하기 직전에 마음을 바꾸었다.

"잠시만요!"
"예? 무슨 일 있으세요?"
"실수로 잘못 버린 게 있어서요."

망설임 없이 쓰레기통으로 향한 하윤은 그 안에 던져둔 꾸깃꾸깃한 종이 한 장을 꺼내 들었다. 그러고는 서준의 얼굴이 그려진 그것을 조심스럽게 펴 보았다.

"미안해요. 이제 정리해 주세요."

당황스러운 얼굴을 한 메이드를 뒤로 하고 방으로 가져왔다. 모든 행동엔 저마다 이유가 있겠지만, 하윤이 그 그림을 다시 꺼낸 이유는 그녀 스스로도 알지 못했다. 그저 그림을 그린 시간이 아까워서였겠지. 혼자 그렇게 제 행동을 합리화할 따름이었다.

"그림이 마음에 안 들었던 거야, 아니면 내가 마음에 안 들었던 거야?"

"왜 남의 걸 함부로 보고 그래요?"

침대에서 벌떡 일어난 하윤이 그에게로 다가왔다. 아직 다리가 온전하게 나은 상태가 아니었다. 성큼성큼 걷지는 않았지만 놀란 마음에 다리가 저린 것도 잊은 채 걸음을 옮겼다.

"이리 내놔요."

"싫은데."

"아, 빨리요!"

하윤이 그의 손에 들린 종이를 빼앗기 위해 손을 뻗었지만 서준은 그녀를 놀리기라도 하는 듯 위로 팔을 들어 올렸다. 그녀가 아무리 까치발을 들어 손을 뻗어 봤자 180cm가 훌쩍 넘는 서준이 뻗은 팔에 닿기는 무리가 있었다.

"싫다니까."

제 앞에 가까이 다가와 손을 뻗는 하윤의 허리를 단단한 힘으로 잡아당겼다. 한껏 밀착된 몸이 얇은 옷을 사이에 두고 맞닿았다. 그림을 향해 뻗었던 팔은 서준의 손에 결박된 지 오래였다. 서로의 체온이 뜨겁게 전해졌다.

하윤을 내려다보는 그의 얼굴이 가까워질수록 숨소리가 주체할 수 없을 만큼 커졌다. 보이지 않는 누군가 제 목을 죄어 오기라도 하는 듯 숨이 가빠졌다. 그리고 뜨거운 숨소리가 귓가에 닿았다.

"숨 쉬어."

"……쉬고, 있어요."

한 템포를 멈춘 후 간신히 대답했다. 하윤의 가쁜 숨소리가 서준의 오감을 자극했다. 그녀와 맞닿은 살결이 더할 나위 없이 솔직하게 달아올랐다.

"왜 자꾸 자극해."

"……."

"당신이 이러면 자꾸만 더 갖고 싶잖아."

입술이 닿을 듯 아슬아슬하게 움직였다. 그 아찔한 거리에

서 대화가 오갔다. 그림 한 장 찾으러 왔다가 본전도 못 찾고 당하게 생긴 하윤은 입술을 잘근 깨물었다. 그러자 서준의 입술이 조심스럽게 다가와 맞닿았다. 잠깐이지만 부드러운 감촉이 꽤 긴 여운을 남겼다.

"아픈 다리로 자꾸 움직이지 마."

주머니에 그림을 접어 넣은 서준이 하윤을 번쩍 안아 들었다. 그녀를 조심스럽게 침대에 눕힌 그가 다정한 손길로 이불까지 꼭 덮어 주었다.

"이건 내가 가져가지."

"잘 못 그려서 싫은데."

"나한텐 그 어떤 명화보다 귀한 작품이야."

나지막하게 웃어 보인 서준이 방을 나섰다. 그가 침실을 나선 후에도 하윤은 좀처럼 마음이 진정되질 않는 건지 호흡을 가다듬었다.

"조만간 저 사람 때문에 심장이 터질 일이 생길 거 같아."

입술을 잘근 깨문 하윤이 가슴을 쓸어내렸다.

다음 날, 갑작스러운 욱진의 호출에 서준은 아버지를 만나기 위해 회장실로 발걸음을 옮겼다. 어머니의 죽음 이후, 한 번도 자신을 먼저 찾은 적은 없었기에 이 상황이 낯설 뿐이었다. 실제로 욱진은 서준의 호텔 취임식에도 모습을 드러내지 않았다.

"부르셨습니까."

조심스럽게 들어선 서준이 입을 열었다. 그 목소리에 고개를 든 욱진이 몸을 일으키며 소파로 향했다.

"앉아라."

　부자간의 대화는 언제나 그랬듯이 삭막했다. 테이블 위에 놓인 따뜻한 차를 한 모금 들이키며 욱진이 입을 열었다.

"내가 널 왜 불렀을 것 같으냐."

　중저음의 근엄한 목소리가 내부를 울렸다. 그룹의 총수답게 욱진의 밑에서 일하는 비서들만 해도 여럿이었다. 비서를 통해 전달하면 될 것을 이렇게 서준을 직접 불렀다는 건 분명 '사적인' 이야기를 하려는 게 분명했다.

　그의 입에서 하윤의 이름이 나올까 긴장한 서준은 대답하지 않은 채 욱진을 바라보았다.

"일주일 뒤에 중국에서 기업 투자자들과 해외 바이어들이 모이는 자리가 있을 예정이다. 그 자리에 네 형 대신 네가 유현그룹을 대표해 참석했으면 한다."

　예상치도 못했던 말에 당황한 듯 서준이 미간을 좁혔다. 힐튼호텔로 이동하면서 좁아진 그의 입지를 다시 굳건히 다져주겠다는 뜻이었다. 그리고 그건 즉, 서준에게 '기회'를 주겠다는 말이었다.

"너에게 주는 마지막 기회니 군말하지 말고 가거라."

"죄송하지만 전 갈 수 없습니다."

　서준은 이내 단호한 목소리로 그의 호의를 거절했다. 그 이유를 알고 있는 욱진은 싸늘한 시선으로 찻잔을 내려놓았다.

"제 아내를 두고 그 어디도 가지 않을 겁니다. 설령 그게 잃어버린 저에 대한 아버지의 신뢰를 회복하는 기회라고 해도 말입니다."

"넌 아직도……."

욱진이 더욱 낮은 목소리로 입을 열었다.

"이 모든 비극이 네가 출장을 갔던 탓이라고 생각하는 모양이구나."

"제가 4주 동안 집을 비우지 않았더라면, 그 어떤 사고도 일어나지 않았을 테니까요."

"못난 놈."

서준은 달싹이는 목울대를 진정시켰다. 상황이 어찌 됐든 만일 자신이 출장을 가지 않고 4주 동안 하윤과 함께 있었다면 적어도 그 비극은 막을 수 있었을 것이다.

"그 여자 손목에 있는 그 흉터가 네 엄마를 죽인 이유를 대변할 수 있다고 생각하는 게냐."

"그날 있었던 그 일은, 그 사고는 단순한 사고였습니다."

단호한 눈빛으로 욱진을 바라보며 말했지만 음성의 끄트머리가 미세하게 떨려 왔다. 서로의 시선이 허공에서 팽팽하게 부딪쳤다.

"네 엄마이기 전에 내 아내였다."

서준 못지않은 싸늘한 시선이 서준에게 닿았다.

"사고가 나기 직전, 그 아이와 네 엄마 사이에 트러블이 있었다는 게 밝혀졌고 당일 그 아이가 몰았던 차에는 그 어떤 결함도 없었다는 게 조사를 통해 증명되었지. 그럼에도 불구하고 네가 망가지는 걸 볼 수가 없었던 나는!"

감정이 격해진 탓에 평정심을 유지하던 욱진의 목소리가 분노로 인해 일그러졌다.

"그 사건을 땅속 깊이 묻어 버렸다."

서준에게뿐만 아니라 그건 욱진에게 역시 비극이었다.

"사고로 인해 사경을 헤매던 그 아이가 깨어났다는 얘기를 들었을 때 차라리 그냥 그대로 눈을 감았으면 좋겠다는 생각까지 하면서 말이다."

"……."

"우리가 모르는 어떤 상황이 있었다고 한들, 그 아이가 몰았던 차에 치여 네 엄마가 죽은 건 변함없는 사실이다."

쐐기를 박듯 욱진의 목소리가 서준의 가슴을 후볐다. 날카로운 가시에 찔리고 찔려 심장이 너덜너덜해진 기분이었다. 이게 현실이고, 그 사고에 대한 변함없는 진실이었다.

하윤을 선택한 대신 어머니를 잃었다. 서준이 선택한 사랑의 뒤에는 감당하지 못할 책임의 무게가 있었다.

"이만 나가 보도록 하겠습니다."

더는 대화를 이어 갈 수 없었기 때문이다. 남은 건 서로를 향한 상처뿐이었다. 모든 비극은 시간이 지난 지금까지도 그들에게 유효한 것이었다.

무거운 얼굴로 몸을 일으킨 서준이 그대로 회장실 밖으로 나섰다.

자신의 집무실로 돌아온 서준의 얼굴에 어두운 그림자가 한껏 드리웠다.

잡생각을 떨쳐 내기 위해 한껏 두껍게 쌓여 있는 서류로 손을 뻗었지만 이내 움직임을 멈추었다.

"최 비서님."

"예."

서준의 호출에 밖에 있던 현석이 그의 방 안으로 들어왔다.

"어머니 사고 건, 어떻게 처리됐는지 다시 정리해서 알려 주세요."

욱진과의 대화로 인해 그날의 악몽이 다시금 수면 위로 떠올랐다. 게다가 며칠 전 하윤이 누군가가 자신을 죽이려 한다던 그 '악몽'에 대해 똑똑히 듣지 않았던가. 그건 분명 단순한 꿈이 아니었다.

"갑자기 왜 그러시는지 여쭤도 되겠습니까?"

"하윤이가 갑자기 사고에 대해서 관심을 갖기 시작했어요."

"아가씨의 기억이 돌아오기 시작했다는 뜻입니까?"

"아직 그런 건 아니에요. 다만, 가끔씩 꾸는 악몽을 통해 과거의 기억들을 조금씩 떠올리는 것 같습니다."

서준이 내쉰 깊은 한숨에서 그 무게가 느껴졌다. 자신이 모든 걸 내려놓으면서까지 지키려 했던 진실이 하윤의 무의식에서 점점 수면 위로 떠오르려 하고 있었다. 그녀와의 행복을 깨지 않기 위해 서준은 자신이 지닌 모든 것을 포기하는 게 결코 두렵지 않았다. 그 모든 것보다 '민하윤'이라는 여자가 더 소중한 가치를 지녔으니 말이다. 그랬기에 더욱 하윤을 놓아줄 수가 없었다.

"크게 걱정하실 일은 없을 겁니다. 회장님께서 제대로 처리하라고 단단히 일러두신 일이었으니 허점은 없을 겁니다. 혹시 모르니 한 번 더 확인해 두겠습니다."

"네. 부탁합니다."

띠링. 얘기를 나누던 찰나에 사무실 전화가 울렸다.

"네."

―YM엔터 윤지원 이사님께서 오셨습니다.

"들어오라고 하세요."

서준이 먼저 지원에게 연락을 하는 일은 극히 드물었다. 그녀가 들어오자, 예를 갖추어 인사를 한 현석이 곧바로 집무실을 나섰다.

"참 신기하지. 강서준이 나한테 먼저 연락을 하는 날이 오고 말이야."

어떻게 보면 결혼을 한 몸이니 다른 여자에게 연락을 하지 않는 게 당연하다고 생각할 수도 있었지만, 그와 오랜 친구로 지냈던 지원에겐 그렇지 않았다.

"내가 전에 물었던 건 어떻게 됐지?"

"이거 찾느라 얼마나 애를 먹었는데 설마 맨입으로 받겠다는 건 아니지?"

"대답부터 해."

지원은 재력으로나 사회적인 위치로나 서준에게 밀리지 않았다.

"그래. 어련하시겠어. 용건만 간단히 하라는 거지?"

그러나 필요할 때만 저를 찾는 그가 내심 괘씸해 더욱 그런 생각이 들었다.

"내 기억이 맞았어. 네가 출장을 갔던 시기에 민하윤 씨를 만났던 건 그때밖에 없었거든. 당시에 우리가 마주쳤던 커피숍의 CCTV도 확인했어. 나랑 마주치기 전까지 혼자 앉아서 유자차를 마시고 있던데."

"뭐?"

순간, 서준의 표정이 일그러졌다.

"진한 커피만 마실 것 같은 여자가 유자차를 마시고 있기에 진짜 아픈가 보다 싶었어. 나랑 마주치고 얼마 안 있어서 갑자기 창백한 얼굴로 나갔고."

그는 하윤이 유자차를 싫어한다는 걸 누구보다 잘 알고 있었다. 알레르기가 있어 거부 반응을 보이는 건 아니었지만, 그 특유의 상큼한 맛이 거북하다며 입에도 안 대려고 했었던 그녀였다.

"너랑 마주치고 나서 어느 방향으로 나갔는지, 그거까진 알 수 없겠지."

애써 당황스러움을 감추며 서준이 계속해서 말을 이어 갔다.

"운 좋게도 커피숍 뒷문에 CCTV가 하나 더 있더라고."

지원이 가방 속에서 챙겨 온 CCTV 화면 사진을 꺼내며 말을 덧붙였다.

"여기 보면 이쪽으로 걸어가는 거 보이지? 이 뒤로 또 한 번 찍혔으니까 이 방향으로 나간 게 확실한 것 같아."

화질은 그리 좋지 않았지만 사진 속 인물이 하윤이라는 걸 알아볼 수는 있었다.

"아니 근데 이걸 왜 나한테 물어? 그냥 하윤 씨한테 직접 물어보면 될 것을. 부부싸움 한 티 너무 내는 거 아냐?"

하윤이 기억을 잃었다는 사실을 모르는 지원의 입장에서는 그렇게 생각하는 게 당연했다. 잠시 생각에 잠긴 듯하던 서준이 이내 사진을 집어 들며 몸을 일으켰다.

"이건 내가 보관하지."

그가 몸을 돌려 지원과 시선을 마주했다.

"그리고 지금까지 나눴던 하윤이에 대한 모든 얘기. 밖으로 새어 나가지 않도록 조심해 줬으면 좋겠군."

그 말에 지원이 의아하다는 눈빛으로 서준을 올려다보았다.

"우리 결혼 생활에 관심이 많은 기자들이 한둘이 아니어서 말이야. 집 밖으로 나가지 않았던 동안에도 바람을 피웠다느니, 이혼을 했다느니 온갖 소문이 돌았던 거 너도 알잖아."

서준의 대답에 수긍한다는 듯 지원이 고개를 끄덕이며 입을 열었다.

"내가 엔터에 발 담그고 있긴 하지만 기자들 끈질긴 건 잘 알고 있지."

"이해가 빨라서 좋네."

서준이 집어 들었던 사진을 제 책상 서랍 속에 넣어 두었다. 이제 용건이 끝났으니 이만 가 보라고 하려던 순간, 지원이 날카로운 눈빛으로 서준을 응시했다.

"설마 이대로 끝은 아니지?"

"그럴 리가. 도움을 받았으면 그에 걸맞은 대가를 지급해야지. 원하는 게 뭐야? 지금 얘기해."

지원은 굳었던 얼굴을 펴고는 백 속에서 또 다른 프로필 파일을 꺼냈다.

"이번에 너희 회사에서 새로 출시될 스마트폰 광고 모델로 배우 은수연 씨가 발탁됐다는 얘기가 있어. 그거 무르고 우리 애들 좀 써 줘. 이번에 데뷔할 신인이야."

"뭐?"

황당한 얼굴의 서준을 뒤로 하고 지원은 데뷔를 앞두고 있는 신인 가수의 프로필이 담긴 파일을 내밀었다.

파일에는 그들의 프로필 사진 및 기타 정보들이 담겨 있었다.

"뭘 그렇게 놀라? 걸맞은 대가를 지급하겠다며. 가는 게 있으면 오는 게 있어야 하는 법이지. 이 정도는 당연한 거 아니겠어?"

뭘 모르고 하는 것인지 아니면 알고서 일부러 이러는 것인지 서준이 인상을 썼다.

"힐튼호텔 일이라면 모를까. 이건 내가 어떻게 할 수 있는 영역이 아니야."

"알아. 그러니까 민준 오빠한테 말 좀 잘해 달라고."

"허!"

서준이 어이없다는 듯 코웃음을 쳤다. 다른 사람도 아니고 민준한테 '부탁'을 하라는 게 말이나 되는 일인가. 민준과 제가 얼굴만 봐도 서로 못 잡아먹어서 안달인 사이라는 것쯤은 지원 역시 너무나도 잘 아는 사실이었다.

"네가 형한테 직접 얘기해."

"아무리 회사가 크다고 한들 유명 배우랑 이제 갓 데뷔하는 신인 가수는 급이 다르지 않겠어?"

"알면서 그런 부탁은 왜 하는 건데?"

"아직 어린 애들이야. 세상 더러운 때 안 묻은 순수한 애들. 다른 곳으로 굴러서 험한 꼴 보게 하고 싶지 않아."

"내가 자존심 굽히고 형한테 부탁하는 건 괜찮고?"

지원이 묘하게 입꼬리를 올리며 간드러지게 웃었다.

"이것 봐, 강서준 씨. 계산은 확실히 하셔야죠. 나라고 1년도 더 지난 일을 기억하고 싶었겠어? 난 그날 네 와이프의 행방을 찾기 위해서 커피숍이랑 주변 CCTV까지 싹 다 뒤졌어. 그래서 폐기되기 직전, 파일을 구해 왔다고. 그럼 너도 그에 맞는 노력을 해야 하지 않겠어?"

서준의 잇새로 깊은 한숨이 새어 나왔다.

"알았어. 잘 얘기할 테니까 이만 나가 봐."

뒤늦게 그녀의 손에 들린 파일을 낚아채듯 가져간 서준이 피곤한 얼굴로 의자에 앉았다.

"나 피곤해."

정확히 얘기하자면 혼자서 생각할 시간이 필요했다.

"나도 바쁘거든? 간다."

어련하겠냐는 눈빛으로 서준을 바라보던 지원이 이내 집무실을 나섰다. 그녀가 나간 뒤, 그는 한참 동안이나 홀로 생각에 잠겨 있었다. 자신을 쳐다보던 욱진의 원망스러운 눈빛이 아직도 생생했다.

"기회라……."

서준이 나지막하게 중얼거렸다. 아버지와의 관계가 틀어진 후에 처음으로 얻은 기회였다. 자식 된 도리로 절대 해선 안 되는 선택을 했다는 걸 알기에 서준은 더욱 마음이 좋지 않았다.

아버지와의 관계, 어머니의 죽음. 그리고 그 가운데 놓여 있는 하윤의 존재.

사라진 4주의 시간 동안 대체 어떤 일이 있었던 걸까.

"이 비극은 대체 언제 끝나는 걸까."

짙은 한숨을 내쉬며 중얼거렸다.

세 시간 정도 지났을까. 서준의 집무실 밖에서 실랑이를 하는 듯한 소란스러운 소리가 들려왔다. 잔뜩 인상을 찌푸린 그가 문 쪽으로 시선을 돌렸다.

쾅! 소음과 함께 민준이 거칠게 문을 열고 들어섰다. 밖에서 대기하고 있던 비서는 어쩔 줄 모르는 당황스러운 얼굴로 고개를 푹 숙이고 있었다.

"드, 들어가시면 안 되는데……."

이 소동의 주인공이 민준이라는 사실에 서준은 기가 막혔다.

"무슨 일이지?"

서준이 낮은 음성과 함께 입술을 뗐다.

"죄송합니다. 지금은 아무도 들어오지 말라 하셨는데 강민준 사장님께서 막무가내로 들어가겠다고 하……."

"아니. 형이 사랑하는 동생 좀 보러 들어가겠다는데, 너 같은 비서 새끼 허락을 받아야 해? 나 강민준 사장이야. 내가 잡상인도 아니고 말이야."

자신을 저지하는 비서의 행동이 상당히 거슬린다는 듯 민준이 거만한 목소리로 비서의 머리를 툭툭 치며 얘기했다. 보란 듯이 제 사람에게 함부로 대하는 그가 못마땅한 서준이 강한 어조로 말했다.

"그만 좀 하지."

날카로운 시선이 허공에서 맞부딪쳤다.

"윤 비서님. 괜찮으니까 나가 보세요."

침착하게 윤 비서를 밖으로 내보냈다. 이 상황이 그저 재미

있는지 비릿하게 입꼬리를 말아 올린 민준이 제 방에 온 듯 편한 자세로 소파에 앉았다.

"많이 한가한가 봐. 왜 여기까지 와서 소란을 부려?"

"이야, 정말 대단해."

민준이 비릿한 미소와 함께 대뜸 박수를 쳤다.

"서자인 주제에 여자한테 빠져서 집안을 아주 뒤집어 놓고 나갔는데도 아버진 여전히 네 편이네?"

잔뜩 상기되어 평소보다 더 높게 올라간 목소리엔 서준을 향한 분노가 서려 있었다. 욱진이 중국에서 열릴 자리에 유현 그룹의 이름을 걸고 자신이 아닌 서준을 보내려 했다는 소식을 듣고 이러는 듯했다.

"우리 아버지, 자식 사랑 한번 참 대단해. 안 그래?"

서준을 바라보며 비꼬듯 얘기했다. 그의 투정에 일일이 대응해 줄 기분이 아니었다. 삐딱한 시선으로 그를 바라보던 서준이 천천히 입을 열었다.

"기껏 여기까지 찾아와서 나한테 한다는 소리가 본인의 능력 부족, 자질 부족을 인정하는 꼴이라니."

"뭐?"

서준의 말에 민준이 싸늘하게 표정을 굳혔다.

"얼마나 능력이 없고 못났으면 서자 주제에 실망만 안긴 나보다 인정을 못 받을까 싶어서. 나 같으면 쪽팔려서 얼굴도 못 들고 다니겠다."

"이 새끼가……!"

민준은 제 감정에 못 이겨 주먹을 휘두르려고 했지만 이내 서준에 의해 제지당했다. 열등감에 똘똘 뭉친 형을 받아 주는 것도 한계가 있었다.

"오늘 장난칠 기분 아니야. 좋은 말로 할 때 그냥 가."

마음을 다잡으며 단호한 목소리로 얘기했다. 하지만 그런 말이 민준의 귀에 들어올 리가 없었다.

"지 엄마 죽인 살인자랑 사는 주제에 어디에서 큰소릴 쳐?"

그러나 결국 선을 넘었다. 민준이 해선 안 될 말을 내뱉은 순간, 서준은 가까스로 붙잡고 있던 이성의 끈을 놓고야 말았다.

퍼억! 둔탁한 굉음이 울려 퍼졌다.

"내가 말하지 않았던가. 오늘은 네 비위 맞춰 줄 기분 아니라고."

거친 숨을 내쉬며 싸늘한 시선으로 쓰러져 있는 민준을 바라보았다. 터진 입술을 소매로 닦은 그가 어이가 없다는 듯 헛웃음을 흘리며 몸을 일으켰다.

"너. 지금 나 쳤냐?"

어렸을 때부터 서준에게 폭력을 행사한 건 민준 쪽이었다. 매번 맞으면서도 단 한 번도 형에게 맞서 주먹을 날린 적 없는 서준이기에 민준은 이 상황이 더욱더 당황스러웠다.

"반대쪽 입술도 터지고 싶으면 얘기해."

서준은 탁탁, 제 옷을 털며 민준에게 경고했다.

"그렇게 돌려서 얘기하지 말고."

"네가 드디어 돌았구나?"

"20년 전, 어렸던 내가 너한테 맞서지 않은 건 너랑 똑같은 사람이 되고 싶지 않아서였어."

"……뭐?"

민준의 얼굴이 일그러졌다. 숱하게 반복된 민준의 폭력에도 서준이 잠자코 맞기만 했던 건 괴물이 되고 싶지 않아서였다.

그와 마찬가지로 주먹을 휘두른다면 똑같은 괴물이 되는 것밖엔 안 되니까. 어렸던 서준은 그렇게 생각하며 이를 악물었다.

"근데 이젠 아냐. 너랑 난 **뼛속부터** 다른 사람이라는 걸 깨달았어. 내가 그깟 주먹 좀 휘두른다고 너랑 같은 새끼가 되는 게 아니거든."

싸늘한 시선으로 민준을 바라보았다. 그가 제 입안에 고인 핏물을 퉤, 하고 거칠게 뱉어 냈다. 팽팽한 긴장감이 두 남자 사이를 에워쌌다.

08화

균열

멍한 얼굴로 시계를 바라보던 하윤이 신경질적인 손길로 머리를 쓸어 넘겼다.

"내가 왜 시계만 보고 있는 거지."

새벽 한 시가 다 돼 가는 시각임에도 서준은 코빼기도 보이지 않았다.

매일 집에 들어오겠다고 말한 뒤로 단 한 번도 말없이 밖에서 잠을 청한 적은 없었기에 하윤은 저도 모르게 서준을 기다리고 있었다. 평소 같았으면 이미 잠자리에 들고도 남을 시간이었다.

"그래. 괜히 자고 있는데 들어오면 시끄러워서 나만 손해니까."

그래서 서준을 기다리는 거라 합리화하며 중얼거렸다.

"때가 되면 들어오겠지."

입김으로 제 앞머리를 후, 하고 불었다. 감정을 한가득 담은 입김이 하윤의 머리칼을 일렁이게 만들었다.

일반적인 부부라면 전화를 해 보면 그만이겠지만 그녀에겐 휴대폰이 없었다. 답답한 마음에 1층으로 내려간 하윤은 냉수를 담아 벌컥벌컥 단숨에 들이켰다.

그리고 뒤를 돌던 그 순간이었다.

"이 밤에 왜 냉수를 마시고 있어."

"어, 엄마야!"

훅 치고 들어오는 서준의 음성에 하윤이 들고 있던 유리컵을 손에서 놓치고 말았다.

"잡았다."

하지만 서준은 그녀의 손에서 미끄러진 유리컵을 잼싸게 낚아채듯 잡았다. 하마터면 컵을 깰 뻔한 상황에 하윤이 놀란 가슴을 쓸어내렸다.

"잘했지?"

그가 비스듬한 시선으로 하윤을 바라보며 얘기했다.

"술 마셨어요?"

조심스럽게 서준을 바라보던 하윤이 물었다. 그의 서재에서 입을 맞췄던 날처럼 알싸한 향기가 코끝을 자극했다. 벌써 세 번째였다. 서준이 취한 모습을 보는 게.

"저번보다 훨씬 취한 것 같은데?"

"어. 맞아."

언제나 그랬듯 대답은 곧잘 했다.

"나 기다렸어?"

서준이 이렇게까지 말을 많이 했던 적이 있던가. 칭찬받고 싶은 어린아이처럼 쉬지 않고 질문을 던지는 그가 낯설었다.

"당신이 좋아한다고 해서 이것도 사 왔는데."

"뭘 사 와요?"

그가 손에 들고 있던 봉투를 들어 보였다. 그 안에는 유리 병에 담긴 유자청이 들어 있었다. 하윤은 갑자기 생뚱맞게 유자청을 사 온 그를 보며 어이가 없다는 듯 말했다.

"누가 그래요? 너무 달아서 별로 안 좋아하는데. 일단 올라가서 얘기해요. 사람들 다 잘 시간인데 괜히 깨우지 말고."

자세히 보니 그는 제 몸도 제대로 가누지 못 할 정도로 잔뜩 취해 있는 상태였다. 늦은 시간인 만큼 더는 괜한 소란을 피울 수가 없었다.

그녀는 서준의 등을 떠밀며 함께 침실로 향했다. 침실에 들어서자마자 서준과 마주하니 아깐 미처 발견하지 못한 상처가 보였다.

"당신 싸웠어요?"

터진 입술 끝에 굳은 피가 맺혀 있었다. 대체 무슨 일이 있었던 걸까. 술에 취해 귀가한 것도 모자라, 어디서 싸우고 온 건지 상처까지 입고 오다니.

온전한 상태로 가만히 서 있기 힘들었던 서준은 침대에 털썩, 걸터앉아 답답한 듯 넥타이를 느슨하게 풀었다.

"묻잖아요. 싸웠냐고."

대답이 없는 그를 향해 다시 한번 단호하게 물었다.

"싸웠다고 하면 치료라도 해 줄 건가."

제 앞에 서 있는 하윤을 올려다보며 서준이 피식 웃어 보였다. 오늘 따라 왜 이렇게 어린아이같이 구는 건지. 후, 하고 깊게 한숨을 내쉰 하윤이 걸음을 옮기며 말했다.

"잠시만 기다려요."

이내 구급함을 들고 온 하윤이 서준과 마주 보며 침대에 앉았다. 가까이에서 보자, 찢어진 상처가 더욱 도드라져 보였다.

"이렇게 술 취해서 싸우고 다닐 거면 앞으로 그냥 집에 들어오지 말아요."

싸늘한 목소리와는 다르게 연고를 바르는 손길은 꽤 섬세했다.

"애도 아니고 이게 다 뭐야. 속상하게······."

상처 난 부위에 연고를 톡톡 두드린 하윤이 면봉으로 잘 펴 발랐다.

"누구랑 마신 거예요?"

"혼자."

"근데 입술이 찢어져서 와요?"

"왜 안 자고 있었어?"

서준은 대답하지 않은 채 일방적으로 대화를 이어 나갔다. 알코올에 의해 반쯤 잠긴 갈라진 목소리가 애처롭게 새어 나왔다. 그가 풀린 눈으로 하윤을 다정하게 바라보고 있었다.

"자고 있는데 당신이 중간에 들어오면 괜히 잠 설칠까 봐요."

"거짓말하지 마. 당신 잠귀 굉장히 어두워."

그는 단호하게 그럴 일 없다는 듯 받아쳤다. 이렇게까지 술에 취한 모습은 처음이었기에 하윤은 아이처럼 구는 그의 모습이 색다르게 느껴졌다.

서준의 입술을 톡톡 두드리던 하윤이 고개를 들어 그와 시선을 마주했다. 자신을 바라보는 그의 눈망울에 수많은 감정이 가득 차 있었다.

"왜."

"……."

"그런 눈빛으로 봐요."

조심스럽게 물었지만 돌아오는 건 침묵뿐이었다. 다 바른 연고를 도로 구급함에 넣은 하윤이 몸을 일으켰다. 다시금 구급함을 가져다 놓기 위해서였다.

"기다려요. 도로 갖다 놓고 올 테니까."

"1분만."

뒤돌아 발걸음을 옮기려던 하윤이 이내 우뚝 멈춰 섰다. 뒤에서 자신을 끌어안은 서준 때문이었다.

손에 들린 구급함에 그에 의해 바닥으로 툭, 떨어졌다. 그녀의 눈빛이 요동쳤다.

"잠깐만 이러고 있자."

"……왜 이래요, 오늘."

하윤이 몸을 돌리려 했지만 서준은 놓아주지 않았다. 그녀 역시도 차마 그에게 붙잡힌 팔을 세차게 뿌리치진 못 했다.

"하고 싶은 얘기가 있으면 해요. 이런 식으로 사람 피 말리지 말고."

말이 끝나기가 무섭게 서준이 그녀의 어깨에 고개를 파묻었다. 술기운에 달아오른 체온이 고스란히 느껴졌다. 서준이 더욱 강한 힘으로 하윤을 끌어안았다.

"매일 밤, 당신을 안았어."

제 허리를 끌어안은 그의 손길을 떼어 내려던 하윤이 그 목소리에 움직임을 멈추었다.

이 남자는 대체 어디서 뭘 하고 온 걸까. 혼자였다면서 입술에 난 상처는 대체 무엇일까.

"이렇게…… 매일 밤 당신을 끌어안았어. 하루도 빠짐없이."

그 목소리에 무어라 대답할 수가 없었다.

"당신의 몸 곳곳에 내 흔적을 새기듯 입을 맞췄어. 한 군데도 빠짐없이 천천히 입술을 맞췄다고. 당신의 몸 중에서 내 입술이 닿지 않은 곳은 없었을 만큼."

"대체 무슨 말을……."

"그렇게 숱하게 입을 맞췄는데 단 한 번도 이런 흉터는 본 적이 없었어."

서준이 그녀를 꽉 끌어안았던 팔에 힘을 풀며 조심스럽게 손목을 붙잡았다.

그가 힘을 풀자 하윤이 몸을 돌려 서준과 시선을 마주했다. 슬픔에 젖은 눈동자가 붉게 충혈되어 있었다.

"대체 왜 그랬어……."

그 눈빛이 지나치게 괴로워 보였다.

"대체 왜 날 이렇게 비참하게 만들어."

"……."

"왜 날 무능력한 남편으로 만들어."

애원하듯 하윤을 향해 몰아붙였다. 격해진 감정이 조금씩 떨리는 목소리로 대변됐다. 그의 눈가로 투명한 눈물이 차올라 천천히 일렁였다.

하윤의 동공이 세차게 흔들렸다. 서준의 눈가에 맺힌 눈물을 저도 모르게 손으로 부드럽게 닦아 주었다. 하윤은 이 모든 게 낯설기만 했다.

그의 눈물을 보자 제 마음 역시 크게 동요했다. 고통에 몸부림치는 그를 도저히 외면할 수가 없었다.

"당신 때문이…… 아닐 거예요."

떨리는 목소리를 감추며 조심스럽게 얘기했다. 겉으로 보이는 상처쯤이야 약을 바르면 낫는다지만 속에 있는 상처는 쉽게 아물지 않는 법이었다.

서준도, 하윤도 서로에게 말하지 못했던 그 상처들이 오늘날 곪을 대로 곪아 결국 터지고 말았다.

"당신에게 의지하지 못했던 게 아니라, 나 역시도 당신을 사랑했으니까 얘기하지 못했던 거겠죠. 사랑하니까, 그래서 걱정을 끼치고 싶지 않았을 거라고요. 지금 당신이 내게 그러는 것처럼."

서준을 안정시키려는 듯 차분한 목소리로 얘기했지만 술에 취한 그는 힘없이 침대 위에 주저앉았다.

고개를 푹 숙인 모습에서 그의 감정이 여실히 드러났다.

자괴감, 죄책감, 절망, 슬픔 등.

그 복잡한 감정들이 한데 섞여 그의 얼굴 위로 어둠을 자아냈다.

"아니. 내가 너무 안일하게 생각했어."

깊은 한숨과 함께 서준이 힘겨운 목소리로 입을 열었다.

"행복하게 해 주겠다고 약속했는데 당신과 매일 전화를 하면서도 조금도 이상한 걸 알아채지 못 했어."

만감이 교차했다. 서준이 홀로 짊어지고 있는 고통의 무게가 가늠되지 않을 만큼 힘들어 보였다.

"당신 목소리가 조금 이상하다고 느꼈을 때 바로 알아차려야 했어."

출장 기간 동안 하윤과 수도 없이 통화를 했었다. 그러던 중 평소와는 다르게 조금 힘이 빠진 듯한 그녀의 목소리를, 그저 일이 바빠서 피곤해서 그런 것이라며 안일하게 생각하고 지나쳤던 것이 화근이었을까.

"내가 조금만 더 신경 썼더라면⋯⋯."

모든 게 자신의 잘못인 것 같아 괴로웠다.

"내 일이 바쁘다는 핑계로 당신한테 무심했던 내가 원망스러워."

"당신 탓이 아니니까 고개 들어요."

힘들어 하는 모습이 안타까워 하윤은 입술을 잘근 깨물며 말했다.

"그러니까, 이렇게 술 마시고 나약한 모습 보일 거면 집에 들어오지 말아요."

속상한 마음에 단호한 목소리가 새어 나왔다. 모든 걸 털어 놓고 의지해야 하는 부부 사이에 좀처럼 허물어지지 않는 마음의 벽이 그들을 어긋나게 만들었다.

"오늘은 당신이 침실에서 자요. 내가⋯⋯ 내 서재에서 잘 테니까."

서준을 지그시 내려다보던 하윤이 몸을 돌렸다. 금방이라도 무너질 것 같은 그의 모습을 더 보고 있을 자신이 없었기 때문이다.

하지만 한 발자국 떼기가 무섭게 서준이 그녀의 손목을 붙잡아 침대에 눕혔다.

"가지 마."

단숨에 하윤의 위로 올라온 서준이 힘겹게 얘기했다.

"지금은 내 옆에 있어 줘."

붙잡는 목소리마저 낭떠러지에 핀 꽃처럼 아슬아슬하게 흔들렸다.

자신을 향한 아버지와 형의 화살이 감당하지 못할 만큼 힘든 날이었다. 서준은 자신이 얼마나 나약한 존재인지 깨달았다.

하윤을 향한 사랑 하나만 믿고 가족까지 버렸지만, 결국 그 소중했던 사랑조차 감히 지키지 못하고 있다는 생각이 들었다.

"알았어요."

"……."

"오늘 밤은 당신 옆에 있을게요."

하윤은 만감이 교차하는 얼굴로 서준의 뺨을 천천히 쓰다듬었다. 그제야 안심했는지 몸에 힘이 풀린 서준은 침대 위로 풀썩 늘어졌다.

밀려오는 두통에 그가 인상을 찌푸렸다. 그러면서도 손을 뻗어 제 옆에 있는 하윤의 손목을 단단하게 붙잡았다. 저를 두고 어디에도 가지 말라는 듯.

하윤은 서준에게서 알싸하게 풍기는 술 냄새만으로도 그가 얼마나 많은 양의 술을 마셨는지 가늠할 수 있었다.

"옆에 있을 테니까 안심해요."

그러면서도 눈을 감고 있는 서준에게 나지막하게 말했다. 하지만 제 손목을 붙잡은 그의 손길은 떨어지지 않았다.

10분, 20분. 고요한 가운데 침실 안엔 시계 초침이 움직이는 소리만이 째깍거리며 울려 퍼졌다.

말없이 서준이 잠드는 모습을 바라보고 있던 하윤은 그의 숨소리가 안정을 찾아가자 조심스럽게 붙잡힌 손목을 빼냈다. 그리고 불편해 보이던 넥타이를 조심스럽게 벗겨 주었다.

"진짜 많이 취했구나."

새근거리며 잠이 든 서준의 모습을 보며 하윤이 나지막하게 중얼거렸다. 넥타이를 잘 개어 책상 위에 둔 하윤이 셔츠를 벗기려던 손길을 잠시 멈췄다. 그러다 결심한 듯 양말부터 벗기기 시작했다.

"옷은 이대로 둬야 하는 건가."

불편할 걸 알기에 셔츠를 입고 잠들게 내버려 두는 것도, 그렇다고 해서 옷을 벗기기에도 난감한 상황이었다. 잠시 고민하는 듯하던 하윤이 이내 결심한 듯 입을 열었다.

"그래. 부부잖아. 뭐 어때."

조심스러운 손길로 단추를 풀어 나갔다. 혹여 잠에서 깰까 조심스럽게 움직였지만 술에 취한 채로 깊게 잠든 서준은 꿈쩍도 하지 않았다.

그의 상체 위로 불편하게 걸쳐져 있던 셔츠를 벗긴 뒤에 감기에 들지 않도록 이불을 잘 덮어 주었다.

"잠잘 때만큼은 아무 걱정 없이, 괴롭지 않길 바랄게요."

작게 중얼거린 하윤이 이부자리를 잘 정돈한 뒤에 곧장 침실을 나왔다. 그가 편히 잘 수 있길 바라는 마음에 보인 나름의 배려였다.

요즘 서준이 쏟아지는 업무로 제대로 잠들지 못한다는 걸 알고 있었다. 거기에 자신의 존재가 그에게 짐이 되는 것 같아 내심 마음이 무거웠다.

그녀 역시도 복잡한 생각을 정리하기 위해 오늘 밤은 혼자 있고 싶었다.

✢   ✢   ✢

깊은 잠에 빠져들자 또 한 번 사방이 어두컴컴해졌다.

번듯하게 정장을 차려입은 하윤이 재판장 앞에 서 있었다. 반면에 제 옆에 있는 한 여자는 표정이 어두웠다. 삶의 마지막 희망까지 모두 잃은 얼굴이었다.

"변호사님. 제발 한 번만 다시 생각해 주세요."

여자가 울먹이는 얼굴로 하윤을 향해 입을 열었다. 고민하는 하윤의 얼굴에선 무어라 대답할지 모르겠다는 그런 마음이 보였다.

그녀에게 사실대로 말해야 할까, 아니면 희망을 줘야 하는 걸까.

이 재판에 답은 이미 정해져 있었다. 여자는 어떠한 상황이 오더라도 유죄 판결을 받을 것이다.

이미 전부터 상부의 지시에 따라 그렇게 계획됐고, 하윤에게는 그 잔인한 계획을 바꿀 만큼의 힘이 없었다.

"변호사님. 전 정말…… 아무런 잘못도 하지 않았어요."

툭, 치면 당장이라도 눈물을 쏟을 것 같은 얼굴이었다. 그 억울함을 누구보다 잘 아는 하윤이었지만 제 앞에서 떨고 있는 여자를 위해 그 무엇도 할 수가 없었다.

"전 정말…… 너무 억울해요."

모든 죄는 돈 많고 권력 있는 음지의 중심에 서 있는 자들의 것이었다.

그 사실을 알면서도 하윤은 제게 매달리는 여자를 애써 무시하며 재판장 안으로 들어섰다. 떨리는 마음이 좀처럼 진정되지 않는 건지 심호흡을 반복했다.

기어코 재판이 시작됐다. 묘한 흐름이 재판장 내부를 에워쌌다. 삭막한 분위기 속에 재판은 빠른 속도로 진행되고 있었다.

탕탕탕!

피고에게 유죄를 알리는 소리가 경쾌하게 세 번 울렸다. 판사의 판결 음이 더할 나위 없이 냉정했다.

"다 끝났어. 다, 끝나 버렸다고."

망연자실한 얼굴로 피고 측에 앉아 있던 여자가 중얼거렸다.

초점을 잃은 두 눈과 넋이 나간 듯한 얼굴. 여자의 변호사였던 하윤 역시 입술만 잘근 깨물 뿐이었다.

더 이상 능력으로 되돌릴 수 있는 것은 없었다. 판결이 정해진 싸움에서 더 이상 할 수 있는 건 없다. 그에 맞서 싸울 용기도, 정의도 하윤에겐 남아 있지 않았다.

그 순간, 배심원석에 앉아 있던 한 남자와 시선이 마주쳤다. 묘한 시선이 오갔다.

남자는 혼혈이었다.

회녹색의 짙은 눈망울이 상당히 인상적인 남자.

그게 하윤과 에릭의 첫 만남이었다.

✝   ✤   ✝

"하아……."

꿈에서 깬 하윤이 거친 숨을 몰아쉬었다. 인정하지 않으려 해도 기억이 점점 돌아오고 있다는 건 명백한 사실이었다. 비슷한 상황에 놓일 때 순간적으로 떠오르는 기억들, 혹은 꿈속에서 알려 주는 기억의 조각들.

아직은 작은 부분들만 나타나고 있지만 언젠간 그 모든 게 모여 하나의 그림이 될 터였다.

잃어버린 기억의 파편들은 제멋대로 돌아왔다. 그 파편들을 맞추기 위해선 정리가 필요했다. 종이와 펜을 찾기 위해 하윤이 몸을 일으켰다.

"으……."

일어나자마자 느껴지는 두통에 하윤이 제 관자놀이를 지그시 눌렀다. 뒤늦게 자신이 어젯밤 서재 소파에서 잠을 청했다는 사실을 깨달았다.

"어쩐지. 뭔가 불편하더라니."

고개를 돌려 창밖을 보니 환한 햇빛이 정원을 비추고 있었다. 분명 작은 담요 하나를 덮고 잔 것 같은데, 제 몸엔 이불이 덮여 있었다.

어젯밤 침실을 나와 소파에서 잠을 청한 하윤 탓에 아침 일찍 일어난 메이드가 얼마나 놀랐는지 모른다.

때마침 청소를 위해 서재에 막 들어온 메이드가 놀라며 하윤에게 다가왔다.

"아, 아가씨. 일어나셨습니까."

"그 사람은요?"

이젠 습관처럼 서준의 존재부터 물었다.

"아직 침실에 계세요. 아니, 근데 아무리 싸우셨다고 해도 그렇지, 여기서 이렇게 주무시면……."

아무렇지 않게 말을 이어 가던 메이드가 자신이 뱉은 실수를 깨달았는지 말끝을 흐렸다. 얼굴엔 당황한 기색이 역력했다.

"싸운 거 아니에요."

하윤은 메이드를 향해 단호한 목소리로 말했다. 어젯밤 과음을 한 탓에 서준 역시도 늦잠을 자는 듯했다.

"그냥 사정이 좀 있었어요."

소파에서 일어서니 무거운 머리가 잠시 핑, 하며 어지러움을 유발했다. 하윤이 순간적으로 인상을 쓰는 것을 본 메이드가 곧장 다가와 그녀를 부축했다.

"괜찮으세요?"

"괜찮아요. 갑자기 일어났더니 어지러운 것뿐이니까. 아, 그리고 아침은 해장할 수 있는 메뉴로 준비해 줄래요? 그 사람이 어제 과음을 해서."

"알겠습니다. 속 풀릴 만한 음식으로 준비할게요."

"아, 아니에요."

"네?"

발걸음을 옮기려던 메이드를 돌연 돌려세웠다.

"내가 직접 하는 게 좋겠어요."

처음이었다. 서준을 위해서 무언가 직접 해 주고 싶다는 생

318

각이 들었던 것은. 하윤의 갑작스러운 말에 놀란 메이드가 의아하다는 듯한 눈빛으로 그녀를 바라보았다.

"음. 해장하기 좋은 음식으로 뭐가 있죠?"

"보통 콩나물국이나 북엇국이 무난합니다. 그런데 정말 아가씨께서 요리하시려고요?"

"못할 것도 없죠. 재료 좀 준비해 주세요."

어렵지 않은 메뉴라 판단한 하윤은 메이드에게 가볍게 지시를 내린 뒤 먼저 주방으로 걸음을 옮겼다.

어젯밤 자신이 과음을 한 것도 아닌데 괜히 타는 듯한 갈증이 일었다. 시원한 얼음물이 마시고 싶었다.

이내 주방으로 가 물을 마시던 하윤이 꿈에 대해 곰곰이 생각했다.

"그래. 재판이 있었던 것 같기는 한데."

어렴풋한 기억이 오히려 더 찝찝하게 그녀를 괴롭혔다.

"아, 도대체 뭐가 뭔지 모르겠네."

하윤이 답답한 듯 입술을 잘근 깨물며 중얼거렸다.

"뭘 모르겠어."

그때, 익숙한 음성이 들려왔다.

고개를 돌려 보니 이제 막 잠에서 깬 듯 서준이 피곤한 얼굴로 서 있었다. 어젯밤 과음을 한 탓인지 평소보다 얼굴이 푸석했다.

"일어났어요?"

"어. 방금. 일어났으면 깨우지 그랬어."

"오늘은 좀 늦게 일어날 줄 알았거든요."

하윤의 시선이 그의 옷으로 향했다.

"옷…… 갈아입었네요."

바지는 채 벗기지 못하고 셔츠만 벗겨 주었던 어젯밤 제 모습이 떠올랐다. 여럿이 사는 이 저택에서 차마 상의를 벗은 채로 돌아다닐 순 없었던 건지 서준은 편한 옷으로 갈아입은 모습이었다.

"불편할 것 같아 바지도 벗겨 주려고 했는데 일어났을 때 알몸이면 좀 당황할 것 같아서. 아무리 부부 사이라도 예의라는 게 있으니까요."

하윤이 어깨를 으쓱이며 얘기했다. 하지만 그녀가 내뱉은 말에 되려 서준이 당황한 눈치였다. 옷을 스스로 갈아입은 게 아니었다니. 미간을 좁힌 서준이 조심스럽게 하윤을 향해 입을 열었다.

"혹시 어젯밤에……."

불안한 눈빛이 이리저리 흔들렸다. 당황한 듯 불안한 눈초리였다.

일어났을 때 잘 개어진 넥타이와 셔츠를 보면서 그저 취한 와중에도 자신이 정리를 하고 잠이 들었다고 생각했었다. 그게 하윤이 벗겨 준 거라고는 눈곱만큼도 생각하지 못했다.

"혹시 내가……."

기억이 없었다. 필름이 끊길 정도로 만취할 때까지 술을 마셔 본 건 정말 오랜만이었다.

"당신한테 뭐 실수한 게 있다면 지금 전부 말해 줘."

"뭐라고요?"

조심스럽게 묻는 서준의 모습에 더욱 당황한 듯 하윤이 미간을 찌푸렸다. 그 말인즉슨, 어젯밤에 있었던 일을 아무것도 기억하지 못한다는 것 아니던가.

"설마 아무것도 기억이 안 난다는 얘긴 아니죠?"

"오랜만에 과음을 해서 그런 건지 몸이 예전 같지가 않더군."

"정말 단 하나도 기억이 안 나요?"

"응."

민망한 마음을 애서 숨기며 얘기했다. 혹여 술에 취해 하윤에게 실언이라도 했을까 서준은 그녀의 눈치를 살폈다.

"원래 술 마시면 필름이 끊기는 스타일이에요?"

"아주 드물게 그래."

실로 오랜만이었다. 어젯밤 일에 대한 열쇠를 하윤이 쥐고 있는 셈이니 서준은 잠자코 있을 수밖에 없었다. 대답을 기다리는 듯한 눈빛에 하윤이 어깨를 으쓱이며 그와 시선을 마주했다.

"말해 줘."

가느다란 눈초리에 기가 죽은 듯 그녀를 조심스럽게 바라보았다. 이리저리 눈을 굴리던 서준이 손끝으로 넌지시 그녀의 소매를 붙잡았다. 마치 혼나기 싫은 아이 같았다.

"……큰 실수를 한 것 같지는 않은데."

"확실해요?"

"응."

그 모습을 본 하윤이 옅게 웃어 보였다.

"기억이 안 난다니 참 안타깝지만 앞으로 술 취한 상태로 귀가하면 문 안 열어 준다고 했어요. 당신도 다신 안 그럴 거라고 약속했고."

망설임 없는 목소리로 말했다.

"……뭐?"

예상치도 못한 그녀의 말에 당황한 듯 서준이 되물었다. 생각했던 것과는 전혀 다른 전개에 떨떠름한 기색을 감추지 못했다.

"내가 당신한테 그렇게 약속을 했다고?"

"그렇다니까요."

그가 확인할 길이 없다는 걸 알기에 하윤은 단호한 목소리로 얘기했다.

"내가 그랬을 리가 없는데."

"안 믿기겠지만 사실이에요. 정말 당신이 그랬어요. 그러니까 밖에서 떨고 싶지 않으면 앞으론 술 취해서 귀가할 생각 하지 말아요."

이참에 어제처럼 만취한 모습으로 들어오지 말라고 쐐기를 박을 생각이었다. 사뿐한 손길로 들고 있던 컵을 서준에게 건넸다.

"마셔요. 어제 과음해서 갈증 날 텐데."

하윤은 잔뜩 당황한 서준을 뒤로 하고 도도한 발걸음으로 먼저 자리를 떠났다.

샤워를 마친 뒤 옷을 갈아입고 온 서준은 평소와 다른 상차림에 다소 놀란 듯 보였다.

이미 해가 중천에 뜬지라 아침이라고 하기엔 모호했으니,

점심 식사라고 하는 편이 더 적절했다.

"어제 본의 아니게 소란을 피웠나 봅니다. 과음했다는 걸 모두가 다 알 정도면."

달걀이 들어간 칼칼한 북엇국이 서준의 시선을 끌었다. 애써 담담한 어투로 얘기했으나 그의 얼굴엔 민망한 기색이 역력했다. 그런 서준의 대답에 메이드가 손사래를 치며 입을 열었다.

"아, 그런 게 아니라…… 아가씨의 지시가 있었습니다. 이 사님께서 과음하셨으니 해장할 수 있는 메뉴로 준비하라고 하셨어요."

"하윤이가요?"

"네. 그리고 실은 이 북엇국도 아가씨께서 직접 끓이셨어요."

메이드의 대답에 놀란 듯 서준이 미간을 좁혔다. 어젯밤 술을 먹고 기억하지 못하는 무언가, 하윤에게 실수를 한 건 아닐까 하는 생각이 또다시 머릿속을 스치고 지나갔다.

무엇보다 그녀가 직접 자신을 위해 국을 끓였단 사실이 놀라웠다.

"그 반응은 뭐죠? 그게 그렇게 놀랄 일이에요?"

때마침 서준과 마찬가지로 옷을 갈아입고 내려온 하윤이 짐짓 놀란 그를 향해 말했다.

굳이 콕 집어 제가 요리했다는 것을 밝혀 준 메이드에게 고맙다는 듯 어깨를 으쓱여 보였다.

"진짜 당신이 직접 요리했어?"

"그렇다니까요. 내가 처음 해 준 요리니까 남길 생각하지 말고 다 먹어야 해요."

생색이라도 내려는 듯 서준을 향해 도도한 목소리로 말했다. 여전히 이 상황이 믿기지 않은 듯 그는 놀란 얼굴이었다.

"당신이 날 위해서 요리했다니까 잘 안 믿겨서."

"앞으론 술 마시면 집에 못 들어올 테니까, 내가 해 주는 마지막 호의라고 생각해요."

그렇게 얘기한 하윤이 찬장에서 어젯밤 서준이 제게 건넸던 유자청을 꺼냈다.

술에 취한 서준이 어디선가 유자청을 사서 이렇게 예쁘게 포장까지 해 달라고 했을 생각을 하니 어이가 없어 헛웃음이 났다.

"유자차 한 잔, 부탁해요."

옆에서 그릇을 정리하던 메이드에게 유자청을 건네고는 서준의 맞은편에 앉았다. 자신을 마주 보고 식사 자리에 함께 앉은 그녀를 본 서준이 놀란 얼굴로 물었다.

"설마 나랑 같이 밥이라도 먹으려고?"

"네. 정확히 말해 밥은 아니지만. 당신이 술 취해서 사다 준 거, 마셔 봐야 하잖아요."

"잠깐. 내가 사다 준 거라니?"

영문을 모르겠다는 듯 그가 눈을 깜빡였다.

"어떻게 정말 하나도 기억을 못 할 수가 있지?"

가느다란 눈초리로 그를 쳐다보았다. 필름이 끊기는 주사가 있을 줄이야. 그저 완벽한 듯 보이던 그에게 이런 결점이 있을 줄은 꿈에도 몰랐다. 그리고 그게 마냥 밉지만은 않았다.

"내가 좋아하는 거라면서요? 이 유자차."

"……아."

자신이 하윤에게 사다 준 것이 유자청이라는 사실을 깨달은 서준이 짧은 탄식을 내뱉었다.

민준과 한바탕한 후에 홀로 찾은 바에서 지원이 제게 건넸던 사진을 몇 번이고 곱씹어 보았었다.

자신이 알던 하윤의 모습이 극히 일부라는 사실을 받아들이기 힘들어 취기에 오기로 사 온 유자청이었다. 그걸 직접 하윤에게 건넸다는 걸 알게 되니 민망할 따름이었다.

"이제 기억이 좀 나요?"

"……잠시 취해서 미쳤었나 봐."

"유자청 사 온 게 뭐 별일이라고요. 미칠 것까지야 없죠."

"싫으면 억지로 마시지 않아도 돼."

"당신이 분명 그랬어요. 내가 좋아하던 거라고."

그 말이 사실인지 확인하고 싶은 마음이 드는 건 왜일까. 의식을 찾은 후로 단 한 번도 유자차에 손을 대 본 적이 없었기 때문에 더욱 궁금했다.

걱정이 그득한 얼굴로 자신을 바라보는 서준을 뒤로하며 메이드가 건넨 찻잔을 받아들었다.

"입맛에 맞겠죠. 당신 말이 틀리지 않았다면."

조심스럽게 찻잔을 들어 한 모금 들이켰다. 입안 곳곳에 달달한 유자차가 퍼져 나갔다. 하윤의 목울대가 한 번 달싹이자, 서준이 관찰하는 듯한 시선으로 그녀를 바라보았다. 대답을 기다리는 눈치였다.

"달달하네요."

"……뭐?"

예상 밖의 대답이었다. 하윤이 곧장 한 모금 더 들이켰다.

그녀가 하는 말은 거짓이 아니었다. 정말 달달하니, 맛있는 것처럼 들이켰다.

"내가 잘못 생각했나 봐요."

하윤이 어깨를 으쓱이며 얘기했다. 새롭게 알게 된 제 취향에 신기한 듯 계속해서 홀짝홀짝 차를 들이켜는 그녀였다.

"왜 당연히 내 입맛에 안 맞을 거라고 생각했는지는 모르겠지만 아무튼 잘 먹을게요."

어쩌면 서준이 자신에 대해서 잘 알고 있었다는 사실에 내심 다행이라고 생각하고 있는지도 몰랐다.

서준은 묘한 표정으로 그녀를 빤히 바라보았다.

무언가 이상했다. 사고가 나기 전까지 하윤은 유자차를 정말 싫어했기 때문이었다. 교통사고가 났다고 해서, 기억을 잃었다고 해서 취향까지 바뀌었을 리는 없었다. 오히려 본능에 의한 감각은 더욱 또렷이 남아 있는 법이니까. 그렇기에 뭔가 이상하다고 생각했다.

"왜 그렇게 봐요?"

자신을 빤히 바라보는 서준의 모습에 의아하다는 듯 하윤이 물었다.

"……아냐."

의심스러운 눈초리를 애써 거두며 다시금 수저를 들었다. 잘 우러난 국을 한 수저 뜨니 아버지와의 일이 불현듯 떠올랐다.

"아, 맞다."

하윤이 덩달아 고개를 들어 그와 시선을 맞추었다.

"혹시 다음 주에 같이 중국에 다녀오자고 하면, 갈 생각 있나?"

"갑자기 중국을요?"

"급한 출장이 잡혔어. 꼭 가야 하는 건 아냐. 당신이 가기 싫다고 하면 안 가도 돼."

회사 일정으로 움직이는 데에 자신이 꼭 따라가야 할 이유가 없다는 것쯤은 알고 있었다.

하지만 어젯밤 똑똑히 보았지 않았던가. 4주 동안 출장을 갔던 일을 미치도록 후회하는 서준을 말이다.

자신의 손목에 그어진 흉터도, 제 기억을 앗아 간 사고도 전부 다 4주 동안 한국을 떠나 있었던 제 탓이라고 여기는 서준이었다.

"좋아요."

짧고 굵게 긍정의 표시를 던졌다. 이번에도 마찬가지로 예상하지 못했던 대답에 서준이 눈썹을 꿈틀거렸다.

"그 일 때문에 당신이 날 두고 떠나는 걸 꺼려한다는 거 알아요."

"다시 한번 말하지만 원하지 않으면 안 가도 돼."

"회사 일이 장난은 아니잖아요. 나도 거의 종일 저택에만 있느라 답답하기도 했고."

하윤이 들고 있던 찻잔을 내려놓으며 서준과 또렷하게 시선을 마주했다.

"대신 하나만 약속해 줘요."

"뭘 말이지."

"당신 일정 끝나고 나면 나랑 같이 이곳저곳 돌아다녀요."

"……."

"여행 온 것처럼."

과거에만 얽매여 있던 하윤이 서준을 향해 미래를 약속하는 말을 한 건 처음이었다.

"그 정돈 해 줄 수 있잖아요?"

그리고 무언가를 약속하는 일은 위험했다.

✛　　　✤　　　✛

서준이 출근하고 난 뒤, 하윤은 자신의 서재로 에릭을 불렀다.

"그때 시켰던 건 알아봤어?"

서준의 친모인 한유연 여사의 사고에 대해서 알아오라고 했었다. 얇은 파일을 하나 들고 온 에릭이 그녀를 향해 건넸다.

"예상했던 대로 이미 다 손을 써 놓은 상태인지라 남은 정보라곤 이 정도밖에 없었습니다."

에릭이 건넨 파일에는 한유연 여사에 대한 기본적인 정보와 더불어 그 당시 사고에 관한 정황이 적혀 있었다.

"이름 한유연, 유현그룹 강욱진 회장의 두 번째 부인이자…… 유현병원의 전 부원장."

담담한 어조로 읽어 내려가던 하윤이 잠시 멈칫했다.

"두 번째 부인이라면 그 사람의 형하고는 핏줄이 다르다는 건가?"

"강민준 사장님께서는 돌아가신 서지현 사모님의 아들이십니다."

새롭게 알게 된 사실에 하윤이 인상을 찌푸렸다.

"그 사람이 가족에 대한 얘기는 일절 안 꺼내서 몰랐어."

자신은 모르고 있었던 그 사실을 에릭을 알고 있었다고 생각하니 기분이 이상했다. 쭉쭉 읽어 내려가던 하윤이 깊은 한숨을 내쉬었다.

"정확한 날짜도 장소도 남아 있질 않네. 그냥 교통사고였다는 것밖에는."

"예, 그렇습니다."

아쉽게도 이렇다 할 수확이 없었다. 하윤은 파일을 책상 위에 내려놓았다. 대체 무엇을 숨기고 있기에 가족의 죽음을 이렇게 묻어 두는 것일까.

"네 말대로 정말 아무것도 남아 있질 않구나."

입술을 잘근 깨문 하윤이 다시 입을 열었다.

"오늘 널 부른 건 사모님에 관한 것도 있지만 근본적으로 우리의 얘기를 하기 위해서였어."

"……무슨 말씀이신지 잘 모르겠습니다만."

"네가 그때 나한테 그랬지. 기사로만 날 접했지, 개인적으론 날 알지 못했다고."

뒷말을 기다리는 듯 에릭이 아무런 대답 없이 하윤을 응시했다.

"아니. 우린 분명 만난 적이 있었어."

확신하듯 단호한 목소리로 에릭을 향해 말했다.

"그것도 법정에서."

드디어 에릭과 얽혀 있던 기억의 조각을 끄집어내었다.

유앤미 로펌에 최연소 나이로 입사하게 된 하윤은 늘 언론과 주변의 관심을 받던 여자였다.

변변치 않았던 가정환경 속에서 의지와 끈기로 공부했던 한 여자의 인생은 그만큼 주목할 가치가 있었기 때문이다.

그러나 막상 대한민국 최고의 로펌에 입사하고 나니 현실은 그녀가 생각하던 것과는 많이 달랐다.

때때로 파렴치한 인간들도 변호를 해야 할 상황이 생기기도 했고, 상부의 지시에 따라 짜고 치는 재판이 되는 일도 허다했기 때문이다.

그 모든 것들은 하윤이 생각해 오던 이상과는 상반된 것이었다.

"내가 로펌을 관두기 직전에 재판이 하나 있었어. 내 마지막 재판이자 유일하게 패소했던 재판."

"……."

"그곳에서 네 얼굴을 봤었지. 이제야 기억났어."

"그렇군요."

최대한 말을 아끼려는 듯 에릭이 간결하게 대답했다. 성에 차지 않는 대답이었지만 원하는 대답을 얻어낼 자신 정도는 있었다.

"내가 변호했던 여자가 무죄라는 걸 알고 있었어. 근데 어째서 유죄 판결이 난 거지?"

하윤의 날카로운 눈빛이 에릭에게 닿았다.

"그것도 살인죄를 말이야."

대답하라는 듯한 얼굴로 그를 바라보았다.

"난 그렇게 무능력하진 않았다고 생각하는데."

"아가씨의 기억엔 함정이 있습니다."

"……뭐?"

당황한 듯 하윤의 미간이 일그러졌다.

"아가씨의 말대로 아가씨는 능력 있는 변호사였습니다. 그런 변호사가 재판에서 패소했을 리 없지 않겠습니까."

하지만 분명히 꿈에선 이름 모를 그 여자가 자신을 향해 애원하고 있었다. 무죄인 걸 밝혀 달라고 말이다. 그리고 하윤은 그녀가 무죄라는 걸 알고 있었고, 법정은 여자에게 유죄 판결을 내렸다.

"하나가 빠졌습니다. 아가씨는 변호인 자격으로 법정에 있던 게 아니니까요."

에릭이 단호한 목소리로 하윤을 향해 말했다.

"저와 함께 배심원석에 앉아 있었습니다."

"……뭐?"

한껏 인상을 찌푸리며 그를 올려다보았다.

"제 왼손 약지에 끼워져 있던 반지 안쪽엔 이니셜이 하나 새겨져 있었습니다. SY……. 당신이 변호를 거부했던 여자의 이니셜이죠."

하윤이 혼란스러운 눈빛으로 에릭을 바라보았다. 그가 주머니 속에 넣어 두었던 반지를 조심스럽게 꺼내 들었다.

순간, 심장이 쿵 하고 내려앉았다. 반지 안쪽에 새겨진 'SY'는 에릭이 사랑했던 여자인 시연의 이니셜을 뜻했다.

"무슨 얘기인지 하나도 빠트리지 말고 똑바로 얘기해."

그녀가 단호한 목소리로 에릭을 향해 입을 열었다. 확실히 제 편이 되었다고 생각했던 에릭이 제게 숨기는 것이 있다는 사실을 알게 되었다.

"그 사람의 서재에서 널 봤을 때 그럴 수밖에 없는 이유가 있을 거라고 생각했어. 그리고 그곳에서 강서준을 바라보던 네 눈빛도……."

에릭을 향한 의문은 늘 갖고 있었다. 그를 이용해서 자신이 원하는 것을 얻어 내려고 했던 것도, 그의 눈에서 증오심을 보았기 때문이다.

그 역시도 원하는 게 있어 이곳에 들어온 것이라 생각했으니까.

"그게 전부 날 향한 눈빛이었니?"

하윤이 차가운 미소를 흘렸다. 생각하지 못했던 전개에 마음이 복잡했다. 그녀의 눈동자 위로 짙은 혼란스러움이 퍼졌다.

"지금부터 제가 알고 있는 모든 걸 말씀드리겠습니다."

에릭은 이제 모든 걸 털어놓아야 할 때가 왔다고 생각했다. 발걸음을 옮긴 그가 건너편에 놓여 있는 작은 소파에 앉았다. 고개를 들며 묘한 시선으로 하윤을 바라보았다.

"기억을 잃기 전, 아가씨께서는 살인 사건의 용의자로 지목된 한 사람에게서 변호를 의뢰받게 됩니다."

에릭이 천천히 과거를 되짚기 시작했다.

"이름은 박시연, 나이는 스물일곱."

그가 기다란 손가락으로 테이블을 툭툭 두드리며 얘기했다.

"유앤미 로펌에 최연소로 입사한 데다가 유현그룹의 강서준 전무님과 결혼을 하게 된 당신은 사람들의 관심과 선망을 한 몸에 받던 사람이었죠. 똑똑하고, 예쁘고, 돈 많고 빈틈없이 완벽한 삶이었습니다."

그런 하윤에게 불행이 시작된 것은 서준의 출장이 결정되었던 무렵이었다.

"능력 있는 변호사들은 하나같이 이 사건을 맡는 걸 꺼렸습니다. 윗선에서 막으려고 했거든요. 당시 살인 사건의 진범이 돈 많고 권력 있는 사람이었으니까요."

눈을 가늘게 떠 보인 하윤이 계속해서 그의 얘기를 들었다.

"그때 나섰던 게 바로 아가씨입니다. 아무도 하지 않으려는 일을 나서서 해 주겠다고 말했죠. 그런데……."

까닥거리던 손가락이 우뚝 멈췄다.

"갑자기 변호를 거부하셨습니다. 오랜만에 만난 아가씨는 상당히 야윈 얼굴이었다고 했습니다."

불현듯 몸을 일으킨 에릭이 하윤에게로 성큼성큼 다가왔다. 의자에 앉아 있던 하윤이 제 앞에 선 에릭을 올려다보았다.

가까이 다가온 그가 하윤의 손목을 잡아 제 쪽으로 이끌었다.

무례한 에릭의 행동에 하윤이 당황한 얼굴로 입을 열었다.

"지금 뭐 하는……!"

"바로 이 흉터."

하윤의 손목을 뒤집은 에릭이 새하얀 살갗 위로 붉게 도드라진 흉터를 뚫어져라 바라보았다.

"이 흉터의 근원을 알게 되면 그때 아가씨께서 갑자기 결정을 바꾼 이유를 알 수 있을 거라 생각했습니다."

"뭐라고?"

"이 흉터가 바로 그 시점에 생긴 거니까요."

날카로운 눈빛으로 에릭의 이야기를 듣던 하윤이 그의 손에 잡힌 손목을 빼내며 몸을 일으켰다. 서준 역시도 제게 출장을 가기 전까진 없던 흉터라고 말했었다.

그렇다면 정말 그가 출장을 떠나 있던 4주 동안 생겼다는 얘기였다.

대체 그 짧은 기간 동안 그런 극단적인 선택을 할 만한 일이 뭐가 있다는 말인가.

"그러니까, 네 얘기는."

몸을 일으킨 하윤이 에릭과 정면으로 마주했다. 그녀가 두어 번 심호흡을 한 뒤 말을 이었다.

"억울하게 누명을 쓴 네 여자를 대신해 진실을 밝히기 위해 내 곁으로 접근을 했는데……."

하윤이 미간을 좁히며 그를 바라보았다.

"막상 이 저택에 들어와 보니 내가 아무것도 기억하지 못하는 바보가 돼 있었다는 거네."

상황이 점점 더 미궁 속으로 빠지는 기분이었다.

"이거였구나. 네가 그렇게 순순히 내 손을 잡아 준 이유가."

예상치도 못했던 에릭의 말에 하윤이 입술을 잘근 깨물었다. 확실하게 맞아떨어지는 이해관계라고 생각했다.

그런데 그 화살이 저를 향해 있을 거라곤 생각지도 못 했다.

"그럼 그 여자는 지금 교도소에 있는 거야?"

미간을 좁히며 조심스럽게 물었다.

"그렇습니다."

에릭이 흔들리는 목소리를 애써 감추며 대답했다. 깊게 한숨을 내쉰 하윤이 제 관자놀이를 꾸욱 누르며 천천히 발걸음을 옮겼다.

"이해가 안 돼."

복잡한 상황이 혼란스러운 듯 불안한 모습이었다.

"만일 내가 그 여잘 변호하겠다고 나서서 뒤에서 모종의 협박이라도 받았다면, 내 남편에게 말해서 도움을 구했겠지. 이런 흉터를 남겼다는 건 그만큼 감당하기 힘든 일이었다는 건데, 그 사람한테 한마디도 안 했을 리가 없잖아."

하윤은 아무렇지도 않게 서준을 남편이라 칭했다.

이젠 확실히 알았기 때문이다. 다른 부부처럼 그들 역시도 서로를 사랑했고, 서로에게 의지하는 관계였다는 걸.

그리고 본능이 기억하는 그 감정 탓에 서준의 어머니가 자신을 죽이려 했을지도 모른다는 의심을 품고 있으면서도 이렇게 버티고 있다는 걸.

"아무리 남편을 사랑해서 짐이 되기 싫었다고 해도 이 정도의 일은 얘기했을 거야. 아니면……."

복잡한 생각을 정리하려 조심스럽게 돌아다니던 하윤이 발걸음을 멈추며 에릭의 앞에 섰다.

"그 여자에게서 더 들은 건 없어? 변호하지 못하겠다면서 다른 말을 덧붙였다거나 그런 거 말이야. 나한테 무슨 일이 일어나고 있는지 언질을 줄 만한 것들."

에릭은 진지한 목소리로 얘기하는 하윤의 모습을 잠시 가만히 바라보았다. 그러고는 다시 한번 하윤의 손목을 붙잡아 흉터를 지그시 응시했다.

그때, 하윤은 분명 시연에게 지켜야 할 것이 생겨 더는 변호를 맡지 못할 것 같다고 말했다 들었다.

그러니 그 말이 의미하는 건.

"제 생각입니다만, 아마도 아가씨께서 그 당시에⋯⋯."

에릭이 천천히 입을 열던 그 순간이었다.

달칵. 하윤의 서재 문이 열렸다.

"여기서 뭐 하는 거지."

서준의 시선이 에릭이 쥐고 있는 하윤의 가녀린 손목으로 고정됐다. 자신을 거슬리게 하기에 충분한 모습에 그가 인상을 찌푸렸다.

"다, 당신, 여긴 어쩐 일로 다시 왔어요?"

당황한 하윤이 미간을 좁히며 물었다. 출근을 하기 위해 저택을 떠난 지 30분도 채 안 됐을 때였다.

"놓으란 뜻이었는데, 못 알아들었나."

서준은 한 음절, 한 음절 딱딱 끊으며 발음했다.

그는 하윤의 물음엔 대답하지 않은 채 여전히 제 아내의 손목을 붙잡고 있는 에릭을 보며 단호한 음성으로 일렀다.

"⋯⋯죄송합니다."

뒤늦게 쥐고 있던 하윤의 손목을 놓으며 에릭이 고개를 숙였다. 서준이 싸늘한 시선으로 그를 바라보았다.

"네 임무가 무엇인지 잊지 않았으면 좋겠군. 아무리 이 저택에서 친구처럼 지낸다고 해도, 최소한 지켜야 할 선은 있는 거 아닌가."

차가운 목소리로 에릭을 향해 말했다. 방 안에 서늘한 기운이 맴돌았다.

"오해하지 않으셨으면 좋겠습니다."

"알고 있어. 오해할 일이 없었길 바라고. 이제 그만 나가 보도록 해."

서준이 싸늘한 음성으로 에릭을 내보냈다. 고개 숙여 정중하게 인사한 에릭은 곧장 서재를 나섰다. 에릭이 방을 나서고 둘만 남게 된 후, 서준이 몸을 돌려 하윤과 시선을 마주했다.

"나한텐 술 마시면 집에도 못 들어오게 할 거라고 으름장을 놓더니 다른 남자는 당신 방에 참 잘도 들이는군."

비꼬는 듯한 말투에 하윤이 미간을 좁히며 입을 열었다.

"그런 거 아니라고 했잖아요. 할 말이 있어서 잠시 부른 것뿐이에요."

"대화를 하는데 손목은 왜 붙잡혀 있는 거지."

"그건 그냥……."

"나한텐 작은 스킨십도 절대 못 하게 하지 않았었나? 아니면 친구 사이엔 그 정도 스킨십은 가능하다는 건가?"

다소 삐딱한 목소리였다. 질투와 분노, 그 사이에 어디쯤인지 모를 감정이 솟구쳤다.

하윤을 믿지 못하는 건 아니었지만 그럼에도 그녀의 손목을 붙잡은 채 가까워 보이는 두 사람의 모습을 보니, 도저히 그냥 넘어갈 수가 없었다.

"당신 몸에 다른 누군가가 손대는 거. 정말 거슬려."

그러면서 하윤의 손목을 부드럽게 쓰다듬었다.

"뭐 하는 거예요?"

"내 손길로 덮는 거야. 자꾸 생각나서 짜증 나니까."

그냥 하는 말이 아닌 듯 서준은 미간을 좁히며 말했다.

뭐야, 정말 진심으로 하는 말이야? 그 어처구니없는 행동에 당황스러운 하윤이 눈을 가늘게 뜨며 서준을 바라보았다.

"그나저나 정말 왜 다시 온 거예요? 출발한 지 얼마 되지도 않은 것 같은데."

"서재에 두고 간 게 있어서."

"그럼 비서 시키면 되지. 뭐 하러 당신이 직접 움직여요."

"가지러 가는 김에 당신 얼굴이라도 한 번 더 볼 생각이었지."

담백한 고백에 하윤이 말없이 그를 바라보았다.

"근데 굳이 보고 싶지 않은 것만 보고 가게 생겼네."

"알았어요. 앞으론 사소한 거여도 조심할 테니 그만 비꽈요."

계속해서 저를 노려보는 서준의 모습에 하윤이 똑 부러지게 맞받아쳤다.

그러다 불현듯 아직 다 아물지 않은 그의 입술 상처로 눈길이 갔다. 어젯밤 한 차례 약을 발라 주었긴 하지만 꽤 많이 찢어져 당장 아물 것 같지는 않았다.

"많이 바빠요?"

"왜?"

"많이 바쁜 거 아니면 입술 상처 소독하고 약 다시 바르고 가요. 그렇다고 당신이 어디 가서 직접 약을 챙겨 바를 것 같진 않으니까."

"……다시?"

하지만 정작 서준의 귓가를 자극한 건 다른 대목이었다. 어젯밤에 있었던 일을 하나도 기억하지 못하는 그였다.

'다시' 약을 바른다는 건 이미 약을 바른 적이 있다는 얘기이고, 그 말은 어젯밤 하윤이 제게 약을 발라 줬다는 뜻 아니던가.

잔뜩 술에 절었던 자신이 필름이 끊긴 와중에 홀로 어둠 속에 앉아 만취 상태로 약을 발랐을 리는 없으니 말이다.

"침대에 앉아 있어요. 가서 구급함 가지고 올 테니까."

하윤은 정말 모든 것을 새카맣게 잊어버린 서준의 모습에 깊게 한숨을 내쉬었다.

그녀의 컨디션은 곧잘 체크하면서 정작 자신의 몸은 챙기지 않는 그가 답답했다.

거실에서 구급함을 가져온 그녀가 곧장 침실로 향했다. 커튼을 친 탓에 환한 대낮임에도 침실 내부는 은은한 어둠이 깔려 있었다.

"나 아침에 당신한테 분명히 얘기했어요."

"어떤 걸 말이지."

"앞으로 또 술에 취해 집에 오면 문 열어 주지 않겠다는 거요. 장난 아니에요."

"알아. 그래서 안 마실 생각이야."

서준 스스로도 술을 마시고 필름이 끊겼다는 사실이 수치스러웠는지 그녀의 말에 고분고분 대답했다. 소독약을 바른 뒤 면봉에 소량의 연고를 덜어낸 하윤이 조심스럽게 그의 입술에 면봉을 펴 발랐다.

"이 상처는 왜 생긴 건지 말 안 해 줄 거예요?"

상처에 시선을 고정한 하윤이 나지막하게 물었다.

작은 손으로 집중하며 약을 바르는 그녀의 모습을 서준은 물끄러미 바라보았다. 어젯밤 당신은 이 상처에 대해서 물었었구나.

"그냥 누구랑 좀 싸웠어."

"알고 있어요, 그 정도는. 어디 가서 혼자 쿵 부딪치지는 않았을 거 아니에요."

"형이랑 좀 다퉜어. 그러다가 생긴 상처야."

약을 바르던 하윤의 손길이 잠시 멈칫했다.

"형이요?"

낳아 준 어머니가 다르다는 에릭의 말이 머릿속을 스치고 지나갔다.

"응. 사이가 좀 안 좋았어. 아버지께서 유난히 날 더 편애하셨거든. 형 입장에서는 서자인 데다가 아버지의 관심을 독차지하는 내가 마음에 들었을 리가 없을 테니까."

어린 시절, 민준은 어느 순간부터 서준에게 폭력을 행사하기 시작했다.

그리고 그 횟수는 차츰 더 빈번해졌다. 형제는 모름지기 싸우면서 크는 법이라곤 하지만 그들의 싸움은 그런 게 아니었다.

오래된 분노와 증오가 만든 감정의 벽.

성인이 된 지금, 그 벽으로 인해 두 사람은 감당할 수 없을 만큼 사이가 벌어졌다.

"그래도 나이가 몇인데 형이랑 주먹질을 하면서 싸워요."

"그러게."

저를 나무라는 듯한 말투에 서준이 픽, 자조적인 웃음을 내뱉었다.

다시 면봉을 들어 약이 잘 스며들도록 펴 바르던 하윤의 시선이 그의 입술로 향했다. 좀처럼 시선을 뗄 수가 없었다. 그

입술을 보고 있자니 어젯밤 제 품에 안겨 울던 서준의 모습이
아른거렸다.

서준은 잠시 손을 멈춘 채로 제 입술을 빤히 바라보는 하윤
의 손목을 잡았다.

"그렇게 노골적으로 쳐다보면."

천천히, 그녀의 손을 잡아 내리는 그였다.

부드럽게 그녀의 뺨을 감싸 쥐자, 당황한 하윤이 놀란 눈으
로 그를 올려다보았다.

"출근하기 싫어지잖아."

"그, 그게 아니라……."

당황한 하윤이 무어라 말하려던 찰나 서준이 부드럽게 그녀
의 턱을 들어 올려 입술을 맞췄다. 입술이 맞물린 탓에 상처가
벌어지는 것쯤은 상관없었다.

서준의 입술에 발린 연고 탓에 맞닿은 입술 사이로 씁쓸한
맛이 스며들었다. 하지만 그것조차 개의치 않았다.

두 사람의 뜨거운 숨결이 입술 사이를 오갔다. 입맞춤이 짙
어질수록 하윤의 허리가 뒤로 젖혀졌다.

결국 하윤을 침대에 눕힌 서준이 순식간에 그녀의 위로 올
라왔다.

"출근해야 하지 않아요? 그런 사람이 지금 뭐 하는 거
예……."

잠시 입술이 떨어지자 하윤이 미간을 좁히며 입을 열었다.

"내 호텔에서 나한테 뭐라고 할 수 있는 사람은 없어."

하지만 곧이어 서준의 단호한 목소리가 새어 나왔다.

"그러니까 당신, 나 출근하고 나면 종종 자던 낮잠."

"……."

"지금 자자, 나랑."

✛   ✤   ✛

실내가 은은한 온기로 가득했다. 두 사람은 베개를 세워 나란히 기대어 앉아 있었다.

서준이 몸을 돌려 흐트러진 하윤의 옷매무새를 잘 정리해 주었다.

스킨십에 후진은 없다는 말은 진짜였는지 둘 사이에 묘한 분위기가 감돌았다. 그녀를 향한 서준의 손길에서 짙은 애정이 느껴졌다.

"정말 여기서 이러고 있어도 되는 거예요?"

하윤이 걱정 반, 의심 반 섞인 말투로 서준에게 물었다. 아무리 그의 호텔이라지만 시기가 시기인 만큼 쉽게 자리를 비우기 어려울 정도로 바쁘다는 걸 알고 있었기 때문이다.

"응. 괜찮아."

"괜히 뒤에서 말이라도 나돌면 어떡하려고 그래요. 호텔로 발령받은 것도 당신 뜻이 아니라고 했잖아요."

"지금 내 걱정해 주는 거야?"

"장난치지 말고요. 난 지금 진지하다고요. 괜히 나 때문에 당신이 무리하는 거 같아서 그래요."

나지막하게 입꼬리를 말아 올리는 서준을 보며 하윤이 미간을 좁혔다. 이런 대화를 나누고 있다는 사실 자체가 그녀와 많이 가까워진 것 같아 서준은 마음이 놓였다.

"그런 생각할 거 없어. 안 그래도 아직 속이 다 안 풀려서 쉬고 싶었거든."

"하긴……. 필름이 끊길 정도로 마셨으니 속이 괜찮을 리가 없죠."

그럴 줄 알았다는 듯 하윤이 조심스럽게 대답했다.

오랜만에 한 과음이라 그런가, 서준 역시도 제 몸이 옛날 같지 않다는 생각이 들었다.

"그리고 하루쯤 내가 자리를 비운다고 쉽게 흔들릴 힐튼이 아니야."

"자기 능력에 너무 자신하는 거 아니에요?"

걱정되는 마음에 우려가 섞인 목소리로 얘기했다.

"당신이 걱정해야 할 게 있다면 아직 풀리지 않은 내 쓰린 속 정도뿐이야."

괜찮다는 듯 서준이 나지막하게 웃어 보였다. 새삼 제 걱정을 하는 그녀의 모습이 낯설면서도 기분이 좋았다.

"회사 걱정은 안 해도 돼."

"그렇다면 다행이고요."

"아무튼 어젯밤에 실수한 게 없었다니까 다행이네."

"정말 당신이 아무런 실수도 안 했을 거라고 생각해요?"

하윤이 서준과 시선을 마주하며 어깨를 으쓱여 보이자, 그가 미간을 찌푸렸다.

분명 집을 나서기 전까지만 해도 실수는 없었다고 말했던 그녀가 예리한 눈초리로 저를 바라보니 기분이 이상했다.

"혹시 내가 무슨 실수한 게 있다면…… 지금 말해 줬으면 좋겠는데."

서준은 불안한 마음에 조심스럽게 입을 열어 그녀에게 말했다.

"흠, 싫은데요. 당신이 잘 생각해 봐요."

좀처럼 대답해 줄 생각이 없는 건지 하윤이 어깨를 으쓱이며 서준을 응시했다.

"기억을 잃는다는 게 얼마나 답답한 건지 당신도 한 번 느껴 보길 바라요."

하윤의 말에 잠시 쓸쓸한 미소를 지어 보이던 서준이 부드럽게 그녀의 손목을 감싸 쥐었다.

그는 커튼에 가려져 조금은 어둑한 실내에서 표정을 읽으려는 듯 가만히 그녀의 얼굴을 응시했다. 눈, 코, 입. 하나하나 두 눈에 각인시키듯 빤히 바라보았다.

"의식을 되찾고 나서 얼마 안 됐을 때, 이혼은 없다며 당신이랑 내가 크게 싸웠던 거. 기억해?"

"그럼요. 그걸 어떻게 잊겠어요."

그날을 회상하던 하윤의 머릿속에 그때의 서준과 제 모습이 나란히 펼쳐졌다.

세차게 꽃병을 내던졌다. 아찔한 굉음과 함께 우리 조각 파편들이 방 안 곳곳에 이리저리 흩어졌다.

깨진 꽃병보다 더욱 날카롭게 날을 세우고 있는 것은 바로 하윤이었다. 그녀의 눈빛엔 금방이라도 베여 버릴 것 같은 차가움이 서려 있었다.

"이혼해요."

꽃병을 매몰차게 던져 버린 그녀의 모습을 지켜보던 서준은 그저 침묵할 뿐이다. 하윤이 원망스러운 눈빛으로 서준을 바라보았다.

"이딴 거 필요 없으니까 날 내보내 줘요."

"그건 안 돼."

"대체 날 언제까지 이곳에 가둬 둘 셈이죠?"

"벌써 몇 번째 묻는 건지 모르겠군. 얼마나 더 대답해 줘야 알아들을 거지? 분명 '영원히'라고 말했을 텐데. 내 허락 없인 이곳에서 벗어날 수 없어."

"……당신, 정말 미쳤어."

"아니. 난 그저 내가 해야 할 일을 하는 것뿐이야."

"날 당신 손바닥 안에 가둬 놓고 이렇게 구속하고 집착하고, 그걸 사랑이라 착각하는 게 미친 게 아니고 뭐란 말이죠? 부부라는 이름 아래 마음껏 데리고 놀 애완견이 필요한 것뿐이겠죠! 내 말이 틀렸어요?"

"네 마음대로 해석하지 마."

멋대로 내뱉는 하윤의 모습에 서준은 단호한 목소리로 쳐냈다. 늘 무표정인 그였지만 이따금씩 하윤이 서준의 마음을 왜곡할 때면 얼굴에서 그의 감정이 고스란히 드러났다.

서준을 무섭게 노려보던 하윤이 이내 등을 돌렸다.

이 방에서 깨지고 부서진 물건들은 셀 수도 없이 많았다. 뒤처리를 하는 건 늘 서준의 몫이었지만, 그는 단 한 번도 하윤의 행동에 대해 제지를 하거나 화를 낸 적이 없었다.

"곧 있으면 메이드가 식사 올려 줄 거야."

"안 먹어요."

"안 돼. 오늘 종일 굶었잖아."

"여기에 갇혀서 시체처럼 살아가느니 차라리 굶어서 죽어 버리는 게 나으니까요."

"민하윤."

"……."

"말을 꼭 그렇게밖에 못 해?"

서준이 하윤을 바라보며 격양된 어조로 말했다. 싸늘한 기운이 방 안 가득 에워쌌다. 이것이 그들이 매일 겪는 반복된 일상이었다.

"명심해. 우리 사이에 이혼은 절대 없어. 당신도 분명 날 사랑했으니까."

"……."

"그러니까 괜히 네 몸 상하게 하는 짓은 그만해."

아무런 대답이 없는 하윤을 뒤로 하고 서준은 깨진 유리 파편들을 주워 담기 시작했다.

하윤을 등진 서준의 얼굴 위로 감추고 있던 감정들이 드러났다.

그의 눈동자엔 묘하게 얽힌 여러 감정이 담겨 있었다. 그중에 가장 큰 것은 단연 '슬픔'이었다. 회상을 마친 하윤의 입가에도 쓸쓸한 미소가 번졌다.

"소리치느라 기운은 다 쏟아 냈지, 밥은 안 먹는다고 난리 쳤지. 지금 생각해 보면 참 어리석은 짓이었죠."

"그때 당신이 나한테 구태여 했던 말도, 기억해?"

또렷하게 하윤을 응시했다. 남편이라는 이유로 제게 멋대로 구는 서준이 싫어 마음에도 없는 말을 워낙 많이 내뱉었던 터라 기억하지 못 했다.

하윤이 섣불리 대답하지 못하자 서준이 천천히 입을 열었다.

"아무리 생각하고 또 생각해 봐도, 수천 번을 곱씹어 봐도."

"……."

"내가 당신을 사랑했던 기억은 없다는 말."

하윤이 눈물에 젖은 눈으로 서준에게 그렇게 말했었다. 모든 기억을 잃은 채로 이 저택에서 깨어났던 첫날. 자신을 바라보던 서준의 그 차가운 눈빛을 잊을 수가 없었기 때문이다.

"그 말이 진심이었는지 궁금해."

그가 나지막하게 물었다.

"……날 보는 당신의 눈빛이 무서웠거든요."

그 말을 들은 하윤이 솔직한 마음으로 입을 열었다.

"밖으로 한 발자국도 못 나가게 하고 사고에 관해선 알려 주지 않고…… 그런 사람이 내 남편이고 우리가 사랑하는 사이였다는 게 그땐 정말 믿기질 않았으니까요."

모든 게 낯설고 무섭게 느껴졌다. 만약, 그때 서준이 제 얘기를 한마디라도 들어줬더라면, 이렇게까지 두 사람이 돌고 돌 일은 없지 않았을까.

"그리고 시간이 지나도 여전히 당신을 기억하지 못하는 내게, 어떤 상황에서도 이혼은 없을 거라며 쇼윈도 부부로 지내자고 했죠. 우린 몇 개월 뒤면 사람들 앞에 나서야 한다고."

하윤이 제 머리칼을 부드럽게 쓸어 넘겼다.

"내 손목에 있는 흉터, 차가운 당신. 그리고 기억나지 않는 우리의 과거……. 나한텐 어떤 선택권도 없었어요."

마주한 두 사람의 시선이 허공에서 뜨겁게 얽혔다.

제 어머니를 죽인 여자를 사랑해야만 했던 서준도, 모든 기억을 잃어버린 채 서준과 마주해야 했던 하윤도. 어쩌면 서로가 서로에게 고통이고 괴로움이었다.

그럼에도 불구하고 지금까지 함께하며 서로를 마주하고 있는 건 이제는 서로의 진심을 조금은 이해하려고 하기 때문이지 않을까.

"하지만 이제는 알아요."

잠시 말을 멈춘 하윤이 천천히 입을 열었다.

"우리가 서로 뜨겁게 사랑했었다는 거, 그리고 그 사랑이 아직 유효하다는 거……."

그래서 말없이 기다리는 중이었다. 가끔씩 서준의 눈에 비치던 말 못 할 고통들, 그리고 어젯밤 술에 취해 울던 모습 역시도.

"당신이 먼저 입을 열 때까지 기다리는 중이에요, 지금."

제 손목을 붙잡고 있는 서준의 손을 따뜻하게 잡았다.

낮잠을 자는 일이 잦다던 하윤은 정말 곤히 잠이 들었다. 그것도 제 품에서. 아무것도 모른다는 듯 아이처럼 잠이 든 그녀의 얼굴을 보자 서준은 헛웃음이 나왔다.

"정말 잠들었네."

자신이 말했던 낮잠은 이런 게 아니었는데 말이다. 벽에 걸린 시계를 확인한 그가 발소리를 내지 않기 위해 천천히 침대에서 내려왔다. 그러고는 문밖에서 대기 중이던 에릭을 불러 서재에 두었던 서류와 파일을 건네며 말했다.

"이것 좀 부탁해. 난 없어도 되지만 이건 최 비서님께 전달해야 해서."

"회사로 가져다 드리면 됩니까."

"어. 최 비서님께는 내가 연락해 놓을게."

"네. 알겠습니다."

에릭의 대답이 끝나기가 무섭게 서준은 다시 침실로 들어갔다. 굳게 닫힌 그의 침실 문 앞에서 잠시 머뭇거리던 에릭이 발걸음을 옮겼다.

다시 회사로 돌아가지 않을 서준을 대신해 현석에게 서류와 몇 가지 파일을 전달해야 했다. 저택을 나와 차에 올라탄 에릭은 시동을 건 뒤, 잠시 상념에 잠긴 듯 가만히 허공을 바라보았다.

"요즘 들어 바쁘다는 핑계로 정작 너한테 신경을 못 써준 것 같네."

자조적인 목소리로 중얼거린 그가 휴대폰을 들어 시계를 확인했다. 서준과 함께 있는 하윤을 보아서일까. 마음이 무거운 듯 쉽게 발이 떨어지질 않았다.

"잠깐 정도는 괜찮겠지."

운전대를 잡은 에릭은 목적지를 결정한 듯 곧장 차를 출발시켰다. 그가 향한 곳은 힐튼호텔이 아니었다.

그는 저택에서 조금 떨어진 곳에 위치한 한 납골당으로 향했다. 목적지에 도착한 그는 조수석에 잘 놓아뒀던 꽃다발을 꺼내 들었다. 납골당 근처에도 꽃을 파는 곳이 있긴 했으나, 그곳에선 전부 생화만 팔았기 때문에 에릭은 늘 미리 꽃다발을 준비해 이곳을 찾았다.

조화로 만든 꽃다발이었다. 그녀가 살아생전 생화는 언젠간 꼭 시드는 법이라며 조화만을 고집했기 때문이다.

"나 왔어."

유리로 된 작은 문을 열어 납골함 옆에 준비한 꽃다발을 두었다. 납골당 곳곳에 씁쓸한 얼굴로 조용히 눈물을 훔치고 있는 사람들이 보였다.

에릭은 단 한 번도 이곳에 와서 눈물을 보인 적이 없었다. 늘 그렇듯 담담한 얼굴이었다. 잘 닦여 번듯하게 빛나는 유골함 옆으로 수많은 추억들이 담긴 작은 액자 여러 개가 놓여 있었다.

"네가 좋아하던 조화야."

아무리 말을 걸어 본다고 한들 들려오는 것은 가슴 아픈 침묵뿐이었다.

"……."

에릭의 입이 차마 쉽게 떨어지질 않았다. 어디서부터 뭐라고 말해야 할지, 뭐라고 말해야 하늘에 있는 그녀가 더 이상 씁쓸해하지 않을지 고민이 됐다.

"내가 너무 오랜만에 왔지, 시연아."

애써 담담하게 말을 이어 가려던 에릭이 힘겨운 듯 잠시 인상을 찡그렸다.

"그 여자, 가까이서 보니까 훨씬 더 엉망이었어."

나지막한 목소리로 천천히 얘기했다.

"손목에 무수히 많은 자해 흔적들이 있어. 그 여자가 지키려던 게 무엇이었는지 아직 알아내지 못했지만…… 그 대가로 널 지켜 내지 못 했다는 죄책감에 아직까지도 시달리고 있더라. 본인이 왜 힘들어 하는지조차도 기억하지 못한 채로."

하윤이 로펌을 그만뒀던 이유도 다 그 때문이었다.

"그래도 조금씩 강해지고 있어."

그녀의 잃어버린 기억이 점차 돌아오고 있었다. 아주 조금씩이지만 말이다.

"조금만 더 기다리면 너한테 억울한 누명을 씌운 그 사람들, 다 잡아낼 수 있을 거야."

에릭의 목소리가 미세하게 떨려 왔다. 그 누구의 앞에서도 할 수 없었던 얘기들, 가슴 깊은 곳에 묻어 둘 수밖에 없었던 고백이었다. 심지어 서준조차도 몰랐던 사실이었다.

"정말 미안해."

자살로 생을 마감한 시연을 보고 처음엔 세상을 향해 얼마나 큰 분노와 경멸을 느꼈는지 모른다. 그 감정을 고스란히 안고 유현그룹 경호실에 들어왔다. 그저 하윤과 접촉하기 위해서.

"널 끝까지 지켜 주지 못한 걸 죽도록 후회했어."

끝내 사랑하는 여자의 죽음을 막지 못한 능력 없고 못난 자신이 한심해 미칠 것만 같았다. 그래서 자괴감과 죄책감에 빠져 스스로를 괴롭혀 왔었다.

"그러니 이번엔 꼭 밝혀낼 거야."

단호한 목소리가 굵직하게 유골함 위로 내려앉았다.

"네가 하늘로 떠나기 전 못다 했던 이야기들, 전부 내가 세상 밖으로 나갈 수 있게 할 거야. 네 누명, 내가 꼭 풀어 줄게. 세상 사람들이 다 알 수 있도록."

그 굳은 결심이 에릭을 지금 이 자리까지 오게 했다.

"죄를 지은 사람은 반드시 그 죗값을 치르게 할 거야. 그러니까 이젠 부디 그곳에서 편히 쉴 수 있었으면 좋겠어."

조심스러운 손길로 그녀의 유골함을 쓰다듬었다. '박시연'이란 이름 석 자를 어루만지는 손길이 너무나도 애처롭게 느껴졌다.

하늘의 별이 되기엔 너무 이른 나이었다. 에릭이 주머니 속에 잘 넣어 뒀던 반지를 빼 유골함 옆에 두었다. 안쪽에 새겨진 이니셜 'SY'가 찬란하게 빛났다.

"그러니까 그곳에서 조금만 더 기다려 줘."

두 눈을 감은 에릭이 진심을 다해 기도했다.

"……금방 따라갈게."

그 목소리가 하늘에 있는 연인에게 전해지길 바라면서.

09화

변화

넓은 저택에서 두 사람이 주로 머무는 공간은 언제나 확실하게 나누어져 있었다.

서준은 그의 서재에, 하윤은 자신의 5층 방에서 시간을 보내기 일쑤였다.

"일어났네."

더 이상은 아니었다. 어느새 그들은 서로의 공간에 자연스럽게 스며들었다.

서준이 출근을 하지 않은 탓에 하윤은 얼떨결에 종일 그와 붙어 있게 되었다. 잠에서 깨어난 하윤은 옆에 누워 자신을 빤히 바라보고 있는 서준을 보며 조심스럽게 입을 열었다.

"나 잠든 뒤로 계속 이렇게 보고 있었어요?"

"그냥, 당신 언제 일어나나 하고."

"그럼 그냥 깨우지 그랬어요."

"당신한텐 낮잠 자는 것도 하루의 일과일 텐데 방해하고 싶지 않아서."

굳게 닫혀 있는 커튼을 슬며시 밀어내니 어느새 붉은 노을이 창문을 비추고 있었다.

시계를 확인하니 저녁 6시였다. 아무리 컨디션이 안 좋아 출근을 하지 않았다지만 이렇게 여유롭게 있어도 되는 건가, 걱정스러운 하윤이다.

"그동안 바쁘다고 했던 건 다 핑계였나 봐요?"

그 말에 서준이 미간을 좁히며 하윤을 바라보았다.

"몇 시간 동안 나만 쳐다보고 있었던 거 보면."

"그게 능력이지. 1년을 쉬고도 이렇게 여유롭게 당신을 쳐다볼 수 있을 만큼 능력이 된다는 거니까."

어깨를 으쓱이며 얘기하는 서준의 모습에 하윤이 낮게 웃음을 흘렸다. 자고 일어났더니 속이 공허한 기분이 들었다.

꼬르륵.

그런 하윤의 상태를 표현하듯 고요한 침실 안에 공허함을 알리는 작은 소리가 조용히 울려 퍼졌다. 민망함에 하윤이 큼큼, 헛기침을 내뱉었다.

"당신."

그 틈을 놓칠세라 서준이 작게 소리를 내어 웃었다. 여전히 하윤의 몸 위에 덮여 있는 이불을 걷어 내며 그가 나지막하게 입을 열었다.

"배고프다는데."

"……그렇다네요."

"아침도 제대로 안 챙겨 먹었잖아."

"아침 대용으로 당신이 준 차 마신 건데요, 뭐."

서준이 출근하고 나면 따로 챙겨 먹으려 했었다. 하지만 에릭과 이런저런 얘기를 나누고, 서준이 다시 돌아오고 난 뒤에 잠까지 드는 바람에 끼니를 제때 챙기지 못한 것이다.

"내려와. 밥 먹게."

어차피 저녁을 먹어야 할 시간이었다. 서준이 부드러운 손길로 하윤의 팔을 잡아끌었다.

얼떨결에 침대에서 내려온 하윤이 그의 손에 이끌려 1층으로 내려갔다.

"어차피 당신도 저녁 먹어야 하잖아요. 난 그냥 내 서재에서 먹으면 되는데 굳이……."

서준의 손길에 이끌려 발걸음을 옮기던 하윤이 그를 향해 말했다.

자신을 데리고 1층으로 간다는 건 그곳에서 식사하라는 얘기일 텐데, 그럼 자연스럽게 서준은 식사를 못 하게 되지 않던가.

"내가 직접 해 주고 싶어서 그래."

미처 그녀의 말이 끝나기도 전에 내뱉은 서준의 말에 하윤이 놀라 되물었다.

"네?"

당황스러운 듯 하윤이 두 눈을 동그랗게 떠 보였다. 어차피 따로 하게 될 식사라면, 메이드를 불러 저녁 준비를 하라고 지시하면 되는 일이다.

그럼에도 서준이 이렇게 직접 주방으로 향하는 데에는 다 이유가 있었다.

"이 저택에 들어오고 나서는 한 번도 당신한테 요리해 준

적이 없는 것 같아서."

사고 이후에 저택으로 들어오면서 몇 명의 직원들을 집에 들였다. 요리와 청소 같은 일들은 전부 그들의 담당이었기에 손을 댈 일이 없었다.

"그래서 시간 될 때 한번 해 보려고."

물론 그동안 서준과 하윤의 사이가 냉랭했던 것도 한몫했다. 서로가 서로에게 쌓았던 마음의 장벽은 쉽사리 무너질 수 있는 게 아니었기 때문이다.

"그 말은 꼭 이 저택에 살지 않았을 때는 당신이 자주 요리를 해 줬다는 얘기처럼 들리네요."

하윤이 그와 시선을 마주하며 말했다. 마음의 장벽이 무너질수록, 그와 함께했던 결혼 생활이 어떠한 느낌이었는지 궁금하다는 생각이 들었다.

"당신도, 나도 바쁜 일상에 치이느라 아침은 늘 간단하게 먹거나 거르는 일이 많았어. 그래서 저녁만큼은 꼭 집에서 함께 해 먹자고 약속했었지."

하루하루 번갈아 가며 저녁을 만들어 함께 먹기로 했었다.

"뭐, 결국은 내가 다 했지만."

식탁 의자를 뒤로 빼주며 서준이 말을 덧붙였다. 여기 앉아 가만히 지켜보라는 얘기였다.

"당신 손재주는 그림 그리는 데 국한되어 있어. 요리엔 영 소질이 없었거든."

추억을 회상하듯 잔잔히 얘기하는 서준의 입가에 부드러운 호선이 그려졌다.

출장을 떠나는 것으로부터 시작된 비극.

그 비극이 닥치기 전까진 그 누구에게도 방해받지 않고 더할 나위 없이 행복했던 나날들의 반복이었다.

"그림도 잘 그리는 건 아닌데요, 뭐."

이전에 서준에게 들켰던 그의 얼굴을 그린 그림이 생각나 괜히 민망한 마음이 들었다. 퉁명스럽게 대답한 하윤이 느긋하게 팔짱을 끼며 서준을 올려다보았다.

"그래서 오늘 저녁으론 뭘 해 줄 생각인데요?"

"내가 해 준 음식 중에 당신이 가장 좋아했던 거."

"그게 뭔데요?"

하윤이 궁금하다는 듯한 눈초리로 그에게 물었다. 대답하지 않은 채 서준은 능숙한 손길로 앞치마를 둘렀다.

그녀의 기억 속엔 그가 앞치마를 두르고 있는 모습은 없었다. 그 모습이 낯설면서도 한편으로는 잘 어울린다는 생각이 들었다.

"앞치마가 생각보다 잘 어울리네요."

"내가 워낙 뭘 걸치든 잘 어울리는 얼굴이라."

차가웠던 벽이 허물어진 후에 서준은 장난기 어린 말들을 곧잘 했다. 아무렇지도 않게 그런 말을 내뱉어 보인 그가 싱크대에서 손을 씻었다.

이런 간질간질한 기분이, 그리고 마음의 안정이 언제까지 유지될지는 모르겠지만 지금은 그저 이 순간이 좋았다. 그래서 아무것도 생각하지 않고 이 순간에 집중하고 싶었다.

"조금만 기다려. 금방 해."

서준이 저를 기다리고 있는 하윤에게 말했다. 때마침 정원에 심어진 꽃과 나무에 물을 주고 들어오던 메이드가 주방에

서 앞치마를 입고 요리를 하는 서준의 모습을 보고는 기겁을
했다.

"혹시 아가씨께서 어제 드신 게 입에 맞지 않으셨다고 하셨
나요?"

"아, 신경 쓰시지 않으셔도 됩니다. 제가 하고 싶어서 하는
거니까요."

혹여 자신들이 무언가 잘못한 일이 있는 건가 싶은 마음에
조심스럽게 그에게 물었지만 다행히도 그런 이유는 아니었다.
그저 제 아내에게 요리를 해 주고 싶은 순수한 마음이었다.

"참 별일이 다 있네……."

제 방으로 올라가던 메이드가 낮게 중얼거렸다. 하루도 조
용할 날이 없던 이 저택에서 두 사람의 오붓한 모습을 보게 되
는 날이 오다니 말이다.

그 시간을 방해하고 싶진 않아 메이드는 군말 없이 자리를
떠났다.

"거의 다 됐어."

달그락거리는 소리가 울리던 부엌에 점차 고소한 향기가 솔
솔 풍겼다. 면을 삶아 놓은 걸 보니 아무래도 오늘 저녁은 면
요리인 듯했다.

잠시 뒤 멸치를 물에 우려낸 육수에 면을 넣어 만든 잔치국
수가 완성되었다. 서준은 예쁜 그릇에 고명까지 얹어 국수를
담아 왔다.

"국수네요?"

"당신이 제일 좋아했던 거야."

그가 얼른 먹어 보라는 듯 하윤의 손에 직접 젓가락을 쥐여

주었다.

칭찬을 기다리는 듯한 눈빛이 마치 어린아이 같았다.

"당신은 안 먹어요?"

"나는 아까 워낙 든든하게 챙겨 먹기도 했고, 속이 덜 풀려서 그런가 별로 당기지가 않네."

핑계 아닌 핑계였다. 그가 식사를 하겠다고 하면 자신과 함께 먹지 못하는 하윤이 직접 방으로 올라갈 거라는 걸 알고 있었기 때문이다.

"얼른 먹어 봐."

마주 보고 앉은 서준이 하윤을 향해 말했다.

그의 재촉에 하윤은 젓가락을 들어 적당량의 면을 들어 입에 넣었다. 그러나 입에 국수가 들어가는 순간, 하윤이 미간을 찌푸렸다.

맛이 없었다.

"왜 그래, 별로 맛이 없어?"

그 표정을 본 서준이 당황하며 물었다. 분명 자신이 제일 좋아하는 음식이라고 했다.

지난 1년 동안 서준의 요리 실력이 갑자기 바닥을 찍었을 리는 없으니, 아마 이 국수는 그때도 맛이 없던 게 분명했다. 그럼에도 서준이 이 국수를 하윤이 가장 좋아하는 요리라고 기억하는 이유는.

"아뇨. 생각했던 것보다 훨씬 맛있어서 놀랐어요."

바로 이 때문이겠지.

구겼던 미간을 반듯하게 펴며 그를 향해 말했다. 아무렇지 않은 듯 젓가락질을 멈추지 않고 국수를 먹었다.

"고마워요. 날 위해 요리해 줘서."

하윤이 환하게 미소 지으며 말했다. 기억을 잃기 전에도 자신은 아마 이렇게 대답했을 것이다. 맛없는 국수를 누구보다 맛있게 먹으며 말이다.

✠　✠　✠

식사하는 내내 맞은편에 앉아 자신을 빤히 바라보는 서준 탓에 얼마나 부담됐는지 모른다.

혹여나 국수가 맛이 없다는 걸 눈치채기라도 할까 신경을 쓰며 겨우 식사를 마쳤다.

"소화도 시킬 겸 정원이나 산책할까 싶은데, 어때."

빈 그릇을 싱크대 안에 넣던 서준이 뒤돌아 하윤을 보며 물었다.

"산책이요?"

다소 생뚱맞은 제안에 하윤이 살짝 당황한 얼굴로 그를 바라보았다.

서준이 출근하면 종종 정원을 걷곤 했었다. 그때마다 그녀의 곁에는 언제나 에릭, 혹은 메이드가 함께였다. 정작 서준과 걸어 본 기억은 없었다.

"대답 안 하면 가자는 뜻으로 알게."

"……가요."

뒤늦은 그녀의 대답에 서준의 입가에 잔잔한 미소가 번졌다. 입고 있던 카디건을 벗어 하윤의 어깨에 걸쳐 주었다.

두 사람은 곧 잘 갖춰진 산책로를 따라 걸어 나왔다. 저택의 정원은 웬만한 공원보다 아름답게 꾸며져 있었다. 세세한 것 하나부터 전부 다 서준이 직접 구상하여 만든 것이었다.

"춥진 않아?"

"괜찮아요."

짧은 대화 이후로 어색한 침묵이 한동안 계속되었다.

완연한 봄이었지만 아직은 밤공기가 차가웠다. 서늘한 바람이 그녀의 몸을 훑고 지나갔다.

한참 동안 침묵하던 서준이 조심스럽게 입을 열었다.

"당신은 늘 정원이 크게 딸린 집에서 살고 싶다고 했었어. 이렇게 넓은 정원이 있었으면 좋겠다고."

"내가요?"

"응."

군데군데 편히 쉴 수 있는 벤치도 있었고, 안락함을 더해주는 커다란 나무들까지 곳곳에 심어져 있었다.

"아이들이 마음껏 뛰어놀 수 있는 넓은 정원."

"……."

"이 저택은 훗날 우리가 아기를 갖게 되면 당신한테 선물하려고 했던 곳이었어."

지난날의 이야기를 하는 서준의 얼굴엔 행복한 미소가 피어났다. 그의 입에서 과거의 이야기를 듣고 있자니 기분이 묘했다.

하윤은 제 옆에 서 있는 그가 어떤 표정을 짓고 있을지 궁금했다.

"물론 지금도 유효하다고 장담할 수는 없겠지만."

"다 과거의 일일 뿐이에요."

"너무 늦은 게 아니었으면 좋겠는데."

하윤과 함께 걷던 그의 발걸음이 분수대 앞에 서자 우뚝 멈춰 섰다. 나란히 서서 분수대를 바라보고 있었다. 시선을 마주하지 않은 채, 서준은 조심스럽게 입을 열었다.

"처음 이 저택에 함께 들어왔을 땐 나를 거부하는 당신을 보며 조금은 원망스럽기도 했었어. 기억 장애는 스스로를 괴롭히는 기억들로부터 자신을 보호하기 위해 발현된다더군. 나에 대한 모든 걸 잊어버린 당신을 보면서 우린 대체 뭐였을까, 싶었지."

기억을 되찾기 위해 병행된 치료들 속에서도 하윤은 서준을 기억하지 못했다. 그녀가 되찾은 기억이라곤 변호사로 활동했던 제 모습의 일부가 전부였다.

"그리고 원인도 알지 못하는 우울증에 시달리는 당신의 모습을 보면서 매일 밤 고통스러웠어."

서준의 낮은 음성이 천천히 귓가에 맴돌았다. 한 글자, 한 글자 조심스럽게 말을 이어 가는 그의 목소리에서 진심이 묻어났다.

"이혼해 달라고 소리치던 당신을 내 곁에 두는 게, 지키겠다는 명목 아래 이곳에 당신을 두는 게 당신을 더 옥죄는 것 같아 고통스러웠고. 그러면서도 당신을 놓을 수가 없는 나 자신이 너무도 원망스러웠어."

속을 게워 내며 식사를 거부하고 서준이 사다 주는 꽃병을 내던졌다. 그러고는 스스로도 자각하지 못하는 사이에 자해까지 시도했던 하윤이었다.

좀처럼 허물어지지 않는 마음의 벽을 보며 서준은 괴로웠지만 그럼에도 불구하고 하윤을 포기할 수가 없었다.

"지금은 우리가 그 벽을 부수고 조금은 가까워진 것 같아서 얼마나 다행인지 몰라."

입술을 달싹이던 서준이 하윤의 어깨를 잡아 저와 시선을 마주하도록 몸을 돌렸다.

"하윤아."

하윤은 나지막하게 제 이름을 부르는 서준을 깊은 눈망울로 올려다보았다.

"과거를 되찾지 않아도, 우린 행복해질 수 있어. 그때처럼."

그의 머리카락이 바람에 흩날렸다. 자꾸만 과거로 돌아가려는 하윤의 선택을 돌려놓기라도 하려는 듯 한 글자, 한 글자 천천히 힘을 주어 발음했다.

"한 번만 날 믿어 줘."

하윤의 심장 박동이 빨라졌다. 자신을 회유하려는 듯한 그 강인한 목소리가 귓가를 울렸다.

그럼에도 섣불리 대답할 수는 없었다. 두 번 상처를 받고 싶지 않았기 때문이다.

"수도 없이 당신을 의심하고 또 의심할 거예요. 조각 난 기억의 잔상들이 날 괴롭힐 때면…… 그때마다 난 당신을 의심하고, 우린 계속해서 엇갈리겠죠."

꽃병이 깨져 버린 이유를 정확하게 안다면 그 부분을 보완해 새 꽃병을 마련하면 그만이었다.

하지만 한 번 깨져 버린 꽃병을 다시 붙여 사용한다면 그다음부턴 미미한 충격에도 금이 가고 깨져 버리기 십상이다. 그걸 알기에 쉽게 시작하고 싶지 않았다.

"상처 받을 게 뻔한 길을 굳이 갈 이유는 없다고 생각해요."

하윤의 차가운 목소리에 서준의 눈빛이 흔들렸다.

"지금보다 더 힘들어질 테니까요."

심장이 쿵 내려앉았다.

"……그렇지만."

흔들리는 서준의 눈망울을 보며 달싹이는 입술을 떨어뜨렸다.

"나도 당신과 함께하는 미래를 꿈꿔요. 당신과 소소하게 이야기를 나누고…… 특별하지 않은 순간들을 특별하게 느끼며 살아갈 수 있는 날들을."

동화 속 한 장면처럼 하윤의 말이 끝나기가 무섭게 분수대에선 현란한 불빛과 함께 물이 유려한 곡선을 그리며 뿜어져 나왔다.

"그러니까, 감당할 수 있겠어요?"

어둠 속에서 물을 통해 반짝이는 불빛들이 참으로 아름다웠다.

"내가 겪어야 할 고통은 얼마가 됐든 상관없어. 당신만 괜찮다면."

짙은 흑색의 눈망울. 서준과 시선이 얽혀 있을 때면 깊고도 깊은 바다를 헤엄치는 기분이 들었다. 이따금씩 턱, 숨이 막히기도 했고 가끔은 숨이 막히다 못해 황홀하기도 했다.

"그러니까 당신도 한 번만 용기 내 줘."

아마 험난한 길이 되겠지. 하윤은 그 끝을 알 수 없는 위험한 길에 첫걸음을 내디뎠다.

"우리의 결말이 부디 해피엔딩이었으면 좋겠네요."

그녀가 천천히, 진심을 담아 말했다.

그리고 부디 이 밤이 끝나지 않기를, 간절히 기도했다.

✢　　✢　　✢

"으음……."

하윤은 서준이 일어날 때가 되자 자연스레 눈을 떴다.

불안정했던 수면 시간이 그와 함께한 후로 점차 바뀌어 가고 있었다. 보금자리를 찾은 것처럼 매일 밤 편안하게 잠들었다. 서준과 함께 침실을 사용하는 것이 제 수면 패턴에 영향을 준다는 사실이 새삼 신기했다.

"당신, 요즘 너무 일찍 일어나."

"수면 습관도 당신 닮아 가나 봐요."

"그러지 말고, 당신은 좀 더 누워 있어. 나도 그러고 싶은데 출근을 해야 하는 몸이라."

"알겠으니까, 얼른 씻고 와요."

무거운 몸을 일으킨 서준이 하윤을 향해 나지막하게 말했다.

씻기 위해 욕실로 향한 서준을 바라보던 하윤은 조금 여유를 부리는가 싶더니 이내 침대 아래로 다리를 내렸다. 조심스럽게 계단으로 걸음을 옮겨 1층으로 내려간 하윤은 아침 식사 준비가 한창인 메이드를 향해 입을 열었다.

"좋은 아침이에요."

"평소보다 일찍 일어나셨네요."

메이드가 이른 아침부터 모습을 드러낸 하윤을 보며 놀란 듯 눈을 동그랗게 떴다.

"그러게요. 요즘 따라 눈이 일찍 떠지는 거 같네요."

"식사도 바로 준비해 드릴까요?"

"네. 아, 따로 가지고 올 필요는 없어요."

그리고 뒤이어 덧붙인 말엔 더더욱 놀란 듯했다. 당황한 기색이 역력한 메이드의 얼굴을 물끄러미 바라보던 하윤이 팔짱을 끼며 입을 열었다.

"여기서 그 사람과 함께 식사할 거니까."

메이드가 '함께'라는 말을 잘못 들은 건가 싶어 두 눈을 깜빡였다. 다시 되묻고 싶었지만 혹여나 하윤의 심기를 거스르게 될까 봐 애써 말을 삼켰다.

"제대로 들은 거 맞아요. 욕실에서 씻고 나올 때까지 늦지 않게 준비해 주세요."

"네? 아, 알겠습니다."

몇 주 전까지만 해도 억지로 자리를 마련한 서준과 한바탕 했던 하윤이었다. 그랬던 그녀가 난데없이 무슨 바람이 불어 이러는지, 그 이유를 몰라 메이드는 영 떨떠름했다.

그런 메이드를 뒤로 하고 침실에서 옷을 챙겨 든 하윤은 욕실로 향했다.

출근 준비를 마치고 슈트 차림으로 1층에 내려온 서준은 평소와는 다르게 두 사람을 위한 상차림과 어디에 갔는지 아까부터 보이지 않는 하윤의 모습에 미간을 좁혔다.

"하윤이가 안 보이네요?"

그가 한쪽에서 냉장고에 무언가를 넣고 있던 메이드를 향해 물었다.

"나 여기 있어요."

때마침 샤워를 마치고 나온 하윤이 계단으로 내려오며 답했다. 미처 다 말리지 못한 머리카락이 물기를 머금고 있었다.

"옷차림이 너무 가볍잖아. 머리는 또 어떻고. 그리고 돌아다니면 당신 또 감기 들어."

서준이 짐짓 다정한 목소리로 하윤이 입고 있던 로브의 끈을 묶어 주며 말했다. 그의 애정 어린 손길을 받으며 하윤은 가만히 서 있었다.

"나 감기 들까 봐 걱정해 주는 거예요?"

"그럼. 걱정되지, 당연히."

"아침 먹고 당신 출근하는 거 본 다음에 제대로 말릴 테니까 걱정 마요."

"설마…… 나랑 지금 여기에 앉아서 식사를 하겠다고?"

"네, 그게 뭐 잘못됐어요?"

서준이 꽤 당황한 듯 미간을 찌푸렸다. 몇 번이나 그녀와 함께 식사를 하고자 시도했지만 번번이 실패했었다.

지난번 마주 앉은 채 하윤이 유자차를 마신 것조차 크나큰 발전이었다. 더는 그녀를 괴롭게 만들고 싶지 않아 서준은 자연스럽게 때가 오기를 기다리고 있었다.

이전에 파티션을 둔 채 얼굴을 마주하지 않고 식사를 했을 때도 영락없이 게워내지 않았던가.

"하윤아."

그가 나지막하게 이름 석 자를 불렀다. 그때의 기억이 서준의 마음에 아직까지 미안함으로 남아 있었기 때문이다.

"그건 천천히 노력하면 될 문제야. 이런 식으로 무리하지 않아도 돼."

어젯밤 자신을 믿어달라며 괜한 소리를 한 탓일까. 서준이 깊은 한숨을 내쉬었다. 천천히 다가갔어야 하는 건데 앞서는 마음이 그녀를 옥죄었던 건 아닌가 걱정이 되었다.

"그런 거 정말 아니에요."

"그럼 왜 갑자기 서두르려고 해."

"내가 시험해 보고 싶은 게 있어서 그래요."

하윤이 단호한 목소리로 말했다.

만약 사고를 계기로 무언가 불안한 심리가 제 몸을 이렇게 만들었다면 온전히 의지할 수 있는 사람이 생긴 지금은, 조금 다르지 않을까 생각해서 내린 판단이었다. 그녀 나름의 도전이기도 했다.

"그럼 대신 한 가지만 약속해."

"뭘요?"

"조금만 속이 안 좋아도 바로 그만두겠다고. 억지로 먹지 말라는 얘기야."

"걱정하지 말아요."

하윤의 대답에도 걱정되는 마음은 좀처럼 수그러들지 않았다. 서준의 표정은 여전히 어두웠다. 그러나 그녀의 고집을 꺾을 수는 없었다.

"다 됐으니 그만 올라가 보세요."

여전히 하윤에게로 시선을 고정시킨 서준이 메이드를 향해 말했다.

그녀가 2층으로 올라가고 난 뒤, 단둘만 남은 식탁 위엔 고요한 침묵이 감돌았다.

"쳐다보지 않을게. 없다고 생각하고 편하게 식사해."

혹시나 하윤에게 부담이 될까 서준은 시선을 피한 채 입을 열었다. 몇 번의 심호흡을 한 하윤이 수저를 들기 전 물을 한 입 들이켰다.

그리고 한 입, 두 입, 세 입 젓가락을 들어 조심스럽게 식사를 시작했다. 이때쯤이면 극심한 구토감이 들어야 했지만 이상하게 아무런 느낌이 들지 않았다.

고요한 가운데 수저와 그릇이 부딪쳐 달그락거리는 소리가 식탁 위를 가득 채웠다.

"나……."

마침내 하윤이 입을 열었다.

"아무렇지 않아요."

그제야 고개를 들어 시선을 마주한 서준이 놀란 듯 그녀를 바라보았다.

"진짜…… 아무렇지 않아요."

이 상황이 믿기지 않는 듯 한 글자 한 글자 발음에 힘을 주어 얘기했다.

서준을 바라보는 하윤의 동공이 잘게 흔들렸다. 한편 음식을 삼키는 속은 잔잔한 바다처럼 평온했다.

이렇게나 간단한 일이었다는 걸 왜 그간 몰랐던 걸까.

믿고 기댈 수 있는 사람이 제 곁에 존재하는 것과 그렇지 않은 것의 차이가 이렇게 클 줄은 몰랐다.

"어떻게 이렇게 갑자기……."

서준을 온전히 믿고 나니 하윤을 지독히도 괴롭히던 구토감이 눈 녹듯이 사라졌다.

아직 좀처럼 믿기지 않는 건지 하윤이 멍하니 허공을 응시했다. 타인과 함께 식사를 하지 못했던 게 이유 모를 불안함으로부터 비롯된 일이라면, 서준은 이제 그 타인의 범주에서 벗어나게 된 것이다.

"함께 식사를 할 수 있다는 게 이렇게나 행복한 일이었나."

그런 그녀를 지그시 바라보던 서준이 감격에 찬 목소리로 나지막하게 얘기했다. 남들이 볼 땐 사소한 일이겠지만 그는 만감이 교차하는 듯했다.

서준은 놀란 마음에 쉽사리 수저를 들지 못하는 하윤을 보며 몸을 일으켰다.

그녀에게로 다가간 서준이 허리를 숙여 그녀와 눈높이를 마주했다. 뒤에서 조심스럽게 손을 뻗은 서준이 애정 어린 손길로 다시 수저를 들어 그녀의 손에 쥐여 주었다. 맞닿은 손길이 따뜻했다.

"고마워. 한 걸음 더 용기 내 줘서."

제 뒤에 서서 몸을 숙이고 있는 서준과 시선을 마주했다. 처음으로 이런저런 얘기를 나누며 식사를 했다. 식사를 마친 뒤 출근길을 배웅하는 하윤의 모습이 평소와는 사뭇 달랐다.

어제의 일 때문이었을까, 아님 이제부터 함께 식사를 할 수 있게 되었기 때문인 걸까. 뭐가 됐든 사고가 나기 전 행복했던 그때로 돌아간 것 같다는 기분이 들었다.

"잘 다녀와요. 무리하지 말고."

서준의 넥타이를 고쳐 매주는 자신의 손길이 왠지 모르게 낯설지 않다는 생각이 들었다.

　"고마워."

　제 넥타이를 만지는 하윤의 모습을 물끄러미 바라보던 서준이 조심스럽게 말했다.

　"뭐가 고마워요?"

　"……그냥. 더 묻지 않아 줘서. 그리고 나를 믿어 줘서."

　진심이 묻어나는 목소리였다. 서로를 에워싸고 있던 장벽이 조금은 부서진 기분이었다.

　하윤은 자신이 되돌려 놔야 할 일들이 비단 사고에 관한 진실뿐만이 아님을 알고 있었지만, 이제 서준을 의심하는 일은 그만두기로 했다.

　설령 자신을 교통사고로 몰아넣은 당사자가 그의 어머니인 유연이라고 할지라도 말이다. 서준의 고통을 직접 눈으로 본 순간, 그렇게 다짐할 수밖에 없었다.

　"아, 맞다. 당신, 중국으로 출장 가는 게 정확히 언제라고 했죠?"

　"다음 주 월요일에 출발할 예정이야."

　"주말만 지나면 바로 출발이네요. 미리 짐을 좀 챙겨 놓을까 하는데."

　"따로 뭔가를 챙길 필요는 없어. 당신은 그냥 가벼운 마음으로 놀러 간다고 생각하면 되니까."

　괜히 신경 쓸 일을 만드는 것 같아 마음이 무거웠다. 그런 서준의 마음을 알아챘는지 하윤이 고개를 내저으며 입을 열었다.

"여행 가는 기분으로 짐 쌀 거예요."

아무것도 신경 쓰지 않고 오롯이 서준과의 시간을 보내기 위해 따라갈 생각이었으니 말이다.

"이런저런 계산 같은 건 다 빼고 그냥 놀러 가는 기분으로요."

"그렇다면 다행이고."

나지막하게 고개를 끄덕이며 얘기했다. 훨씬 더 부드럽고 편안한 분위기가 저택 내부를 한껏 물들였다.

"오늘 세연 씨 오는 날이던가?"

"네. 오후에 온다고 했어요."

"혹시 나한테 말하기 불편한 것들이 있다면…… 세연 씨한테라도 털어놔."

서준이 조심스럽게 얘기했다.

"혼자서 속에 담아 두지 말고."

"이제 당신한테 못 할 얘기가 뭐가 있겠어요."

서준의 옷매무새를 단정하게 매만져 주며 대답했다.

함께 첫 식사를 하면서 도란도란 얘기를 나누고 나니 사고 전, 매일 함께 아침을 맞이하던 때로 돌아간 것 같다는 생각이 들었다.

"근데 나 소원이 있는데."

현관에서 신발을 신던 서준이 불현듯 입을 열었다.

"응? 무슨 소원이요?"

"들어준다고 약속부터 해."

난데없는 소원 타령에 당황스러운 듯 하윤이 미간을 찌푸렸다.

"그렇게 말하니까 괜히 불안한데."

의심쩍은 눈빛으로 서준을 올려다보던 하윤이 도도한 얼굴로 팔짱을 끼며 입을 열었다.

"돈 빌려 달라거나, 보증 서 달라는…… 뭐 이런 것만 빼고 얘기해 봐요."

사뭇 진지한 얼굴로 농담을 던지는 하윤의 모습에 살포시 웃음이 났다.

"나 이래 봬도 돈 많고 능력 있는 남자야. 당신만큼."

"그럼 돈 문제는 아닌 것 같고."

"아침마다 출근하면서 당신한테 했던 거. 지금 해도 되나."

서준이 제 입꼬리를 반듯하게 말아 올렸다. 그 반응에 미간을 좁힌 하윤이 의심쩍은 눈빛으로 서준을 올려다보았다. 어떤 소원인지 꽤 궁금한 눈초리였다.

"이런 거."

대답이 끝나기가 무섭게 그가 하윤의 허리를 부드럽게 끌어당겼다. 서로의 숨소리가 한껏 가까이에서 맞닿았다. 하윤의 어깨에서 흘러내린 로브를 슬며시 올려 준 서준이 말했다.

"해도 돼?"

솔직한 물음이 지나치게 짓궂게 다가왔다.

"보통은 부부 사이에……."

하윤이 두근거리는 심장을 애써 감추며 조심스럽게 입을 열었다.

"그런 질문을 하진 않죠."

그녀의 입꼬리가 매끄럽게 올라갔다. 더욱더 꽉 조여 오는 서준의 손길이 제 허리를 단단하게 받치고 있는 그 느낌이 좋았다.

그의 숨결을 삼키기가 무섭게 입술이 맞닿았다. 짧지만 강렬했고, 뜨거웠다.

"다녀올게."

잠시 뒤, 입술을 뗀 서준이 하윤을 바라보며 얘기했다. 더이상 쇼윈도는 없었다.

✤　　✤　　✤

밖에서 대기하고 있던 현석이 걸어 나오는 서준의 실루엣을 보고는 시동을 걸었다. 평소와는 다르게 그의 안색이 유난히 좋아 보였다.

서준은 저택의 정원을 지나 걸어 나오며 제 입술을 조심스럽게 매만졌다. 하윤의 체취가, 열기가 강한 여운으로 남아 입술 위에 머물렀다.

"무슨 좋은 일이라도 있으신가 봅니다."

그 모습을 보며 현석이 조심스럽게 말을 꺼냈다.

"그냥 날이 좋잖아요."

"아가씨와의 관계에 진전이 있는 건 아니고요?"

"역시 예리하시네요."

연륜을 속일 수는 없는 건가. 콕 집어 얘기하는 현석의 모습에 서준이 작게 웃어 보였다. 오늘처럼 마음 편히 하윤과 함께 식사를 해 본 게 얼마 만이던가. 그건 둘 사이에 엄청난 발전이었다.

차에 올라타자마자 현석이 조수석에 두었던 파일 하나를 건넸다.

"CCTV에 찍혔던 장소 주위의 건물과 가게들 리스트업 해 둔 자료입니다. 모든 가게의 매장 전화번호와 주소도 함께 적 어 두었습니다."

파일을 받아 든 서준이 진지한 얼굴로 자료를 훑어 내려갔 다.

"일단 가장 가능성이 없어 보이는 학원은 이미 다 돌아본 상태입니다. 역시나 아가씨가 다녀간 흔적은 없었고요."

"영상이 남아 있지 않다거나 협조해 주지 않은 곳은 없었습 니까."

"그런 곳은 없었습니다."

"그렇다면 다행이네요."

예리한 눈빛으로 훑어 내려가던 서준이 파일을 덮으며 입을 열었다.

"일단 시간이 많지 않으니 오늘은 병원부터 돌아보는 게 좋 겠군요."

"저도 그렇게 생각하고 있습니다."

말은 못 했지만 현석 역시도 하윤이 병원에 들렀을 가능성 이 가장 크다고 생각하고 있었다.

"다음 주 월요일이면 출국이니 그 전에 꼭 찾아내야만 합니 다."

"이번 중국 스케줄에 아가씨와 함께한다고 회장님께 말씀 드리셨습니까."

"일정만 소화한다면, 제가 누구와 가든 신경 쓰지 않을 겁 니다."

"그래도 미리 말씀을 드리는 게 낫지 않을까요."

"상황 봐서 오늘이나 내일 말씀드릴까 합니다. 어차피 일 끝나고 며칠 더 머물다 올 거니까요."

"아가씨와 조금 더 놀다 올 생각이십니까."

"하윤이가 처음으로 저와 뭘 하고 싶다고 말했거든요."

바빴던 탓에 신혼여행도 제대로 못 다녀왔던 그들이다. 의식을 찾지 못한 채 누워 있던 하윤을 보며 그게 얼마나 사무치도록 미안했는지 모른다. 매 순간 후회했었다.

"내일이 제가 프러포즈 한지 정확하게 2년 되는 날이네요."

서준이 창밖으로 시선을 돌리며 나지막하게 입을 열었다.

"선물이라도 하실 생각입니까."

"부부가 되기로 약속한 그날을 매년 기념하기로 했었죠."

작년엔 여전히 의식을 되찾지 못한 하윤을 그저 말없이 바라만 볼 수밖에 없었다.

그저 시계 초침 소리만 반복해서 들으며 하윤의 곁을 지켰다. 하루하루가 지옥 같았던 그 시간이 지나고 비로소 봄이 찾아온 기분이었다. 서준에게 올해 봄은 진정한 꽃길이었다.

"내일 회사에 잠깐 나와야 해서 집 들어가는 길에 찾아서 갈 생각이에요."

"이사님께서 뭘 선물하려고 하시는 건지 저까지 궁금해집니다."

"평소에 바빠서 못 해 줬던 것들이요."

사소한 선물, 그리고 사소한 일상. 그 모든 순간들에 하윤이란 명사가 들어가면 더할 나위 없이 특별해졌다.

"앞으로 하나하나 다 해 줄 생각입니다."

그러니 하루빨리 하윤의 손목에 흉터가 생긴 이유를 찾아야
만 했다.

"두 번 다시 하윤이를 잃지 않을 거니까요."

서준의 목소리에 결연한 다짐이 담겨 있었다.

✛　　　✛　　　✛

서준의 출근길을 배웅한 뒤 남아 있던 물기를 말리고 머리
를 묶은 하윤이 부엌으로 향했다. 세 시간 뒤 세연이 방문할
예정이었다.

그 말은 그때까지 저택에서 할 일이 없이 자유롭다는 뜻이
었다.

하윤을 본 메이드가 테이블을 닦던 손길을 멈추고 그녀를
향해 입을 열었다.

"아가씨. 뭐 필요한 거 있으세요?"

요즘 들어 한층 안색이 밝아진 하윤이었다. 그로 인해 메이
드들은 아직 그녀를 어려워하면서도 확실히 전보다 말을 건네
는 횟수가 늘어 갔다.

서준과 하윤의 관계가 차츰 가까워지면서 저택 내부에도 서
서히 변화가 생겼다. 건조하고 서늘하기만 했던 분위기가 화
사해지고 따뜻한 온기마저 감도는 듯했다.

"지금 바쁘세요?"

"아뇨. 필요한 거 있으시면 말씀하세요."

"음, 나 좀 도와줬으면 하는데."

"그럼요, 무슨 일이실까요?"

"그게 베이킹…… 같은 걸 좀 해 보려고 하는데요."

"베이킹이요?"

하윤의 이야기를 들으면 들을수록 당황스러움과 놀람의 연속이었다.

빵이 먹고 싶은 거라면 자신들에게 얘기하면 그만인데, 갑자기 베이킹이라니.

"아아! 그럼 제가 얼른 베이커리에 가서……."

"아뇨. 내가 먹고 싶다는 게 아니라 만들고 싶다고요."

"아가씨께서 직접……요?"

줄곧 그림만 그리더니, 다른 취미 생활을 만들어 보려는 걸까.

"바쁘면 말고요."

메이드의 반응에 민망해진 하윤이 툭, 던지듯 대답했다. 제 말에 놀라는 게 영 멋쩍었다.

"아, 아닙니다! 당연히 도와드려야죠."

내일은 해가 서쪽에서 뜨겠다고 생각했지만 굳이 그 말을 입 밖으로 내뱉진 않았다.

어제는 서준이 직접 앞치마를 두르고 요리를 하질 않나, 오늘은 하윤이 직접 베이킹을 하겠다고 나서질 않나. 부부끼리는 서로 닮는다던데, 옛말이 틀리진 않은가 보다.

"그런데, 아가씨. 어떤 종류의 베이킹을 말씀하시는 건지……."

"타르트 같은 거 해 볼까 하는데."

"알겠습니다. 제가 재료 준비해 놓을게요."

"필요한 재료랑 레시피도 좀 부탁할게요."

하윤이 도도한 목소리로 얘기했다. 온전히 제 힘으로 서준을 위해 무언가를 해 보고 싶은 마음이 들었다.

"제가 옆에서 계속 도와드리는 게 좋지 않을까요?"

"아뇨. 말은 고맙지만 저 혼자 해 보고 싶어서요."

그래서 재료와 레시피를 부탁할지언정 메이드의 도움을 받아 만들고 싶지는 않았다. 메이드는 내심 불안한 마음이 들었지만 단호하게 대답하는 그녀의 모습에 더 이상 무어라 말할수가 없었다.

"알겠습니다. 준비해 놓을게요."

메이드가 고개를 살짝 숙이며 대답했다.

"감사해요."

짧게 감사 인사를 한 하윤은 손을 씻기 위해 화장실로 향했다.

"부부가 된 날이라……."

차가운 물을 손에 적시며 낮게 중얼거렸다. 이전에 서준의 서재에 몰래 들어갔을 때 우연히 달력에 표시된 날짜를 확인했던 하윤이었다.

제가 알기로 그와의 결혼식은 부부의 날에 맞춰 5월에 올렸으니 아마도 그건 서준에게 프러포즈를 받았던 날이 아닐까싶었다. 분명 '부부가 된 날'이라고 쓰여 있었으니 말이다.

잠시 후, 하윤은 다시 부엌으로 향했다.

"아가씨. 여기 재료와 레시피 올려 두었습니다."

"아, 고마워요."

"마침 냉장고에 있는 과일로 준비했어요. 레시피는 블루베리 타르트와 딸기 크림 타르트로 출력해 두었습니다."

생소한 것들이 많았지만 혼자 해 보겠다고 호언장담을 해 놓은 상태였다.

"고마워요. 이젠 내가 알아서 할 테니, 이만 다른 일 보세요."

"아가씨. 정말 혼자서 괜찮으시겠어요?"

"그럼요. 정 도움이 필요하면 그때 부를게요."

"알겠습니다."

등을 떠미는 하윤 탓에 어쩔 수 없이 메이드는 청소를 위해 2층으로 올라갔다.

부엌에 홀로 남은 하윤은 조심스러운 손길로 레시피가 적힌 종이를 들어 보였다.

"……분량의 박력분에 차가운 버터를 잘게 잘라 섞어 줍니다."

당장 타르트지를 만드는 작업부터 시작해야 했다. 하윤은 종이에 적힌 대로 차분한 손길로 하나하나 시작해 보았다.

"그냥 이렇게 섞으면 되는 건가?"

제 손길을 의심하듯 그녀가 미간을 한껏 찌푸린 채 중얼거렸다.

"잘 안 섞이는 것 같은데."

종이에 적힌 대로 하고 있었지만 무언가 엉성하다는 느낌이 들었다.

"다음은…… 버터가 콩알만큼 작아질 때 즈음 달걀 한 개와 우유를 넣어 반죽을 섞어 주세요."

타르트를 만드는 데에 필요한 재료들을 빠짐없이 꺼내 놓은 메이드 덕에 막힘없이 진행할 수 있었다. 열심히 반죽을 섞고 있던 그때였다.

"여기서 뭐…… 하고 계신 겁니까?"

저택으로 돌아온 에릭이 미처 당황스러움을 감추지 못한 얼굴로 주방 입구에 서 있었다.

열심히 반죽을 섞고 있는 하윤의 모습에 놀란 듯했다.

"그런 얼굴로 쳐다보지 말아 줄래? 안 그래도 민망한데."

"아니, 갑자기 웬 베이킹을……."

"마침 잘 왔네. 안 그래도 너한테 할 얘기가 있었는데."

"네? 무슨 이야기 말입니까?"

"일단 여기 와서 이거, 반죽 좀 도와줘. 잘 안 뭉치네."

이번엔 꼭 혼자 해내고 싶었는데, 결국 에릭의 도움을 받게 생겼다.

시작부터 아슬아슬한 베이킹에 하윤이 입술을 잘근 깨물며 에릭에게 그릇을 넘겼다. 정장 재킷을 벗으며 그릇을 받아 든 에릭이 여전히 당황스러운 얼굴로 반죽을 바라보았다. 옆엔 레시피가 적혀 있는 종이가 놓여 있었다.

"타르트지 반죽은 날가루가 흩날리지 않을 정도로만 해 주시면 됩니다……라는데요."

에릭이 바로 아래에 쓰여 있는 문장을 읊으며 하윤을 바라보았다.

"……뭐?"

민망했는지 하윤이 단번에 미간을 찌푸렸다.

"그런 걸 왜 잘 보이지도 않게, 밑에 써 놓고 난리래."

괜한 종잇장에 화풀이였다. 비닐에 반죽을 담은 뒤에 잘 묶어 냉장고 안에 넣어 두었다. 타르트지가 완성될 때까지는 약

30분 정도가 필요했기에 기다리는 동안 에릭은 직접 찻잎을 우려 티타임을 준비했다.

하윤의 찻잔에 우려낸 차를 조심스럽게 따른 에릭이 그녀의 앞에 마주 보고 앉았다.

"의사 선생님께서는 몇 시에 오신다고 하셨습니까."

"아직 한 시간 정도 여유 있어."

"타르트를 저렇게 만드는 걸 보면…… 그다지 여유가 있는 건 아닌 것 같습니다만."

"비꼬지 마. 안 그래도 마음처럼 잘 안 돼서 답답하니까."

까칠한 하윤의 반응에 에릭이 낮게 웃음을 흘렸다.

요즘 따라 외부 업무가 잦아 외출하는 일이 많아졌지만 그럼에도 불구하고 서준과의 관계가 한껏 가까워졌다는 건 에릭도 잘 알고 있었다. 저택에 전에 없던 활기가 가득했기 때문이다.

에릭이 내려준 차를 한 모금 들이켠 하윤이 조심스럽게 입을 열었다.

"내 사고와 그 사람의 어머니와의 관계는…… 그냥 묻어 두기로 했어."

하윤의 말에 찻잔을 만지작거리던 손길이 움직임을 멈췄다. 그가 고개를 들어 시선을 마주했다.

"그 말, 진심이십니까."

"그걸 안다고 해서 그 사람과 내 관계가 달라지진 않을 테니까."

단호한 눈빛이 에릭에게 닿았다. 더 이상 쇼원도는 없었다. 그러니 서준과 엇갈리며 시간을 낭비하고 싶지는 않았다.

"그런데 우리 사이에 남은 문제는 따로 있잖아."

하윤이 고개를 들어 에릭과 시선을 마주했다. 애초에 서로가 손을 잡기로 마음먹었을 때 하윤은 제 사고에 관한 진실을, 에릭은 자신이 원하는 것을 내걸었다.

"내 손목에 남은 이 흉터. 정확히 말하자면 내가 이 손목을 그었던 게 그 사람 때문이 아니라는 걸 증명해 보이고 싶어."

그리고 이 흉터의 해답을 알고 있을 사람도 박시연 씨 아니던가.

"네가 원하는 것도 결국 진실이잖아?"

그러니까 그들의 딜은 아직까지 유효했다.

"먼저 내가 변호를 거부했던 그 여자, 박시연 씨를 만나 보고 싶어."

하윤이 날카로운 눈빛으로 에릭을 응시했다.

"그 사람과의 결혼 생활에 문제가 있었던 것도 아니라면, 정말 네 말대로 박시연 씨가 내가 찾고 있는 해답을 갖고 있을 가능성이 크다는 거겠지."

잠시 머뭇거리던 에릭이 찻잔을 내려놓으며 입을 열었다.

"……그럼 아가씨께서 중국에서 돌아온 뒤 함께 만나러 가죠."

에릭이 무거운 눈빛으로 하윤을 빤히 바라보았다. 그 만남은 이루어질 수 없었다.

✢　　✢　　✢

우여곡절 끝에 완성된 타르트를 서준이 보지 못하는 곳에 잘 담아 보관해 놓았다. 비록 혼자 오롯하게 만들진 못했지만 그래도 그를 위해 무언가 했다는 사실에 뿌듯함을 느꼈다.

어느덧 세연이 올 시간이 다 된 터라 하윤은 서둘러 움직였다.

"이제 보니, 아주 난장판을 만들어 놨네."

열정 '만' 넘치는 베이킹을 한 탓에 온통 엉망이 되어 버렸다.

"……까맣게 타 버린 타르트도 몇 개 있고요."

"그거 좀 태울 수도 있는 거지. 그리고 처음인데 이 정도면……."

자신을 놀리듯 얘기하는 에릭을 삐딱하게 바라보며 하윤이 말했다. 그런 그녀의 뒤로 인기척이 느껴졌다.

"어? 하윤 씨, 마침 내려와 계셨네요."

예상시간보다 조금 일찍 도착한 세연이 정원에 있던 메이드와 함께 막 저택 안으로 들어온 모양이었다. 그녀가 호기심 가득한 얼굴로 하윤을 바라보았다.

"근데 여기서 뭐 하고 있었던 거예요?"

에릭과 같은 반응을 보이는 세연이었다.

"아, 그게……."

하윤의 얼굴 위로 민망한 기색이 역력했다. 타르트는 잘 완성됐을지 몰라도 어질러진 주변에 꽤 당황한 듯했다.

"먼저 올라가서 기다리고 있을게요."

세연이 그런 하윤을 보며 살포시 웃어 보인 뒤 말했다.

"아가씨! 정리는 저희들이 할게요. 얼른 올라가서 일 보세요."

세연의 곁에 있던 메이드가 당황한 하윤을 향해 말했다.

"감사해요. 바쁘신 분이라 기다리게 할 수가 없어서요."

"아이, 그럼요. 신경 쓰지 마시고 얼른 올라가 보세요."

"죄송해요. 부탁 좀 할게요."

메이드에게 뒷정리를 맡긴 하윤은 서둘러 손을 씻은 뒤에 자신의 서재 방으로 향했다.

먼저 올라온 세연이 테이블 위에 하윤의 상담 기록이 담긴 파일을 올려놓은 뒤 기다리고 있었다.

"죄송해요, 선생님. 바쁘실 텐데 기다리게 했네요."

"어머, 아니에요. 몇 분이나 기다렸다고요. 근데 아까 1층에서 뭘 하고 있었던 거예요?"

"아, 사실은…… 타르트를 좀 만들어 봤거든요."

"하윤 씨가 타르트를요?"

교통사고가 난 뒤로 그녀가 의식을 차리기까지 세연은 쭉 하윤의 주치의로서 그녀를 봐왔었다.

세연이 알고 있는 하윤은 베이킹에 관심을 가질 만한 인물이 아니었다. 음식에 대한 욕구도 눈에 띄지 않을뿐더러, 사고 후, 타인과 쉽사리 식사를 함께하지 못하는 식이 장애가 생겼으니 말이다.

그래서 직접 타르트를 만들었다는 말에 놀랄 수밖에 없었다.

"아, 그냥 선물해 주고 싶은 사람이 있어서요."

"선물해 주고 싶은 사람이라면…… 이사님, 말씀하시는 거겠죠?"

세연이 조심스럽게 하윤을 향해 물었다. 부드럽게 올라간 입가를 보니 호전되고 있는 둘의 관계에 내심 뿌듯한 듯했다.

"어쩌다 보니 그렇게 됐네요."

조금은 낯간지러운지 하윤이 어깨를 으쓱이며 대답했다. 기억을 잃어버린 하윤 탓에 원치 않게 부부 관계가 멀어졌다는 걸 알고 있었다. 서로가 서로에 대한 마음이 없다면 모를까, 얼마나 안타까운 일이던가.

"부끄러워하실 필요 없어요. 곁에 의지할 수 있는 사람이 생겼다는 거니까. 무엇보다 두 분의 관계에도 변화가 찾아온 것 같고요."

"참 신기해요. 사람의 인연이라는 게……. 처음 이 저택에서 깨어나 그 사람을 만났을 땐 강압적이고 제멋대로인 모습에 두렵고, 거부감만 들었는데 말이에요."

"함께했던 시간들을 무시할 순 없으니까요. 기억을 되찾은 건 아니지만 스스로 감정을 기억해 냈다는 건 정말 큰 발전이에요. 축하해요, 하윤 씨."

마음에 입은 상처는 약물이 아닌 사람을 통해 치유 받는 게 가장 이상적이었다.

"안 그래도 책상 위에 약이 그대로 있더라고요."

세연이 살짝 고갯짓으로 약을 가리키며 말했다.

"그리고 그거 알아요? 하윤 씨, 얼굴 정말 좋아 보여요."

서준과 방을 합치게 되면서 자연스럽게 그와 함께하는 시간이 늘어났다.

함께하는 시간이 늘면서 대화 역시 늘어났고 저절로 약의 필요성을 느끼지 못하게 되었다.

"그래요? 잠을 푹 자서 그런가 봐요. 신기하게도 그 사람

옆에서 잠들면 악몽을 꾸지 않거든요."

약물 대신 새로운 처방전이 생겼다.

"선생님도 아시겠지만 그동안 정말 많이 엇갈리고 오해했잖아요. 이제라도 조금씩 관계를 회복하고 있는 것 같아서 다행이란 생각이 들어요."

"그것 참 반가운 소식이네요. 정말 잘 생각했어요."

세연이 하윤의 어깨를 부드럽게 토닥이며 얘기했다. 서로에게 긍정적인 영향을 줄 수 있다는 건 행복한 일이었다.

"아, 맞다."

그러다 불현듯 무언가 생각났는지 하윤이 세연을 또렷하게 응시하며 입을 열었다.

"가끔씩 꾸는 꿈속에서 제 과거에 대한 기억을 조금씩 떠올리는데, 제 손목에 있는 이 흉터의 근원을 어쩌면 알아낼 수도 있을 것 같아요."

"흉터의…… 근원이요?"

세연이 재차 확인하듯 하윤을 향해 물었다. 잠깐이었지만, 그녀의 눈빛이 미세하게 흔들렸다.

"확실한 건 아니지만 조금씩 윤곽이 잡히는 것 같기도 해서요."

"꿈속에서 보이는 기억들이 전부 다 맞다고 할 수는 없지만, 그 안에 분명 과거와 관련된 실마리가 있을 거예요. 그렇지 않아도 마침 이걸 선물로 드리려고 했거든요."

하윤의 말을 들은 세연이 제 가방 속에서 작은 다이어리 하나를 꺼냈다.

심플한 디자인이 돋보이는 다이어리였다.

"매일 밤 일기를 쓰는 것도 정말 좋은 습관이에요. 그날 하루 느꼈던 감정을 적는 것도 좋고 하윤 씨처럼 뒤엉킨 기억을 정리할 때 글로 적어 내려가 보는 것도 좋은 방법이고요."

세연이 생긋 웃으며 다이어리를 내밀었다. 그녀가 환자들에게 종종 권유하는 방법이기도 했다.

"정말 감사해요. 열심히 써 볼게요."

"그리고 근육이 약해지기가 쉬워요. 이제 다쳤던 다리도 완벽하게 나았으니까 틈틈이 운동도 해 줘야 해요."

"네. 잊지 않을게요."

하윤이 고개를 끄덕이며 대답했다. 한참이나 더 이런저런 얘기를 나눈 뒤에 세연은 몸을 일으켰다.

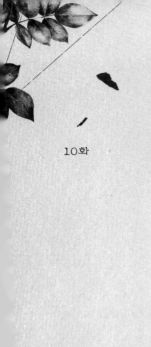

10화

파열

　세연이 저택에서 떠난 지 얼마 되지 않아 퇴근한 서준이 모습을 드러냈다.

　종일 지원과 마주친 뒤 카페에서 나간 후 하윤의 행방을 찾으러 돌아다녔던 터라 그의 얼굴에는 피곤한 기색이 역력했다.

　"좀 피곤해 보이네요."

　"내가? 이건 그냥 잘생긴 얼굴이지."

　"장난치지 말고요."

　하윤이 걱정스러운 얼굴로 그를 바라보았다. 넥타이를 느슨하게 푼 서준은 저를 걱정하는 하윤을 바라보며 옅게 미소 지었다.

　오늘은 하윤과 함께 저녁 식사를 할 수 있다는 생각에 피곤하지만 들뜬 마음으로 집에 돌아왔다. 재킷을 벗어 옷걸이에 걸던 서준이 하윤을 향해 넌지시 물었다.

"그래서 상담은 잘했어?"

"네. 오늘은 다이어리를 선물 받았어요."

"다이어리?"

"복잡한 생각을 글로 정리해 보는 것도 좋은 방법이라고 하더라고요."

"오늘부터 일기라도 써 보려고?"

"그러려고요."

하윤이 작게 어깨를 으쓱이며 대답했다.

자연스럽게 옷을 갈아입으려던 서준이 잠시 멈칫했다. 제 옆에서 자신을 빤히 바라보며 하윤이 서 있었기 때문이다. 셔츠 단추를 풀어내려 가던 손길을 잠시 멈추었다.

"계속 그렇게 보고 있을 건가?"

"왜요? 하던 거 계속 해 봐요."

새초롬한 얼굴로 서준을 향해 말했다. 도도한 얼굴로 얘기하는 그 모습이 새삼 사랑스럽게 다가왔다. 마치 연애 초반으로 돌아간 기분이었다.

"감당할 수 있다는 거지?"

"뭘요?"

"내가 이 단추를 다 풀고 나면 뭘 할 줄 알고."

경고하듯 이르는 서준의 목소리에 하윤이 고개를 옆으로 비스듬하게 젖히며 말을 이어 갔다.

"뭐가 됐든 일단 해 봐요. 보고 나서 판단해 볼 테니."

한마디도 안 지는 하윤의 모습에 서준은 결국 웃음이 터졌다.

"아, 우리 내일 저녁은 밖에 나가서 먹자."

특별한 날이니만큼 집에서만 있을 수는 없었다.

"내일 낮에 잠깐 회사에 들러야 해. 다녀와서 바로 나가자."

"어디로 갈 건데요?"

"내가 좋은 곳으로 예약해 둘게."

남은 단추를 모두 푼 서준이 셔츠를 벗었다. 성난 듯 부풀어 있는 그의 근육들이 하윤의 시선을 단번에 사로잡았다.

"근데 당신."

옷장 안에서 홈웨어를 꺼내려던 서준이 움직임을 멈추고 하윤에게로 시선을 돌렸다.

그의 단단한 상체를 보고 있던 그녀가 괜히 짧은 헛기침을 하며 고개를 살짝 돌렸다. 그가 상체를 드러낸 채로 하윤에게 좀 더 가까이 다가왔다.

"왜, 왜요?"

"혹시 향수 뿌렸어?"

허리를 숙여 시선을 맞춘 서준이 훅 들어와 하윤의 목선에 고개를 파묻었다.

제 살갗을 간질이는 숨결에 당황한 듯 그녀가 미간을 찌푸렸다.

"……향수 안 뿌렸어요."

"이상하네. 당신한테서 달달한 향기가 나."

"아……."

그제야 아까 타르트를 만들 때 옷에 튀었던 갖가지 재료들이 떠올랐다. 세연이 바로 도착한 탓에 옷을 갈아입을 생각도 하지 못했던 것이다.

"글쎄요. 아! 나도 옷 갈아입어야 돼요."

"그렇게 얘기하면 갈아 입혀 달라는 소리로 들려."

서준이 하윤의 목덜미에 짧게 입을 맞추며 말했다. 달달한 향기가 기분 좋게 폐부로 스며들어 왔다.

"갈아 입혀 달라고 하면, 정말 그렇게 해 줄 거예요?"

능글맞은 서준의 목소리에 하윤이 낮게 웃으며 되물었다. 마음을 열고 나니 전과 다르게 보이는 부분들이 많았다. 몇 주 전까지만 해도 서준이 그저 강압적이고 제멋대로인 남자라고 생각했는데 말이다.

"글쎄."

대답을 하기가 무섭게 하윤의 허리를 번쩍 안아 올렸다. 가볍게 들어 올린 서준은 그녀를 조심스럽게 침대 위에 눕혔다.

"벗기는 건 잘 하는데."

서준이 입꼬리를 유려하게 말아 올렸다.

"한 번 볼래?"

"아침에도 말했지만……."

하윤이 부드러운 손길로 그의 맨 어깨를 느릿하게 쓰다듬었다.

"부부 사이엔 보통 그런 질문을 하지는 않죠."

집 안에 가득한 타르트 향만큼이나 달달한 밤이었다.

달달했던 밤이 지나고 해가 떴다.

두 사람은 잠에서 깬 지는 꽤 됐지만 좀처럼 일어나기 싫은 마음에 침대 위를 벗어나지 않고 있었다.

"……회사 가기 싫네."

서준이 낮은 목소리로 중얼거렸다. 예전의 그라면 절대 상상도 할 수 없는 말이었다.

"그냥 이렇게 있고 싶어."

하윤을 만나기 전까진 아버지 강 회장의 사랑을 한 몸에 받으며 늘 제 위치를 지키고자 최선을 다했다. 그렇다 보니 자연스럽게 일에만 몰두할 수밖에 없었다.

그랬던 그가 하윤을 만나고 가족을 떠나면서까지 사랑을 지키고자 했지만, 애석하게도 그 행복은 오래 가지 않았다.

의식을 되찾은 그녀가 기억을 잃었다는 사실을 알고 얼마나 절망했던가.

다시는 예전으로 돌아갈 수 없을 거라 생각했다. 그녀와의 행복했던 과거도 그저 아련한 추억으로 남을 거라고.

그 사건 이후, 1년 만에 본격적으로 경영에 참여하면서 밤낮없이 바쁜 시간을 보냈었다.

좀처럼 좁혀지지 않는 하윤과의 간극으로 인해 괴로웠고, 고통에서 쉽사리 헤어 나올 수 없었다. 서서히, 두 사람 사이를 막고 있던 두꺼운 벽이 허물어지면서 서준은 전과 달라졌다.

여전히 고된 업무가 하나도 힘들지 않았다. 오로지 하윤에 의한 변화였다. 서준은 그 모든 변화의 중심에 서 있는 하윤의 얼굴을 물끄러미 바라보았다.

"주말인데 오늘도 출근해야 하는 거예요?"

"다음 주에 있을 출장 준비로 해야 할 업무도 있고 해서 잠깐 들리는 거야. 아, 그리고 당신. 중국에서 가고 싶은 곳이나 하고 싶은 거 있어?"

하윤의 머리칼을 쓰다듬으며 다정한 목소리로 물었다. 이불 밖으로 얼굴만 빼꼼 내밀고 있던 그녀가 잠시 생각에 잠긴 듯 하더니 곧이어 입을 열었다.

"글쎄요. 딱히 생각해 보질 않아서."

"길게는 아니더라도, 한 3박 4일 정도 머물 수 있을 것 같아."

"그게 어디예요, 나한텐 첫 여행인데."

"그렇게 좋아?"

"그럼요. 요즘 종일 여행 생각해요."

그것만으로도 충분했다. 하윤의 기억 속엔 서준과 함께하는 첫 여행으로 남게 될 테니 말이다.

"이제 그만 일어나요. 회사 가야지."

늦장을 피우는 서준을 달래며 그의 몸을 잡아 당겼다.

"일은 몇 시쯤 끝나요?"

"음. 한 4시 정도면 끝날 거야. 집에 와서 당신이랑 레스토랑으로 출발하면 딱 저녁 시간에 맞을 거고."

의도한 질문이었다. 단 한 번도 서준 없이 홀로 집 밖을 나서 본 적이 없는 하윤이지만, 오늘은 특별한 날이니만큼 그에게 특별한 선물을 하고 싶었다.

서준의 일이 끝날 시간에 맞춰 그의 회사 앞에서 기다릴 예정이었다.

어제 고생하며 만든 타르트를 들고.

"얼른 가서 씻어요. 이러다 진짜 늦겠어요."

침대에서 몸을 일으키고도 늦장을 피우는 서준의 등을 떠밀었다.

하윤의 손길에 못 이기는 척 발걸음을 옮긴 서준은 그제야 씻기 위해 욕실로 향했다.

"아침 꼭 같이 먹어."

"알았으니까, 어서 씻고 나오기나 해요."

욕실로 들어가기 전 당부하듯 얘기하는 서준의 모습에 하윤이 살포시 웃으며 대답했다.

그가 씻으러 들어간 뒤에도 침대에 누워 뒤척이던 하윤은 조금 더 지난 후에야 몸을 일으켰다.

1층으로 내려간 하윤은 청소 중인 메이드에게 말을 건넸다.

"잘 잤어요?"

"예. 아가씨도 잘 주무셨습니까."

선반에 손을 뻗은 하윤은 컵을 꺼내어 냉수를 한가득 채우기 위해 정수기 버튼을 눌렀다. 컵 안에 물이 반쯤 담겼을 때였다.

쨍그랑!

"아, 아가씨! 괜찮으세요?"

별안간 손목에 힘이 풀리는 바람에 하윤은 들고 있던 컵을 그만 놓치고야 말았다.

깜짝 놀란 메이드가 곧장 그녀에게 달려왔다. 바닥엔 깨진 유리 조각과 함께 물이 흥건히 젖어 있었다. 그 처참한 광경을 말없이 바라보던 하윤이 조심스럽게 입을 열었다.

"……미안해요. 아침이라 정신이 없었는지 나도 모르게 손에 힘이 풀렸나 봐요."

아무것도 아니라는 듯 메이드를 향해 말했다. 하지만 이상하게 불길한 예감이 드는 건 대체 무슨 이유에서였을까.

"무슨 일이지."

때마침 샤워를 마치고 출근 준비 중이던 서준이 1층으로 내려왔다. 하윤의 주위에 깨진 컵의 파편이 흩어져 있는 것을 보고는 놀란 듯 그가 한걸음에 다가왔다.

"괜찮아?"

놀란 나머지, 조금은 날카로운 목소리였다.

"아……. 손목에 힘이 풀렸나 봐요."

"움직이지 말고 가만히 있어. 밟을 수도 있으니까."

메이드에게 뒤처리를 지시한 서준은 맨발인 하윤을 번쩍 안아 들었다.

"조심했어야지."

파편이 어디까지 튀었을지 모르기에 그녀를 안아 거실 소파 위에 조심스럽게 내려놓았다.

"미안해요. 내가 좀 정신이 없었나 봐요."

"괜찮아. 어디 다친 데는 없는 거지?"

혹여나 하윤이 놀랐을까 서준은 침착한 목소리로 대화를 이어 갔다.

"다친 데 없으니까 걱정하지 말아요."

"다행이다."

"괜히 아침부터 소란을 피웠네요."

원치 않던 일에 하윤이 푹, 한숨을 내쉬며 말했다. 이 좋은 날, 아침부터 컵을 깨트린 게 영 찜찜하게 마음에 걸렸다.

"당신만 안 다쳤으면 됐어."

"……아무리 급해도 그렇지, 이러고 내려오면 어떡해요."

"어?"

셔츠 단추를 반만 잠근 채로 내려온 서준이다. 갑작스러운 상황에 서준은 단추를 다 못 채웠다는 사실마저도 까마득하게 잊고 있었다.

엷게 웃어 보인 하윤이 애정 어린 손길로 서준의 셔츠 단추를 채워 주었다.

"우리 둘만 사는 집도 아니고……."

"설마 그거 질투하는 건가."

그런 하윤의 반응에 흥미롭다는 듯 서준이 입꼬리를 말아 올렸다.

"글쎄요."

순순히 인정해 주긴 싫었는지 하윤이 어깨를 으쓱이며 대답했다.

"앞으로도 종종 풀고 다녀야겠군."

"……뭐요?"

"당신 질투하는 거 보려면."

하윤의 질투가 기분이 좋았는지 서준이 엷게 웃으며 말했다. 아침부터 어젯밤만큼이나 달달한 분위기로 가득했다.

서준이 출근하고 한 세 시간쯤 지났을 때였을까. 하윤은 펜을 잡고 머리를 굴리기 시작했다.

"글을 쓴다는 게 생각보다 어려운 거였구나."

포장용 상자에 예쁘게 타르트를 담은 후, 함께 넣을 카드를 쓰는 중이었다. 그에게 편지 아닌 편지를 쓰는 건 처음이었기에 하윤은 골머리를 앓았다.

"그래. 거창하게 쓰려고 하니까 어려운 거지."

하고 싶은 말만 담백하게 적자고 다짐한 하윤은 빠르게 글자를 적어 내려갔다.

나랑 결혼해 줘서

"하, 왜 이렇게 어려운 거지."

하지만 이내 몇 글자 안 가 낯간지러운 마음에 몸서리를 쳤다. 그래도 좋은 날이니 그를 기쁘게 해 주고 싶었기에 마음을 다잡고 카드를 완성했다.

나랑 결혼해 줘서 고마워요.
앞으로 우리의 앞날에 행복한 일만 가득하길 기도할게요.

"그래. 이 정도면 됐지."

하윤은 카드를 선물 상자 안에 끼워 넣은 후, 화장대 앞에서 마지막으로 얼굴을 점검하며 몸을 일으켰다.

"한 번도 이사님의 허락 없이 외출을 감행한 적이 없었는데 그만큼 특별한 날인가 봅니다."

준비를 마치고 나온 하윤을 본 에릭이 넌지시 입을 열었다.

"그럼 특별한 날이지. 우리한텐 결혼기념일 같은 날이거든."

예쁘게 포장한 타르트를 담은 쇼핑백을 챙긴 하윤이 당연하다는 듯 대답했다.

"그래서, 나 오늘 어때?"

"……어떤 걸 묻는지 모르겠습니다만."

"예쁘냐고 묻는 거야."

직설적인 물음에 잠시 멈칫했던 에릭이 이내 입을 열었다.

"이사님 눈에는 어떤 모습이든 예뻐 보이실 겁니다."

선을 넘지 않는 선에서 그가 할 수 있는 최선의 대답이었다. 그런 에릭의 대답이 마음에 들었는지 하윤이 고개를 끄덕여 보였다.

"가자."

저택에서 함께 지내는 경호원들이 비단 에릭뿐만은 아니었지만 그가 경호 실장의 권한을 지니고 있었기에 별다른 제지 없이 차에 올라탈 수 있었다.

문을 열어 준 에릭이 하윤이 잘 탄 것을 확인한 후에 운전석에 올라탔다.

"아. 손목은 괜찮으십니까."

차를 출발시키던 에릭이 룸미러로 하윤과 시선을 마주하며 물었다.

"신경 쓰지 마. 그냥 아침이라서 좀 정신이 없었나 봐."

"다친 근육이나 신경은 계속해서 관리를 해 줘야 하는 법입니다. 항상 조심하셔야 한다는 뜻이죠."

"늘 듣는 말이라 나도 잘 알고 있어."

매번 듣는 소리에 이젠 지겹다는 듯 하윤이 시선을 피하며 대답했다.

"걱정은 고마워."

하윤이 에릭을 향해 덧붙여 얘기했다.

"하지만 잔소리는 사양할게."

그녀의 단호한 목소리에 피식 웃어 보인 에릭은 더 이상 얘기를 꺼내지 않았다. 침묵 속에서 두 사람이 탄 차는 서준의 회사를 향해 빠르게 달렸다.

그렇게 30분가량을 더 달렸을까. 어느새 서준의 회사 앞에 도착했다.

"잠시만 기다리고 계세요."

"왜?"

차에서 내리려고 하던 그 순간에 에릭이 그녀를 제지했다.

"본사라서 오가는 사람들이 많습니다. 먼저 들어가서 상황 살펴보고 오겠습니다."

마주쳐서 좋을 게 없는 사람들을 피하기 위함이었다. 왜 그렇게까지 사람들과 마주하는 것을 막는지는 모르겠지만 어쨌든 서준의 허락 없이 온 건 사실이었기 때문에 하윤은 알았다며 고개를 끄덕였다.

"알았어. 얼른 다녀와."

"금방 올라갔다 오겠습니다."

차에서 내린 에릭은 서둘러 회사 안으로 들어갔다. 하윤은 제 옆에 둔 쇼핑백을 들어 보이며 안에 담긴 타르트가 부서지지는 않는지 살펴보았다.

"맛이 있어야 할 텐데."

서준에게 주는 첫 선물이긴 했으나 자신은 없었다.

"에이. 뭐 그래도 좋아하겠지."

이미 완성된 거 더 고민해 봤자 답이 없었다. 쇼핑백을 내려놓고 에릭이 돌아오길 기다렸다.

한 10분쯤 지났을 때였을까. 좀처럼 모습을 드러내지 않는 에릭에 하윤이 초조함과 답답함을 느끼며 미간을 찌푸렸다.

"회사를 탐방하고 오는 거야 뭐야. 왜 이렇게 안 와."

지친 목소리로 낮게 중얼거리고 있을 그때.

"어?"

주차된 에릭의 차 옆을 지나가는 익숙한 실루엣에 하윤이 고개를 들었다. 곧장 차에서 내려 상대에게 달려가는 그녀였다.

"선생님!"

"……하윤 씨?"

다름 아닌 세연이었다. 저택에서만 보던 세연을 이렇게 밖에서 보게 되니 평소와는 다른 느낌이었다. 그녀가 더욱 반가웠다.

"선생님께서 여긴 어쩐 일이세요?"

"유현그룹에 잠깐 볼 일이 있어서…… 아니, 근데 하윤 씨야말로 어쩐 일이에요? 여기 이렇게 나와 있어도 되는 거예요?"

세연은 적잖이 놀란 눈치였다.

"아, 오늘 특별한 날이라 그 사람한테 깜짝 선물을 주려고요."

"그럼 서윤 씨가 여기에 온 건…….."

"네. 몰래 온 거라 그 사람은 몰라요. 에릭이 먼저 둘러보고 금방 내려온다고 했는데 시간이 좀 걸리나 봐요."

"그래요? 나도 안 그래도 올라가려던 참인데. 같이 가요. 내가 길 알려 줄게요."

세연이 하윤의 팔을 잡아끌며 말했다. 하윤은 제게 휴대폰이 없었기에 혹여나 에릭과 길이 엇갈리진 않을까 잠시 고민했다.

그러나 어차피 회사 안에 있을 텐데 괜한 걱정을 하는 건 아닌가, 싶은 생각이 들었다.

"감사해요."

이내 세연을 따라 회사 안으로 들어갔다.

로비에 들어서자 유현그룹의 로고가 제 가치를 자랑하듯 중앙에 크게 박혀 있었다. 간혹 로비를 오가던 사원들이 하윤을 발견하고 묵례를 했다.

"당황할 거 없어요. 지금 하윤 씨는 이사님의 아내로 이곳에 있는 거니까."

유현그룹에서 근무하는 이상, 그녀가 서준의 아내라는 사실을 모르지 않을 터였다. 낯선 사람들의 인사에 당황한 기색을 보이자 세연이 그녀의 귓가에 나지막하게 속삭였다.

중앙 엘리베이터 앞에 선 세연은 곧장 버튼을 눌렀다.

엘리베이터가 도착하기가 무섭게 세연의 휴대폰이 진동했다. 문이 열리고 엘리베이터에 먼저 올라탄 하윤은 타지 않고 앞에 서 있는 세연을 보며 당황한 듯 물었다.

"안 타세요?"

"아, 이거 어떡하죠. 급한 전화가 와서요. 하윤 씨 혼자 갈 수 있겠어요? 맨 꼭대기 층인데 엘리베이터에서 내리고 나면 바로 문 보이거든요."

곤란한 얼굴로 휴대폰 액정을 들어 보이며 말했다.

"괜찮아요. 저 혼자 갈 수 있어요."

바쁜 사람에게 괜히 짐이 되는 것 같아 미안한 마음이 들었다. 하윤은 괜찮다는 듯 손사래를 치며 대답했다.

그녀는 전화를 받으며 손을 흔드는 세연을 뒤로하고 엘리베이터 문을 닫았다. 세연이 말했던 대로 가장 꼭대기 층 버튼을 누른 하윤은 설레는 마음으로 도착하길 기다렸다.

"좋아해야 할 텐데."

그가 허락 없이 움직이는 걸 싫어한다는 걸 알기에 하는 말이었다.

"그래도 당신 보러 온 거니까 괜찮겠지."

설레는 마음 반, 걱정되는 마음 반으로 기다리고 있을 그때, 도착을 알리는 소리와 함께 엘리베이터 문이 열렸다.

세연이 얘기했던 대로 바로 앞에 문이 보였다. 조심스럽게 문을 열고 들어서니, 텅 빈 비서실이 그녀를 반겼다. 주말이라 공식적인 근무 일이 아닌 관계로 집무실 앞을 지켜야 할 비서들은 보이질 않았다.

"어?"

집무실 쪽으로 발걸음을 옮기던 하윤이 잠시 멈칫했다. 상단에 '회장실'이라 적힌 명패가 또렷하게 빛나고 있었기 때문이다.

"분명히 꼭대기 층이라고 말했는데, 내가 잘못 들었나……."

그곳은 서준의 집무실이 아닌 회장실이었다. 고개를 갸웃거리며 아쉬운 발걸음을 돌리던 그 순간이었다.

"아버지. 이게 말이 된다고 생각하십니까? 다른 사람도 아니고 민하윤, 그 여자라고요! 제가 대체 그 자식보다 못난 게 뭐길래 이러시는 겁니까?"

열린 문틈 사이로 날카로운 남자의 음성이 새어 나왔다. 민하윤이라는 이름 석 자가 그녀의 귓가를 간질였다. 당황한 하윤이 움직임을 멈추고 발걸음을 우뚝 세웠다.

"그건 네가 상관할 바가 아니다. 그리고 목소리 낮추어라."

"어떻게 제가 상관할 바가 아닙니까. 그 여자가 어머니를 죽였다는 걸 알고도 묵인하며 우릴 배신한 자식이라고요. 가족들 다 버리고, 지 엄마를 죽인 여자를 선택해서 나가 사는 놈을 대체 왜 여태까지 봐주고 계시는 겁니까!"

홀린 듯 집무실 쪽으로 가까이 다가섰다. 제 이름 뒤에 따라오는 수식어가 그녀의 정신을 혼미하게 만들었다.

"아버지께서도 그날의 사고를 잊지 못하셨잖습니까."

민준이 제 아버지인 욱진을 향해 울분을 토해 내듯 얘기했다.

"그 사고 때문에 난 어머니를 잃었고 아버지는 사랑하는 여자를 잃었다고요!"

돌이킬 수 없는 선택을 하고도 욱진의 관심 속에 사는 서준을 도무지 인정할 수가 없었다.

"서준이가 아버지한테 조금의 염치라도 있었다면……!"

"……."

"이번 중국 출장에도 그 여자를 데리고 간다는 얘기는 안 했을 겁니다."

중국 출장에 서준과 함께하기로 했던 약속이 떠올랐다.

모든 단어와 정황들이 거짓말처럼 저를 겨누고 있었다. 문고리를 쥐고 있는 손이 스르륵, 미끄러졌다. 민준이 했던 말이 제 가슴을 속절없이 후벼 파며 메아리처럼 울렸다.

어머니를 죽인 여자, 그날의 사고, 죽음에 대한 방관. 들어선 안 될 얘기를 듣게 된 그 순간 하윤의 눈동자가 세차게 흔들렸다. 심장이 쿵, 하고 내려앉았다.

"대체 이게 무슨……."

당황한 나머지 사지가 덜덜 떨려 왔다. 애써 몸을 지탱하고 있던 다리마저 충격으로 인해 흔들렸다. 저도 모르게 천천히 뒷걸음질 쳤다.

뒤늦게 모든 일들이 퍼즐처럼 착착 맞아떨어졌다.

저택에서 깨어나던 날 자신을 바라보던 서준의 눈빛, 사고에 관해선 절대 알려 주지 않던 그의 태도, 세상과 단절시키며 저택 안에서만 생활하게 했던 지난날들.

"우리의 관계가 망가졌던 건 네 탓이야. 내가 널 사랑하지 않는다고?"

서준이 제게 내뱉었던 가시 돋친 말까지. 비로소 모든 걸 깨달았다.

"넌 몰라. 내가 널 끝까지 사랑하기 위해 어떻게 살아왔는지."
"……과거를 되찾는 일이 꼭 해피엔딩이 아닐 수도 있어, 하윤아."

서준이 했던 모든 말들이 파노라마처럼 제 머릿속을 훑고 지나가며 이상하게만 느껴졌던 그의 행동들 역시 거짓말처럼 딱 맞아떨어졌다.

간간이 보였던 살기 어린 그의 눈빛, 좀처럼 보이지 않던 그날의 잔인한 진실.

"내가…… 죽게 만든 거였어."

홀린 듯 떨리는 목소리로 중얼거렸다. 비로소 판도라의 상자가 열린 것이다.

부들거리는 다리를 애써 부여잡으며 하윤은 엘리베이터에 올라섰다. 몇 번이나 침착함을 되찾고자 마음을 다잡았지만, 의지와는 다르게 온몸이 덜덜 떨려 왔다.

"……내, 내가 지금 뭘 들은 거지."

1층 버튼을 누르는 손길이 충격으로 인해 몇 번이나 미끄러졌다.

"이제야 이해가 되네."

난간을 조심스럽게 붙잡았다. 그렇게라도 하지 않으면 다리에 힘이 풀려 버틸 수 없을 것 같았기 때문이다.

"날 바라보던 그 사람의 눈빛이…… 그토록 차가웠던 이유를."

서준이 제게 사고에 대해서 단 한마디도 하지 않는 이유가 분명 있을 거라고 확신했다.

어쩌면 그의 어머니인 유연의 죽음이 제 사고와 연관되어 있는 게 아닌가 생각한 적도 있지만, 단 한 번도 사고의 가해 자가 자신일 수도 있으리란 생각은 하지 못했다.

대체 왜 그랬을까.

어느새 1층에 도착하고, 엘리베이터 문이 열리자 하윤이 천천히 걸어 나왔다. 하얗게 질린 얼굴 위로 초점 없는 눈망울이 일렁였다.

"아가씨?"

중앙 로비를 천천히 걷고 있는 하윤을 발견한 에릭이 서둘러 그녀에게 다가와 물었다.

"안색이 안 좋으십니다. 무슨 일 있으십니까?"

"그 사람은…… 지금 어디 있어?"

"이사님께서 잠시 급한 볼일이 있어 외출을 나가셨다고 합니다. 오래 걸리진 않으실 것 같으니 여기서 기다리셔도 될 것 같습니다만……."

하윤의 얼굴을 살피며 얘기하던 에릭이 불현듯 말끝을 뭉갰다. 마치 아슬아슬한 난간 위에 서 있는 그런 모습이었다.

"아무래도 당장은 휴식이 필요할 것 같습니다."

에릭이 미간을 좁히며 덧붙였다. 그 잠깐 새에 도대체 무슨 일이 있었던 것일까. 사색이 된 하윤은 금방이라도 쓰러질 것 같은 모습이었다.

"무슨 일이 있으셨던 겁니까?"

"일단 집으로 가자."

떨리는 목울대를 진정시키려 애썼다.

"예? 그게 무슨 말씀이신지……."

"시간이, 없어."

그날의 진실이 가슴이 꽉 눌러 숨통을 조여 오는 기분이었다. 가까스로 말을 내뱉은 하윤이 시선을 돌렸다.

"그 사람이 오기 전에."

"……."

"서둘러야 해."

여전히 당황스러운 얼굴을 한 에릭을 뒤로하고 그녀는 천천히 발걸음을 옮겼다.

✝　　✤　　✝

두근거리는 심장을 애써 부여잡으며 멀고 먼 거리를 달려왔다. 바깥 공기를 이렇게 가까이에서 느껴 본 건 정말 오랜만이었다. 칠흑 같은 어둠이 세상을 덮은 시간이었다.

"괜찮으십니까."

하윤이 제대로 숨을 쉬지 못하는 탓에 에릭은 질주하던 차를 멈추고 잠시 섰다.

갓길에 차를 세우자, 하윤은 차 문을 열고 잠시 밖으로 나왔다.

온 세상이 어두웠고 또 고요했다. 그 고요한 세상이 자신에게서 등을 돌린 것 같다는 생각이 들었다. 두 눈을 감고 두 귀를 막고 있으라고, 그렇게 살아가라고 외치는 것 같다는 착각이 일었다.

"하아……."

심장을 강하게 조여 오듯 가빠지는 호흡에 그녀가 숨을 깊게 들이마셨다.

"에릭. 그 사람은 나한테 단 한 번도 거짓말을 한 적이 없었어."

깊이를 알 수 없는 그 어둠을 바라보며 하윤이 조심스럽게 입을 열었다.

그 아슬아슬한 낭떠러지에 서 있는 그녀를 에릭 역시 조마조마 한 모습으로 바라보았다.

"과거를 알게 되는 게 행복해지는 길이 아닐 수도 있다고 말했던 것도."

초점 없는 눈망울이 공허하게 느껴졌다.

"그 사람이 날 사랑하기 위해 어떻게 살아왔는지…… 모를 거라고 했었던 말도."

마주한 현실이 너무나도 잔인했다.

"전부 다. 그 사람은 처음부터 끝까지 진심이었어."

이전에 저택 복도에서 그와 크게 다투었던 날, 자신을 바라보던 그 눈빛에서 살의가 느껴졌던 이유를 이제 서야 알게 되었다.

"내 앞에서 피를 흘리며 죽어 가던 여자를 꿈속에서 봤다고 했었지. 미치도록 무섭고 두렵다고."

"종종 꾸시던 그 악몽 말씀입니까."

"그 여자가 그 사람의 어머니였어."

자신의 기억이 돌아오지 않게 하겠다고 굳게 말했었던 서준의 모습이 머릿속을 스쳐 지나갔다.

그건 하윤의 세상을 온전히 제 품에 두기 위한 '보호'였다. 그토록 사랑했을 어머니를 배신해 가면서 말이다.

"처음 이곳에서 눈을 떴을 때, 날 보며 화를 내던 그 모습이…… 대화를 거부하고 일방적으로 내게 부부의 모습을 강요하던 그 모습이 이제야 이해가 돼."

어느 날 밤엔가, 하윤이 기억을 되찾지 못하게 할 거라고 했던 대화도 말이다.

"내가, 내가 가해자였어."

"……아가씨?"

놀란 에릭의 눈동자가 세차게 떨려 왔다.

"난 그저 내가 피해자라고 생각했어. 그날의 사고가 풀리지 않는 의문을 가지고 있었던 건 한유연 여사의 죽음과 내 사고가 연관이 있기 때문이라고 여겼어. 그걸 묵인하기 위해 그 사람이 날 구속하는 거라고 생각했으니까."

하지만 현실은 정반대의 그림을 담고 있었다.

"……그런데 난 피해자도 방관자도 아닌, 가해자였어."

모든 걸 잃은 듯한 슬픔이 그녀의 얼굴에 고스란히 비쳤다. 무작정 그의 저택을 떠날 결정을 한 건 그런 이유에서였다. 모든 걸 알고 난 하윤에게 선택의 여지란 없었다.

"그 사람의 어머니가 목숨을 잃었던 그 사고는 내가 낸 거였어."

하윤의 새하얀 볼 위로 투명한 눈물이 흘러내렸다.

"내가 운전하던 차에……."

에릭이 참담한 눈으로 그녀를 바라보았다. 주머니 속에 꼬깃꼬깃한 채로 넣어 왔던 종이를 꺼내 들었다. 서재에 들어가지 말라고 당부했던 건 이 때문이었을까.

그 안엔 사건에 대한 모든 정보들과 서준이 직접 자필로 쓴 한 성경 구절이 담겨 있었다.

그날, 하윤은 무슨 이유에서인지 유연을 만나러 가고 있었다. 평소에도 잘 타고 다니던 자신의 차를 이끌고 유연이 있는 곳으로 향했다.

만남의 결말은 처참했다. 그녀는 무자비하게 맨몸으로 서 있던 유연을 쳐 버렸고 그로 인해 유연은 한적한 도로에서 피를 흘리며 죽음의 문턱을 넘어야 했다. 하윤 역시 사고로 중상을 입었지만 차에 있던 에어백이 터지면서 생명은 지킬 수 있었다.

사건의 중심엔 하윤이 존재했다. 갑작스러운 어머니의 사고도 받아들이기 힘든데, 그 사고를 낸 가해자가 하윤이라는 것은 서준으로서는 더 받아들이기 힘든 일이었다.

믿음은 바라는 것들의 실상이요,

보이지 않는 것들의 증거이니 선진들이 이로써 증거를 얻었느니라.

서준이 떨리는 손으로 써 내려갔던 성경 구절이었다. 그에게 증거란 과학적인 수사가 가져다주는 구체적 사실이 아니라, 하윤을 향한 믿음 그 자체였다. 머릿속에 서준의 목에 걸려 있던 십자가가 떠올랐다.

"얼마나 괴로웠을까."

유현그룹에서 서둘러 수사를 종결시킨 건 다름 아닌 욱진이었다.

만약 유연의 사고가 의도적인 타살이라는 게 알려지게 되면 언론이 들끓을 게 뻔했으니 그룹 안에서의 이야기를 왈가왈부하기 싫었을 것이다.

무엇보다 욱진이 그렇게 지시를 했던 건 제 아들이 겪을 비극을 보고 싶지 않았기 때문이다. 그는 서준이 망가지는 걸 원하지 않았다.

"우리의 관계가 망가졌던 게 내 탓이라고 했었어."

"……."

"그 사람은 현실을 믿고 싶지 않았던 거야. 날 끝까지 사랑하려고 부단히 애썼겠지."

마주하게 된 현실은 생각했던 것보다 훨씬 더 잔인했다. 누구나 자신의 인생에 있어서는 자기 자신이 주인공이라지만 그 주인공이 가장 나쁜 사람일 수 있다는 것을 깨달았다.

"……그동안 날 보면서 얼마나 괴로웠을까."

이 잔인한 동화 속에서 가장 나빴던 것은 결국 자신이었다. 다른 누구도 아닌 자기 자신 말이다.

남편을 기억하는 법 2권에서 계속…….